卓越學術文庫

本書爲河南省高等學校哲學社會科學優秀著作資助項目
河南省高校人文社會科學研究一般項目《盧祖皋詞校注集評》（2022-ZDJH-00534）結項成果

河南省高等學校哲學社會科學優秀著作資助項目

蒲江詞稿校注

梁保建 校注

鄭州大

圖書在版編目(CIP)數據

蒲江詞稿校注 / 梁保建校注. -- 鄭州 : 鄭州大學出版社, 2023.11

(卓越學術文庫)

ISBN 978-7-5773-0037-5

Ⅰ. ①蒲… Ⅱ. ①梁… Ⅲ. ①宋詞-注釋 Ⅳ. ①I222.844

中國國家版本館 CIP 數據核字(2023)第 220150 號

蒲江詞稿校注

PUJIANG CI GAO JIAOZHU

策劃編輯	孫保營	封面設計	蘇永生
責任編輯	張 帆	版式設計	蘇永生
責任校對	郜 靜	責任監製	李瑞卿

出版發行	鄭州大學出版社	地 址	鄭州市大學路 40 號(450052)
出 版 人	孫保營	網 址	http://www.zzup.cn
經 銷	全國新華書店	發行電話	0371-66966070
印 刷	河南文華印務有限公司		
開 本	710 mm×1 010 mm 1 / 16		
印 張	19.25	字 數	307 千字
版 次	2023 年 11 月第 1 版	印 次	2023 年 11 月第 1 次印刷

書 號	ISBN 978-7-5773-0037-5	定 價	96.00 元

前言

盧祖皋，字申之，號蒲江，永嘉（今浙江溫州）人，約生於宋孝宗淳熙元年（一一七四），卒於宋寧宗嘉定十七年（一二二四）。寧宗慶元五年（一一九九）進士及第後，在吳中游歷，并與孫應時定交。據樓鑰所撰《池州教官廳壁記》及釋居簡所撰《吊池陽郡博盧蒲江喪耦與女》等文可知，盧祖皋在嘉定元年（一二〇八）前後，在江南東路的池州任教授。此外，據其詞作内容，可知他還曾游歷過或者任職於多地。他曾作有《水龍吟·淮西重午》《月城春·壽無爲趙祕書》等詞，可知他曾游歷過或者任職於淮西路。他曾作過《渡江雲》，其中有『自揚州吟罷』等語，可知他曾游歷過或者任職於淮東路的揚州等地。他曾作過《醜奴兒慢》，其中有『湘筠展夢』『七十二峰，剗地雲深』等語，他的《鵲橋仙》中有『澄江曉碧，君山秋靜』等語，可知他曾游歷過或者任職於荊湖南路的衡州及荊湖北路的嶽州等地。他的《烏夜啼》中有『客袂迢迢西塞』等語，可知他曾游歷過或者任職於浙西路的湖州等地。此外，翁卷作有《送盧主簿歸吳》一詩，詩中有『鴟夷無舊舸』等詩句，似與盧祖皋詞《賀新郎》中的『問鴟夷、當日扁舟』之句相呼應，翁詩所送之人可能便是盧祖皋，故可知盧祖皋可能又重回吳中任主簿一職，時間可能在嘉定八年（一二一五）至嘉定十一（一二一八）年他赴臨安任職之前。據徐松輯《宋會要》及陳騤所撰《南宋館閣續録》等書記載，嘉定十一年（一二一八），盧祖皋赴臨安任刑、工部架閣文字，嘉定十二年（一二一九）除秘書省正字、校書郎，嘉定十四年（一二二一）爲著作佐郎、著作郎，嘉定十五年（一二二二）任將作少監權直學士院。

盧祖皋的字除申之外，還有次夔一說。宋代記載盧祖皋的文獻中，尚沒有找到他字次夔的記載。樓鑰在

《池州教官廳壁記》稱他爲『吾甥永嘉盧申之祖皋』[一]；孫應時在《盧申之〈蒲江詩稿〉序》中稱他『東嘉盧申之』[二]；黄昇《中興以來絶妙詞選》中稱他：『盧申之，名祖皋，號蒲江，樓攻媿先生之甥。』[三]趙聞禮《陽春白雪》中稱他『盧申之』或『盧蒲江』[四]，但無盧次夔之稱；周密《絶妙好詞》中稱他：『祖皋字申之，號蒲江，永嘉人。』[五]

明代文獻中也無盧祖皋字次夔之説。吴訥《唐宋名賢百家詞·蒲江居士詞》中稱他：『永嘉盧祖皋，申之。』[六]毛晉《〈宋六十名家詞·蒲江詞〉跋》中稱他：『祖皋，字申之，自號蒲江居士，永嘉人，樓大防之甥也。』[七]《（弘治）溫州府志·人物·藝文》中稱他爲『盧祖皋，字申之』[八]。陳耀文編選的《花草粹編》中，所選盧祖皋詞僅注他的號『蒲江』。淩迪知《萬姓統譜》中稱他：『盧祖皋，字申之，永嘉人。』[九]

至清代時，朱彝尊在《詞綜》中仍稱他：『盧祖皋，字申之。』[一〇]而最早提出盧祖皋有『次夔』之字的是厲鶚，他在《宋詩紀事》中云：『祖皋，字申之，又字次夔，號蒲江，永嘉人。』[一一]此後，《四庫全書總目提要·蒲江詞》與（光緒）《永嘉縣志》卷一七《人物·文苑》以及瞿氏清吟閣刻本《陽春白雪》中所附

[一]（宋）樓鑰撰《攻媿先生文集》卷五十五，清抄本。
[二]（宋）孫應時撰《燭湖集》卷一〇，四庫全書本。
[三]（宋）黄昇編選（明）舒伯明刊《中興以來絶妙詞選》卷八，明萬歷二年（一五七四）刊。
[四]（宋）趙聞禮編選《陽春白雪》卷一、卷五，清邊浴禮手抄本。
[五]（宋）周密輯，查爲仁箋《絶妙好詞箋》卷一，同治十一年（一八七二）刻本。
[六]（明）吴訥輯《唐宋名賢百家詞·蒲江居士詞》，天津市古籍書店，第一二八七頁。
[七]金啟華等編《唐宋詞集序跋匯編》，江蘇教育出版社，第二四二頁。
[八]（明）王瓚、蔡芳編，胡珠生校注《弘治溫州府志》，上海社會科學院出版社，第二五四頁。
[九]（明）淩迪知撰《萬姓統譜》卷一一，四庫全書本。
[一〇]（清）朱彝尊、汪森編《詞綜》卷一七，上海古籍出版社，第二六二頁。
[一一]（清）厲鶚撰《宋詩紀事》卷五八，四庫全書本。

《姓氏爵里》中均沿用了這一説法。唐圭璋在編撰《全宋詞》時亦沿用此説。

綜合所述，盧祖皋『又字次夔』的説法，實肇始於厲鶚等清代學者。這可能是源於釋居簡、葉適、薛師石、戴栩、許及之等人各作有一首詩題中含有盧次夔的詩歌。釋居簡作有《贈盧次夔》，葉適作有《盧次夔下第》，薛師石作有《送盧次夔兼柬盧九秘書》，戴栩作有《送盧次夔赴仲父校書之詔》，許及之作有《次韻盧次夔直學投贈二首》。詩中所提及的盧次夔究竟是誰，從詩的序言及内容上并不能清楚地判定，僅能判定的是他與這些詩人交往密切且能夠作詩。如葉適在《贈盧次夔》中稱贊他『家住東郊深，能詩人共尋』[一]。而盧祖皋剛好與這些人有很好的交情，且能作詩。他早年游歷吴中時就曾將自己的詩歌寄給孫應時作序，張端義所著《貴耳集》、陳起編選的《江湖集》等著作中還保留一些盧祖皋所作的詩歌。在交往方面，這幾人中釋居簡系盧祖皋好友，他們有多篇酬唱之作，如《盧蒲江雪夜約同直省中出示采菊、讀書、煎茶、種橘四詩索危秘書諸名勝同賦》等，盧祖皋去世後，釋居簡還作了《盧直院挽章》等詩文以示哀悼。而葉適、薛師石、戴栩、許及之等人均與盧祖皋爲永嘉同鄉，其中戴栩在盧祖皋去世後還曾寫下了《盧直院挽詞》《鄉祭盧直院文》《定海寒食西湖憶盧玉堂葬西湖之上，近傳有僧請大仙降者是其筆》等詩文以示悼念。於是厲鶚等學者就認爲盧次夔可能就是盧祖皋。

但仔細考究這幾首詩歌，在内容上與盧祖皋的行狀并無明顯聯係。許及之的《次韻盧次夔直學投贈二首》與盧祖皋的行狀尤爲牴牾。該詩的序言云：『盧之父有師法，方訓長孫鑄，而次夔近繹子屈致教參孫發蒙。』[二] 這表明盧次夔投贈許及之時，其父尚在。而樓鑰在《池州教官廳壁記》中則清楚地表明盧祖皋『少孤自立』[三]，其父應在他幼年時就已去世。有學者又進一步質疑詩序中的『父』字或爲『兄』字之誤，卻沒有

[一]〔宋〕葉適著《葉適集》卷七，中華書局，第一〇五頁。

[二]〔宋〕許及之著《涉齋集》卷一〇，乾隆翰林院抄本。

[三]〔宋〕樓鑰撰《攻媿先生文集》卷五五，清抄本。

提供充分證據。此外，許及之還在詩中云：『大難過訪憶曾酬，謁入徒慚刺字留。』從詩中所提及的『大難』來看，此詩可能作於開禧三年（一二〇七），韓侂胄因北伐失利而被誅，許及之因支持韓侂胄北伐而遭貶謫。此外，從詩題中的『盧次夔直學』之稱來看，盧次夔當時應任直學士之職。但從現存文獻資料來看，尚沒有證據表明盧祖皋在開禧三年（一二〇七）任直學士。因此，盧祖皋另有一字『次夔』之説，尚有待進一步考證。

關於盧祖皋的號，另有號『菊澗』『菊磵』之説，這可能源於劉過的《除夜寄盧菊磵》一詩。清代秦氏石研齋所藏抄本《龍洲先生集》中，該詩題作《除夜寄盧菊磵》。而陳起編選的《江湖集》中，則題爲《除夜寄盧申之》，并無『菊磵』二字。而一些學術著作中，則將該詩題爲《除夜寄盧菊澗祖皋》，卻沒有提供依據。查閲盧祖皋的詞作，多有吟菊之作，但至於他號『菊磵』或『菊澗』，則除劉過的此詩之外，其他文獻中并無記載。該詩内容爲：『見説盧夫子，詩成手自書。雪便金帳暖，云蔭玉山居。椒葉儲名酒，萍虀薦野蔬。寒夜裩犢鼻，應念馬相如。』[二] 盧祖皋自慶元五年（一一九九）進士及第後，就一直游宦官場，這與詩中的『云蔭玉山居』『寒夜裩犢鼻』等内容頗相牴牾。另釋居簡《北磵文集》中有《送高九萬菊磵游吴序》，明確此『菊磵』實爲餘姚詩人高翥之號。《北磵詩集》中另有《菊磵之宜興兼簡趙長官》及《書菊磵屏蘭》兩詩，詩中均無明確與盧祖皋之行狀相關的記述，應仍爲與高翥酬贈之作。故對於盧祖皋號『菊磵』或『菊澗』之説，亦需進一步考證。

盧祖皋曾與趙師秀、翁卷等『四靈詩人』及江湖派詩人劉過、詩僧釋居簡等人相唱和。其詞在南宋詞選中已受重視，黄昇《中興以來絶妙詞選》入選二十四首，趙聞禮《陽春白雪》入選十首，周密《絶妙好詞》入選十首。黄昇《中興以來絶妙詞選》評其詞曰：『樂章甚工，字字可入律呂，浙人皆唱之。』[三] 可見其詞在當時影響很大。明清時期，學者對其詞依然推崇，明陳耀文輯《花草粹編》入選三十三首，清朱彝尊編《詞綜》

[二] 傅璇琮等主編《全宋詩》卷五一，北京大學出版社，第三一八四九頁。

[三] 〔宋〕黄昇著，〔明〕舒伯明刊《中興以來絶妙詞選》卷八，明萬歷二年（一五七四）刊。

入選十四首。

一、盧祖皋詞集的版本與闋數

盧祖皋的詞集在宋代文獻中已有記載。張端義《貴耳集》稱其『作小詞纖雅，曰《蒲江集》。』[一] 陳振孫《直齋書録解題》卷二一載：『《蒲江集》一卷。』[二] 黄昇《中興以來絶妙詞選》云：『有《蒲江詞稿》行於世。』[三] 但《蒲江集》與《蒲江詞稿》在《宋史・藝文志》中均無記載，説明至元代已佚。其詞主要散見於歷代詞選中，學者所輯盧祖皋詞的稱謂有《蒲江居士詞》《蒲江詞》《蒲江詞稿》之别，闋數有二十五、三十五、九十六之説，不少詞作在歸屬上也有爭議。因此，其詞集的版本情況較爲複雜。

（一）《蒲江居士詞》二十五首

《蒲江居士詞》由明初吴訥輯録。吴訥於明正統六年（一四四一）開始編撰《唐宋名賢百家詞》，該書輯盧祖皋詞二十五首，並題爲《蒲江居士詞》。所收二十五首詞中，有二十四首出於《中興以來絶妙詞選》，第二十五首《好事近》（雁外雨絲絲），在《中興以來絶妙詞選》中，被黄昇收於吴文英詞下[四]。黄昇活動於淳佑前後，較盧祖皋稍晚，他應當尚能見到盧祖皋在宋代的詞集，故其《中興以來絶妙詞選》所收較爲可靠。吴訥將此詞收入盧祖皋詞中，應屬誤收。吴訥本所收《蒲江居士詞》與黄昇《中興以來絶妙詞選》在文字上也有兩方面不同：一方面是有兩首詞的序次不同，即《謁金門・春思》在前、《謁金門・惜别》在後[五]，與《中興

[一] 王雲伍主編《叢書集成初編・貴耳集》卷上，商務印書館一九三七年版，第一七頁。
[二]〔宋〕陳振孫《直齋書録解題》卷二一，上海古籍出版社一九八七年版，第六三一頁。
[三]〔宋〕黄昇著，〔明〕舒伯明刊《中興以來絶妙詞選》卷八，明萬歷二年（一五七四）刊。
[四]〔宋〕黄昇著，〔明〕舒伯明刊《中興以來絶妙詞選》卷一〇，明萬歷二年（一五七四）刊。
[五]〔明〕吴訥編《康宋名賢百家詞》，天津古籍書店一九九二年據商務印書館一九四〇年版影印，第一二八八頁。

以來絶妙詞選》編次顛倒[一]。另一方面，詞作在具體用字上與黄昇《中興以來絶妙詞選》有不同之處，如《賀新郎》（挽住風前柳）中「荒詞誰繼風流後」中的「荒詞」，《中興以來絶妙詞選》作「荒祠」；《水龍吟》（蕩紅流水無聲）中「帶酒離恨」中的「帶酒」，《中興以來絶妙詞選》作「帶將」；《烏夜啼》（段段寒沙淺水）下闋「昨日幾秋風」中的「昨日」，《中興以來絶妙詞選》作「昨夜」。朱祖謀校刊的《蒲江詞稿》，以上文字皆依《中興以來絶妙詞選》。由此來看，當以《中興以來絶妙詞選》所選爲優。吳訥對盧祖皋詞進行輯佚，具有開創之功，但遺憾的是他並沒有與趙聞禮《陽春白雪》、周密《絶妙好詞》等宋詞選本進行參校，僅輯入《中興以來絶妙詞選》中所收盧詞，故遺漏了不少詞作。

（二）《蒲江詞》二十五首

毛晉在刊刻《宋六十名家詞》時，以吳訥所輯《蒲江居士詞》進行收録，收詞仍爲二十五首，但恢復了《謁金門・惜别》在前、《謁金門・春思》在後的序次[二]，與《中興以來絶妙詞選》保持了一致。改集名爲《蒲江詞》，但所收詞沿襲了吳訥所輯《蒲江居士詞》。《四庫全書》又收入此本，並指出「爲明毛晉所刻，凡二十五闋」[三]。

（三）朱祖謀刊《蒲江詞稿》九十六首

一九一七年，朱祖謀依南昌彭元瑞知聖道齋所藏明抄南詞本《蒲江詞稿》進行校刊，收盧祖皋詞九十六首，刻入《彊村叢書》中[四]。因詞作數量上有了較大突破，且序次與吳、毛二本不同，故朱祖謀認爲知聖道齋所藏本即黄昇《中興以來絶妙詞選》所稱《蒲江詞稿》。此本比吳、毛二本多收詞七十一首，不含《好事近》（雁外雨絲絲）。朱祖謀也沒有將此首作爲補遺録入。

[一]〔宋〕黄昇著，〔明〕舒伯明刊《中興以來絶妙詞選》卷八，明萬歷二年（一五七四）刊。
[二]〔明〕毛晉刊《宋六十名家詞・蒲江詞》，上海古籍出版社一九八九年版，第五八八頁。
[三]〔清〕永瑢等撰《四庫全書總目提要》（萬有文庫第一集），商務印書館一九三一年版，卷一九八・集部五一，詞曲類。
[四]朱祖謀輯《彊村叢書・蒲江詞稿》，廣陵書社二〇〇五年影印一九二二年刊本，第八三六至八四八頁。本書所引盧詞，均出此書。

（四）《全宋詞》九十六首補遺兩首

唐圭璋在編撰《全宋詞》時，以《彊村叢書》本的《蒲江詞稿》爲底本，去除《洞仙歌》（溶溶洩洩）一首。又從《豹隱紀談》中補輯《賀新郎》（春色元無主）一首，總數仍保持九十六首。將原收於《蒲江詞稿》中的《洞仙歌》（溶溶洩洩）及見於吳訥輯《蒲江居士詞》與毛晉輯《蒲江詞》中的《好事近》（雁外雨絲絲）兩首列爲存目詞。

二、盧祖臯詞的題材與思想内容

盧祖臯詞的題材主要有閨思、送别離愁、羈旅情懷、遊覽懷古、詠物、閒適與賀壽等幾個類别。

（一）閨思

閨思詞在盧祖臯詞中有十多首，是其詞作中的主要題材之一。這些詞作多從女性的心理角度出發，抒寫幽怨纏綿之情，悱惻動人。風格婉媚纖雅，意境清新優美。往往能通過寥寥數語，生動細膩地刻畫出女性的敏感，展現出她們孤獨、空虚與無奈的情感，是對晚唐溫庭筠詞風的直接繼承。如《菩薩蠻》：

> 帶霜邊雁落。雙字宫羅薄。二十四闌干。夜來相對寒。燭房花幌參差見。疏簾鎮日縈愁眼。巫峽小山屏。夢雲猶未成。

此詞上片描繪容易勾起相思之物的『花幌』『疏簾』『巫峽小山屏』等，映襯出佳人的孤寂。下片以『雁落』反襯佳人之無眠，以『雙字宫羅薄』襯托佳人之孤單。結句『二十四闌干，夜來相對寒』，以欄杆之寒，寫佳人内心之寒。托物抒情，含蓄藴藉，意境清新幽婉。

像這樣的閨思詞還有《畫堂春》（玉屏回夢月平闌）、《畫堂春》（柳黄移上袂羅單）、《烏夜啼》（幾曲微風按柳）、《謁金門》（人寂寞）、《謁金門》（深院静）等。這些詞是他漂泊在外時，對妻子細膩情感的體會與體貼入微的刻畫。

（二）送別離愁

送別離愁是盧詞中的主要內容，也最能體現其藝術風格。這些詞作或寫與朋友相别，或寫與佳人相别，都能將離别之情表達得纏綿悱惻。尤其是寫與女方相别及别後相思的詞作，往往先從男方的内心着筆，來設想女方此時此刻的相思之狀，然後再從女方着筆，描繪女性的相思情狀，心理描繪細膩深刻。如《魚游春水》一詞，起句就是『離愁禁不去』，接著又敘寫了『暗關情緒』的衆多事物：『風翻征袂』『軟紅塵裏』『拾翠叢中』等，連杜宇的叫聲，在詞人聽來，都覺得是在告訴他該到歸期了。接下來，詞人就以『遥知樓倚東風，凝顰暗數』來設想意中人對自己的默默思念，這種構思極爲神妙。又如《烏夜啼》（段段寒沙淺水）一詞，『香羅不共征衫遠』一句點明由於出門時沒有攜帶羅衣，所以聽到『砧杵』聲，就會勾起自己的客愁。本是寫自己的愁思，但接下來詞人寫道：『别恨慵看楊柳，歸期暗數芙蓉。碧梧聲到紗窗曉，昨夜幾秋風』。轉從對方的心理入筆：由於會勾起相思，所以連楊柳也不再看，只細數著芙蓉花，盼著男方早日回來。由於思慮過度，所以一夜無眠，静聽著秋風吹梧桐葉發出的沙沙聲，直到天亮。短短數語，把相思的深情刻畫到無以復加的程度。

（三）遊覽懷古

盧祖皋曾居於吴中多年，其間喜歡遊覽登臨，所以寫下了不少遊覽懷古之作，如《賀新郎·賦彭傳師釣雪亭》《虞美人·九月遊虎北》《摸魚兒·九日登姑蘇臺》等。這些詞作不僅記載了他的遊蹤與所見，且能結合當地的歷史遺跡，恰切地抒發憂國傷時之感。如《賀新郎·賦彭傳師釣雪亭》一詞，能結合遊覽地的三高堂，對范蠡、張翰、陸龜蒙等吴中名賢進行憑弔，並發出了『撫荒祠、誰繼風流後。今古恨，一搔首』的歎惜。虎北山是吴王闔閭所喪之處，《虞美人·九月遊虎北》一詞中，以『故宫歷歷遺煙樹。往事知何處』，來表達對吴王闔閭的憑弔，又以『吟罷闌干、獨自立多時』表達對歷史的無奈與歎惋。

（四）羈旅情懷

抒寫羈旅情懷的詞作，在盧詞中也佔有相當的數量。盧祖皋於慶元五年（一一九九）中進士。自此年起，他先在吴中客游數年，後任江南東路池州教授，後又轉任蘇州主簿等官職，至嘉定十一年（一二一八）赴臨安任刑、工部架閣文字，此後大約一直定居於臨安。他一生在吴中、池州、揚州、嶽州、衡州等地漂泊多年，所以羈旅之詞較多。

抒寫羈旅情懷的詞作主要有《烏夜啼》（幾曲微風按柳）、《烏夜啼》（照水飛禽鬭影）、《眼兒媚》（玉鉤清曉上簾衣）、《水龍吟·淮西重午》等。其中《水龍吟·淮西重午》一詞，抒發詞人端午節的羈旅情懷。上片先寫端午節時會昌湖上的熱鬧場景，並表達了對屈原的憑吊。下片寫眼前的『魚龍戲舞』『綺羅歌鼓』與家鄉會昌湖上的一樣，但這些並没有給詞人帶來愉悦，反而勾起了他『天涯羈旅』與『歸期無據』之感，擔憂明年此時，不知會身在何處，將憑吊屈原與抒發羈旅之思巧妙地融爲一體。

他很多時候將羈旅之思融入遊覽、詠物等詞作中，自然地流露出羈旅之思。如《摸魚兒·九日登姑蘇臺》，本是爲登臨蘇州城外姑蘇山上的姑蘇臺而作。此臺是吴王闔閭所建，對於吴越往事，詞中抒發了『登臨地，寂寞崇臺最久』的感傷，但筆鋒一轉，又寫下『天機衮衮山新瘦，客子情懷誰剖。……翻雲覆雨無窮事，流水斜陽知否』，既表達了對吴國衰落的無窮感歎，又有對自己羈旅的無限惆悵。《虞美人·九月遊虎北》中『故宫歷歷遺煙樹。往事知何處？漫山秋色好題詩，吟罷闌干、獨自立多時』等詞句，其言外之意，也傳遞着人生的無奈與羈旅的愁苦。又如《水龍吟·賦芍藥》一詞，在描繪芍藥的風姿神韻之餘，也抒發了『十年一覺，揚州春夢，離愁似海』的羈旅愁思。此外還有《水龍吟·賦酴醾》中所抒發的『對枕幃空想，東牀舊夢，帶將離恨』等。

（五）詠物

盧祖皐詠物詞有十餘首，所詠之花從牡丹、海棠、芍藥、酴醾，到芙蓉、茉莉、梅花、菊等，另有賦雪一首。他的詠物詞較少純粹詠物而無寄託，往往能將個人懷抱和人生感慨自然巧妙地融入詠物之中，達到物我渾融的境界。如《水龍吟·賦酴醾》：

蕩紅流水無聲，暮煙細草黏天遠。低回倦蝶，往來忙燕，芳期頓嬾。綠霧迷牆，翠虬騰架，雪明香暖。笑依依欲挽，春風教住，還疑是，相逢晚。不似梅妝瘦減。占人間、豐神蕭散。攀條弄蕊，天涯猶記，曲闌小院。老去情懷，酒邊風味，有時重見。對枕幃空想，東牀舊夢，帶將離恨。

這首詞寫觀賞酴醿的所見所感。上片先鋪陳暮春時節百花凋謝的景色，讓人感到厭倦。然後寫突然瞥見荼蘼花的茂盛、皎潔、溫暖，讓人爲之振奮，頓生相逢恨晚之感。下片寫酴醿花不像梅花那樣瘦損，它丰姿神韻，盛開在枝條上的花蕊，即使走到天涯海角，也讓人總是惦記。詞人常會在酒後回想起它盛開時的模樣。他枕著用荼蘼花做成的枕幃，做著美夢。只有此時才會把離別之恨盡皆忘掉。結尾將羈旅之思、好夢難圓等人生遺憾點出，内容頓挫有致，意藴豐富無窮。像這種詠物且有深沉寄託的詞作還有《卜算子・水仙》《卜算子・憶梅花》《洞仙歌・賦茉莉》等。

（六）閒適之情

盧祖皐有不少詞作抒寫他的閒適之情。尤其是嘉定十一年（一二一八）到臨安任職後，沒有再離開臨安，晚年的生活較爲安逸。這一時期他所作的詞，多表現閒適安逸之情。如《漁家傲》一詞：

小閣騰騰人似醉。鳴階簌簌霜林墜。起向樓頭看雪意。雲猶未。雁聲一片江風起。　官裏從容何日是。偷閒著便尋幽事。見説小橋清淺水。梅欲蕊。吟邊陡覺添風味。

上片繪景，分別描繪了小閣、落葉、雁聲、江風等冬日景緻；下片寫詞人忙裏偷閒觀賞小橋流水，橋邊的梅花剛要吐蕊，但覺得比盛開時更有風味。像這樣表現詞人閒適心態的詞作還有《漁家傲》（檜玉敲寒聲不定）、《小闌干・種桂戲成》、《倚闌令》（惜春心）、《浣溪沙》（午睡醒來策瘦筇）等。

（七）壽詞

盧祖皐的詞作中賀壽之詞有二十首之多，由於盧祖皐在宋史無傳，生平資料較少，這些壽詞及其小序，對於考察盧祖皐的生平及人際交往就具有了重要意義。

其中壽錢文子詞四首，即《江城子·壽外姑外舅》《江城子·外舅作梅坡因壽日作此》《洞仙歌·壽外舅》《漁家傲·壽白石》。錢文子，原名宏，字文子，後以字行，更字文季，號白石山人，浙江樂清人，吴越王錢鏐後裔。他是永嘉學派創立者之一，時稱『儒林巨擘』『一代宗師』。曾創辦白石書塾，講學授徒，盧祖皋是其學生，後召爲婿。從盧祖皋寫給葉行之的壽詞《醉梅花》的小序可知，他另有外舅趙西林。據《咸淳臨安志》卷六七記載：『趙鞏，字子固，錢塘人。登乾道八年進士第。嘗奉命使金，金主問《皇帝清問下民賦》非所作乎？歎服其文。學子從遊者甚衆，號西林先生。慶元禁僞學，鞏以祕閣修撰知揚州，入黨籍云。』故知盧祖皋凡兩娶。一爲錢文子女錢氏，一爲趙鞏女趙氏。《醉梅花》是爲趙鞏門生葉行之所作的壽詞。詞人作《醉梅花》時葉行之已七十三歲，故可知他的老師趙鞏更爲年長，盧祖皋娶趙氏夫人時，趙鞏不在人世的可能性很大。故現存的盧祖皋詞中没有見到祝趙鞏壽辰的詞作。盧祖皋當是首娶錢文子女錢氏夫人。錢氏夫人大致卒於盧祖皋池州教授任上，這從釋居簡所撰《吊池陽郡博盧蒲江喪耦與女》一文可知。錢氏夫人卒後，祖皋再娶趙氏，即趙鞏女。另據《樂清錢氏文獻叢編·錢文子壙志》載：錢文子生於紹興十七年（一一四七）十二月十六日，是梅花開放時期，所以盧祖皋寫給錢文子的壽詞中，幾乎都有梅花出現。這也可以印證幾首僅注壽外舅的詞，當爲壽錢文子而作。

樓鑰是盧祖皋的舅父，盧祖皋『少孤自立』（據《池州教官廳壁記》），因此對舅父格外依賴，這就加深了他與舅父既特殊又密切的關係，這種關係從二人交往的一些詩詞中便可看出。如樓鑰《攻媿集》中，現有《盧甥申之自吴門寄顔樂間畫戕》《題申之寄示春郊畫軸》《跋盧申之所藏韋偃三馬》《贈别盧甥申之歸吴門》等詩。故盧祖皋現存的壽詞中，明確爲寫給樓鑰的至少有三首，即《洞仙歌》（東樓佳麗）、《沁園春·戊辰歲壽攻媿舅》及《臨江仙》（跨鶴雲間猶未久）等。

盧祖皋壽詞中有一首寫給表兄王和叔、一首寫給表兄王永叔的，且二人都爲秘監。但其實這二人均爲王柟。張憲文《盧祖皋事迹考》中考證：『王和叔、王永叔實即一人，祖皋所稱表兄秘監，即爲王柟。和叔、永叔應作木叔，乃形近傳抄之誤。』陳騤《南宋館閣續録》卷七《少監》條載：『柟字木叔，溫州永嘉人。乾道二年蕭國梁榜進士及第，治春秋。（嘉定）元年六月除（秘書少監），十一月罷。』嘉定元年（一二〇八），王柟罷秘書少監，時年六十六歲。盧祖皋作《滿江紅・壽王永叔祕監表兄》，詞中以『安石正多人望在，子公何用緘書力』等語加以安慰。《滿庭芳》（盤谷居成）詞作於『辛未歲』，即嘉定四年（一二一一），王柟時年六十九歲，此時仍賦閒在家，詞中以『歸計早』『清時未許，野渡有舟橫』等語，來表達對王柟復出的期待。《水龍吟》（世間誰似蓬仙）一詞，未明確表明壽主身份，但以『蓬仙』稱呼壽主。《滿庭芳》（盤谷居成）的小序中云：『徜徉湖山間，望之爲蓬瀛仙翁也。』可以看出，『蓬仙』是盧祖皋對表兄王柟的稱呼，而他對其他壽主從無這種稱呼。《滿江紅・壽王永叔祕監表兄》中有『歸來趁、蓬萊壽席』的句子，說法雖略有不同，但亦含有『蓬仙』之意。因此，可以推斷，此詞當爲壽王柟。又從《水龍吟》中的『坐間八袠齊眉壽』可知，此詞應爲壽王柟七十壽辰而作。《洞仙歌》（梅窗雪屋）一詞，亦無明確顯示壽主身份之語。但從詞中『還賦蓬仙壽』等語來看，壽主仍當爲王柟。詞中的『問西州千騎幾時來』等語，與王柟在嘉定元年（一二〇八）罷秘書少監後『知袁州未行』，後出仕『知贛州』的經歷相合（見《水心集》卷二三）。因此，壽詞中，壽主爲王柟的當有此四首。

《木蘭花慢》（向蒲江佳處）一詞，爲壽詞人五兄盧似之六十壽辰而作。從詞中『十年。微禄縈牽』等句可知，詞約作於嘉定元年（一二〇八），詞人於慶元五年（一一九九）進士及第，至此年，已在外宦游十年左右。《月城春・壽無爲趙祕書》一詞，約作於盧祖皋遊歷淮西路時期。《醉梅花》（傳得西林一派清）一詞，爲壽盧祖皋外舅趙鞏的學生葉行之而作，從小序中的『結屋姑蘇臺之北』等語來看，當作於詞人在吳中任主簿時期。《燭影搖紅・十月十四日壽藏春孟侍郎》一詞，爲壽孟猷而作。孟猷，字良甫，因家居平江府（今蘇州市）閭丘坊巷藏春園，世人以藏春相稱。葉適《故運副龍圖侍郎孟公墓誌銘》（《水心文集》卷二二）記載：『良甫名猷，姓孟氏，元祐皇后侄曾孫，信安郡王（孟忠厚）孫。』此詞亦當作於詞人任吳中主簿時期。《賀新郎・送曹西士宰建昌》是一首爲盧祖皋友人曹豳踐行兼祝壽之詞。《宋史・曹豳傳》記載：『豳字西士，少從錢文子學，登嘉泰二年進士第。』又周夢江《〈宋史・曹豳傳〉補正》附《曹豳墓志》記載：『（嘉定）十六年……五月（曹豳）任南康軍建昌縣宰。』故此詞作於嘉定十六年（一二二三），已是詞人晚年時期。《木蘭花慢・壽具舍使母夫人》一詞，爲壽具姓舍人母親壽辰而作。《鵲橋仙・壽謝法□》一詞，爲壽謝姓友人而作。《鵲橋仙》（澄江曉碧）與《臨江仙》（六鶴飛來松帳曉）兩詞的壽主身份尚難確定。

盧祖皋的壽詞，並非一味阿諛諂媚之詞，往往結合壽主的身份、地位、性情、雅好、仕履等，能在賀壽的同時，對壽主進行恰當的評價、祝賀或者勸慰。如《滿江紅・壽王永叔秘監表兄》一詞：

擬問扁舟，歸來趁、蓬萊壽席。還又向、月城迢遞，歲寒爲客。多竹襟期居已就，一川圖畫□堪覓。想玉笙、霜鶴擁蹁躚，真仙伯。　身早退，頭翻黑。心最嬾，閒偏適。更新來膝下，始看袍色。安石正多人望在，子公何用緘書力。但年年、把酒爲梅花，尋消息。

此詞先婉轉地表明自己無法前去爲表兄賀壽的原因。『歲寒爲客』既抒發自己客居他鄉的無奈，也含蓄點明表兄的壽辰在嚴寒的冬季。接下來的幾句敘寫表兄的性情雅趣：院中竹子衆多，常與玉笙、仙鶴相伴，活脱脱就是一位『蓬仙』。下片爲表兄早早退隱感到惋惜。卻先贊美他頭髮尚黑，身心閒適，能在父母身邊孝敬。接著用謝安、謝石曾爲聲望太高而憂慮及南陽郡守陳咸多次向陳湯致書謀求遷升的典故，勸慰表兄不需要像陳咸賄賂陳湯那樣，只需在家賞梅飲酒，不久朝廷重新起用的好消息即將到來。仕途是古人追求的重要人生目標，而王枏卻早早賦閒，這樣勸慰他，既讓對方不失顔面，又心中滿懷希望。

三、盧祖皋詞的藝術風格與影響

盧祖皋是南宋格律詞派重要作家，但周濟在《宋四家詞選・目録序論》中卻説：『竹屋、蒲江並存盛名。蒲江窘促，等諸自鄶；竹屋硜硜，亦凡響耳。』[一] 周濟將盧祖皋與高觀國的詞相提並論，認爲高觀國的詞作爲『凡響』，盧祖皋的詞『等諸自鄶』，不值一評。但其實二人的詞風很不相同。高觀國的詞作主要學習姜夔的清

[一]〔清〕周濟編《宋四家詞選・目録序論》，古典文學出版社一九五八年版，第四頁。

空騷雅風格。而盧祖皋的師承較爲廣泛，而且他重視小令的創作，其現存的詞作中，小令就有五十七首，占總數的六成左右。這些詞作在藝術上，直承晚唐溫庭筠、宋初晏殊、歐陽修等人的風格，也善於通過對女子舉動、神態與身邊器具的描繪，展示女子内心的愁思。如其所創作的三首《菩薩蠻》，均通過細膩的白描手法，來展現女性的心理世界，帶著淡淡的哀怨。但這樣的詞，在高觀國的詞作中是鮮見的。因此，張端義在《貴耳集》中稱『其小詞纖雅』[一]。

除了師承溫庭筠、歐陽修和晏殊等人的藝術風格之外，盧祖皋也學習柳永、周邦彦等詞人的藝術手法，在抒寫離愁相思時，描寫視角往往在男方、女方之間反復轉换，將相思之情展現得淋漓盡致，如《魚游春水》（離愁禁不去）中的『昨夜山陰杜宇。似把歸期驚倦旅。遥知樓倚東風，凝顰暗數』幾句，與溫庭筠《夢江南》詞：『梳洗罷，獨倚望江樓。過盡千帆皆不是，斜暉脈脈水悠悠』[二]以及柳永詞《八聲甘州》『歎年來蹤跡，何事苦淹留？想佳人，妝樓顒望，誤幾回、天際識歸舟。爭知我，倚欄杆處，正恁凝愁』[三]等句，正有異曲同工之妙。運用這樣手法的句子還有《醜奴兒慢》中的『聞道近時，題紅傳素，長是沾襟。想當日、冰弦彈斷，總廢清音。准擬歸來，扇鸞釵鳳巧相尋』等。毛晉在《〈蒲江詞〉跋》中也總結了盧祖皋廣泛學習前人藝術手法的概況：『余喜其「柳色津頭泫緑，桃花渡口啼紅」，較之秦七「鶯嘴啄花紅溜，燕尾點波緑皺」，不更鮮秀邪？又「玉簫吹未徹，窗影梅花月。無語只低眉，閒拈雙荔枝」直可步趨南唐「孤枕夢回雞塞遠，小樓吹徹玉笙寒」矣。至如「江涵雁影梅花瘦」「花片無聲簾外雨」云云，蓋古樂府佳句也。』[四]從毛晉的評價來看，他認爲盧祖皋詞在創作手法上廣泛學習古樂府、南唐詞人及秦觀等前輩詞家。

[一] 王雲伍主編《叢書集成初編·貴耳集》卷上，商務印書館一九三五年版，第一七頁。
[二] 華連圃撰《花間集注》卷二，商務印書館一九三七年版，第三三頁。
[三]〔宋〕柳永著，陶然、姚逸超校注《樂章集校箋》卷下，上海古籍出版社二〇一六年版，第五七八頁。
[四] 金啟華等編《唐宋詞集序跋彙編·〈蒲江詞〉跋》，江蘇教育出版社一九九〇年版，第二四二頁。

當然，由於姜夔的詞風在南宋影響廣泛，盧祖皋的一些詞作，也帶有學習姜詞的痕跡，如其《夜行船》（暖入新梢風又起）中的『魂夢爲君迢遞』正是化用了姜夔《踏莎行》（燕燕輕盈）中的『離魂暗逐郎行遠』[一]的意境。因此，朱彝尊在《黑蝶齋詩餘序》中說：『詞莫善於姜夔，宗之者張輯、盧祖皋、史達祖、吳文英、蔣捷、王沂孫、張炎、周密、陳允平、張翥、楊基，皆具夔之一體。』[二] 朱彝尊認爲盧祖皋學習姜夔詞風格，是正確的，但僅憑此就斷定盧祖皋的詞作僅是師承姜夔，就顯得偏頗了。盧祖皋師承廣泛，所以造就了他詞作的多樣化風格。因此，黄昇稱其詞『樂章甚工，字字可入律呂，浙人皆唱之』[三]，可見其詞在當時的影響很大，所以周濟對盧詞做出的『等諸自鄶』的評價，只是一家之見，是不夠公允的。

[一]〔宋〕姜夔著，夏承燾校輯《白石詩詞集·歌曲》卷二，人民文學出版社一九九八年版，第一〇二頁。
[二]〔清〕朱彝尊著《曝書亭集》上册卷四〇，世界書局印行，第四八八頁。
[三]〔宋〕黄昇著，〔明〕舒伯明刊《中興以來絶妙詞選》卷八，明萬曆二年（一五七四）刊。

凡例

一、本書以廣陵書社二〇〇五年影印一九二二年刊《彊村叢書》本中所收《蒲江詞稿》爲校注底本。原收詞凡九十六首，《洞仙歌》（溶溶洩洩）一詞雖實爲無名氏之作而誤録，但因其收於《蒲江詞稿》中，故仍之。將《全宋詞》中補輯的《賀新郎》（春色元無主）及吴訥本《唐宋名賢百家詞選》中所收《好事近》（雁外雨絲絲）兩首，附録於後，計九十八首。另有學者提出的《西江月》（梁上喃喃燕語）一詞，因證據尚不充足，暫不收録。

二、本書的參校本如下：

（一）唐圭璋輯《全宋詞》，中華書局。

（二）周密輯，查爲仁箋《絕妙好詞箋》，〔清〕同治十一年刻本。

（三）趙聞禮編《陽春白雪》，〔清〕邊洛禮手抄本。

（四）陳景沂輯《全芳備祖》，浙江古籍出版社。

（五）黄昇編《中興以來絕妙詞選》（校記中簡稱黄昇《詞選》），〔明〕萬曆二年舒伯明刻本。

（六）吴訥輯《唐宋名賢百家詞·蒲江居士詞》（校記中簡稱吴本），天津市古籍書店。

（七）毛晉輯《宋六十名家詞·蒲江詞》（校記中簡稱毛本），上海古籍出版社。

（八）朱彝尊編《詞綜》，上海古籍出版社。

（九）朱祖謀編《宋詞三百首》，浙江古籍出版社。

三、本書校注内容分爲四部分：校勘記、注釋、集評、賞析。

四、對於正文有殘缺，而據它書補出的字，在原空缺處徑直補入並在校記中説明。正文有異文而原文仍可通的，在校記中説明諸本異文情况。若原文誤而據它書補正的，在原文處徑直改正，並在校記中加以説明。

五、由於盧祖皋詞尚無完全注本，個别詞作雖有學者注釋，但往往失於簡略，有許多典故、名物及方言等，均没有詳細的注釋，故而影響對盧詞的全面理解與有效傳播。因此，本書在注釋上采取「避簡就繁、繁簡適度」的原則。對於其所用典故、名物、民俗及方言等，本書廣引《爾雅》《説文解字》《毛傳》《周禮》《史記》《漢書》《昭明文選》等文獻及史料，詳加考證注釋，力爭使所做注釋言必有據，以期讀者能夠准確領悟盧詞意藴。

六、本書收録了歷代詞評著作中論盧詞的評論約二十餘條，附於相關詞後。另有數條從總體上對盧詞進行評論的詞論，收於附録之中。

七、由於本書注釋較繁，爲了方便讀者把握盧詞意藴，故在每首詞後對詞作進行了簡要的賞析，以期對讀者有所助益。

目録

宴清都

初春

春訊飛瓊管[一]。風日薄[二]、度牆啼鳥聲亂。江城次第[三],笙歌翠合[四],綺羅香暖[五]。溶溶澗渌①冰泮[六]。醉夢裏、年華暗換[七]。料黛眉重鎖隋堤[八],芳心還動梁苑[九]。新來雁闊雲音[一〇],鸞分鑑影[一一],無計重見。啼春細雨[一二],籠愁澹月[一三],恁時庭院[一四]。離腸未語先斷[一五]。算猶有、憑高望眼[一六]。更那堪[一七]、芳草連天[一八],飛梅弄晚[一九]。

校勘記

①渌:黄昇《詞選》、吳本及毛本作『緑』。《陽春白雪》第一卷作『谷』。

注釋

[一]春訊:春的信息。瓊管:古時測量節候的玉管。古人以蘆葦杆内壁的薄膜燒成灰,填充在玉制的十二律管内,置於密室,到了某一節氣,相應律管中的灰就會飛出來。

[二]風日薄:初春時節,雲淡風輕。風日:風與日。陶潛《五柳先生傳》:『環堵蕭然,不蔽風日。』薄:微,少,弱。

［三］江城：臨江之城市、城郭。案：盧祖皋曾於池州、嶽州、臨安任職，池州、嶽州位於長江之畔，臨安位於錢塘江畔，均爲江城，此詞具體作於何地不詳。次第：頃刻，轉眼。白居易《觀幻》詩：『次第花生眼，須臾燭遇風。』

［四］笙歌：泛指奏樂唱歌。王維《奉和聖制十五夜然燈繼以酺宴應制》詩：『上路笙歌滿，春城漏刻長。』翠合：江城被青緑色環繞。翠：青緑色。合：合攏，環繞。

［五］綺羅：泛指華貴的絲織品或絲綢衣服。徐幹《情詩》：『綺羅失常色，金翠暗無精。』

［六］溶溶：水流盛大貌。溫庭筠《蓮浦謠》詩：『鳴橈軋軋溪溶溶，廢緑平煙吴苑東。』渌：清澈。柳宗元《田家》詩之三：『蓼花被堤岸，陂水寒更渌。』冰泮：指冰雪融化。泮：融解。謝靈運《折楊柳行》詩之二：『未覺泮春冰，已復謝秋節。』

［七］年華：歲月，時光。許稷《閏月定四時》詩：『乍覺年華改，翻憐物候遲。』

［八］『料黛眉』句：我料想隋堤已緑柳成蔭。料：估量，忖度。黛眉：黛畫之眉。此處以女子黛眉比喻細長的柳葉。白居易《長恨歌》詩：『芙蓉如面柳如眉，對此如何不淚垂。』鎖：封閉，封鎖。劉克莊《真州北山》詩：『遙憐鍾阜諸峰好，閒鎖行宫九十年。』隋堤：隋煬帝時沿通濟渠、邗溝河岸修築的御道，道旁植楊柳，後人謂之隋堤。蘇軾《江城子》詞：『隋堤三月水溶溶。背歸鴻，去吴中。』周邦彦《蘭陵王》詞：『隋堤上，曾見幾番，拂水飄綿送行色。』

［九］『芳心』句：梁苑的林花芳心震顫。芳心：花蕊。俗稱花心。蘇軾《岐亭道上見梅花戲贈季常》詩：『數枝殘緑風吹盡，一點芳心雀啅開。』動：舞動。梁苑：西漢梁孝王所建的東苑，故址在今河南省開封市東南。園林規模宏大，方三百餘里，宫室相連屬，供遊賞馳獵。梁孝王在其中廣納賓客，當時名士司馬相如、枚乘、鄒陽等均爲座上客。王融《奉辭鎮西應教》詩：『霤庭參辯奭，梁苑豫才鄒。』

［一〇］新來：近來。李清照《鳳凰臺上憶吹簫》詞：『新來瘦，非干病酒，不是悲秋。』雁闊雲音：聽不到雲中傳來的鴻雁叫聲。闊：稀少。颜延之《北使洛》詩：『在昔輟期運，經始闊聖賢。』

［一一］鸞分鑑影：比喻愛人分離或失去伴侶。范泰《鸞鳥詩序》：『昔罽賓王結罝峻卯之山，獲一鸞鳥。王甚愛之，欲其鳴而不致也。乃飾以金樊，饗以珍羞。對之俞戚，三年不鳴。其夫人曰：「嘗聞鳥見其類而後鳴，何不懸鏡以映之？」王從其意。鸞睹形悲鳴，哀響沖霄，一奮而絕。』

［一二］啼春細雨：春雨如泣。

［一三］澹月：清淡的月光。蘇軾《淮上早發》詩：『澹月傾雲曉角哀，小風吹水碧鱗開。』

［一四］恁時：那時候。馮延巳《憶江南》詞：『東風次第有花開，恁時須約卻重來。』

［一五］離腸：充滿離愁的心腸。武元衡《南徐別業早春有懷》詩：『虛度年華不相見，離腸懷土併關情。』

［一六］憑高：登臨高處。李白《天臺曉望》詩：『憑高遠登覽，直下見溟渤。』

［一七］那堪：怎堪；怎能禁受。李端《溪行遇雨寄柳中庸》詩：『那堪兩處宿，共聽一聲猿。』

［一八］芳草連天：芳草連綿鋪向天邊。

［一九］飛梅弄晚：凋謝的梅花在傍晚飛舞。

集評

陳廷焯《詞則》評論：『此詞絕幽怨，神似梅溪高境。』

賞析

此詞爲傷春懷人之作，表達對一位佳人的思念之情。

宴清都

上片寫景。開篇六句從自然與人事的聲、色、香、暖之種種變化，來渲染江城春色之絢麗與溫馨。玉管中飛出的葭莩灰預示著春天已經到來，日暖風微，啼鳥聲亂。笙歌綺羅，人事也喜氣洋洋。澗流解凍，春水溶溶。寫他人之歡樂，正襯托出詞人自己內心的孤獨寂寞，這從『醉夢裏、年華暗換』七字中便可看出，詞人感覺在醉夢裏，恍惚之間，歲月已悄然轉換。『醉夢』『暗換』，寫春光流逝之迅速和詞人恍惚不覺之心態。『料黛眉』二句，寫詞人料想隋堤上早已緑柳成蔭，花園中也早已繁花似錦。『黛眉』『芳心』語義雙關，表面説花柳，暗指思念的佳人，自然過度到下片對人的思念。

下片抒寫離愁別恨。前三句點出詞的主旨——『無計重見』。詞人久已不聞能捎來書信的鴻雁叫聲，與佳人分別以來，自己猶如樊籠中的鸞鳳對著鏡中的孤影悲鳴，無法再與佳人相見。『啼春細雨，籠愁澹月，恁時庭院』，寫春天灑下淅淅瀝瀝的細雨，愁雲籠罩的夜晚，月光淡淡，自己卻獨守著此時的庭院。詞人的淒涼之情，溢於言表。『啼春細雨』句寫細雨淅淅瀝瀝如春之啼泣，是移情手法。『恁時庭院』寫出詞人對別時的一切記憶猶新。『離腸未語先斷。算猶有、憑高望眼』，寫詞人因相思離愁而痛斷離腸，即使登高望遠以舒懷，亦無法排解内心的離恨。最後以望中景語作結，『更那堪、芳草連天，飛梅弄晚』，就算還能登高望遠，更如何忍受那芳草連綿伸向天邊，飛落的梅花在昏暗的暮色中舞弄。『芳草連天』，思緒伸向遠方。暮色中紛紛飄落的梅花，不由得使人想起笛曲《梅花落》所抒發的離情別意。『飛梅』牽動著愁思，更加上時已向晚，其情之不堪可知。下片由春思人，思而腸斷，芳草、落梅，更增加離愁別緒，辭情愈轉愈深，傳達出無限深長的別愁離恨，辭盡意未盡。

魚游春水①

離愁禁不去[一]。好夢别來無覓處。風翻征袂②[二]，觸目年芳如許[三]。軟紅塵裏鳴鞭鐙[四]，拾翠叢中句伴侶[五]。都負歲時[六]，暗關情緒[七]。　昨夜山陰杜宇[八]。似把歸期驚倦旅[九]。遙知樓倚東風[一〇]，凝顰暗數[一一]。寶香拂拂遺鴛錦[一二]，心事悠悠尋燕語[一三]。芳草暮寒[一四]，亂花微雨[一五]。

校勘記

①黄昇《詞選》、吳本及毛本題下有『離愁』二字。

②袂：吳本、毛本作『袖』。黄昇《詞選》《詞綜》作『袂』。

注釋

［一］禁不去：排除不掉。禁：制止。韓愈《陸渾山火和皇甫湜用其韻》詩：『火行於冬古所存，我如禁之絶其飧。』

［二］征袂：遊子的衣袖。權德輿《送句容王少府簿領赴上都》詩：『江露濕征袂，山鶯宜泊船。』征：遠行，遠去。《詩・小雅・小明》：『我征徂西，至於艽野。』鄭玄箋：『征，行。』王褒《九懷・匡機》詩：『乘日月兮上征，顧遊心兮鄗酆。』袂：衣袖。後蜀毛熙震《河滿子》詞：『無語殘妝淡薄，含羞嚲袂輕盈。幾度香閨眠過曉，綺窗疏日微明。』

［三］觸目：目光所及。歐陽修《採桑子》詞：『歸來恰似遼東鶴，城郭人民，觸目皆新，誰識當年舊主人。』年芳：指美好的春色。沈約《三月三日率爾成章》詩：『麗日屬元巳，年芳具在斯。開花已匝樹，流嚶復滿枝。』如

許：像這樣。范成大《盤龍驛》詩：『行路如許難，誰能不華髮。』

［四］軟紅：亦作『輭紅』，謂繁華熱鬧。蘇軾《次韻蔣穎叔錢穆父從駕景靈宮》詩之一：『半白不羞垂領髮，軟紅猶戀屬車塵。』自注：『前輩戲語，有西湖風月，不如東華軟紅香土。』鞭鐙：亦作『鞭蹬』『鞭凳』，馬鞭和馬鐙，借指馬具。蘇軾《罷徐州往南京馬上走筆寄子由》詩之一：『紛紛等兒戲，鞭鐙遭割截。』

［五］拾翠：拾取翠鳥羽毛以爲首飾，後多指婦女遊春。吳融《閒居有作》詩：『踏青堤上煙多綠，拾翠江邊月更明。』句伴侶：吸引伴侶。句：逗引，吸引。

［六］負：辜負。陳與義《夏日集葆真池上以緑陰生晝靜賦詩得靜字》詩：『清風不負客，意重百金贈。』歲時：歲月，時間。韓愈《贈徐州族侄》詩：『歲時易遷次，身命多厄窮。』

［七］暗闗情緒：不知不覺中產生綿綿情意。暗：不知不覺。韋莊《清平樂》詞：『野花芳草，寂寞闗山道，柳吐金絲鶯語早，惆悵香閨暗老。』闗：牽繫。貫休《題友人山居》詩：『卜居鄰塢寺，魂夢又相闗。』情緒：纏綿的情意。韓偓《青春》詩：『眼意心期卒未休，暗中終擬約秦樓。光陰負我難相偶，情緒牽人不自由。』

［八］山陰：山朝北的一面。姚合《寄楊工部聞毗陵舍弟自罨溪入茶山》詩：『芳新生石際，幽嫩在山陰。』杜宇：傳説中的古代蜀國國王。杜宇始稱帝於蜀，號曰望帝。晚年時，洪水爲患，蜀民不得安處，乃使其相鱉靈治水。鱉靈察地形，測水勢，疏導宣洩，水患遂平，蜀民安處。杜宇感其治水之功，讓帝位於鱉靈，號曰開明。杜宇退而隱居西山，傳説死後化作鵑鳥。每年春耕時節，子鵑鳥鳴，蜀人聞之曰『我望帝魂也』，因稱杜鵑爲『杜宇』。

［九］『似把』句：杜鵑鳥的啼鳴似乎是在警醒遊子歸期。驚：通『警』，警戒。《詩·小雅·車攻》：『徒御不驚，大庖不盈。』倦旅：指倦於行旅的人。

［一〇］『遥知』句：詞人設想意中人此時正站立在樓上，迎著東風眺望遠方。遥知：謂在遠處知曉情況。王維《九月九日憶山東兄弟》詩：『遥知兄弟登高處，遍插茱萸少一人。』東風：春風。李白《春日獨酌》詩之一：『東風扇淑氣，水木榮春暉。』

［一一］凝顰：亦作『凝嚬』，皺眉。范成大《擬古》詩：『彎環樓前月，掩抑樓上人。人月不得語，相看兩凝顰。』暗數：默默計算遊子歸來的日期。

［一二］寶香：熏香的美稱。辛棄疾《滿江紅·建康史帥致道席上賦》詞：『料想寶香黄閣夢，依然畫舫清溪笛。』拂拂：散佈貌。白居易《紅線毯》詩：『綵絲茸茸香拂拂，線軟花虚不勝物。』遺：遺留。鴛錦：織有鴛鴦圖案的絲織衣物。錦：有彩色花紋的絲織品，詞中指用錦製作的衣服。《詩·鄭風·豐》：『衣錦褧衣，裳錦褧裳。』

［一三］『心事』句：滿腹心事被燕叫聲打斷，不由抬起頭來四下尋找呢喃的燕子。燕語：指燕子的叫聲。姚合《酬任疇協律夏中苦雨見寄》詩：『樹暗蟬吟咽，巢傾燕語愁。』悠悠：連綿不盡貌。溫庭筠《夢江南》詞：『過盡千帆皆不是，斜暉脈脈水悠悠。』

［一四］芳草暮寒：凄寒的暮色中，芳草直鋪向天邊。芳草：香草。范仲淹《蘇幕遮》詞：『山映斜陽天接水，芳草無情，更在斜陽外。』

［一五］亂花微雨：淅瀝的小雨中，綻放著繁多而色彩繽紛的花朵。

賞析

此詞寫離別後相思之情。

上片寫離別後的愁緒，『離愁禁不去。好夢别來無覓處』，由於離愁縈繞心頭，詞人連一個好夢也沒有做成。春風吹動遊子的衣襟，滿眼盡是美好的春光。『軟紅塵裏鳴鞭鐙，拾翠叢中句伴侶』兩句，寫其他遊客騎馬穿行，男女相互逗引的歡樂。但詞人卻毫無遊興，反而勾起他對妻子的思念。

下片以杜鵑的啼鳴聲開篇。杜鵑的聲聲哀鳴，仿佛在提醒詞人歸期已到。但詞人卻無法歸去，使他不禁想象妻子此時的模樣，她此刻也許正佇立在東風中，依樓凝望遠方，皺著眉頭暗數著遠方的帆船。此情此境正暗合溫庭筠《夢江南》『過盡千帆皆不是，斜暉脈脈水悠悠。』及柳永詞《八聲甘州》『想佳人，妝樓顒望，誤幾回、天際識歸舟』的意境。但詞人的心事卻被燕子的叫聲打斷，不由得尋聲望去，只見淒寒的暮色中，天空中飄著淅淅瀝瀝的小雨，芳草一直鋪向天邊，給詞人留下了無盡的傷感與愁思。

此詞上片用反襯手法，下片用豐富的想象，展現了綿延不盡的相思之意。

倦尋芳①

香泥壘燕[一]，密葉巢鶯[二]，春晦②寒淺[三]。花徑風柔[四]，著地舞裀紅輭[五]。鬬草煙欺羅袂薄[六]，鞦韆影落春遊倦[七]。醉歸來，記寶帳歌慵[八]，錦屏香暖[九]。別來悵[一〇]、光陰容易[一一]，還又酴醾[一二]，牡丹開徧。妒恨疏狂[一三]，那更柳花迎面[一四]。鴻羽難憑芳信短[一五]，長安猶近歸期遠[一六]。倚危樓[一七]，但鎮日[一八]、繡簾高捲。

校勘記

①黄昇《詞選》、吳本及毛本題下有『春思』二字。

②晦：黄昇《詞選》作「暗」，吴本、毛本及《詞綜》作「晴」。案：從下文「鬭草煙欺羅袂薄」句，可以看出，當日有薄霧，故當作「晦」。

注釋

〔一〕香泥壘燕：燕銜香泥築巢。香泥：芳香的泥土。胡宿《城南》詩：「昨夜輕陰結夕霏，城南十裏有香泥。」

〔二〕密葉巢鶯：鶯在密葉中築巢。

〔三〕春晦：春天裏陰暗的天氣。宋祁《和朱少府苦雨》詩：「滯濟連春晦，層陰接夜分。」

〔四〕花徑：花間的小路。李端《暮春尋終南柳處士》詩：「入溪花徑遠，向嶺鳥行遲。」

〔五〕「著地」句：落在地上的花朵猶如紅軟的地毯。舞裀：供跳舞用的地毯。柳永《少年遊》詞：「舞裀歌扇花光裏，翻回雪，駐行雲。」

〔六〕鬭草：亦作鬭百草，一種古代遊戲。競採花草，比賽多寡優劣，常於端午行之。白居易《觀兒戲》詩：「弄塵復鬭草，盡日樂嬉嬉。」煙欺羅袂薄：雲煙寒濕，羅衣也顯得單薄。羅袂：絲羅的衣袖，亦指華麗的衣著。漢武帝《落葉哀蟬曲》詩：「羅袂兮無聲，玉墀兮塵生。」

〔七〕「鞦韆」句：鞦韆停歇下來，遊客始覺倦怠。鞦韆：傳統體育遊戲，兩繩下拴横板，上懸於木架，人坐或站在板上，兩手分握兩繩，前後往返擺動。

〔八〕寶帳：華美的帳子。鮑照《代陳思王京洛篇》詩：「寶帳三千萬，爲爾一朝容。」歌慵：歌聲嬾散。慵：嬾惰，嬾散。王禹偁《寒食》詩：「使君慵不出，愁坐讀《離騷》。」

〔九〕錦屏：錦繡的屏風。魏承班《玉樓春》詞：「愁倚錦屏低雪面，淚滴繡羅金縷綫。」

〔一〇〕悵：怨望，失意。韓愈《贈徐州族侄》詩：「既往悵何及？將來喜還通。」

〔一一〕光陰容易：時光易逝。光陰：時間，歲月。韓偓《青春》詩：「光陰負我難相偶，情緒牽人不自由。」容易：事物發展變化的進程快。司馬光《又寄聶之美》詩：「心目悠悠逐去鴻，別來容易四秋風。」

〔一二〕酴醾：花名，本酒名，以花顔色似之，故取以爲名。初夏開花，夏季盛放，花單生。陸游《東陽觀酴醾》詩：「福州正月把離杯，已見酴醾壓架開。」

〔一三〕妒恨：亦作「妬恨」，妒忌怨恨。《隋書・儒林傳・劉焯》：「後因國子釋奠，與炫二人論義，深挫諸儒，咸懷妒恨，遂爲飛章所謗。」疏狂：亦作「踈狂」「蹺狂」，豪放，不受拘束。白居易《代書詩寄微之》詩：「疏狂屬年少，閒散爲官卑。」

〔一四〕那更：況且。蘇軾《虞美人》（冰肌自是生來瘦）詞：「冰肌自是生來瘦，那更分飛後。」柳花：指柳絮。李白《金陵酒肆留別》詩：「風吹柳花滿店香，吳姬壓酒喚客嘗。」

〔一五〕鴻羽：《漢書・蘇武傳》載有鴻雁傳書之事，後人因以比喻信使。呂誨《和邵堯夫見寄時知鄧州》詩：「冥冥鴻羽在雲天，邈阻風音已十年。」難憑：不可憑信。芳信：指閨中人的書信。史達祖《雙雙燕・詠燕》詞：「應自棲香正穩，便忘了天涯芳信。」

〔一六〕長安：唐以後詩文中常用作都城的通稱，此指南宋行在臨安。猶：如同，好比。《左傳・隱公四年》：「夫兵，猶火也。」

〔一七〕危樓：高樓。酈道元《水經注・沮水》：「危樓傾崖，恒有落勢。」

〔一八〕鎮日：整天。朱熹《邵武道中》詩：「不惜容鬢凋，鎮日長空饑。」

集評

陳廷焯《雲韶集》卷七：「『欺』字、『落』字俱是垂煉而出。情致搖曳。深深款款。」

賞析

此詞從女性的視角寫傷春懷人之情。

上片先寫二人一同春遊。從燕子、黄鶯築巢入筆，接下來寫春日陽光暗淡、寒意輕輕，柔和的清風吹拂著花間小路，落花滿地，小路上鋪滿落花，猶如一條柔軟的紅毯。接下來寫男女主人公的春遊活動：在玩鬭草遊戲時被水霧浸透了單薄的羅衫，蕩罷鞦韆，他們已覺得有些疲倦。醉酒歸來後，還記得當時女子在羅帳内嬾洋洋地哼著歌曲，錦繡的屏風内散發著沉香的氣味，讓人感受到暖暖的春意。

下片寫女主人公思念遠方的親人。自從分别以來，一直惆悵憂鬱，年華在不知不覺中消逝。酴醿已綻放出黄色的花朵，牡丹花也已開遍園圃。更令人氣憤的是那豪放張狂的柳絮，正到處飛舞著，時不時地撲在人的臉上。此時想給遠方的親人捎去一封書信，卻無鴻雁幫助傳遞，又發覺短短的書信不能表達别後的相思之情。臨安的距離雖近，但親人的歸來卻遥遥無期。於是，她整天在樓上把繡簾高高卷起，站在那裏向遠處凝望，盼望丈夫能早日歸來團聚。柳永詞《八聲甘州》『想佳人，妝樓顒望，誤幾回、天際識歸舟。爭知我，倚欄杆處，正恁凝愁』正與此詞有異曲同工之妙。

江城子[一]

畫樓簾幕捲新晴[二]。掩銀屏，曉寒輕[三]。墜粉飄香[四]，日日喚愁生[五]。暗數十年湖上路[六]，年華空自感飄零[九]。擁春酲[一〇]，對誰醒[一一]。天闊雲閒，無處覓簫聲[一二]。載酒買花年少事[一三]，渾不似[一四]，舊心情。

能幾度[七]，著娉婷[八]。

注釋

[一] 此詞約作於嘉定十七年（一二二四）。詳證見盧祖皋年表『嘉定十七年』條。

[二] 『畫樓』句：卷起畫樓的簾幕來觀賞新晴的景色。畫樓：雕飾華麗的樓房。李嶠《晚秋喜雨》詩：『聚靄籠仙閣，連霏繞畫樓。』簾幕：亦作『簾幙』，用於門窗處的簾子與帷幕。杜牧《題宣州開元寺水閣》詩：『深秋簾幕千家雨，落日樓臺一笛風。』

[三] 『掩銀屏』二句：指曉間的寒氣籠罩著鑲銀的屏風。銀屏：鑲銀的屏風。白居易《長恨歌》詩：『攬衣推枕起徘徊，珠箔銀屏邐迤開。』

[四] 墜粉：花瓣墜落。盧炳《西江月》詞：『倚岸野梅墜粉。蘸溪宫柳摇金。』姜夔《八歸》詞：『芳蓮墜粉，疏桐吹緑，庭院暗雨乍歇。』

[五] 唤愁生：引發愁緒。

[六] 暗數：默默計數。

[七] 幾度：幾次。

[八] 著：生長，開放。娉婷：姿態美好貌，此處指嬌豔的花朵。

[九] 年華：指美好的春光。張嗣初《春色滿皇州》詩：『何處年華好，皇州淑氣匀。』唐彦謙《曲江春望》詩：『杏豔桃嬌奪晚霞，樂遊無廟有年華。』空自：徒然，白白地。何遜《哭吴興柳惲》詩：『樽酒誰爲滿，靈衣空

自披。』飄零：飄泊流落。杜甫《衡州送李大夫七丈勉赴廣州》詩：『王孫丈人行，垂老見飄零。』

［一〇］春酲：春日醉酒後的困倦。元稹《襄陽爲盧竇紀事》詩之三：『猶帶春酲嬾相送，櫻桃花下隔簾看。』

［一一］對誰醒：没有知心的人可以讓自己清醒。

［一二］簫聲：用簫史弄玉之典。《列仙傳》記載：『簫史者，秦穆公時人也。善吹簫，能致孔雀白鶴於庭。穆公有女，字弄玉，好之，公遂以女妻焉。日教弄玉作鳳鳴，居數年，吹似鳳聲，鳳凰來止其屋。公爲作鳳臺，夫婦止其上，不下數年。一旦，皆隨鳳凰飛去。』化用典故寫詞人失意孤寂的情懷。

［一三］載酒買花：指年少時尋歡作樂的閒情。

［一四］渾：皆，都。王安石《若耶溪歸興》詩：『汀草岸花渾不見，青山無數逐人來。』

集評

況周頤：『盧申之《江城子》後段云：「年華空自感飄零。擁春酲，對誰醒。天闊雲閒，無處覓簫聲。載酒買花年少事，渾不似，舊心情。」與劉龍洲詞「欲買桂花同載酒，終不似少年遊」可稱異曲同工，然終不如少陵之「詩酒尚堪驅使在，未須料理白頭人」爲倔强可喜。』（《蕙風詞話》卷二）

賞析

這首詞作於南宋行在臨安，是詞人在暮年傷春懷舊、自歎飄零之作。

上片先寫新晴之景，『簾幕』高卷、『銀屏』輕掩、『曉寒』陣陣、落花飄香，接下來以『日日喚愁生』轉入傷春懷舊之情。『暗數十年湖上路，能幾度，著娉婷』寫出年華不在、韶光易逝之歎，是愁的原因所在。下片先寫年華空自飄零。『擁春酲，對誰醒』，寫詞人獨飲獨醒，何其孤單。『天闊雲閒』寫出詞人的百無聊賴；『簫聲』難覓，實爲對伊人思念之情。結三句今昔對比。『載酒買花』寫往日的遊樂，那是年少時的遊樂。而今，再沒有那份心情，悲涼之情油然而生。

壽外姑外舅[一]

護霜雲日靄晴空[二]。錦圍中[三]。捲香風。弄玉乘鸞[四]，人自蕊珠宮[五]。天遣歲寒爲伴侶[六]，還待得，謫仙翁[七]。

等閒隨處是春功[八]。笑相從。寸心同。不羨魚軒[九]，蟬冕共榮封[一〇]。只愛階庭蘭玉秀[一一]，梅不老，對喬松[一二]。

注釋

[一] 外舅：指盧祖皋岳父錢文子。據《樂清錢氏文獻叢編·錢文子壙志》載：『公（錢文子）生於紹興十七年十二月十六日……嘉定十三年十月二十七日終。享年七十有三。娶吳氏，封宜人。』知錢文子名宏，字文子，後以字行，更字文季，號白石山人。生於紹興十七年（一一四七）十二月十六日，卒於嘉定十三年（一二二〇）十月二十七日。浙江樂清人，吳越王錢鏐後裔。錢文子是永嘉學派的創立者之一，時稱『儒林巨擘』『一代宗師』。

曾創辦白石書塾，講學授徒，學生有喬行簡、曹豳、盧祖皋（後招爲女婿）等。外姑：岳母。《爾雅・釋親》：『妻之父爲外舅，妻之母爲外姑。』趙彥衛《雲麓漫鈔》卷八：『余外舅家收柳公權親筆啟草二紙，皆小楷，字僅盈分。』案：據盧祖皋撰《錢文子壙志》與《醉梅花》詞，可知詞人一生凡兩娶。當先娶錢文子女，又據釋居簡《吊池陽郡博盧蒲江喪耦與女》一文可知，錢氏夫人卒於詞人池州教授任上。此後續娶趙鞏（字西林）女。《醉梅花》是爲趙鞏門生葉行之所作的壽詞，時葉行之『結屋于姑蘇臺之北』，當作於詞人在吳地爲主簿時期，約在嘉定八至十年。此時葉行之已七十三歲（盧祖皋時年四十二歲），故可知趙鞏更爲年長，盧祖皋續娶趙氏夫人時，很可能已不在人世，故祖皋沒有創作趙鞏的壽詞。從詞中『天遣歲寒爲伴侶』等句可知，壽辰時節爲寒冷的冬季，錢文子生日爲臘月十六日，正是梅花開放的季節。梅花在古代詩文中寓有「高潔隱逸」之意，錢文子晚年隱居於白石山下，且盧祖皋其他送給錢文子的壽詞裏基本都有梅花出現。如《漁家傲・壽白石》：『梅花外，歸來長向山中醉』等。所以此詞當爲壽錢文子之作。從詞中『謫仙翁』等語來看，此詞約作於錢文子於嘉定七年（一二一四）退隱白石山之後。

［二］護霜：方言，醞釀結霜。李嘉祐《冬夜饒州使堂餞相公五叔赴歙州》詩：『斜漢初過斗，寒雲正護霜。』靄：繚繞。

［三］錦圍：錦帳。

［四］弄玉乘鸞：喻外舅外姑夫婦感情和諧，有超塵拔俗的生活情趣。

［五］蕊珠宮：亦稱『蕊宮』，道教經典中所說的仙宮。

［六］遺：派遣，差遣。歲寒：指松柏。語出《論語・子罕》：『歲寒，然後知松柏之後凋也。』

［七］謫仙：謫居世間的仙人，詞中指外舅錢文子。李白《玉壺吟》詩：『世人不識東方朔，大隱金門是謫仙。』

［八］『等閒』句：指錢文子當地方官時惠政很多。據《萬姓統譜》載：『（錢文子）紹熙壬子，以兩優釋褐授職官，其後把麾持節，皆以循良介特著稱。』可見錢文子政聲頗佳。等閒：輕易，隨便。白居易《新昌新居》詩：『等

又

閒栽樹木，隨分占風煙。』春功：春天對自然萬物的化育。

［九］魚軒：古代貴族婦女所乘的車，用魚皮爲飾。王維《故南陽夫人樊氏挽歌》：『錦衣餘翟茀，繡轂罷魚軒。』

［一〇］蟬冕：即蟬冠。漢代侍從官所戴的冠，上有蟬飾，並插貂尾，故亦稱貂蟬冠。後泛指顯貴高官。潘岳《秋興賦》序：『珥蟬冕而襲紈綺之士，此焉遊處。』榮封：顯赫的封賜。

［一一］『只愛』句：盼望自己家的子弟能出類拔萃。劉義慶《世説新語·言語》：『謝太傅問諸子侄：「子弟亦何預人事，而正欲使其佳？」諸人莫有言者，車騎答曰：「譬如芝蘭玉樹，欲使其生於階庭耳。」』

［一二］『梅不老』兩句：以梅喻岳母、松喻岳父，祝他們長壽。梅指岳母吴氏，松指岳父錢文子。喬松：高大的松樹。《詩·鄭風·山有扶蘇》：『山有喬松，隰有遊龍。』

賞析

此詞爲壽岳父、岳母的祝壽詞。

上片寫二老的居住環境。從『護霜雲日靄晴空』『天遣歲寒爲伴侶』等語可以看出，壽辰正值寒冷的冬季。『錦圍中』以下幾句寫二老的居住環境幽雅，如簫史弄玉一般超塵脱俗，感情和諧。

下片寫二老以慈愛之心潤物無聲般的化育著子孫後代，他們不貪圖名利富貴，只希望子女能夠出類拔萃。結句『梅不老，對喬松』，由衷地祝願二老長壽安康。

又

外舅作梅坡因壽日作此［一］

小山初築自天成［二］。架危亭［三］。與雲平。面面梅花，闌檻十分清［四］。喚得長淮春意滿［五］，香暗度[六]，月微明。　數枝長憶傍巖扃[七]。杖藜①輕[八]。醉中行。笑問東風，何日是歸程[九]。只怕和羹消息近[一〇]，天未許[一一]，遂幽情[一二]。

校勘記

①藜：《全宋詞》作『履』。

注釋

［一］外舅：岳父，指錢文子。詳證見《江城子·壽外姑外舅》注[一]。此詞約作於嘉定六年（一二一三）。據《錢文子壙志》記載：『乞補外，除直顯謨閣知太平州，尋改淮南路轉運副使兼提點刑獄、提舉常平茶鹽鐵冶。』又張淏撰《雲谷雜記·張右史特薦狀（卷末）》記載：『前守楊楫、漕臣錢文子皆器遇之，稍加識拔，必有可觀。……嘉定六年正月日奏狀。』《張右史特薦狀》中所稱的漕臣，與壙志中的淮南路轉運副使相合，可知嘉定六年，錢文子在淮南任轉運副使。與詞中『喚得長淮春意滿』相合，故知此詞當作於錢文子任淮南轉運副使時期的嘉定六年，錢文子時年六十七歲。

［二］天成：謂合於自然。《莊子·寓言》：『顔成子游謂東郭子綦曰：「自吾聞子之言，一年而野，二年而從……七年而天成。」』

［三］危亭：聳立於高處的亭子。白居易《春日題乾元寺上方最高峰亭》詩：『危亭絶頂四無鄰，見盡三千世界春。』

〔四〕闌檻：欄杆。《説文·木部》：『楯，闌檻也。』段玉裁注：『闌檻者，謂凡遮闌之檻，今之闌干是也。』歐陽修《朝中措·送劉仲原甫出守維揚》詞：『平山闌檻倚晴空，山色有無中。』清：潔淨，純潔。張衡《東京賦》：『京室密清，罔有不韙。』

〔五〕長淮：指淮河。王維《送方城韋明府》詩：『高鳥長淮水，平蕪故郢城。』錢文子於嘉定六年任淮南轉運副使。

〔六〕暗度：不知不覺地向四周飄散。後蜀毛熙震《何滿子》詞：『寂寞芳菲暗度，歲華如箭堪驚。』

〔七〕長憶：經常想到，時常想念。辛棄疾《踏莎行·和趙國興知録韻》詞：『長憶商山，當年四老，塵埃也走咸陽道。』傍：貼近，靠近。花蕊夫人《宫詞》之七五：『傍池居住有漁家，收網摇船到淺沙。』巖扃：山洞的門，借指隱居之處。杜甫《橋陵詩三十韻因呈縣内諸官》詩：『瑞芝産廟柱，好鳥鳴巖扃。』

〔八〕杖藜：拄著手杖行走。《莊子·讓王》：『原憲華冠縰履，杖藜而應門。』杜甫《暮歸》詩：『年過半百不稱意，明日看雲還杖藜。』藜：指藜杖。

〔九〕歸程：返回的路程，此指告老還鄉。岑參《臨洮泛舟》詩：『醉眼鄉夢罷，東望羡歸程。』

〔一〇〕『只怕』句：對岳父錢文子即將升遷的頌祝之辭。和羹：配以不同調味品而製成的羹湯。後以此喻宰相輔助君王治理國政。語出《尚書·商書·説命下》：『王曰：「來汝説……若作酒醴，爾唯曲糵；若出和羹，爾唯鹽梅。」』孔傳：『鹽，鹹；梅，醋。羹須鹹醋以和之。』王禹偁《授御史大夫可司徒門下侍郎平章事制》：『弄印之名已著，和羹之命爰行。』消息：音信，信息。蔡琰《悲憤詩》：『迎問其消息，輒復非鄉裏。』

〔一一〕天：指皇帝。

〔一二〕幽情：深遠或高雅的情思。班固《西都賦》：『願賓攄懷舊之蓄念，發思古之幽情。』

賞析

此詞賦岳父錢文子所築梅坡兼賀壽。約作於嘉定六年（一二一三）錢文子任淮南轉運副使時期。

上片寫梅坡狀如小山，渾然天成，上有小亭，與雲齊平。四面開著梅花，欄杆潔淨。盛開的梅花仿佛喚醒了淮河的盎然春意，到處飄散着濃鬱的芳香。

下片轉入對外舅風姿神韻的描繪。他宴飲至微醉時，拄著拐杖，步態輕盈，迎著東風，想要早日退隱，但只怕朝廷不會允許，重用的任命恐怕不日即將到來。

全詞由梅坡之景到人物風神再到仕途的美好祝願，筆意流轉自然，字裏行間透露著濃厚的情意與深摯的祝福。

西江月①

漫著宮

燕掠晴絲嫋嫋[一]，魚吹水葉粼粼[二]。禁街微雨灑香②塵[三]。寒食清明相近[四]。

羅試暖[五]，閒呼社酒酬春[六]。晚風簾幕悄無人。二十四番花訊[七]。

校勘記

①黄昇《詞選》、吳本及毛本題下有『中春』二字。

②香：黄昇《詞選》、吳本、毛本及《詞綜》作『芳』。

注釋

［一］晴絲：蟲類所吐的、在空中飄蕩的遊絲。杜甫《春日江村》詩之四：『燕外晴絲卷，鷗邊水葉開。』嫋嫋：搖曳貌，飄動貌。鮑照《在江陵歎年傷老》詩：『翾翾燕弄風，嫋嫋柳垂道。』

［二］水葉：漂浮於水中的水草。粼粼：水流清澈貌。高適《答侯少府》詩：『漆園多喬木，睢水清粼粼。』

［三］禁街：猶禦街，京城街道。李持正《明月逐人來》詞：『禁街行樂，暗塵香拂面，皓月隨人近遠。』香塵：芳香之塵，多指女子之步履而起者。沈佺期《洛陽道》詩：『行樂歸恒晚，香塵撲地遙。』

［四］寒食：節日名，在清明前一日或二日。相傳春秋時晉文公負其功臣介子推，介憤而隱於綿山。文公悔悟，燒山逼令出仕，子推抱樹焚死。人們同情介子推的遭遇，相約於其忌日禁火冷食，以爲悼念。以後相沿成俗，謂之寒食。

［五］漫：隨意，胡亂。杜甫《聞官軍收河南河北》詩：『卻看妻子愁何在，漫捲詩書喜欲狂。』著：穿，戴。宮羅：一種質地較薄的絲織品。

［六］社酒：舊時於春秋社日祭祀土神，飲酒慶賀，稱所備之酒爲社酒。春社古無定日，先秦、漢、魏、晉各代擇日不同。自宋代起，以立春後第五個戊日爲社日，鄉民祭祀土神，祈求豐收。陸游《春社》詩：『社肉如林社酒濃，鄉鄰羅拜祝年豐。』酬春：賞春、遊春。張耒《上元後步西園》詩：『酬春欲辦千缸酒，灑掃花前作醉眠。』

［七］二十四番花訊：從小寒至穀雨的八個節氣中，有二十四種花開放。宗懍《荊楚歲時說》：『始梅花，終楝花，凡二十四番花信風。』根據農曆節氣，從小寒到穀雨，共八氣，一百二十日。每氣十五天，一氣又分三候，每五天一候，八氣共二十四候，每候應一種花，稱爲『二十四番花訊』。

賞析

此詞是描繪行在臨安的春色之作。

上片寫臨安城中的春色。燕子在飄蕩的晴絲中飛掠，魚兒在粼粼的水葉间遊動。城中飄灑著微雨，漫遊在街道上的女子邁著輕盈的步履，揚起的灰塵中彌漫著淡淡的芳香。正值寒食清明之際，是遊春的大好時機。

下片寫詞人自己的情態。春天來臨，天氣變暖。隨意地挑試著絲織的衣服，呼喚朋友帶上社酒去賞春。從小寒到穀雨的『二十四番花訊』，吸引著人們爭先恐後地出門賞春，家家户户只留下簾幕在晚風中搖曳。

全詞繪景清新，用清麗的詞匯描繪出一幅臨安春色圖。

畫堂春

雲羽未回

玉屏回夢月平闌[一]。元來香冷衣單[二]。柳風特地更將寒[三]。吹上眉端[四]。

征雁[五]，鏡花空舞雙鸞[六]。去年芳徑又斕斑[七]。門掩春閒。

注釋

[一] 玉屏：玉飾的屏風。鄒陽《酒賦》：『君王憑玉几，倚玉屏，舉手一勞，四座之士，皆若餔粱焉。』回夢：從夢中

醒來。闌：門前柵欄，欄杆。馮延巳《酒泉子》詞：『階前行，闌外立，欲雞啼。』

［二］元來：表示發現原先不知的情況。方干《題贈李校書》詩：『卻是偶然行未到，元來有路上寥天。』

［三］柳風：指春風。溫庭筠《更漏子》詞之二：『蘭露重，柳風斜，滿庭堆落花。』特地：突然，忽然。羅鄴《大散嶺》詩：『嶺頭卻望人來處，特地身疑是鳥飛。』將：攜帶。陸游《夜與兒子出門閒步》詩：『家住黃花入麥村，閒將稚子出柴門。』

［四］眉端：眉頭，眉尖。萬俟紹之《江神子·贈妓寄夢窗》詞：『十年心事上眉端。夢驚殘。瑣窗寒。』

［五］雲羽：雲中飛鳥。征雁：遷徙的雁，此指春天北歸的雁。李涉《送魏簡能東遊》詩之二：『燕市悲歌又送君，目隨征雁過寒雲。』

［六］鏡花：亦作『鏡華』，指菱花鏡。楊濬《送劉散員》詩：『鏡華當牖照，鉤影隔簾生。』雙鸞：指雙鸞鏡，八出葵花形，其上雕刻有雙鸞。

［七］芳徑：花徑。范成大《巖桂》詩之二：『越城芳徑手親栽，紅淺黃深次第開。』斕斑：色彩錯雜貌。李賀《河南府試十二月樂詞·九月》詩：『露花飛飛風草草，翠錦斕斑滿層道。』

賞析

此詞爲閨思詞，寫別後的相思之情與孤苦寂寞。

上片寫夜晚的寒冷。睡在玉飾屏風中的主人公一覺醒來，月亮已經升到門外欄杆邊上，這時才感覺到和衣而卧的自己身上的衣服單薄，連沉香的氣息也讓人覺得寒冷。更讓人難以承受的是，柳樹還將那寒風一陣陣地吹上眉端。

下片寫書信難通。雲中未見北歸的大雁，菱花鏡中刻繪的雙鸞也只能空自飛舞。去年落花滿地的小徑上，如今又鋪滿了斑斕的落花。虛掩的門中，透出無奈的閒情。『未回』『空舞』透出主人公思而不得的無奈。『又斕斑』寫出在思念中不知不覺又過去了一年，倍感空擲年華的無奈，下面接著一個『閒』字，更襯出萬般的無奈。頗有晏殊『無可奈何花落去』之歎。

柳黃移上袂羅單[一]。酒醒嬌嚲風鬟[二]。茗甌纔試鷓鴣斑[三]。沈炷熏殘[四]。夜雨可無歸夢[五]，曉風何處征鞍[六]。海棠開了尚憑闌[七]。剗地春寒[八]。

注　釋

[一] 柳黃：柳芽初生時呈現嫩黃色，故稱。袂羅：亦稱『羅袂』，絲羅的衣袖。亦指華麗的絲織衣著。漢武帝《落葉哀蟬曲》：『羅袂兮無聲，玉墀兮塵生。』單：衣物單薄。鍾嶸《〈詩品〉序》：『塞客衣單，孀閨淚盡。』

[二] 嚲：下垂。周邦彥《浣溪紗慢》詞：『燈盡酒醒時，曉窗明，釵橫鬢嚲。』風鬟：指女子美麗的頭髮。蘇軾《洞庭春色賦》：『攜佳人而往遊，勒霧鬢與風鬟。』

[三] 茗甌：飲茶的器具。鷓鴣斑：茶盞名。因有鷓鴣斑點的花紋，故稱。楊萬里《和羅巨濟〈山居〉》詩之三：『自煎蝦蟹眼，同瀹鷓鴣斑。』

［四］沈炷：用沉香製作的香。劉燾《八寶妝》詞：「對修竹、森森院宇。曲屏香暖凝沈炷。」炷：可燃燒的柱狀物。《北史·酷吏傳·李洪之》：「疹病灸療，艾炷圍將二寸。」熏殘：沉香即將燃燒殆盡。熏：火煙上出。陶弘景《許長史舊館壇碑》：「蘭缸烈耀，金爐揚熏。」殘：剩餘，殘存。韓愈《論變鹽法事宜狀》：「及至收穫，悉以還債，又充官稅，顆粒不殘。」

［五］歸夢：歸鄉之夢。謝朓《和沈右率諸君餞謝文學》詩：「望望荊臺下，歸夢相思夕。」

［六］征鞍：猶征馬。杜審言《經行嵐州》詩：「自驚牽遠役，艱險促征鞍。」

［七］『海棠』句：海棠花開了卻無心欣賞，依舊憑欄眺望遠方。海棠：落葉喬木。葉子卵形或橢圓形，春季開花，白色或淡紅色，花期四至五月。憑闌：亦作『憑欄』，身倚欄杆。崔塗《上巳日永崇里言懷》詩：「遊人過盡衡門掩，獨自憑欄到日斜。」

［八］剗地：依舊，照樣。辛棄疾《新荷葉·再題傅巖叟悠然閣》詞：「歲晚淵明，也吟草盛苗稀。風流剗地，向尊前、采菊題詩。」

賞析

此詞爲閨思詞，抒寫女主人公對遠方丈夫的思念之情。

上片寫女主人醉酒醒來後的孤寂。柳芽初發，柳枝變黃，身上的絲織衣服有點單薄。酒醒後，嬌美的頭髮斜垂下來，用繪有鷓鴣斑點花紋的茶具品著茗茶。案上的沉香即將燃盡，夜已經很深了。

下片寫對丈夫的思念之情。『夜雨可無歸夢』，姜夔有『離魂暗逐郎行遠。淮南皓月冷千山，冥冥歸去無人管』之句。此句反用其意，女主人心想由於夜裏下著細雨，就可以阻斷夢中出現的丈夫的歸路。但畢竟留不住，不知明晨丈夫又將去向何方。院子裏的海棠花開了但卻無心欣賞，在料峭的春寒中依舊憑欄眺望遠方，希望能早一點捕捉到丈夫歸來的身影。這首詞把一位苦苦等待丈夫歸來的女子形象刻畫到了極致。

又

柳塘風緊絮交飛[一]。漾花一水平池[二]。暖香飄徑日遲遲[三]。何處酴醾[四]。蝴蝶夢中寒淺[五]，杜鵑聲裏春歸[六]。鏡容不似舊家時[七]。羞對清溪。

注釋

［一］柳塘：周圍植柳的池塘。嚴維《酬劉員外見寄》詩：『柳塘春水慢，花塢夕陽遲。』風緊：風急。杜牧《南陵道中》詩：『南陵水面漫悠悠，風緊雲輕欲變秋。』交飛：齊飛。陸游《上西樓》詞：『江頭緑暗紅稀，燕交飛。』

［二］漾花：漂浮在水面的花瓣。漾：飄動，晃動。蘇軾《好事近·送君猷》詞：『明年春水漾桃花，柳岸隘舟楫。』一水平池：池塘水滿，水面與塘邊持平。

［三］暖香：帶有溫暖氣息的香味。遲遲：陽光溫暖、光線充足的樣子。《詩·豳風·七月》：『春日遲遲，采蘩祁祁。』

［四］酴醾：花名，本酒名，以花颜色似之，故取以爲名。《全唐詩》卷八六六載崇聖寺鬼《題壁》詩：『禁煙佳節同

遊此，正值酴醿夾岸香。』陸游《東陽觀酴醿》詩：『福州正月把離杯，已見酴醿壓架開。』

［五］蝴蝶夢：迷離之夢。語出《莊子・齊物論》：『昔者莊周夢爲蝴蝶，栩栩然蝴蝶也；自喻適志與，不知周也；俄然覺，則蘧蘧然周也。不知周之夢爲蝴蝶與，蝴蝶之夢爲周與？周與蝴蝶，則必有分矣。此之謂「物化」。』武元衡《西亭題壁寄中書李相公》詩：『空餘蝴蝶夢，迢遞故山歸。』

［六］杜鵑：鳥名。又名杜宇、子規。相傳爲古蜀王杜宇之魂所化。春末夏初，常晝夜啼鳴，其聲哀切。鮑照《擬行路難》詩之六：『中有一鳥名杜鵑，言是古時蜀帝魂。其聲哀苦鳴不息，羽毛憔悴似人髡。』杜甫《杜鵑行》詩：『君不見昔日蜀天子，化作杜鵑似老烏。寄巢生子不自啄，群鳥至今與哺雛。』春歸：春去，春盡。白居易《送春》詩：『三月三十日，春歸日復暮。』

［七］舊家：從前。楊萬里《答章漢直》詩：『老裹睡多吟裹少，舊家句熟近來生。』周邦彦《瑞龍吟》詞：『惟有舊家秋娘，聲價如故。』

賞析

這是一首傷春惜時之作。

上片繪春景。寫池塘邊種滿柳樹，柳絮在急風中四處飛舞，池塘中漲滿的水已與塘岸齊平，水中飄滿了落花。溫暖的陽光下，不知從何處飄來了暖洋洋的酴醿花香。詞人繪春景時，抓住了飄飛的柳絮、漲滿池塘的春水、溫暖的陽光，同時還注意捕捉春天的花香等嗅覺氣息。

下片寫女子對春光流逝的傷感。從離奇的夢中醒來，女子感到絲絲的寒冷。在杜鵑聲聲啼叫中，春天已經將盡。鏡中的面容不如往年那樣亮豔，已經消瘦不堪，以致不敢向清澈的溪水中去看自己的面容。結句極爲形象地刻畫出一位傷春惜時的佳人形象。

清平樂

鏡屏①開曉[一]。寒入宮羅峭[二]。脈脈不知春又老[三]。簾外舞紅多少[四]。　舊時駐馬香階[五]。如今細雨蒼苔[六]。殘夢不堪重理[七]，一雙蝴蝶飛來。

校勘記

①鏡屏：周密《絕妙好詞》作『錦屏』。

注釋

[一]鏡屏：指錦繡的屏風。開曉：拉開錦繡屏風，露出曉色。

[二]宮羅：見《西江月》注[五]。峭：料峭，形容微寒；亦形容風力寒冷、尖利。

[三]脈脈：猶默默。孟郊《乙酉歲舍弟扶侍歸興義莊居後獨止舍待替人》詩：『僮僕强與言，相懼終脈脈。』

[四]舞紅：飄舞的落花。

[五]『舊時』句：過去曾駐馬停留的臺階。香階：臺階的美稱，即飄散香氣的臺階，多指與意中人相會之地。李煜

《菩薩蠻》（花明月暗籠輕霧）詞：『剗襪步香階，手提金縷鞋。』

［六］蒼苔：青色苔蘚。潘岳《河陽庭前安石榴賦》：『壁衣蒼苔，瓦被駁鮮，處悴而榮，在幽彌顯。』杜甫《醉時歌（贈廣文館博士鄭虔）》詩：『先生早賦《歸去來》，石田茅屋荒蒼苔。』

［七］殘夢：謂零亂不全之夢。李賀《同沈駙馬賦得御溝水》詩：『別館驚殘夢，停杯泛小觴。』不堪：不忍心。李璟《浣溪沙》詞：『還與容光共憔悴，不堪看！』

集評

王闓運《湘綺樓評詞》：『亦恰到好處，未免有意。』

賞析

這是一首春日閨怨詞。

上片寫春寒、落花。女主人公早晨醒來，打開錦屏，料峭的寒氣襲入單薄的羅衣。不知不覺中已經到了暮春，簾幕外無數的落花正在飄舞。

下片寫女子對往事的追憶。細雨中那布滿青苔的臺階，因爲曾是意中人駐馬的地方，而感到至今仍留有芳香的氣息，可見她對親人的思念是刻骨銘心的。女主人公正梳理著昨夜殘缺不全的舊夢時，一對蝴蝶正在細雨中翩翩飛舞。蝴蝶的成雙成對，反襯出女主人公的孤單寂寞。

柳邊深院。燕語明如翦[一]。消息無憑聽又嬾[二]。隔斷畫屏雙扇[三]。　寶杯金縷紅牙[四]。醉魂幾度兒家[五]。何處一春遊蕩[六]，夢中猶恨楊花[七]。

校勘記

①黄昇《詞選》、吳本及毛本題下有『春恨』二字。

注釋

[一]『燕語』句：燕子的清脆叫聲明快如剪。

[二]『消息』句：燕子每次捎來意中人的消息都不可靠，所以嬾得再聽了。消息：音信，信息。蔡琰《悲憤詩》：『迎問其消息，輒復非鄉裏。』無憑：沒有憑據。韓偓《幽窗》詩：『無憑諳鵲語，猶得暫心寬。』晏幾道《鷓鴣天》詞：『相思本是無憑語，莫向花牋費淚行。』

[三]『隔斷』句：用雙扇屏風將無準的燕語隔斷。隔斷：阻斷，隔開。畫屏：有畫飾的屏風。韋莊《奉和觀察郎中春暮憶花言懷見寄四韻之什》詩：『落花帶雪埋芳草，春雨和風溼畫屏。』

［四］寶杯：貴重的酒杯。金縷：曲調《金縷曲》《金縷衣》的省稱。羅隱《金陵思古》詩：『綺筵《金縷》無消息，一陣征帆過海門。』張元幹《賀新郎·送胡邦衡待制赴新州》詞：『舉大白，聽《金縷》。』紅牙：調節樂曲節拍的拍板，多用檀木做成，色紅。

［五］醉魂：猶醉夢。張耒《觀梅》詩：『不如痛飲臥其下，醉魂爲蝶棲其房。』幾度：幾次、好幾次之意。兒家：年輕女子對其家的自稱，猶言我家。寒山《詩》：『何須久相弄，兒家夫婿知。』辛棄疾《江神子·和人韻》詞：『兒家門户幾重重，記相逢，畫樓東。』

［六］遊蕩：亦作『遊宕』。遊樂放蕩。《樂府詩集·相和歌辭·東光》：『諸軍遊蕩子，早行多悲傷。』李紳《早梅橋》詩：『橋邊一樹傷離別，遊蕩行人莫攀折。』

［七］『夢中』句：夢中都充滿了對到處飄蕩的楊花的怨恨。楊花：指柳絮。庾信《春賦》：『新年鳥聲千種囀，二月楊花滿路飛。』

集評

陳廷焯《雲韶集》卷七：『妙有數層曲折，便自耐人玩索。結句奇妙。』

況周頤：『其《清平樂》歇拍云：「何處一春遊蕩，夢中猶恨楊花。」是加倍寫法。』（《蕙風詞話》卷二）

賞析

此詞爲閨怨詞。

上片寫柳邊深院獨居的女子，聽到明快如剪的燕語，仿佛又在訴説親人的歸期即將到來，但卻覺得也許又是沒准的消息，於是乾脆把窗子關起來阻斷音訊。後兩句生動地寫出女子既想聽到親人的訊息又總是失望的心情。

下片從男主人公入筆，他端著玉杯、打著節拍唱歌飲酒，想以此排解思念，但在醉夢中還是幾次回到了女主人公的住處與她團聚。而女主人公卻不解此情，以爲他在到處遊蕩，甚至對四處飄蕩的楊花也不免産生了怨憤之情。這種由人及物的手法，正是對愛物及物手法的巧妙化用，正所謂愛之愈深，則恨之愈切。

又

杏梁語燕綢繆[五]。可堪前夢悠悠[六]。幾度欲成花雨[七]，斷雲還過南樓[八]。

玉肌春瘦[一]。別鳳離鸞後[二]。柳外畫船看翠袖[三]。眼豔風流依舊[四]。

注釋

[一] 玉肌：白潤的肌膚。白居易《小歲日喜談氏外孫女滿月》詩：『桂燎熏花果，蘭湯洗玉肌。』春瘦：因怕春天離去而消瘦。晁補之《水龍吟·次韻林聖予惜春》詞：『那知自是，桃花結子，不因春瘦。』

[二] 別鳳離鸞：原指舜葬於蒼梧，二妃死於湘水中，並未合葬。詞中化用爲情人分離。語出自李賀《湘妃》詩：『離鸞別鳳煙梧中，巫雲蜀雨遙相通。』

［三］畫船：裝飾華美的遊船。梁元帝蕭繹《玄圃牛渚磯碑》：『畫船向浦，錦纜牽磯。』翠袖：指美女。辛棄疾《水龍吟·登建康賞心亭》詞：『倩何人喚取，紅巾翠袖，揾英雄淚？』

［四］眼豔：即『豔羨』，喜愛，羨慕。風流：瀟脱放逸，風雅瀟灑。《後漢書·方術傳論》：『漢世之所謂名士者，其風流可知矣。』牟融《送友人》詩：『衣冠重文物，詩酒足風流。』

［五］杏梁：文杏木所制的屋梁，言其屋宇的高貴。晏殊《採桑子》詞：『燕子雙雙，依舊銜泥入杏梁。』語燕：鳴叫的燕子。牛嶠《菩薩蠻》詞：『舞裙香暖金泥鳳，畫梁語燕驚殘夢。』晏殊《迎春樂》詞：『被啼鶯語燕催清曉。正好夢，頻驚覺。』

［六］可堪：猶言哪堪，怎堪。李商隱《春日寄懷》詩：『縱使有花兼有月，可堪無酒又無人。』悠悠：連綿不盡貌。温庭筠《夢江南》詞：『過盡千帆皆不是，斜暉脈脈水悠悠。』綢繆：情意殷切。李陵《與蘇武詩》之二：『獨有盈觴酒，與子結綢繆。』

［七］幾度：幾次。花雨：花季所降的雨。貫休《春山行》詩：『重疊太古色，濛濛花雨時。』向子諲《水龍吟·紹興甲子上元有懷京師》詞：『更冥冥，一簾花雨。』

［八］斷雲：片雲。梁簡文帝蕭綱《薄晚逐涼北樓迴望》詩：『斷雲留去日，長山減半天。』趙師秀《會景軒》詩：『斷雲分樹泊，饑鶴下田行。』

賞析

這首詞抒發離别後的相思之情。

上片寫暮春時節，與妻子分離後，消瘦不堪。爲了排遣心中的苦悶，主人公登上華美的遊船，看到柳蔭下如雲的美女，依然保持著瀟脱放逸的風格。但在這故作瀟脱的背後，其實飽含幾多的無可奈何。

下片寫屋梁上燕子呢喃，勾起了對綿綿往事的追憶。在夢中，感到有幾次就要降下春雨了，但片片雲彩最終都從南樓飛過。這裏化用楚王『朝雲暮雨』的典故，暗喻自己在夢中與妻子相會，歡愉無比，但夢醒後卻一切皆空，反而更勾起無限的惆悵。

全詞由眼前景到追憶往事，再到夢中相會，場景交錯轉換，抒情空靈蘊藉。

庚申中吴對雪[一]

朔風凝沍[二]。不放雲來去[三]。稚柳回春能幾許[四]。一夜滿城飛絮[五]。　羊羔酒面頻傾[六]。護寒香緩①嬌屏[七]。唤取雪兒對舞[八]，看他若箇輕盈[九]。

校勘記

①緩：朱德才《增訂注釋全宋詞》作『暖』。案：『緩』字當爲『暖』。

注　釋

[一]庚申：慶元六年（一二〇〇），詞人時居蘇州。中吴：舊蘇州府的别稱。

[二] 朔風：北風，寒風。曹植《朔風》詩：『仰彼朔風，用懷魏都。』凝沍：結冰，凍結。潘岳《懷舊賦》：『轍含冰以滅軌，水漸軔以凝沍。』蘇轍《墨竹賦》：『淒風號怒乎隙穴，飛雪凝沍乎陂池。』沍：凍結，凝聚。《莊子·齊物論》：『大澤焚而不能熱，河漢沍而不能寒。』

[三] 『不放』句：烏雲仿佛也被凍得凝結而無法飄動。

[四] 稚柳：嫩柳，指春來柳樹發的新枝條。回春：冬去春來。蘇軾《浪淘沙·探春》詞：『檻内群芳芽未吐，早已回春。』幾許：多少，若干。《古詩十九首·迢迢牽牛星》：『河漢清且淺，相去復幾許？』楊萬里《題興寧縣東文嶺瀑泉在夜明場驛之東》詩：『不知落處深幾許，但聞井底碎玉聲。』

[五] 飛絮：飄飛的柳絮。庾信《楊柳歌》：『獨憶飛絮鵝毛下，非復青絲馬尾垂。』辛棄疾《摸魚兒》詞：『算只有殷勤，畫簷蛛網，盡日惹飛絮。』

[六] 羊羔酒：起源於漢魏，興盛於唐宋，色澤白瑩，入口綿甘，如羊羔之味甘色美，故名。頻傾：頻頻倒入杯中。蘇軾《減字木蘭花·送別》詞：『天臺舊路。應恨劉郎來又去。別酒頻傾。忍聽陽關第四聲。』

[七] 護寒：抵御寒冷。香綬：疑爲『香暖』之誤。嬌屏：嬌美的屏風。

[八] 雪兒：李密愛姬，能歌舞。

[九] 若箇：亦作『若個』，哪個。東方虯《春雪》詩：『不知園裏樹，若箇是真梅？』楊萬里《和段季承左藏惠之三》：『阿誰不識珠將玉，若箇關渠風更騷？』

賞　析

此詞寫中吳的雪景與宴飲上的歌舞。

上片寫初春景色。寒風凜冽，仿佛凍結了天空，連烏雲也無法飄動。柳樹發出嫩黄的枝條，透出春回大地的訊息。一夜之間，大雪紛飛如滿城柳絮飄舞。

下片寫賞雪景時飲宴歌舞的情景。羊羔酒頻頻倒入杯中，坐在香暖嬌美的御寒屏風中，看著翩翩起舞的雪花，想喚來善舞的歌妓雪兒，與雪花比一比看誰的舞步輕盈。結句『喚取雪兒對舞，看他若箇輕盈』意蘊深厚，寫出詞人賞雪時的欣喜、愉悦之情。

烏夜啼

幾曲微風按柳[一]，生香暖日蒸花[二]。鴛鴦睡足芳塘晚[三]，新緑小窗紗[四]。　尺素難將情緒[五]，嫩羅還試年華[六]。憑高無處尋殘夢[七]，春思入琵琶[八]。

注釋

[一]『幾曲』句：幾陣微風吹來，柳枝隨風搖擺起舞。按：撫，摸。

[二]『生香』句：在陽光的照耀下，鮮花綻放，散發著迷人的芳香。蒸：興盛貌。李綱《桃源行》詩：『溪窮路盡恍何處，桃花爛漫蒸川原。』

[三]睡足：睡醒。謝邁《減字木蘭花》詞：『風篁度曲，倦倚銀屏初睡足。』

[四]『新緑』句：新發的嫩葉映緑了窗紗。

［五］『尺素』句：短短的書信難以表達自己的思念。尺素：書信。《周書·王褒傳》：『猶冀蒼雁赬鯉，時傳尺素；清風朗月，俱寄相思。』張九齡《當塗界寄裴宣州》詩：『委曲風波事，難爲尺素傳。』將：傳達，表達。《儀禮·士相見禮》：『請還贄於將命者。』鄭玄注：『將，猶傳也。傳命者，謂擯相者。』《後漢書·章帝紀》：『聘問以通其意，玉帛以將其心。』情緒：纏綿的情意。江淹《泣賦》：『直視百里，處處秋煙，闃寂以思，情緒留連。』晏幾道《梁州令》詞：『南橋楊柳多情緒，不繫行人住。』

［六］嫩羅：色彩鮮嫩的絲織衣服。年華：年歲，年紀。庾信《竹杖賦》：『潘岳《秋興》，嵇生倦遊，桓譚不樂，吴質長愁，並皆年華未暮，容貌先秋。』

［七］憑高：登臨高處。李白《天臺曉望》詩：『憑高遠登覽，直下見溟渤。』殘夢：零亂不全之夢。陸游《殘夢》詩：『風雨滿山窗未曉，只將殘夢伴殘燈。』

［八］『春思』句：對意中人的思念都融入琵琶聲中。

賞析

此詞寫春日閨思。

上片描繪明媚的春景。柳枝隨風起舞，溫暖的陽光下，盛開的鮮花散發著陣陣幽香。睡醒的鴛鴦在傍晚的池塘中嬉戲，新發的嫩葉映緑了窗紗。

下片寫思親。女主人公寄書信而又覺得難表情意，翻出羅衣，看自己的年紀面容是否還配得上這樣色彩鮮豔輕美的衣服。她夢中見到了心上人，登高望遠而又難續舊夢，於是彈奏起琵琶，訴説自己的相思哀怨。句句都以巧妙傳神的構思，淋漓盡致地表達女主人公無限的相思之情。

又

照水飛禽鬭影[一]，舞風小徑低花[二]。征鴻排盡相思字[三]，音信落誰家[四]。繫恨腰圍頓減[五]，禁愁酒力難加[六]。樓高日暮休簾捲，芳草滿天涯[七]。

注釋

［一］飛禽鬭影：飛鳥與水中的影子相嬉戲。

［二］『舞風』句：微風拂過小徑，低垂的花朵隨之起舞。

［三］征鴻：征雁。江淹《赤亭渚》詩：『遠心何所類，雲邊有征鴻。』排盡相思字：鴻雁每年春、秋兩季遷徙，飛行時或爲『一』字，或爲『人』字，常引起遊子思鄉懷親和羈旅感傷之情。

［四］『音信』句：鴻雁帶著書信不知會落到誰家。據《史記》記載：漢武帝時，蘇武出使匈奴，被單于流放於北海牧羊。十年後，漢朝與匈奴和親，但單於仍不放蘇武回漢。漢武帝派去的使者以皇帝在上林苑射下一隻大雁，雁足上系著蘇武的帛書爲由，救回了蘇武。鴻雁由此成爲書信的代稱。

［五］『繫恨』句：相思的煎熬讓人消瘦。腰圍：束腰的帶子。李賀《貴公子夜闌曲》：『曲沼芙蓉波，腰圍白玉冷。』

［六］禁愁酒力：可以排除憂愁的酒量。禁：阻止，限制。

［七］『芳草』句：芳草連接著想要去的地方。范仲淹《蘇幕遮》詞：『山映斜陽天接水，芳草無情，更在斜陽外。』

賞析

此詞寫思家念親之情。

上片寫飛鳥與水中的影子相嬉戲，微風拂過小徑，低垂的花朵隨之起舞。排著『一』字或『人』字形的北歸大雁，不知要將捎帶的書信送到誰家。由大雁北歸，巧妙地關聯到鴻雁傳書，自然引出下片内容。由於相思的煎熬，使束腰的帶子一再縮短，排憂解愁的酒量也難以增加。巧妙化用柳永詞《蝶戀花》中的『衣帶漸寬終不悔，爲伊消得人憔悴』。接着寫主人公登樓遠眺家鄉，直到日暮時分，仍不願放下門簾，因爲可以看到連接著家鄉的芳草，把思鄉念親之情抒寫到了極致。

又

柳色津頭泫緑［一］，桃花渡口啼紅［二］。一春又負西湖醉［三］，離恨雨聲中［四］。　客袂迢迢西塞［五］，餘寒翦翦東風［六］。誰家拂水飛來燕，惆悵小樓東②［七］。

校勘記

①黄昇《詞選》、吳本及毛本題下有『離恨』二字。

②東：黄昇《詞選》、吳本及毛本作『空』。

注釋

［一］『柳色』句：渡口的柳葉蒼翠，雨珠閃動。柳色：柳葉繁茂的翠色。何遜《落日前墟望贈范廣州雲》詩：『輕煙澹柳色，重霞映日餘。』津頭：渡口。王昌齡《送薛大赴安陸》詩：『津頭雲雨暗湘山，遷客離憂楚地颜。』

［二］啼紅：桃花瓣上閃動的雨滴猶如相思的血淚。無名氏《秋》詩：『古苔凝紫貼瑤階，露槿啼紅墮江草。』

［三］西湖醉：一邊醉飲於西湖，一邊欣賞西湖美景。蘇軾《飲湖上初晴後雨》：『朝曦迎客豔重岡，晚雨留人入醉鄉。』

［四］『離恨』句：在淅淅瀝瀝的雨聲中離别臨安。

［五］『客袂』句：即將遠赴西塞山。客袂：遊子的衣袖，代指遊子。迢迢：道路遥遠貌。潘岳《内顧詩》之一：『漫漫三千里，迢迢遠行客。』西塞：山名，在浙江省湖州市西南。張志和《漁歌子》詞：『西塞山前白鷺飛，桃花流水鱖魚肥。』

［六］餘寒：殘餘的寒氣。杜甫《題張氏隱居》詩之一：『澗道餘寒歷冰雪，石門斜日到林丘。』翦翦：形容風輕微

而帶寒意。韓偓《寒食夜》詩：『惻惻輕寒翦翦風，杏花飄雪小桃紅。』王安石《夜直》詩：『金爐香盡漏聲殘，翦翦輕風陣陣寒。』

［七］惆悵：因失意或失望而傷感、懊惱。《楚辭·九辯》：『廓落兮羇旅而無友生，惆悵兮而私自憐。』陶潛《歸去來兮辭》：『既自以心爲形役，奚惆悵而獨悲。』

賞析

此詞寫詞人離開行在臨安遠赴湖州西塞山時的情景。

上片開篇兩句即景抒情，寫渡口的柳葉蒼翠，雨珠閃動，桃花瓣上的雨滴猶如相思的血淚。整個春天裏，詞人一直沒有顧上賞游西湖美景，在淅淅瀝瀝的雨聲中離別臨安。

下片寫如今遠赴西塞山，春風中仍然帶著殘餘的寒氣。不知哪家的小燕子在拂水低飛，好像遇到了什麼傷心事，也在小樓東邊失望傷感，這是移情入物的手法。『桃花渡口啼紅』『離恨雨聲中』『誰家拂水飛來燕，惆悵小樓東』等句，將詞人的離愁別緒巧妙地融入桃花、雨聲及燕子等物，有杜甫『感時花濺淚，恨別鳥驚心』的韻味。

西湖

漾暖紋波颭颭［一］，吹晴絲雨濛濛［二］。輕衫短帽西湖路［三］，花氣撲春驄［四］。鬭草褰衣濕翠[五]，鞦韆瞥眼飛紅[六]。日長不放春醪困[七]，立盡海棠風[八]。

注釋

[一] 漾暖紋波：飄蕩著暖氣的波紋。漾：飄動，晃動。蘇軾《好事近·黄州送君猷》詞：『明年春水漾桃花，柳岸隘舟楫。』颭颭：摇動貌，飄動貌。劉歆《遂初賦》：『迴風育其飄忽兮，迴颭颭之泠泠。』章樵注：『颭颭，動搖貌。』陸游《中亭納涼》詩之一：『摇摇楸線風初緊，颭颭荷盤露欲傾。』

[二] 『吹晴』句：天氣晴和卻又飄著濛濛細雨。吹晴：吹走烏雲，帶來晴和天氣。趙蕃《書懷》詩：『春風吹雨又吹晴，柳樹能青桃樹明。』

[三] 短帽：輕便小帽。辛棄疾《洞仙歌·訪泉於奇師村得周氏泉爲賦》詞：『歎輕衫短帽，幾許紅塵。』陸游《蝶戀花》詞：『夢若由人何處去？短帽輕衫，夜夜眉州路。』

[四] 驄：青白色相雜的馬。周繇《公子行》：『回望玉樓人不見，酒旗深處勒花驄。』

[五] 鬬草：見《倦尋芳》注[六]。褰衣：挽起衣服。繁欽《定情詩》：『褰衣躡茂草，謂君不我欺。』蘇軾《月夜與客飲酒杏花下》詩：『褰衣步月踏花影，炯如流水涵青蘋。』濕翠：濕翠翹的簡稱。翠翹：古代婦人首飾的一種，狀似翠鳥尾上的長羽，故名。韋應物《長安道》詩：『麗人綺閣情飄颻，頭上鴛釵雙翠翹。』蘇軾《六月二十七日望湖樓醉書五絕》詩：『獻花遊女木蘭橈，細雨斜風濕翠翹。』

[六] 鞦韆：見《倦尋芳》注[七]。瞥眼：猶轉眼，極言時間之短。杜甫《解憂》詩：『呀坑瞥眼過，飛櫓本無蒂。』飛紅：落花。秦觀《千秋歲》詞：『日邊清夢斷，鏡裏朱顏改。春去也，飛紅萬點愁似海。』

[七] 春醪困：飲春酒疲乏欲睡。春醪：春酒。陶潛《擬挽歌辭》詩之二：『春醪生浮蟻，何時更能嘗？』曾鞏

《一鶚》詩：『歸來礧嵬載俎豆，快飲百甕行春醪。』困：疲乏欲睡。韓愈《石鼎聯句》序：『斯須，曙鼓鼕鼕，二子亦困，遂坐睡。』

［八］『立盡』句：在海棠花下的春風裏久久佇立。立盡：久久佇立。呂巖《梧桐影》詞：『今夜故人來不來，教人立盡梧桐影。』楊無咎《柳梢青》詞：『漫立盡、煙村夕陽。』

賞析

此詞寫春日遊玩西湖時所見之景，兼抒時光流逝的惆悵之情。

上片寫遊西湖時所見之景。西湖上波光粼粼，波紋飄蕩著暖氣，晴和的天空裏卻又飄著濛濛細雨。詞人身著輕衫，頭戴便帽，在西湖的小路上遊逛，濃鬱的花香直撲向春遊所騎的駿馬。上片妙在不直接寫花香帶給人的感覺，而將這種感覺轉移到了春驄上。

下片寫女子在西湖的遊戲。爲了鬬草，她們挽起衣服，雨水打濕了頭上的翠翹。一邊蕩著鞦韆，一邊觀賞著飄飛的落花。春日漫長，不知不覺中就犯起酒困，在海棠花下的春風裏久久佇立。『飛紅』『立盡』等詞，抒發了時光易逝的感歎與無奈。

又

段段寒沙淺水［一］，蕭蕭暮雨孤篷［二］。香羅不共征衫遠［三］，砧杵客愁中［四］。　別恨慵看楊

柳[五]，歸期暗數芙蓉[六]。碧梧聲到紗窗曉，昨夜幾②秋風。

校勘記

①黄昇《詞選》、吳本及毛本題下有『秋別』二字。

②『幾』《詞綜》作『已』。

注釋

［一］段段：猶片片。韋莊《乞彩箋歌》詩：『不使紅霓段段飛，一時驅上丹霞壁。』

［二］蕭蕭：風雨聲。陶潛《詠荊軻》詩：『蕭蕭哀風逝，淡淡寒波生。』王安石《試院中五絕句》之五：『蕭蕭疏雨吹檐角，噎噎暝蛩啼草根。』孤篷：指孤舟。皮日休《魯望以輪鉤相示緬懷高致因作》詩之三：『孤篷半夜無餘事，應被嚴灘聒酒醒。』

［三］『香羅』句：遠行時沒有攜帶輕薄的羅紗衣服。香羅：綾羅的美稱，輕薄、細軟。杜甫《端午日賜衣》詩：『細葛含風軟，香羅疊雪輕。』征衫：旅人之衣。樓鑰《水漲乘小舟》詩：『一番凍雨洗郊丘，冷逼征衫四月秋。』

［四］『砧杵』句：在客地聽到家家户户爲遊子搗衣的砧杵聲，更激發了遊子的客愁。砧杵：擣衣石和棒槌，亦指擣衣。楊凝《秋夜聽擣衣》詩：『砧杵聞秋夜，裁縫寄遠方。』

又

［五］慵看楊柳：嬾得看楊柳。古人有『折柳送別』的習俗，所以看到楊柳，就容易勾起離别的傷感。慵看：嬾得看。洪邁《踏莎行》詞：『釵鳳斜攲，鬢蟬不整。殘紅立褪慵看鏡。』

［六］芙蓉：荷花的别名，雙關夫容，表示對丈夫的思念。

集評

陳廷焯《雲韶集》卷七：『字字凄惻，耆卿流亞。一幾字極昨夜心神恍惚之致。』

賞析

此詞寫征夫與妻子在秋天里思歸與盼歸的心情。

上片寫征夫在秋天遠行。在片片寒沙淺水中，淅淅瀝瀝地飄著暮雨，征人的小船正緩緩地駛向遠方。由於遠行時沒有攜帶羅紗衣服，岸邊傳來搗衣的砧杵聲音，更激起了遊子的客愁。

下片寫妻子的閨怨。妻子自從與丈夫分别以來，因爲怕勾起對丈夫的思念，所以連楊柳也嬾得看。心裏一直在默念著丈夫的歸期。結句用秋風吹起，梧桐樹葉一直吹打著紗窗到天亮，暗示思婦因思念一夜未睡，以側面烘托的手法表達思婦的思念之深。

風不定。移去移來簾影。一雨林塘新緑淨[一]。杏梁歸燕竝[二]。　翠袖玉屏金鏡[三]。日薄綺疏人靜[四]。心事一春疑酒病[五]。鳥啼花滿徑。

注釋

［一］林塘：樹林池塘。劉孝綽《侍宴餞庾於陵應詔》詩：『是日青春獻，林塘多秀色。』

［二］杏梁：見《清平樂・玉肌春瘦》注［五］。竝：同『並』，一齐，一同。《孟子・滕文公上》：『賢者與民並耕而食，饔飧而治。』

［三］翠袖：青緑色衣袖，泛指女子的裝束。杜甫《佳人》詩：『天寒翠袖薄，日暮倚修竹。』玉屏：見《畫堂春・玉屏回夢月平闌》注［一］。金鏡：銅鏡。周邦彦《過秦樓》詞：『空見説、鬢怯瓊梳，容消金鏡。漸嬾趁時匀染。』

［四］日薄：日色暗淡。韓愈《晚寄張十八助教周郎博士》詩：『日薄風景曠，出歸偃前簷。』綺疏：指雕刻成空心花紋的窗户。張泌《南歌子》詞：『綺疏飄雪北風狂，簾幕盡垂無事，鬱金香。』

［五］『心事』句：整個春天心事不寧，懷疑是因爲病酒的緣故，其實是因爲思念遠方的丈夫。酒病：猶病酒，因飲酒過量而生病。姚合《寄華州李中丞》詩：『養生非酒病，難隱題詩名。』

集評

張伯駒《叢碧詞話》：盧蒲江《謁金門》詞『「風不定。移去移來簾影」，妙有禪境。張子野「三影」，不能專美於前矣』。

賞析

此詞寫女子感春而相思之情。

上片先寫風吹簾子，簾影不斷地來回移動，暗示出女子的心神不定。剛經過雨水沖洗的樹林與池塘，呈現出一派碧緑與明淨。杏梁之上一對歸巢的燕子正在呢喃私語，不禁更勾起了女主人公重重心事。

下片具體寫女子的相思狀貌。『翠袖玉屏金鏡。日薄綺疏人靜』，以六種景物，寫出春意闌珊，居處安靜。女子入春以來一直心緒不定，懷疑是病酒的緣故，其實真正的原因是懷人。『鳥啼花滿徑』，春天即將過去，落花滿地，鳥啼聲聲，無限的愁思，盡在不言之中。

又①

蘭棹舉[一]。相趁②落紅飛去[二]。一隙輕簾凝睇處[三]。柳絲牽不住[四]。　昨日翠蛾金縷[五]。今夜碧波煙渚[六]。好夢無憑窗又雨[七]。天涯③知幾許[八]。

校勘記

①黄昇《詞選》、吴本及毛本題下有『惜別』二字。

②相趁：《歷代詩餘》作：『相逐』。

③涯：吴本及毛本作『街』。黄昇《詞選》亦作『涯』。

注釋

[一]蘭棹：木蘭製成的船槳。鮑溶《南塘二首》詩其一：『畫舟蘭棹欲破浪，恐畏驚動蓮花心。』舉：劃動。

[二]相趁：跟隨，相伴。張先《好事近》詞之二：『相趁笑聲歸去，有隨人月色。』

[三]『一隙』句：透過窗簾向遠方凝視。凝睇：注視。白居易《長恨歌》詩：『含情凝睇謝君王，一別音容兩渺茫。』

[四]柳絲：垂柳枝條細長如絲，因以爲稱。柳與留諧音，絲與思諧音，有挽留、思念之意。晏殊《訴衷情》詞：『小庭簾幕春晚，閒共柳絲垂。』

[五]翠蛾：婦女細而長曲的黛眉。薛逢《夜宴觀妓》詩：『愁傍翠蛾深八字，笑回丹臉利雙刀。』金縷：指金縷衣。韋莊《清平樂》詞：『雲解有情花解語，窣地繡羅金縷。』

［六］碧波：清澄綠色的水波。李白《江夏送林公上人遊衡嶽序》：『欲將振五樓之金策，浮三湘之碧波。』煙渚：霧氣籠罩的洲渚。張元幹《賀新郎·寄李伯紀丞相》詞：『斗垂天，滄波萬頃，月流煙渚。』

［七］『好夢』句：好夢醒來，只聽到窗外淅淅瀝瀝的雨聲。無憑：沒有憑據。晏幾道《鷓鴣天》詞：『相思本是無憑語，莫向花牋費淚行。』

［八］天涯：猶天邊，指極遠的地方。徐陵《與王僧辯書》：『維桑與梓，翻若天涯。』幾許：多少，若干。《古詩十九首·迢迢牽牛星》：『河漢清且淺，相去復幾許？』

集評

陳廷焯《雲韶集》卷七：『依約有致。分作兩層便自曲折。』

賞析

此詞寫與佳人分離後男子的無奈與惆悵。

上片先寫遊子遠行所乘的蘭舟，仿佛追逐著水中的落花一般駛向遠方。佳人一直隔著簾幕，凝視著遊子消逝的方向。連飄揚的柳絲也想要牽住他，但怎麼可能呢？極寫出女子欲留住遊子而不得的無奈。

下片寫旅途中男子的相思之意。昨天還看到女子細而長曲的黛眉，身著金縷絲衣，而今夜已置身於霧氣籠罩的洲渚之中。夢中又見到了她那可愛的模樣，但好夢醒來，聽到的卻是窗外淅淅瀝瀝的雨聲。不知自己此時此刻漂泊在天涯何方。『昨日』『今夜』等語，寫出自分别後，男子一直在思念女子。『好夢無憑窗又雨，天涯知幾許』，片言之中蘊含著無盡的無奈與思念。

①

做弄清明時序[三]。料理閒院宇。獨自行來行去。花片無聲簾外雨[一]。峭寒生碧樹[二]。

春醒情緒[四]。憶得歸時停棹處[五]。畫橋看落絮[六]。

校勘記

①黄昇《詞選》、吳本及毛本題下有『春思』二字。

注釋

[一]花片：飄落的花瓣。元稹《古豔》詩之二：『等閒弄水浮花片，流出門前賺阮郎。』

[二]峭寒：料峭的寒意，形容微寒。徐積《楊柳枝》詩：『清明前後峭寒時，好把香綿閒抖擻。』碧樹：緑色的樹木。蕭統《七契》：『碧樹初蕊，緑草含滋。』杜甫《錦樹行》詩：『霜凋碧樹作錦樹，萬壑東逝無停留。』

[三]做弄：作成，漸漸形成。謝懋《石州引》詞：『飛雲特地凝愁，做弄晚來微雨。』時序：節候，時節。李益《合

源溪期張計不至》詩：『霜露肅時序，緬然方獨尋。』

［四］料理：排遣，消遣。韓愈《飲城南道邊古墓上逢中丞過贈禮部衛員外少室張道士》詩：『爲逢桃樹相料理，不覺中丞喝道來。』春酲：見《江城子》（畫樓簾幕卷新晴）注［一〇］。情緒：心情，心境。司空圖《寓居有感》詩之三：『客處不堪頻送別，無多情緒更傷情。』

［五］棹：亦作『櫂』，船槳，借指船。張喬《漁家》詩：『擁棹思悠悠，更深泛積流。』

［六］畫橋：雕飾華麗的橋梁。陰鏗《渡岸橋》詩：『畫橋長且曲，傍險復憑流。』

賞析

這首小令寫女子惜春傷別的情緒。

上片寫庭院春景，襯托寂寞情緒。獨自一人徘徊在安靜的院子裏，簾外下著淅淅瀝瀝的細雨，春花無聲無息地凋謝著。緑樹上生出陣陣寒意。

下片抒思念之情。清明時節，風雨無情。爲了排遣病酒的情緒，不由得回憶起遊子上一次歸來時的情景，他在畫橋處停棹，當時滿眼都是落花飛絮。而今又是春將盡時，不知他是否能夠回來。全詞展現出『蒲江詞』婉秀淡雅、柔媚多姿的風格。

又

深院靜。隔葉鳴禽相應。金鴨雲寒閒夢醒［一］。轉簾花月影［二］。 閒步碧階香徑［三］。彈翠殘紅慵整[四]。明日陰晴猶未定。試教移小艇[五]。

注釋

［一］金鴨：一種鍍金的鴨形銅香爐。戴叔倫《春怨》詩：『金鴨香消欲斷魂，梨花春雨掩重門。』雲寒：金鴨香爐裏的煙霧生出絲絲寒意。

［二］『轉簾』句：花月的影子從簾幕的一端轉到另一端。轉簾：月光或者陽光從簾幕的一端轉到另一端。蘇轍《試院唱酬十一首·試罷後偶作》詩：『晨暉轉簾影，微風響松末。』

［三］閒步：漫步，散步。曹植《七啟》：『雍容閒步，周旋馳燿。』碧階：長滿苔蘚的臺階。香徑：花間小路，或指落花滿地的小徑。戴叔倫《游少林寺》詩：『石龕苔蘚積，香徑白雲深。』晏殊《浣溪沙》詞：『無可奈何花落去，似曾相識燕歸來。小園香徑獨徘徊。』

［四］彈翠：下垂的翠葉。殘紅：凋殘的花，落花。王建《宮詞》：『樹頭樹底覓殘紅，一片西飛一片東。』李清照《怨王孫》詞：『門外誰掃殘紅？夜來風。』慵整：懶得整理。

［五］教：能。晏幾道《虞美人》詞之三：『羅衣著破前香在，舊意誰教改？』移：搖動，移動。毛熙震《浣溪沙》詞之六：『碧玉冠輕裊燕釵，捧心無語步香階，緩移弓底繡羅鞋。』艇：輕便的小船。《淮南子·俶真訓》：『越舲蜀艇，不能無水而浮。』高誘注：『蜀艇，一版之舟。』劉長卿《送張十八歸桐廬》詩：『歸人乘野艇，帶月過江村。』

又

賞析

這首小令寫女子的春思。

上片寫寂靜的院子里鳴禽隔著樹葉相互呼應。睡夢中醒來時，只見鴨形銅香爐的沉香飄著寒雲一般的煙霧。月光下花的影子從簾幕的一端轉到另一端，可見夜已經很深了。

下片寫女子的寂寞。她睡不著，爲了排遣憂思，起身來到院子中漫步，只見臺階上布滿了苔蘚，小徑上鋪滿了落花。但她無心整理那些下垂的緑葉與凋謝的落花，只希望明天能去劃船遊玩散心。

詞中的『閒夢』『閒步』『慵整』等詞語，都透出了女主人因傷春而寂寞無奈之情。

寒半退。斜掩小屏珠翠[一]。柳眼纔醒桃欲醉[二]。日高簾影碎[三]。　暗解鴛鴦羅帶[四]。獨立晚風誰會[五]。心事悠悠人好在[六]。畫橋流水外[七]。

注釋

[一]『斜掩』句：半掩的屏風遮擋了身著華貴飾物的女主人。斜掩：半掩。溫庭筠《春暮宴罷寄宋壽先輩》詩：

『斜掩朱門花外鐘，曉鶯時節好相逢。』薛昭藴《謁金門》詞：『斜掩金鋪一扇，滿地落花千片。』屏：屏風，陳設於室内，起分隔、美化、擋風等作用。韋莊《望遠行》詞：『欲别無言倚畫屏，含恨暗傷情。』珠翠：指盛裝女子。陸龜蒙《雜伎》詩：『六宫爭近乘輿望，珠翠三千擁赭袍。』

［二］柳眼纔醒：柳枝剛剛吐芽。柳眼：早春初生的柳葉如人睡眼初展，因以爲稱。元稹《生春》詩之九：『何處生春早，春生柳眼中。』周邦彦《蝶戀花·柳》詞：『愛日輕明新雪後，柳眼星星，漸欲穿窗牖。』桃欲醉：桃花將要綻放。

［三］『日高』句：太陽升高，在室内投下一地斑駁的簾影。

［四］『暗解』句：悄悄地解下繡有鴛鴦的絲織衣帶，想要贈給意中人。羅帶：絲織的衣帶，古人有以羅帶贈别的習俗。秦觀《滿庭芳》（山抹微雲）：『銷魂，當此際，香囊暗解，羅帶輕分。』

［五］誰會：無人領會。

［六］好在：安好。杜甫《送蔡希曾都尉還隴右因寄高三十五書記》詩：『因君問消息，好在阮元瑜？』白居易《代人贈王員外》詩：『好在王員外，平生記得不？』悠悠：見《魚游春水》（離愁禁不去）注［一三］。

［七］畫橋：見《謁金門》（閒院宇）注［五］。

賞析

這首小令寫女子的春思。

上片寫春景。春天來臨，寒氣消散了一半。屏風遮掩了身著華麗服飾的女主人公的身影，柳枝剛剛發出新芽，桃花將要綻放，太陽升高，在室内投下一地斑駁的簾影。

又

下片抒情。女子悄悄地解下繡有鴛鴦的絲織衣帶，想要贈給意中人。但對方卻不能領會，女子只好獨自佇立在畫橋邊的晚風中，聽著潺潺的水聲，追憶著美好的往事，並祝願他能夠平平安安。下片句句意思翻新出奇，把女子思念遠方意中人的心情刻畫得細致入微。

人寂寞。簾外翠陰如幄[一]。團扇藤床花間錯[二]。雨邊殘夢覺[三]。翠淺粉銷香薄[四]。臨鏡不忺梳掠[五]。新恨悠悠無處託[六]。棋聲閒院落[七]。

注釋

[一] 幄：篷帳。薛曜《奉和聖制夏日游石淙山》詩：『霧隱長林成翠幄，風吹細雨即虹泉。』

[二] 團扇：圓形有柄的扇子。古代宮内多用之，又稱宮扇。王昌齡《長信秋詞》詩之三：『奉帚平明金殿開，且將團扇暫徘徊。』藤床：藤條編織的躺椅。李清照《孤雁兒》詞：『藤床紙帳朝眠起，説不盡、無佳思。』花間錯：放置於花間。錯：通『措』，放置，安置。

[三] 雨邊：雨中。張籍《寄孫洛陽格》詩：『遥愛南橋秋日晚，雨邊楊柳映天津。』殘夢：見《清平樂》（鏡屏開曉）注[七]。

[四] 『翠淺』句：寫女子淋雨後，黛眉變淺，香粉變薄。

［五］不忺：不適意，不高興。姜夔《浣溪紗》詞：『釵燕籠雲晚不忺，擬將裙帶繫郎船，別離滋味又今年。』梳掠：梳理，梳妝。白居易《嗟髮落》詩：『既不勞洗沐，又不煩梳掠。』范成大《秦樓月》詞：『窗紗薄，日穿紅幔催梳掠。』

［六］新恨：新近産生的悵惘之情。戴叔倫《賦得長亭柳》詩：『送客添新恨，聽鶯憶舊遊。』悠悠：見《魚游春水》（離愁禁不去）注［一三］。

［七］『棋聲』句：寂靜的院子中只有棋子落下時發出的聲音。棋聲：弈棋中落子發出的聲音。方岳《深雪偶談》：『觀中人皆闔户晝睡，獨聞棋聲。』閒：寂靜，安靜。孟浩然《夏日南亭懷辛大》：『散發乘夕涼，開軒臥閒敞。』

賞析

這首小令寫夏日思婦的閨怨。

上片寫女子午睡的情態。寂寞的她，正睡在簾幕中，簾外已是緑樹成蔭。她的藤床擺放在花間，團扇已被丟在一邊。突然一陣淅瀝的雨聲打破了她的睡夢。

下片寫女子淋雨後的心態。受到雨水的沖洗，女子的黛眉變淺，臉上的香粉變薄，但她無心照鏡梳洗。新近的悵惘之情無處可以寄託，於是她拿起棋子敲擊著，棋子的聲音在空寂的院子中回蕩。女子的一舉一動，都透著寂寞無奈與莫名的惆悵。

閒睡足。冰柱亂敲寒玉[一]。簇簇庭陰嘉樹緑[二]。晚蟬聲斷續[三]。一雨藕花新浴[四]。香破小窗幽獨[五]。重理焦桐尋舊曲[六]。隔牆風動竹[七]。

注釋

[一]『冰柱』句：從房檐滴下的雨滴，打在臺階上，發出清脆的聲音。冰柱：指沿着房檐滴下的雨滴。張嵲《龍洞二首》詩其一：『瀑溜落巖冰柱碎，迸珠跳沫似飛埃。』劉克莊《賦西淙瀑布得斷字》詩：『久晴雨瓢翻，忽暖冰柱泮。』寒玉：玉石。玉質清涼，故稱。張果《題登真洞》詩：『風搖翠筱敲寒玉，水激丹砂走素鱗。』

[二]簇簇：一叢叢，一堆堆。白居易《開元寺東池早春》詩：『池水暖溫暾，水清波瀲灩。簇簇青泥中，新蒲葉如劍。』嘉樹：佳樹，美樹。劉禹錫《早夏郡中書事》詩：『華堂對嘉樹，簾廡含曉清。』

[三]斷續：時而中斷，時而接續。王融《巫山高》詩：『煙霞乍舒卷，猿鳥時斷續。』

[四]一雨：一場雨。白居易《答四皓廟》詩：『如彼旱天雲，一雨百穀滋。』蘇軾《喜雨亭記》：『一雨三日，緊誰之力！』藕花新浴：荷花剛剛經過雨水的洗浴。

[五]『香破』句：荷香破除了小窗中的靜寂孤獨。破：破除，解除。歐陽澈《虞美人》詞：『那人音信全無箇，幽恨誰憑破？』幽獨：靜寂孤獨。《楚辭・九章・涉江》：『哀吾生之無樂兮，幽獨處乎山中。』杜甫《久雨期王

將軍不至》詩：『天雨蕭蕭滯茅屋，空山無以慰幽獨。』

［六］理：奏起。《史記·樂書》：『《雅》《頌》之音理而民正，嘄噭之聲興而士奮，鄭衛之曲動而心淫。』嵇康《琴賦》：『理正聲，奏妙曲；揚《白雪》，發《清角》。』焦桐：琴名，蔡邕曾用燒焦的桐木造琴，後因稱琴爲焦桐。張祜《琴曲歌辭·思歸引》詩：『焦桐彈罷絲自絶，漠漠暗魂愁夜月。』舊曲：古曲，對『新曲』而言。徐陵《折楊柳》詩：『江陵有舊曲，洛下作新聲。』

［七］隔牆：猶隔壁。蘇軾《再和黃魯直二首》詩其一：『且復歌呼相和，隔牆知是曹參。』風動竹：輕風拂動竹叢。徐鉉《和尉遲贊善病中見寄》詩：『晝夢乍驚風動竹，夜吟時覺露沾莎。』

賞析

這首小令寫夏日閨思。

上片寫女子從午睡中醒來，已是傍晚時分，屋外正下着大雨。從房檐滴下的雨滴，打在臺陛上，發出清脆的聲音。庭院中的樹木經過雨水的沖刷，顯得格外翠綠，蟬聲時斷時續。

下片寫女子的閨思。大雨過後，荷花如同剛剛沐浴過一般，顔色格外鮮麗。陣陣荷香透過小窗直襲進來，打破了小窗中的靜寂孤獨。女主人公於是又拿出焦尾琴，彈奏起優美的古曲。輕風吹來，拂動著庭院中的竹叢。

全詞境界幽獨，透著莫名的孤寂。『閒睡足』寫出女子的孤寂，『亂敲』『斷續』『重理』寫出女子思緒由紛亂至平靜的過程。景中含情，情景交融。

又

又

香漠漠[一]。低捲水風池閣[二]。玉腕籠紗金半約[三]。睡濃團扇落[四]。雨後①涼生雲薄。女伴棹歌聲樂[五]。採得雙蓮迎笑剥[六]。柳陰多處泊。

校勘記

①雨後：周密《絕妙詞選》作『雨過』。

注釋

[一]漠漠：密佈貌。歐陽修《晉祠》詩：『晉水今入并州裏，稻花漠漠澆平田。』

[二]『低捲』句：香氣瀰漫於水氣之中及池苑樓閣周圍。池閣：池苑樓閣。儲光羲《舟中別武金壇》詩：『月光麗池閣，野氣浮林園。』

[三]玉腕：潔白溫潤的手腕。劉鑠《白紵曲》：『仙仙徐動何盈盈，玉腕俱凝若雲行。』王勃《採蓮歸》：『桂棹蘭橈下長浦，羅裙玉腕搖輕櫓。』籠紗：以紗巾著臂。金半約：手腕的手鐲因消瘦已經寬松。約：纏束，環束。曹植《美女篇》：『攘袖見素手，皓腕約金環。』

［四］團扇：見《謁金門》（人寂寞）注［二］。

［五］棹歌：亦作『櫂歌』，行船時所唱之歌。漢武帝《秋風辭》：『簫鼓鳴兮發棹歌，歡樂極兮哀情多。』丘遲《旦發漁浦潭》詩：『櫂歌發中流，鳴鞞響還嶂。』聲樂：音樂。白居易《自詠五首》詩其三：『老耳倦聲樂，病口厭杯盤。』

［六］雙蓮：並生於同一枝幹的兩朵荷花，又名並蒂蓮，有『花中君子』之稱，是荷花中的極品。古時以爲祥瑞徵兆，此處暗喻百年好合、永結同心。范成大《次韻袁起巖送示郡沼雙蓮圖》：『珠淵玉水折方員，湧出雙蓮照酒邊。』

集評

梁令嫻《藝衡館詞選》丙卷：『麥丈云：「靜境妙觀。」』

賞析

這首小令寫女子夏日的閨思。

上片從靜態入筆。花香彌漫在池閣周圍，女子身披輕紗，酣然入睡，潔白溫潤的手腕上戴著金手鐲，手鐲因消瘦已顯得寬松。由於她睡意太濃，手中的團扇已掉落在地上。

下片從動態著筆。陣雨過後，帶來了清涼，女子於是與夥伴們一起唱著歡快的歌，劃船去荷塘采蓮，她采到了一枝並蒂蓮，於是將船停在柳蔭下，高興得剥起了蓮子。

詞中『金半約』『團扇落』『雙蓮』等語，在歡樂中透出女主人的孤獨與寂寞。

秋幾許[一]。荒蓼敗荷煙渚[二]。貼水飛鷗江欲暮。風帆追急羽[三]。　蝶夢轉頭無據[四]。愁到曲屏深處[五]。寒入雙城扃繡户[六]。也應聞細雨。

注釋

[一] 幾許：見《清平樂·庚申吴中對雪》注[四]。

[二] 荒蓼：荒蕪的蓼草。蓼：植物名，爲一年生或多年生草本。味辛，又名辛菜，可作調味用。《詩·周頌·良耜》：『以薅荼蓼。』毛傳：『蓼，水草也。』元稹《憶雲之》詩：『爲魚實愛泉，食辛寧避蓼。』煙渚：霧氣籠罩的洲渚。孟浩然《宿建德江》詩：『移舟泊煙渚，日暮客愁新。』張元幹《賀新郎·寄李伯紀丞相》詞：『斗垂天，滄波萬頃，月流煙渚。』。

[三] 風帆：張帆乘風而行的船。韓愈《嶽陽樓别竇司直》詩：『嚴程迫風帆，劈箭入高浪。』急羽：疾飛的鳥兒。

[四] 蝶夢：迷離惝恍的夢境，此處指與意中人團圓之夢。詳見《書堂春》（柳塘風緊絮交飛）注[五]。轉頭：比喻時間短暫。梅堯臣《王祁公北園》詩：『强騎瘦馬往城北，二十三年如轉頭。』無據：無所依憑。謝懋《驀山溪》詞：『飛雲無據，化作冥蒙雨。』

[五] 曲屏深處：指女子的居室。曲屏：可折疊的屏風，可根據使用需求自由疊合，又被稱爲『軟屏風』。

[六] 雙城：指臨安城，南宋臨安錢塘門外加修一個外城，稱爲甕城，故名。扃：關閉。韓愈《喜雪獻裴尚書》詩：『履弊行偏冷，門扃臥更羸。』繡户：雕繪華美的門户，多指婦女居室。

賞析

這首小令寫秋日閨思。

上片寫暮秋景色。日暮時分，女子來到江邊，只見霧氣籠罩著洲渚，蓼草已經荒蕪，荷花已經凋謝。鷗鳥在江面貼水低飛。乘風而行的帆船，仿佛要追趕那空中疾飛的鳥兒。

下片寫女子夢到與丈夫團圓，但夢醒後才知道是空歡喜一場。愁緒蔓延到屏風深處，寒氣浸入臨安城的家家户户。天空中飄下了淅淅瀝瀝的細雨，遠在他鄉的丈夫，此時也應該在聽著淅淅瀝瀝的雨聲，因思念而難以成眠。『蝶夢』『愁到』『寒入』等語，生動刻畫出女子想與丈夫團圓而不可得的惆悵寂寞之情，『也應聞細雨』一句，由己方設想對方，極爲傳神地寫出女方的相思之深。

又

羅袖褪[一]。短鬢獨搔誰恨[二]。葉葉秋聲風衮衮[三]。萬端心一寸[四]。　釵鳳鏡鸞誰問[五]。想見粉香啼損[六]。倩盡飛鴻終未穩[七]。夜來寒陡頓[八]。

注釋

［一］褪：衣裝、服飾等穿著或套著的東西寬鬆而脱出。歐陽修《浣溪沙》詞之一：『束素美人羞不打，卻嫌裙慢褪纖腰。』

［二］鬢：臉旁靠近耳朵的頭髮。搔：抓。杜甫《春望》詩：『白頭搔更短，渾欲不勝簪。』誰恨：何恨，什麼恨。誰：疑問代詞，相當於『何』『什麼』。韓愈《贈張籍》詩：『如今更誰恨，便可耕灞滻。』

［三］衮衮：相繼不絕貌。秦觀《秋興九首其七擬杜子美》詩：『車馬憧憧諸道路，市朝衮衮共埃塵。』

［四］『萬端』句：寸心中懷有萬端情緒。萬端：形容頭緒極多而紛繁。一寸：指心。古人謂心爲方寸之地，故稱。蘇軾《次韻答王鞏》詩：『我有方外客，顔如瓊之英，十年塵土窟，一寸冰雪清。』

［五］釵鳳鏡鸞：明寫女子無心梳妝打扮，暗喻夫妻分離。釵鳳：釵端爲鳳形的首飾，『釵』與『拆』諧音，喻夫妻分離。鏡鸞：指妝鏡，也比喻分離之夫妻。詳見《宴清都》注［一一］。問：問候，慰問。《論語・雍也》：『伯牛有疾，子問之。』

［六］想見：推想而知。《史記・孔子世家論》：『余讀孔氏書，想見其爲人。』粉香啼損：脂粉的香氣因啼哭而減損。

［七］『倩盡』句：請託所有能夠請託到的飛鴻捎書信，仍不能安心。倩：請，懇求。姜夔《月下笛》詞：『多情須倩梁間燕，問吟袖、弓腰在否？』飛鴻：飛行著的鴻雁，古時常以飛鴻代稱書信。見《烏夜啼》（照水飛禽鬬影）注［四］。

［八］『夜來』句：夜裏突然天氣變寒。陡頓：突然。柳永《鬭百花》詞：『應是帝王，當初怪妾辭輦。陡頓今來，宫中第一妖嬈，卻道昭陽飛燕。』

賞析

這首小令寫遊子與思婦的相思之情。

上片寫遊子因思鄉念親而消瘦得羅袖松脱，不停地抓搔著短鬢。綿綿不絶的秋風吹動著秋葉，不由得勾起遊子心中的萬端愁緒。

下片寫遠在家中的妻子也因爲思念而無心梳妝打扮，脂粉的香氣也因常常啼哭而減損。遊子於是想請託飛鴻捎信回家，請她寬心，但可惜尚未找到能帶信的鴻雁，夜裏天氣卻突然變冷了。下片請飛鴻傳書的構思極爲新穎出奇。

鷓鴣天①

纖指輕拈小砑紅[一]。自調宫羽按歌童[二]。寒餘芍藥闌邊雨[三]，香落酴醿架底風[四]。　閒意態[五]，小房櫳[六]。丁寧須滿玉西東[七]。一春醉得鶯花老[八]，不似年時怨玉容[九]。

校勘記

①黄昇《詞選》、吴本及毛本題下有『春懷』二字。

注釋

［一］纖指：柔細的手指。李白《鳳吹笙曲》：『欲歎離聲發絳唇，更嗟別調流纖指。』砑紅：又稱『砑綾』，一種砑光之綾，用作信箋等，此處指砑紅曲譜。晏幾道《鷓鴣天》詞：『題破香箋小砑紅。詩篇多寄舊相逢。』

［二］宮羽：樂調。按歌童：訓練歌童唱歌。按：訓練。徐晶《贈駙馬汝陽王》：『梁邸調歌日，秦樓按舞時。』

［三］寒餘：春天殘餘的寒氣。芍藥：多年生草本植物，花大而美麗，有紫紅、粉紅、白等多種颜色，供觀賞。徐陵《〈玉臺新詠〉序》：『清文滿篋，非惟芍藥之花；新製連篇，寧止蒲萄之樹。』闌邊：指芍藥花圃裏。闌：門前柵欄，欄杆，此處指芍藥花欄。《說文・門部》：『闌，門遮也。』馮延巳《酒泉子》詞：『階前行，闌畔立，欲雞啼。』

［四］酴醿：詳見《倦尋芳》注［一二］。

［五］意態：神情姿態。杜甫《天育驃騎歌》：『是何意態雄且傑，駿尾蕭梢朔風起。』

［六］房櫳：泛指房屋。《文選・張協〈雜詩〉之一》：『房櫳無行迹，庭草萋以緑。』李周翰注：『櫳亦房之通稱。』王維《桃源行》：『月明松下房櫳靜，日出雲中鷄犬喧。』

［七］丁寧：叮囑，告誡。蘇軾《戲題巫山縣用杜子美韻》：『丁寧巫峽雨，慎莫暗朝暉。』玉西東：酒杯名。辛棄疾《臨江仙》詞：『畫樓人把玉西東，舞低花外月，唱徹柳邊風。』

［八］鶯花：鶯啼花開，泛指春日景色。杜甫《陪李梓州等四使君登惠義寺》詩：『鶯花隨世界，樓閣倚山巔。』

［九］『不似』句：不再如往年埋怨自己的面容憔悴。年時：當年，往年時節。盧殷《雨霽登北岸寄友人》詩：『憶得年時馮翊部，謝郎相引上樓頭。』玉容：女子容貌的美稱。陸機《擬〈西北有高樓〉》詩：『玉容誰得顧，傾

城在一彈。』王建《調笑令》詞：『玉容憔悴三年，誰復商量管絃。』

賞析

這首小令爲傷春惜時之作。

上片寫女子用柔細的手指翻開研紅曲譜，調試樂調訓練歌童唱歌。春天雖已到來，但仍有殘餘的寒氣，細雨濛濛中，花圃中的芍藥已經開放。一陣微風吹來，酴醾花香向四處飄散。

下片寫宴飲的情景。女主人與友人們神態悠閒，坐在幽雅的小房間内，頻頻滿杯而飲，不知不覺中春花已老，但女主人已不再如往年那樣埋怨自己的面容憔悴。她故作閒雅，借酒消愁，字裏行間都透著無可奈何與落寞惆悵之情。

又①

庭緑初圓結蔭濃〔一〕。香溝收拾舊②梢紅〔二〕。池塘少歇鳴蛙雨〔三〕，簾幕輕迴舞燕風〔四〕。

春又老，笑誰同〔五〕。澹煙斜日小樓東。相思一曲臨風笛〔六〕，吹過雲山第幾重〔七〕？

校勘記

①黄昇《詞選》、吴本及毛本題下有『春暮』二字。

②舊：黄昇《詞選》、吴本及毛本作『樹』。

注釋

［一］庭緑初圓：院中緑樹剛成蔭。

［二］『香溝』句：樹梢上的紅花紛紛落入水溝，春事已告結束。香溝：御溝的美稱。趙匯《謁金門·天色晚》詞：『葉落香溝紅泛。嬾把新詩題怨。』收拾：收容。舊梢紅：指落花。

［三］少：稍，略。毛滂《夜行船》詞：『莫把鴛鴦驚飛去，要歌時少低檀板。』鳴蛙雨：青蛙在雨中呱呱鳴叫。

［四］簾幕：用於門窗處的簾子與帷幕。杜牧《題宣州開元寺水閣閣下宛溪溪下居人》詩：『深秋簾幕千家雨，落日樓臺一笛風。』舞燕風：燕子在微風中飛舞。

［五］笑誰同：同誰笑。

［六］臨風笛：迎風吹奏笛子。方回《跋吴初鄰山谷臨風笛真迹》詩：『臨風玉笛調孫郎，百字塵昏紙尚香。』

［七］雲山：高聳入雲之山。蔡琰《胡笳十八拍》：『雲山萬里兮歸路遐，疾風千里兮揚塵沙。』皇甫冉《送王司直》詩：『西塞雲山遠，東風道路長。』

賞析

這首小令寫暮春景色與相思之情。

上片寫春景。分别從庭院緑蔭濃、香溝漂落花、池塘鳴蛙雨、簾幕回輕風等不同角度，極力鋪寫暮春初夏間景色。

下片轉入對時光飛逝、青春不在的感歎。春天又將過去，能與誰一同歡笑呢？主人公只好迎風吹奏笛子，笛聲飛過崇山峻嶺，飄向遠方。結句以悠遠的笛聲傳達綿綿相思之意，令人回味無窮。

又

岸柳黄深緑已垂。庭花紅偏白還飛[一]。幾回畫蠟銀臺夢[二]，雙字香羅金縷衣[三]。山淺澹[四]，水茫瀰[五]。頓無消息許多時[六]。杏梁知有新來燕[七]，下卻重簾不放歸[八]。

注釋

[一]『庭花』句：院子中的紅花已經開遍，楊花還在飛舞。

〔二〕『幾回』句：多少回夢到在銀臺畫燭之下，一起暢敘相思離别之情。畫蠟：畫燭。羅鄴《長安惜春》詩：『殘紅似怨皇州雨，細緑猶藏畫蠟灰。』銀臺：銀制的燭臺。李白《清平樂》詞：『鸞衾鳳褥，夜夜常孤宿。更被銀臺紅蠟燭，學妾淚珠相續。』

〔三〕雙字香羅：指羅衣上繡有兩個篆書心字結成的連環圖案，象徵心心相印。歐陽修《好女兒令》：『一身繡出，兩同心字，淺淺金黄。』香羅：綾羅的美稱。杜甫《端午日賜衣》詩：『細葛含風軟，香羅疊雪輕。』

〔四〕淺澹：物體的顔色淡。澹：通『淡』。温庭筠《更漏子》詞：『相見稀，相憶久，眉淺澹煙如柳。』

〔五〕茫瀰：迷茫、廣遠。

〔六〕消息：音信，信息。蔡琰《悲憤詩》：『迎問其消息，輒復非鄉里。』

〔七〕杏梁：見《清平樂》（玉肌春瘦）注〔五〕。

〔八〕重簾：層層簾幕。温庭筠《菩薩蠻》詞：『夜來皓月纔當午，重簾悄悄無人語。』

賞析

這首小令寫男女主人公的相思之情。

上片寫男主人公。院子中的紅花已經開遍，楊花還在飛舞。男主人公多次夢到與妻子在銀臺畫燭之下，一起暢敘相思離别之情，他見到妻子的羅衣上繡著兩個篆書心字結成的連環圖案。夢境清晰，可見他相思之深。

下片寫女主人公。由於很久没有丈夫的音訊了，屋梁上有南方新來的燕子，於是就把屋簾放下，生怕它飛走，想看看它是否帶有丈夫的消息。這一構思極爲巧妙細膩，意味含蓄雋永。

踏莎行

夜雨燈深[一]，春風寒淺[二]。梅姿雪態憐嬌輭[三]。錦箋閒軸舊緘情[四]，酒邊一顧清歌徧[五]。

玉局彈愁[六]，冰絃寫怨[七]。幾時纖手教重見[八]。小樓低隔一街塵[九]，爲誰長恁巫山遠[一〇]。

注釋

[一] 燈深：燈光在黑暗的雨夜裏顯得深遠、渺茫。

[二] 寒淺：淡淡的餘寒。

[三] 嬌輭：柔美，輕柔。蘇軾《薄命佳人》詩：『吳音嬌軟帶兒癡，無限閒愁總未知。』輭：同『軟』。

[四] 錦箋：精緻華美的箋紙。閒軸：裝成卷軸形的書、畫。閒：文靜，嫻雅。曹植《美女篇》：『美女妖且閒，採桑岐路間。』舊緘情：寄送書信表達的心情沒有改變。緘：爲書信封口。韋應物《答崔都水》詩：『常緘素札去，適枉華章還。』

[五] 一顧：一看。東方朔《七諫·自悲》：『過故鄉而一顧兮，泣歔欷而霑衿。』清歌：不用樂器伴奏的歌唱。張衡《思玄賦》：『雙材悲於不納兮，並詠詩而清歌。』曹丕《燕歌行》詩：『展詩清歌聊自寬，樂往哀來摧肺肝。』梅堯臣《留題希深美檜亭》詩：『乘月時來往，清歌思浩然。』

［六］玉局：棋盤的美稱。賀鑄《南鄉子》詞：『玉局彈棋無限意，纏綿，腸斷吳蠶兩處眠。』彈愁：指弈棋時也會生出愁思。古人稱弈棋爲彈棋，故曰『彈愁』。《後漢書・梁冀傳》：『梁冀性嗜酒，能挽滿、彈棋、格五、六博、蹴踘、意錢之戲。』李賢注引《藝經》曰：『彈棋，兩人對局，白黑棋各六枚，先列棋相當，更先彈之。其局以石爲之。』至魏改用十六棋，唐又增爲二十四棋。

［七］『冰絃』句：琴弦所奏樂曲，似乎在訴説哀怨。冰絃：亦作『冰弦』。琴弦的美稱，傳説中有用冰蠶絲作的琴弦，故稱。

［八］纖手：亦作『纖手』，女子柔細的手。陸機《擬西北有高樓》詩：『佳人撫琴瑟，纖手清且閒。』張孝祥《醜奴兒》詞：『珠燈璧月年時節，纖手同攜。』教：能。晏幾道《虞美人》詞之三：『羅衣著破前香在，舊意誰教改？』

［九］『小樓』句：道路上的塵土阻隔了兩個小樓，指相距甚近。街塵：指道路上的塵土。

［一〇］『爲誰』句：指相會卻如此遥遠。長恁：長久這樣。恁：如此。巫山：山名。在重慶東部邊緣。北與大巴山相連，形如『巫』字，故名。長江穿流其中，形成三峽。李白《古風》之五八：『我行巫山渚，尋古登陽臺。』陸游《三峽歌》：『十二巫山見九峰，船頭彩翠滿秋空。』

賞析

這首小令寫相思之情。

上片寫相見時的場景。在一個細雨綿綿的夜晚，春風中帶著輕微寒意，佳人那梅一般的姿態、雪一般的神韻，怎能不令人憐愛。她曾用精美的箋紙表達情意，至今這種情意未曾改變。酒宴上她唱了一曲又一曲。

下片寫别後相思之意。自從分别以來，弈棋時也會生出愁思，彈琴時也帶著哀怨。『小樓低隔一街塵，爲誰長恁巫山遠』，寫出兩人雖説相距不遠，但如同隔著一座巫山一樣，什麽時候才能再見到佳人的纖纖細手呢？將相思之意表達得纏綿悱惻。

琴調相思引

陸續鳴鳩呼曉晴[一]。霏微殘霧濕春城[二]。未成梅雨[三]，先做麥寒輕[四]。　長日愔愔花又落[五]，短屏曲曲酒初醒[六]。小舟無緒[七]，閑帶牡丹行[八]。

注釋

[一] 陸續：先後相續不絶。王安石《既别羊王二君與同官會飲于城南因成寄》詩：『送車陸續隨子返，坐聽城雞腸宛轉。』鳴鳩：即斑鳩。《吕氏春秋·季春》：『鳴鳩拂其羽，戴任降于桑。』高誘注：『鳴鳩，斑鳩也。』阮籍《詠懷之四八》詩：『鳴鳩嬉庭樹，焦明遊浮雲。』呼曉晴：俗傳鳩鳥陰則逐其婦，晴則呼之。《埤雅》：『天欲雨，鳩逐婦；既雨，鳩呼婦。』

[二] 霏微：霧氣、細雨等瀰漫的樣子。

[三] 梅雨：指初夏產生在江淮流域持續較長的陰雨天氣。因時值梅子黄熟，故亦稱黄梅天。此季節空氣長期潮濕，器物易黴，故又稱黴雨。《太平御覽》卷九七〇引應劭《風俗通》：『五月有落梅風，江淮以爲信風。又有霜

霪，號爲梅雨，沾衣服皆敗黦。』晏幾道《鷓鴣天》詞：『梅雨細，曉風微。倚樓人聽欲沾衣。』

［四］麥寒：麥秋寒的簡稱，麥子成熟時的寒涼天氣。蔡邕《月令章句》：『百穀各以其初生爲春，熟爲秋。故麥以孟夏爲秋。』楊萬里《初五日曉寒，浙人謂之蠶寒，蓋麥秋寒也》詩：『歲歲春寒欲去時，麥牽蠶惹不放歸。早知今曉猶差冷，未肯疏它舊裌衣。』

［五］愔愔：悄寂貌。蔡琰《胡笳十八拍》詩：『雁飛高兮邈難尋，空腸斷兮思愔愔。』

［六］短屏：矮屏風。王泠然《汝州薛家竹亭賦》：『纔容小榻，更設短屏。』蘇軾《吴子野將出家贈以扇山枕屏》詩：『短屏雖曲折，高枕謝奔走。』

［七］無緒：沒有情緒。柳永《雨霖鈴》詞：『都門帳飲無緒，留戀處、蘭舟催發。』

［八］『閒帶』句：閒暇時佩戴牡丹出行。蘇軾《吉祥寺賞牡丹》詩：『人老簪花不自羞，花應羞上老人頭。醉歸扶路人應笑，十里珠簾半上鉤。』帶：掛，佩戴。《禮記·少儀》：『僕者右帶劍。』孔穎達疏：『右帶劍者，帶之於腰右邊也。』《楚辭·九章·涉江》：『帶長鋏之陸離兮，冠切雲之崔嵬。』

賞　析

這首小令寫主人公初夏時節的一次雨後出行。

上片寫雨天初晴。斑鳩相續不斷地鳴叫著，終於迎來了晴天。但霧氣依然彌漫著春城，沒有出現連綿的梅雨，卻帶來了麥子成熟時的寒涼天氣。

下片寫出遊。由於漫長的白天顯得有些悄寂，加上院中的花已凋謝，主人公病酒後初醒，於是茫然無緒地劃起小船，佩戴著牡丹去遊玩散心。

同子高艤舟葉家莊[一]

夾岸垂楊步障深[二]。露橋橫截影沈沈[三]。數家籬落[四]，一晌晚涼侵[五]。閒倚短篙停夜月[六]，靜看雙翅落棲禽[七]。久無羈思[八]，前事忽驚心[九]。

注釋

［一］子高：指葉子高。《浙江通志》一二六卷記載其爲慶元元年乙卯（一一九五）鄒應龍榜進士，鄞人。《宋會要·選舉》二三記載，葉子高於慶元四年（一一九八）、開禧二年（一二〇六）任大理評事。艤舟：把船停靠在岸邊。艤：使船靠岸。《文選·左思〈蜀都賦〉》：『艤輕舟。』

［二］步障：亦作『步鄣』，用以遮蔽風塵或視線的一種屏幕，此處指濃密的垂楊所形成的屏幕。曹植《妾薄命》詩之二：『華燈步障舒光，皎若日出扶桑。』《晉書·列女傳·王凝之妻謝氏》：『（謝道韞）乃施青綾步鄣自蔽，申獻之前議，客不能屈。』

［三］露橋：布滿露珠的橋梁。周邦彥《蘭陵王·柳》：『念月榭攜手，露橋聞笛。』橫截：橫渡。蘇軾《水龍吟》詞：『小舟橫截春江，臥看翠壁紅樓起。』辛棄疾《沁園春·靈山齋庵賦，時築偃湖未成》詞：『正驚湍直下，跳珠倒濺，小橋橫截，缺月初弓。』沈沈：形容寂靜無聲。蘇舜欽《演化琴德素高因爲作歌以寫其意》詩：『風吹仙籟下虛空，滿坐沈沈竦毛骨。』

［四］籬落：即籬笆。葛洪《〈抱樸子〉自敘》：『貧無僮僕，籬落頓決。荊棘叢於庭宇，蓬莠塞乎階霤。』柳宗元《田家》詩之二：『籬落隔煙火，農談四鄰夕。』

［五］一晌：指短時間。李煜《浪淘沙》詞：『夢裏不知身是客，一晌貪歡。』馮延巳《鵲踏枝》詞：『一晌憑闌人不見，鮫綃掩淚思量遍。』侵：侵襲，謂一物進入他物中或他物上。韓愈《縣齋讀書》詩：『南方本多毒，北客恒懼侵。』盧綸《冬夜贈別友人》詩：『侵階暗草秋霜重，遍郭寒山夜月明。』

［六］停夜月：一輪明月仿佛停在空中。釋彥民《圓相觀音菩薩瑞像頌》詩：『光輪停夜月，瓔珞綴千花。』

［七］『靜看』句：靜靜地觀看飛鳥拍打著雙翅，棲息到樹上。

［八］羈思：亦作『羇思』。羈旅之思。鮑照《紹古辭》詩之三：『紛紛羇思盈，慊慊夜絃促。』賈島《送友人游蜀》詩：『欲暮多羇思，因高莫遠看。』

［九］驚心：内心感到驚懼或震動。張耒《傷春》詩之四：『高樓春晝獨驚心，白日閒雲亦自陰。』

賞析

這首小令寫詞人經行葉家莊時的所見所感。

上片寫所見。綠楊濃密，布滿露珠的橋梁橫跨江流，橋邊有幾户人家，圍繞著稀疏的籬落。傍晚時，天氣突然變得寒涼。

下片寫詞人停下短篙，一輪明月仿佛停在空中，他靜靜地觀看飛鳥拍打著雙翅棲息到樹上。也許是離家太久了，詞人已經淡忘了羈旅的愁思，但眼前這靜謐的夜景，尤其是籬落、棲禽等事物卻突然勾起了他隱藏在内心深處的思鄉之情。

眼兒媚

柳邊誰

玉鉤清曉上簾衣[一]。香霧濕春枝[二]。餘寒逗雨[三]，羅裙無賴[四]，重暖金猊[五]。寄東風纜[六]，流水只年時[七]。無人爲記，天涯歸思[八]，梁燕空飛[九]。

注釋

[一]『玉鉤』句：清曉時分，用玉鉤卷起簾幕。玉鉤：玉制的掛鉤。薛濤《上川主武元衡相國二首》詩其一：『因令朗月當庭燎，不使珠簾下玉鉤。』李璟《攤破浣溪沙》詞：『手卷真珠上玉鉤，依前春恨鎖重樓。』簾衣：即簾幕。《南史·夏侯亶傳》：『（亶）晚年頗好音樂，有妓妾十數人，並無被服姿容，每有客，常隔簾奏之，時謂簾爲夏侯妓衣。』後因謂簾幕爲簾衣。陸龜蒙《寄遠》詩：『畫扇紅弦相掩映，獨看斜月下簾衣。』周邦彦《浣溪紗》詞：『風約簾衣歸燕急，水摇扇影戲魚驚。』

[二]香霧：指霧氣。杜甫《月夜》詩：『香霧雲鬟濕，清輝玉臂寒。』仇兆鼇注：『霧本無香，香從鬟中膏沐生耳。』蘇軾《與述古自有美堂乘月夜歸》詩：『淒風瑟縮經絃柱，香霧淒迷著髻鬟。』春枝：春日草木的枝條。賀循《賦得夾池修竹》詩：『來風韻晚逕，集鳳動春枝。』孟郊《和錢侍郎甘露》詩：『春枝晨婀娜，香味曉翩翩。』王建《送人遊塞》詩：『初晴天墮絲，晚色上春枝。』

[三]餘寒：殘餘的寒氣。杜甫《題張氏隱居》詩之一：『澗道餘寒歷冰雪，石門斜日到林丘。』逗雨：引來雨水。

張先《山亭宴慢》詞：『天意送芳菲，正黯淡、疏煙逗雨。』逗：引起，觸動。李賀《李憑箜篌引》：『女媧鍊石補天處，石破天驚逗秋雨。』

〔四〕羅裙：絲羅製成的裙子，多泛指婦女衣裙。江淹《別賦》：『攀桃李兮不忍別，送愛子兮霑羅裙。』白居易《琵琶行》：『鈿頭雲篦擊節碎，血色羅裙翻酒汙。』無賴：不可依憑，無法抵御寒涼的天氣。《史記·張釋之馮唐列傳》：『上問上林尉諸禽獸簿。十餘問，尉左右視，盡不能對。虎圈嗇夫從旁代尉對上所問禽獸簿甚悉……文帝曰：「吏不當若是耶？尉無賴！」』

〔五〕重暖：重新點燃。史達祖《東風第一枝·詠春雪》詞：『寒爐重暖，便放慢春衫針線。』金猊：香爐的一種。爐蓋作狻猊形，空腹。焚香時，煙從口出。花蕊夫人《宮詞》之五二：『夜色樓臺月數層，金猊煙穗繞觚稜。』李彌遜《花心動·七夕》詞：『綺羅人散金猊冷，醉魂到，華胥深處。』

〔六〕寄：寄放，寄存。《後漢書·孔融傳》：『譬如寄物缻中，出則離矣。』東風纜：乘著東風駛來的帆船。纜：系船的粗繩或鐵索，此處指帆船。謝靈運《登臨海嶠與從弟惠連》詩：『日落當棲薄，繫纜臨江樓。』

〔七〕年時：歲月。陸機《梁甫吟》：『冉冉年時暮，迢迢天路徵。』

〔八〕天涯：極遠的地方。徐陵《與王僧辯書》：『維桑與梓，翻若天涯。』歸思：回歸的念頭。陶潛《始作鎮軍參軍經曲阿作》詩：『眇眇孤舟遊，綿綿歸思紆。』

〔九〕梁燕空飛：只有屋梁上的燕子在成雙結對地飛行。空：徒然，白白地。辛棄疾《木蘭花慢·席上送張仲固帥興元》詞：『落日胡塵未斷，西風塞馬空肥。』李頎《古從軍行》：『年年戰骨埋荒外，空見蒲桃入漢家。』

賞析

這首小令寫客行中的羈旅之思。

上片寫清曉時分，用玉鉤卷起簾幕。霧氣浸濕了草木的枝條，殘餘的寒氣引來了雨水，絲羅製成的裙子無法抵御寒涼，重新點燃了爐火。

下片寫一條乘著東風駛來的小船系在柳下。不由勾起主人公對時光流逝的感歎與漂泊他鄉的羈旅之思。他深感自己漂泊天涯，心中雖有無限的思鄉之情，但有誰能夠爲自己記録下這份情思呢？詞人看到了屋梁上成雙結對飛行的燕子，羨慕只有它們才沒有離别之苦。在人與燕的對照中，抒發了濃烈的羈旅之思。

更漏子

玉鉤裁[一]，羅襪淺[二]。心事漫拈針線[三]。釵半彈[四]，鬢慵梳[五]。新來消瘦無[六]。　江南路。花無數。春夢不知何處。簾影轉[七]，暝禽西①[八]。看看眉黛低[九]。

校勘記

①西：朱祖謀《蒲江詞稿校記》：『「西」疑「棲」誤。』

注　釋

［一］玉鉤：初升的新月猶如用美玉裁制的鉤子。白居易《三月三日》詩：『指點樓南玩新月，玉鉤素手兩纖纖。』

趙嘏《新月》詩：『玉鉤斜傍畫簷生，雲匣初開一寸明。』此處以初升的新月，襯托腳穿羅襪的女子的嬌美。

〔二〕羅襪：絲羅制的襪。張衡《南都賦》：『脩袖繚繞而滿庭，羅襪躡蹀而容與。』曹植《洛神賦》：『陵波微步，羅襪生塵。』

〔三〕心事：心中所思念或期望的事。劉皂《長門怨》詩之三：『旁人未必知心事，一面殘妝空淚痕。』拈：拿，持，提。劉克莊《念奴嬌·菊》詞：『餐飲落英並墜露，重把《離騷》拈起。』

〔四〕彈：下垂。詳見《畫堂春》（柳黃移上袂羅單）注第〔二〕。

〔五〕慵：嬾惰，嬾散。王禹偁《寒食》詩：『使君慵不出，愁坐讀《離騷》。』

〔六〕新來：近來。李清照《鳳凰臺上憶吹簫》詞：『新來瘦，非干病酒，不是悲秋。』

〔七〕轉：轉向，改變行動的方向。《楚辭·離騷》：『路不周以左轉兮，指西海以爲期。』

〔八〕瞑禽：歸宿的飛鳥。余延壽《折楊柳》詩：『緣枝棲瞑禽，雄去雌獨吟。』周紫芝《清平樂》詞：『門外一川風細細。沙上瞑禽飛起。』

〔九〕看看：估量時間之詞，有漸漸、眼看著、轉瞬間等意思。劉禹錫《酬楊侍郎憑見寄》詩：『看看瓜時欲到，故侯也好歸來。』王安石《馬上》詩：『年光如水盡東流，風物看看又到秋。』眉黛低：皺眉。眉黛：古代女子用黛畫眉，因稱眉爲眉黛。白居易《喜小樓西新柳抽條》詩：『須教碧玉羞眉黛，莫與紅桃作麴塵。』

賞析

這首小令寫暮春女子的閨思。

上片寫黃昏時女子的相思之貌。初升的新月掛在空中，猶如用美玉裁制的鉤子一般，女子腳上穿著淺淡的羅襪，若有所思地做著針線。初升的新月下，腳穿羅襪的女子顯得更加嬌美可愛。她鬢上的釵半垂著，頭髮也嬾得梳理。近來似乎又消瘦了不少。

下片寫女子相思之貌的進一步變化，突出其愁思之濃。暮春時節，落花滿徑。太陽西下，飛鳥歸宿。女子漸漸地皺緊了眉頭。從女子『釵半嚲，鬢慵梳』『新來消瘦無』『眉黛低』等形貌的變化，詞人敏銳地捕捉到了她重重的心事。

蓼花繁[一]，桐葉下[二]，寂寂夢回涼夜[三]。城角斷，砌蛩悲[四]。月高風起時。

衣上淚，誰堪寄[五]，一寸妾心千里[六]。人北去，雁南征。滿庭秋草生。

注釋

[一] 蓼花：一年生或多年生草本植物，托葉鞘狀，抱莖。花小，白色或淺紅色，花期七至八月。繁：茂盛，興盛。韓愈《寒食日出遊》詩：『桐華最晚今已繁，君不強起時難更。』

[二] 下：降下，降落。司馬相如《長門賦》：『下蘭臺而周覽兮，步從容於深宮。』

[三] 寂寂：孤單，冷落。秦嘉《贈婦詩》：『寂寂獨居，寥寥空室。』《敦煌變文集·秋胡變文》：『阻隔孃孃，孤惸寂寂，徒步含啼。』蘇軾《縱筆三首》詩之一：『寂寂東坡一病翁，白鬚蕭散滿霜風。』涼夜：秋夜。潘岳《秋

興賦》：『何微陽之短晷，覺涼夜之方永。』謝莊《月賦》：『若迺涼夜自凄，風篁成韻。』

［四］『城角』以下兩句：城頭上悲亢的畫角聲剛剛斷絕，臺階旁的蟋蟀又開始悲鳴。角：指畫角，古代樂器名，相傳創自黄帝，或曰傳自羌族。形如竹筒，以竹木或皮革製成，外加彩繪，故稱『畫角』。一般在黎明和黄昏之時吹奏，相當於出操和休息的信號，發音哀厲高亢。砌：臺階。謝朓《直中書省》詩：『紅藥當階翻，蒼苔依砌上。』蛩：蟋蟀的别名。鮑照《擬古》詩之七：『秋蛩扶户吟，寒婦晨夜織。』

［五］誰堪寄：能夠寄送給誰呢？堪：能夠，可以。

［六］千里：指千里外的丈夫。

賞析

這首小令寫秋日女子的閨思。

上片寫秋夜之景，突出女子的孤獨寂寞。蓼花盛開，桐葉飄落，夢醒時已是深夜時分。城樓上的角聲已斷，階砌旁的寒蛩在悲吟，月亮已高高升起。

下片寫女子的相思。淚水沾濕了衣服，有誰能知，她的内心一直在思念著千里外的丈夫。丈夫北行，征雁南歸，滿眼的秋草更加重了她的思念。

錦園春三犯[一]　賦牡丹①

晝長人倦。正凋紅漲緑[二]，嬾鶯忙燕（《解連環》）[三]。絲雨濛晴[四]，放珠簾高卷（《醉蓬萊》）[五]。神仙笑宴[六]。半醒醉、彩②鸞飛徧（《雪獅兒》）[七]。碧玉闌干，青油幢幕[八]，沈香庭院（《醉蓬萊》）[九]。洛陽圖畫舊見[一〇]。向天香深處[一一]，猶認嬌面（《解連環》）[一二]。霧縠霞綃[一三]，聞綺羅裁翦（《醉蓬萊》）[一四]。情高意遠[一五]。怕容易、曉風吹散（《雪獅兒》）[一六]。一笑何妨，銀臺換蠟，銅壺催箭（《醉蓬萊》）[一七]。

校勘記

①朱祖謀《蒲江詞稿校記》：『原本「三犯」二字在「牡丹」下。』

②『彩』字原空缺，據《四庫全書》本《花草粹編》卷一七補。

注釋

[一] 此調兼采《解連環》《醉蓬萊》《雪獅兒》三調音律，故稱《錦園春三犯》。

[二] 凋紅：紅花凋謝。漲緑：緑葉繁茂。漲：鼓脹，膨脹。

[三]『嬾鶯』句：黄鶯倦怠，燕子繁忙。

[四]『絲雨』句：晴朗的天空中彌漫著絲絲細雨。濛：彌漫籠罩。李山甫《寒食》詩：『柳帶東風一向斜，春陰澹澹蔽人家。』

[五] 珠簾：珍珠綴成的簾子。《西京雜記》卷二：『昭陽殿織珠爲簾，風至則鳴，如珩珮之聲。』李白《怨情》詩：

『美人捲珠簾，深坐顰蛾眉。』

［六］『神仙』句：各色牡丹盛開猶如群仙微笑著舉辦盛宴。

［七］『半醒醉』以下兩句：在微風吹拂下，各色牡丹猶如在宴會上喝得半醉的鸞鳥，舞遍整個庭院。彩鸞：即鸞鳥。李商隱《寓懷》詩：『彩鸞餐顥氣，威鳳入卿雲。』

［八］青油幢幕：即青油幕，青油塗飾的帳幕。《南史·蕭韶傳》：『韶接信甚薄，坐青油幕下，引信入宴。』韓愈《晚秋郾城夜會聯句》詩：『從軍古云樂，談笑青油幕。』青油：又叫梓油。由烏桕樹種仁所得的乾性油，用於油漆等。一說即黑漆。

［九］『沈香』句：庭院中點著沉香。沈香：亦作『沉香』，用沉香製作的香。李白《楊叛兒》詩：『博山爐中沈香火，雙煙一氣淩紫霞。』

［一〇］『洛陽』句：盛開的牡丹，過去只在洛陽的圖畫中見過。

［一一］天香：指桂、梅、牡丹等花香。劉克莊《念奴嬌·木犀》詞：『卻是小山叢桂裏，一夜天香飄墜。』。

［一二］嬌面：指牡丹花嬌豔的容姿。

［一三］『霧縠』句：牡丹的花瓣猶如薄霧般的輕紗。霧縠：薄霧般的輕紗。《文選·司馬相如〈子虛賦〉》：『於是鄭女曼姬，被阿緆，揄紵縞，雜纖羅，垂霧縠。』劉良注：『霧縠，其細如霧，垂之爲裳也。』魏承班《漁歌子》詞：『柳如眉，雲似髮，鮫綃霧縠籠香雪。』霞綃：美豔輕柔的絲織物。溫庭筠《錦城曲》：『江風吹巧剪霞綃，花上千枝杜鵑血。』

［一四］『閒綺羅』句：牡丹豔麗的花瓣是哪位巧手趁著華貴的絲織品裁剪而成的。閒：趁，表示及時。吳潛《滿江紅·上巳後日即事》詞：『舴艋也閒鉦鼓鬧，鞦韆半當笙歌樂。』綺羅：泛指華貴的絲織品或絲綢衣服。

［一五］『情高』句：牡丹花飽含深情，意態高遠。

［一六］『怕容易』句：生怕牡丹的容姿被曉風吹散。

［一七］『一笑』下三句：惹人一笑又何妨，爲了觀賞牡丹花，頻繁地更换銀臺上的蠟燭，銅壺中漏箭上的刻度也一再變化。夜深了，仍然意猶未盡。銀臺：銀制的燭臺。銅壺：古代銅制壺形的計時器。古人在銅壺中央立箭以示刻度，水減而刻度顯露，故云催箭。顧況《樂府》：『玉醴隨觴至，銅壺逐漏行。』『换蠟』與『催箭』均表示時光的流逝。

賞析

這首詞寫春日賞玩牡丹的情景。

上片寫暮春時節，紅花凋謝，緑葉繁茂，天空中飄著絲絲細雨。接著寫各色牡丹盛開猶如群仙微笑著舉辦盛宴。在微風吹拂下，各色牡丹猶如在宴會上喝得半醉的鸞鳥，舞遍整個庭院。最後寫牡丹的生長環境：『碧玉闌干，青油幢幕，沈香庭院』。

下片具體描繪牡丹花的情態。詞人過去只在圖畫中看到過盛開的牡丹花。接著寫牡丹形態狀貌：『霧縠霞綃，聞綺羅裁翦』。又寫了牡丹的飄逸神韻：『情高意遠。怕容易、曉風吹散』。最後寫因被牡丹花深深吸引，故秉燭夜遊，直到深夜。寫出了詞人對牡丹深深的摯愛之情。

賦海棠［一］

醉痕潮玉［二］。愛柔英未吐［三］，露叢如簇（《解連環》）［四］。絕豔矜春［五］，分流芳金谷（《醉蓬萊》）[六]。風梳雨沐。耿空抱、夜闌清淑（《雪獅兒》）[七]。杜老情疏[八]，黄州賦冷[九]，誰憐幽獨（《醉蓬萊》）[一〇]。　玉環睡醒未足[一一]。記傳榆試火，高照宫燭（《解連環》）[一二]。錦幄風翻[一三]，渺春容難續（《醉蓬萊》）[一四]。迷紅怨緑[一五]。漫惟有[一六]、舊愁相觸（《雪獅兒》）[一七]。一舸東遊[一八]，何時更約[一九]，西飛鴻鵠（《醉蓬萊》）[二〇]。

注釋

[一] 此詞《全芳備祖》作張孝祥詞，文字略有不同。案：國家圖書館藏《于湖先生長短句》及《于湖先生長短句補遺》中均未收此詞。《全宋詞》據《全芳備祖》前集卷七『海棠門』收此詞於張孝祥補遺詞中，聶世美校點《于湖詞》據《全宋詞》收此詞於補遺詞中。《全宋詞》又據《彊村叢書》本《蒲江詞稿》收此詞於盧祖皋詞中。《全宋詞》同時收此詞於張孝祥與盧祖皋名下，《于湖先生長短句》及《于湖先生長短句補遺》中均未收此詞，另張孝祥除此詞外，無其他錦園春三犯詞，而盧祖皋除此首賦海棠外，另有賦牡丹之詞，故此詞爲盧祖皋所作的可能性較大。

[二] 醉痕潮玉：含苞待放的海棠花如玉般溫潤，還帶著醉酒的痕迹。

[三] 柔英未吐：嬌柔的花朵尚未綻放。

[四] 『露叢』句：帶著露珠的花叢如箭頭般攢聚。露叢：帶著露珠的花叢。簇：同『鏃』，箭頭。

[五] 絕豔：豔麗無比的美人或花朵。李白《西施》詩：『勾踐徵絕豔，揚蛾入吳關。』蘇軾《寓居定惠院之東，雜花滿山，有海棠一株，土人不知貴也》詩：『忽逢絕豔照衰朽，歎息無言揩病目。』矜：自誇，自恃。柳宗元《敵

戒》：『懲病克壽，矜莊死暴。』

［六］『分流芳』句：海棠花散發的香氣四溢，似乎要分給金谷園一些。流芳：散發香氣。曹植《洛神賦》：『踐椒塗之郁烈，步蘅薄而流芳。』王安石《新花》詩：『汲水置新花，取慰以流芳。』金谷：指石崇於洛陽西所築的金谷園。潘岳《金谷集作》詩：『朝發晋京陽，夕次金谷湄。』李白《宴陶家亭子》詩：『若聞絃管妙，金谷不能誇。』

［七］『耿空抱』以下兩句：夜深人静，海棠花依舊空自懷著略帶悲傷的秀美。耿：心情不安，悲傷。杜甫《遣悶》詩：『百年從萬事，故國耿難忘。』張元幹《永遇樂・宿鷗盟軒》詞：『耿無眠，披衣顧影，乍聞遶堦絡緯。』夜闌：夜殘，夜將盡時。蔡琰《胡笳十八拍》：『山高地闊兮，見汝無期；更深夜闌兮，夢汝來斯。』杜甫《羌村》詩之一：『夜闌更秉燭，相對如夢寐。』清淑：清美，秀美。蘇軾《寓居定惠院之東，雜花滿山，有海棠一株，土人不知貴也》詩：『雨中有淚亦悽愴，月下無人更清淑。』

［八］杜老情疏：杜甫曾居蜀中多年，蜀中海棠冠絶天下，但杜甫詩中無詠海棠詩歌。陳思《海棠譜》引《韻語陽秋》云：『杜子美居蜀累年，吟詠殆遍，海棠奇豔，而詩章獨不及，何耶？』蘇軾詩中亦云：『恰似西川杜工部，海棠雖好不留詩。』故云情疏。

［九］黄州賦冷：元豐三年（一〇八〇），蘇軾曾因『烏臺詩案』被貶爲黄州團練副使，其間曾爲海棠賦詩《寓居定惠院之東，雜花滿山，有海棠一株，土人不知貴也》云：『江城地瘴蕃草木，只有名花苦幽獨。』。

［一〇］誰憐幽獨：還有誰能像蘇軾一樣憐惜海棠的幽獨。

［一一］『玉環』句：以楊玉環的醉睡喻海棠的嬌豔姿態。《楊太真外傳》：『上皇登沈香亭，詔太真妃子。妃子時卯醉未醒，命力士從侍兒扶掖而至。妃子醉颜殘妝，鬢亂釵横，不能再拜。上笑曰：「豈是妃子醉，真海棠睡未足耳。」』後以『海棠睡』形容美人醉睡風韻。

［一二］『記傳榆試火』以下兩句：猶記得在寒食節時，由於被盛開的海棠所吸引，曾與友人一起高舉宮燭，乘夜賞游。

傳榆試火：古代寒食節禁火，而後皇帝取榆柳之火以賜近臣。高照宮燭：高舉紅燭觀賞海棠。蘇軾《海棠》詩：『只恐夜深花睡去，故燒銀燭照紅妝。』宮燭：宮廷中所用的蠟燭。韓愈《答張徹》詩：『梅花灞水別，宮燭驪山醒。』黄庭堅《謝送碾賜壑源揀芽》詩：『中人傳賜夜未央，雨露恩光照宮燭。』

〔一三〕錦幄風翻：微風翻動著猶如錦制帷幄的海棠花。錦幄：錦制的帷幄，亦泛指華美的帳幕。溫庭筠《題翠微寺二十二韻》詩：『嵐溼金鋪外，溪鳴錦幄傍。』周邦彦《少年游・感舊》詞：『錦幄初溫，獸香不斷，相對坐調笙。』

〔一四〕渺：渺茫。曹勛《題友人書後》詩：『永念故人遠，三湘渺滄海。』春容難續：海棠花的芳容經過風吹雨打，難以再續。

〔一五〕迷紅怨緑：紅、緑：指經過風雨摧殘的海棠花與葉。

〔一六〕漫：長久。王粲《登樓賦》：『遭紛濁而遷逝兮，漫踰紀以迄今。』

〔一七〕觸：觸動，引起。劉勰《文心雕龍・章句》：『妙才激揚，雖觸思利貞，曷若折之中和，庶保無咎。』

〔一八〕舸：小船。《三國志・吴志・周瑜傳》：『又豫備走舸，各繫大船後。』韓愈《李君墓誌銘》：『余自袁州還京師，襄陽乘舸，邀我於蕭洲。』

〔一九〕更：再，又。王昌齡《别劉諝》詩：『天地寒更雨，蒼茫楚城陰。』

〔二〇〕鴻鵠：鴻雁與天鵝。此指遠行的友人。阮籍《詠懷》：『鴻鵠相隨飛，飛飛適荒裔。』。

賞析

這首詞寫觀賞海棠的情景，兼懷遠行的友人。

上片開門見山地寫海棠花含苞待放的狀貌、神韻與芳香四溢。接著爲杜甫詩歌中較少描繪海棠而感到不平，讚賞只有大文豪蘇軾能憐惜海棠的幽獨。

下片先以楊玉環的醉睡喻海棠的嬌豔姿態。不由讓詞人想起曾與友人一起在寒食時節秉燭夜遊，觀賞海棠的情景。望著微風中海棠花翻動著猶如錦制帷幄的花瓣，詞人深感這種美麗是不可能持續的，勾起了他對遠行友人的惜别之情。爲了開脱自己，只好問友人什麽時候能夠再次一起賞遊海棠。

水龍吟

賦芍藥[一]

杜鵑啼老春紅[二]，翠陰滿眼愁無奈[三]。飛來何處，鳳軿鸞馭[四]，霞裾雲佩[五]。風檻嬌憑[六]，露梢慵亸[七]，酒濃微退[八]。念洛陽人去，香魂又返，依然是，風流在[九]。銀燭光摇彩翠[一〇]。晝堂深[一一]、莫辭沈醉[一二]。十年一覺，揚州春夢[一三]，離愁似海。浩態難留[一四]，粉香吹散[一五]，幾時重會。向尊①前笑折[一六]，一枝紅玉[一七]，帽檐斜戴。

校勘記

①『尊』字原空缺，《全宋詞》據《全芳備祖》前集卷三『芍藥門』補。

注釋

［一］據詞中『翠陰滿眼愁無奈』『念洛陽人去，香魂又返』『浩態難留，粉香吹散，幾時重會』等語推斷，此詞可能作於詞人任池州教授時，爲悼亡錢氏夫人而作。時間約在嘉定元年（一二〇八）。但也有可能作於詞人遊歷或者任職揚州時期。詳證見盧祖皋年表『嘉定元年』條。芍藥：多年生草本植物。五月開花，花大而美麗，有紫紅、粉紅、白等多種颜色，供觀賞。根可入藥。《詩·鄭風·溱洧》：『維士與女，伊其相謔，贈之以勺藥。』

［二］『杜鵑』句：在杜鵑的啼叫聲中，春花已開始凋謝。杜鵑：詳見《畫堂春》（柳塘風緊絮交飛）注［六］。春紅：春天的花朵。李白《怨歌行》：『十五入漢宮，花顔笑春紅。』蘇軾《眉子石硯歌贈胡誾》：『小窗虛幌相嫵媚，令君曉夢生春紅。』

［三］無奈：無可奈何。劉長卿《使回次楊柳過元八所居》詩：『無奈閒門外，漁翁夜夜歌。』

［四］鳳軿鸞馭：華麗的宫廷車乘。軿：有帷蓋的車子。《後漢書·袁紹傳》：『士無貴賤，與之抗禮，輜軿柴轂，填接街陌。』李賢注：『《説文》曰：「軿車，衣車也。」鄭玄注《周禮》曰：「軿猶屏也，取其自蔽隱。」』

［五］霞裾雲佩：穿戴著雲霞裁製成的衣服與配飾。裾：衣服的前後襟。亦泛指衣服的前後部分。《爾雅·釋器》：『衱謂之裾。』郭璞注：『衣後襟也。』枚乘《七發》：『雜裾垂髾，目窕心與。』

［六］『風檻』句：芍藥的姿態猶如倚靠著風檻的嫵媚女子。風檻：檻窗之下檻。嬌：嫵媚可愛。杜甫《宿昔》詩：『花嬌迎雜樹，龍喜出平池。』憑：靠著。江淹《孫廷尉雜述》詩：『冏冏秋月明，憑軒詠堯老。』

［七］『露梢』句：帶露的花枝慵嬾的低垂著。慵：嬾惰，嬾散。杜甫《王十七侍御掄許攜酒至草堂奉寄此詩便請邀高三十五使君同到》：『老夫臥穩朝慵起，白屋寒多暖始開。』嚲：下垂。詳見《畫堂春》（柳黄移上袂羅單）

注第[二]。

[八]『酒濃』句：芍藥花猶如喝了濃酒後的美女，此刻酒色微退。

[九]『念洛陽人去』以下四句：指甄妃雖被曹丕賜死但芳魂化爲芍藥的嬌豔容姿，芍藥花依然保持著風流韻姿。洛陽人：指曹丕甄妃，李善《文選注·洛神賦》序中認爲曹植所描繪的洛神，實爲被曹丕賜死的甄妃。香魂：美人之魂。沈佺期《天官崔侍郎夫人盧氏挽歌》：『偕老何言謬，香魂事永違。』黄滔《明皇回駕經馬嵬賦》：『杳藹闕而難尋豔質，經馬嵬而空念香魂。』

[一〇]銀燭：明燭。陳子昂《春夜别友人》詩二首之一：『銀燭吐青煙，金樽對綺筵。』杜牧《秋夕》詩：『銀燭秋光冷畫屏，輕羅小扇撲流螢。』彩翠：鮮豔翠緑之色。王維《木蘭柴》詩：『彩翠時分明，夕嵐無處所。』陸游《三峽歌》：『十二巫山見九峰，船頭彩翠滿秋空。』

[一一]畫堂：泛指華麗的堂舍。簡文帝《餞廬陵内史王修應令》詩：『迴池瀉飛棟，濃雲垂畫堂。』崔顥《王家少婦》詩：『十五嫁王昌，盈盈入畫堂。』

[一二]沈醉：亦作『沉醉』，大醉。李商隱《龍池》詩：『夜半宴歸宮漏永，薛王沈醉壽王醒。』

[一三]『十年一覺』以下兩句：用杜牧《遣懷》詩『十年一覺揚州夢，贏得青樓薄幸名』來表達虛度光陰、功業難成之嘆。杜牧於會昌四年（八四四）至會昌六年（八四六）任池州刺史，他的遭遇很容易讓詞人聯想到自己的境況。

[一四]浩態：謂儀態大方，此處指芍藥花端莊的姿態。韓愈《芍藥》詩：『浩態狂香昔未逢，紅燈爍爍緑盤籠。』

[一五]粉香：指芍藥花香。

[一六]尊：亦作『樽』『罇』。古盛酒器。用作祭祀或宴享的禮器。早期用陶制，後多以青銅澆鑄。

[一七]紅玉：紅色寶玉，此處喻芍藥花。

賞析

這首詞寫賞芍藥的感受。

上片先寫春花凋謝，緑蔭滿眼，令人傷春。接下來描繪芍藥的風姿神韻，疑是洛神之魂重返人間。下片寫詞人秉燭賞花，與友人宴飲沉醉後的惜花之情。芍藥的『浩態』難以長留，不知要到什麼時間才能再次觀賞，於是詞人折了一枝鮮豔的芍藥花，斜戴在帽子上。這一舉動將他愛花惜花之情展現得淋漓盡致。

又

賦酴醾①[一]

蕩紅流水無聲[二]，暮煙細草黏天遠[三]。低回倦蝶[四]，往來忙燕，芳期頓嬾[五]。緑霧迷牆[六]，翠虬騰架[七]，雪明香暖[八]。笑依依欲挽[九]，春風教住[一〇]，還疑是，相逢晚。　不似梅妝瘦減[一一]。占人間、豐神蕭散[一二]。攀條弄蕊[一三]，天涯猶記，曲闌小院[一四]。老去情懷，酒邊風味[一五]，有時重見。對枕幃空想[一六]，東牀舊夢[一七]，帶將②離恨③[一八]。

校勘記

①黄昇《詞選》、吳本、毛本及《詞綜》題下爲『荼蘼』，無『賦』字。朱祖謀《蒲江詞稿校記》：『原本題下注云：「山谷詩云：名字因壺酒，風流付枕幃。」』

②將：黄昇《詞選》亦作『將』。吳本及毛本作『酒』。案：『酒』誤，當作『將』。

③恨：楊慎《詞品》卷三『恨』字作『怨』。

注　釋

［一］酴醿：花名，因颜色似酒，故從酉部以爲花名。花白色，有芳香。果近球形，深紅色。花期四至五月，果熟期九至十月。

［二］『蕩紅』句：落花在流水中漂蕩。

［三］黏：接近，貼近。周邦彦《蝶戀花》詞：『翠壁黏天，玉葉迎風舉。』

［四］低回：徘徊，流連。司馬相如《大人賦》：『低回陰山翔以紆曲兮，吾乃今目睹西王母皬然白首。』

［五］芳期頓嬾：在這樣美好的花季卻感到疲憊。頓：疲勞，乏力。《左傳·昭公元年》：『師徒不頓，國家不罷。』楊伯峻注：『頓，疲弊也，挫傷也。』元稹《望雲騅馬歌序》：『德宗皇帝以八馬幸蜀，七馬道斃，唯望雲騅往來不頓。』

［六］『绿霧』句：指酴醿繁茂的葉子猶如绿色的雲霧籠罩著墻壁。

又

［七］『翠虯』句：指酴醿翠緑的枝桿猶如虯龍般盤旋在花架上。

［八］雪明香暖：盛開的酴醿花如積雪般明潔，芬芳的花香讓人感到溫暖。

［九］依依：輕柔披拂貌。《詩·小雅·采薇》：『昔我往矣，楊柳依依。今我來思，雨雪霏霏。』李商隱《離亭賦得折楊柳》詩：『含煙惹霧每依依，萬緒千條拂落暉。』挽：拉。曹植《名都篇》：『左挽因右發，一縱兩禽連。』

［一〇］春風教住：讓春風停止。教：使，令，讓。王昌齡《出塞》詩之一：『但使龍城飛將在，不教胡馬度陰山。』住：停止，停住。李清照《漁家傲》詞：『風休住，蓬舟吹取三山去。』周邦彦《玉樓春》詞：『酒邊誰使客愁輕，帳底不教春夢到。』

［一一］梅妝：『梅花粧』的省稱，古時女子描梅花狀於額上爲飾，相傳始於南朝宋壽陽公主。牛嶠《紅薔薇》詩：『若綴壽陽公主額，六宮爭肯學梅妝。』瘦減：瘦損。周邦彦《意難忘·美詠》詞：『些箇事，惱人腸，試説與何妨？又恐伊，尋消問息，瘦減容光。』

［一二］豐神：風貌神情豐滿。豐：容貌豐滿。蕭散：猶蕭灑，形容舉止、神情、風格等自然，不拘束，閒散舒適。張九齡《林亭詠》：『從兹果蕭散，無事亦無營。』曾鞏《招隱寺》詩：『我亦本蕭散，至此更怡然。』

［一三］弄蕊：花朵綻放。程垓《摸魚兒》詞：『梅花滿院初發，吹香弄蕊無人見，惟有暮雲千疊。』弄：顯現，賣弄。蘇舜欽《維舟野步呈子履》詩：『倉鳩鳴相懽，幽草色已弄。』王雱《眼兒媚》詞：『楊柳絲絲弄輕柔，煙縷織成愁。』

［一四］曲闌：曲折的欄杆。張泌《寄人》詩：『别夢依依到謝家，小廊回合曲闌斜。』周邦彦《浣溪沙》詞：『新荷跳雨淚珠傾。曲闌斜轉小池亭。』

［一五］風味：風度，風采。《宋書·自序傳》：『（伯玉）溫雅有風味，和而能辨，與人共事，皆爲深交。』

［一六］枕幃：即枕心。黄庭堅《見諸人唱和酴醿詩輒次韻戲詠》詩：『名字因壺酒，風流付枕幃。』

［一七］東牀：指東廂之牀。典出《世説新語》：『郗太傅在京口，遣門生與王丞相書，求女壻。丞相語郗信：「君往

東廂，任意選之。」門生歸，白郗曰：「王家諸郎，亦皆可嘉，聞來覓壻，咸自矜持。唯有一郎，在牀上坦腹卧，如不聞。」郗公云：「正此好！」訪之，乃是逸少，因嫁女與焉。」

［一八］將：助詞，用於動詞之後。辛棄疾《祝英臺近·晚春》詞：『是他春帶愁來，春歸何處？卻不解、帶將愁去。』

集评

許昂霄《詞綜偶評·水龍吟（盧祖皋·酒邊風味四句）》：『方虛谷云：「荼蘼本唐書，酒名，世以花似酒之色，故得名，而亦爲枕囊幃者也。」』

許昂霄《詞綜偶評·水龍吟（盧祖皋·笑依依欲挽，春風教住）》：『宋人荼蘼詩：「强挽春風留一醉。」』『酒邊風味，對枕幃三句』：『山谷詩：「名字因壺酒，風流付枕幃。」』

賞析

這首詞寫觀賞酴醿花的所見所感。

上片先寫暮春時節百花凋謝，芳草連天，『倦蝶』『忙燕』，這些都讓詞人對暮春景色感到厭倦。但突然瞥見酴醿花那如綠霧一般的枝葉，騰空的花架上正盛開著如積雪般明潔的白花，芬芳的花香讓人感到溫暖。酴醿花笑盈盈的姿態，仿佛想要把春天留住，實在讓人有相逢恨晚之感。

下片寫酴醿花不像梅花那樣瘦損，它那蕭散的豐姿神韻，盛開在枝條上的花蕊，即使走到天涯海角，也會讓人記得它盛開的樣子，因而會想起它生長的院落。詞人對著用酴醾花做成的枕幃，常常在夢中又見它盛開的樣子，仿佛還帶著依依不捨的離恨。此詞把酴醾描繪得生動傳神，筆法婉轉巧妙。

又

淮西重午[一]

會昌湖上扁舟[二]，幾年不醉西山路[三]。流光又是[四]，宮衣初試[五]，安榴半吐[六]。千里江山，滿川煙草[七]，薰風淮楚[八]。念離騷恨遠[九]，獨醒人去[一〇]，闌干外，誰懷古。

亦有魚龍戲舞[一一]。豔晴川[一二]、綺羅歌鼓[一三]。鄉情節意，尊前同是[一四]，天涯羈旅。漲渌池塘，翠陰庭院，歸期無據。問明年此夜，一眉新月，照人何處。

注釋

［一］此詞作於盧祖皋在淮西路任職或遊歷時期。淮西：即淮西路。《宋史·地理志》：『南渡後，府二：安慶、壽春；州六：廬、蘄、和、濠、光、黄；軍四：安豐、鎮巢、懷遠、六安。爲淮西路。』重午：指重五，即端午節。李之儀《南鄉子·端午》詞：『小雨溼黄昏，重午佳辰獨掩門。』《宋史·劉溫叟傳》：『明年重午，又送角黍、紈扇。』

［二］會昌湖：即溫州西湖。《弘治溫州府志》記載：唐會昌四年，溫州郡城西南的舊湖年久壅塞成患，刺史韋庸發開鑿疏浚。湖以當年的年號命名爲會昌湖。扁舟：小船。

［三］西山：溫州郡城西一帶山巒的泛稱。南臨瞿溪、郭溪和雄溪三水匯集之地，山明水秀，風光旖旎。唐宋時期西山沿會昌湖一帶，别業、名樓錯落有致，爲郡城遊覽勝地。

［四］流光：如流水般逝去的時光。鮑防《人日陪宣州范中丞傳正與范侍御傳真宴東峰亭》詩：『流光易去懽難得，莫厭頻頻上此臺。』

［五］宮衣：仿照宮樣所制女子之衣。李賀《追賦畫江潭苑四首》詩之一：『吴苑曉蒼蒼，宮衣水濺黄。』

［六］安榴半吐：安石榴花尚未完全開放。安榴：安石榴的省稱。梁簡文帝蕭綱《大同八年秋九月》詩：『長樂含初紫，安榴拆晚紅。』

［七］煙草：煙霧籠罩的草叢。黄滔《景陽井賦》：『臺城破兮煙草春，舊井湛兮苔蘚新。』謝逸《蝶戀花》詞：『獨倚闌干凝望遠，一川煙草平如翦。』

［八］薰風：指初夏時的東南風。《吕氏春秋·有始》：『東南曰薰風。』白居易《首夏南池獨酌》詩：『薰風自南至，吹我池上林。』淮楚：淮河流域的楚地。

［九］離騷恨遠：屈原在《離騷》中所抒發的怨恨將久久流傳。齊己《瀟湘二十韻》：『離騷傳永恨，鼓瑟奏遺魂。』

［一〇］獨醒人：指屈原。屈原《漁夫》：『衆人皆醉我獨醒，是以見放。』

［一一］魚龍：百戲雜耍名。楊炯《奉和上元酺宴應詔》：『百戲騁魚龍，千門壯宮殿。』張說《侍宴隆慶池》詩：『魚龍百戲分容與，鳧鷁雙舟較泝洄。』蘇軾《僕領貢舉未出錢穆父雪中作詩見及三月二十日同游金明池始見其詩次韻爲答》：『魚龍絶技來千里，斑白遺民數四朝。』

［一二］豔：鮮明美麗。蕭子顯《桃花曲》：『但使桃花豔，得間美人簪。』李適《侍宴安樂公主莊應制》詩：『前池錦石蓮花豔，後嶺香爐桂蕊秋。』川：河流。王安石《晚歸》詩：『岸迴重重柳，川低渺渺河。』

［一三］綺羅：指穿著綺羅的人。多爲貴婦、美女之代稱。颜之推《颜氏家訓·治家》：『鄴下風俗，專以婦持門户，爭訟曲直，造請逢迎，車乘填街衢，綺羅盈府寺，代子求官，爲夫訴屈。』韋莊《江亭酒醒卻寄維揚餞客》詩：

『滿坐綺羅皆不見，覺來紅樹背銀屏。』

［一四］尊前：在酒樽之前。指酒筵上。馬戴《贈友人邊游回》詩：『尊前語盡北風起，秋色蕭條胡雁來。』李煜《虞美人》詞：『笙歌未散尊前在，池面冰初解。』尊：亦作『樽』『罇』。盛酒器。用作祭祀或宴享的禮器。早期用陶制，後多以青銅澆鑄。鼓腹侈口，高圈足，形制較多，常見的有圓形及方形。

集評

陳廷焯《雲韶集》卷七：『此詞聲調宏遠，字字有精神。聲情俱絕。「亦有」二字，筆力矯變，真好轉頭。去路恰當如此。』

賞析

這首詞寫端午節的所見所感，憑吊屈原兼抒發羈旅之思。

上片先追憶家鄉溫州會昌湖、西山端午節時的盛景。詞人此時任職於淮西，端午節來臨時，不禁追憶起當年端午節時在會昌湖上泛舟、醉游西山的情景。如今客居淮西，又到了端午時節，人們紛紛換上輕薄的宮衣，安石榴花尚未完全開放。在這紀念屈原的節日裏，還有誰能記得他呢？詞人爲如今沒有屈原那樣憂國憂民的官員而感嘆惋惜，實則是爲國家局勢擔憂。

下片寫詞人的羈旅之思。會昌湖上的『魚龍戲舞』『綺羅歌鼓』與在家鄉時一樣，在這樣的節日里也要舉杯暢飲。但此情此景卻沒有讓詞人高興快樂，反而勾起了他『天涯羈旅』『歸期無據』的鄉愁，更令他惆悵的是，不知明年此時，自己將置身何處。

此詞將端午節的盛況、憑吊屈原與抒發羈旅之思巧妙地融爲一體。

[一]

世間誰似蓬仙[二]，坐間八袠齊眉壽[三]。蘭階更喜，孫枝相映[四]，紅芳緑秀。鶴舞修庭[五]，鷺飛青嶂[六]，簾垂晴晝。向閒中時有，奚囊背錦[七]，開松户，看雲岫[八]。　不羨印金垂斗[九]。笑紛紛、白雲蒼狗[一〇]。銀髯似戟[一一]，紅顔如煉[一二]，風流依舊。野□晴初，隴梅花下[一三]，玉笙吹酒[一四]。悵今年又是，題牋寄遠，倩傳杯手[一五]。

注釋

［一］此詞爲祝壽詞，壽主疑爲盧祖臯表兄王柟，約作于嘉定五年（一二一二）。詳證見盧祖臯年表『嘉定五年』條。

［二］蓬仙：蓬萊仙境的仙人，指壽翁。

［三］坐間：頃刻，登時。蘇軾《浣溪沙》詞：『白雪清詞出坐間，愛君才器兩俱全。』八袠：亦作『八帙』『八秩』。指八十歲，時俗謂七十歲以上爲開第八秩。白居易《喜老自嘲》詩：『行開第八秩，可謂盡天年。』齊眉壽：夫妻都健康長壽。齊眉：指白首偕老的夫妻。明陳士元《俚言解》卷一：『夫婦偕老曰齊眉。揚雄《方言》：眉、黎，老人之稱。東齊謂老曰眉。《詩·七月》篇：「以介眉壽。」「齊眉」猶言「同壽」，非指梁鴻、孟光舉案

齊眉事也。』無名氏《瑞鶴仙》詞：『待平章事了，歸來養浩，齊眉相對祝壽。』

［四］『蘭階』以下兩句：喻子孫皆有才華。《世説新語》：『謝太傅問諸子侄：「子弟亦何預人事，而正欲使其佳？」諸人莫有言者，車騎答曰：「譬如芝蘭玉樹，欲使其生於階庭耳。」』孫枝：從樹幹上長出的新枝，自本而生者爲子幹，自子幹而生者爲孫枝。世人常以孫枝喻孫兒。陸游《三三孫十月九日生日翁翁爲賦詩爲壽》：『正過重陽一月時，龜堂驩喜抱孫枝。』

［五］修庭：寬廣的庭院。修：長，高。指空間距離大。《詩・小雅・六月》：『四牡修廣，其大有顒。』毛傳：『修，長。』

［六］青嶂：如屏障的青山。《文選・沈約〈游鍾山詩應西陽王教〉》詩『鬱律構丹巘，崚嶒起青嶂。』吕向注：『山横曰嶂。』杜甫《月》詩之一：『若無青嶂月，愁殺白頭人。』賀鑄《凌歊・銅人捧露盤引》詞：『控滄江，排青嶂，燕臺涼。』

［七］奚囊：詩囊。李商隱《李長吉小傳》：『每旦日出……與諸公遊，恒從小奚奴，騎距驢，背一古破錦囊，遇有所得，即書投囊中。後因稱爲「奚囊」』。樓鑰《山陰道中》詩：『奚囊莫怪新篇少，應接山川不暇詩。』

［八］雲岫：指雲霧繚繞的峰巒。語本陶潛《歸去來辭》：『雲無心以出岫。』後因用『雲岫』指雲霧繚繞的峰巒。唐中宗《石淙》詩：『霞衣霞錦千般狀，雲峰雲岫百重生。』蘇軾《〈歸去來辭〉集字十首》其四：『雲岫不知遠，巾車行復前。』

［九］印金垂斗：佩帶金印做大官。語本《世説新語・尤悔》：『周（顗）曰：「今年殺諸賊奴，當取金印如斗大，系肘後。」』

［一〇］白雲蒼狗：世事變幻無定。杜甫《可歎》詩：『天上浮雲如白衣，斯須變幻爲蒼狗。』蒼狗：青狗，天狗。古代以爲不祥之物。《史記・吕太后本紀》司馬貞述贊：『諸吕用事，天下示私。大臣菹醢，支孽芟夷。禍盈斯驗，蒼狗爲菑。』

〔一一〕銀髯：白鬍鬚的美稱。貫休《書匡山老僧庵》詩：『簞篙紅實好鳥語，銀髯瘦僧貌如祖。』戟：古代兵器名，合戈、矛爲一體，長杆頭上附有月牙狀的利刃。壽翁白鬍鬚又長又硬，一根根像戟似的怒張著。形容有丈夫氣概。

〔一二〕紅颜如煉：指面色紅潤。煉：冶煉，用加熱等方法使物質溶化並趨於純淨或堅韌。王充《論衡·談天》：『女禍銷煉五色石，以補蒼天。』

〔一三〕隴梅：山嶺上的梅花，常用來表達對朋友的思念。《太平御覽》卷九七〇引盛弘之《荊州記》：『陸凱與范曄相善，自江南寄梅花一枝，詣長安與曄，並贈花詩曰：「折花逢驛使，寄與隴頭人。江南無所有，聊寄一枝春。」』隴：高丘。

〔一四〕玉笙吹酒：酒宴上有玉笙相伴。玉笙：飾玉的笙，亦用爲笙之美稱。劉孝威《奉和簡文帝太子應令》詩：『園綺隨金輅，浮丘侍玉笙。』蘇軾《菩薩蠻·潤州和元素》詞：『玉笙不受朱唇暖，離聲淒咽胸填滿。』

〔一五〕倩傳杯手：用本應端起酒杯祝壽的雙手在紅箋上寫下祝壽的敬辭，是對不能親去祝壽的委婉說法。倩：請人代爲做事。杜甫《九日藍田崔氏莊》詩：『羞將短髮還吹帽，笑倩旁人爲正冠。』陸游《月照梨花·閨思》詞：『胸酥臂玉消減，擬覓雙魚。倩傳書。』傳杯手：指宴飲時推杯換盞的雙手。汪藻《點絳唇》（新月娟娟）詞：『好個霜天，閒卻傳杯手。』

賞析

這是一首祝壽詞。壽主疑爲詞人表兄王柟。

上片寫壽翁年歲已開八袠，子孫滿堂，家族興盛。壽翁有著高雅的興致，常賦詩作詞，觀賞大自然的秀麗風光。

下片寫壽翁看透了世事原本變幻無常，不羡慕高官厚禄。因此他雖然上了年紀，但銀須如戟、面色紅潤，風流不減。結句表達了自己無法親自到席間爲壽翁祝壽，只能做此壽詞表達美好祝願。

渡江雲

賦荷花[一]

錦雲香滿鏡[二]，岸巾横笛[三]，浮醉一舟輕[四]。别愁縈短鬢，晚涼池閣，此地忽逢迎[五]。柄圓敧緑[六]，倚風流[七]、還恁娉婷[八]。憑畫闌[九]，嫣然輸笑[一〇]，無語寄心情。　盈盈[一一]。露華勻玉[一二]，日影酣紅[一三]，記晚妝慵整[一四]。還暗驚、人間離合，羞對池萍。三年一覺西湖夢，又等閒[一五]、金井秋聲[一六]。銷魂久[一七]，夜深月冷風清[一八]。

注釋

［一］從詞中的『三年一覺西湖夢』等語來看，疑此詞作於嘉定十三年（一二二〇）。詳證見盧祖皋年表『嘉定十三年』條。

［二］『錦雲』句：荷花的芳香瀰漫在整個西湖之上。錦雲：彩雲，此處形容綻放的荷花猶如彩雲。曹唐《小遊仙詩》之十六：『海水西飛照柏林，青雲斜倚錦雲深。』滿鏡：指明淨的湖面。向子諲《西江月》詞：『微步凌波塵起，弄妝滿鏡花開。』

［三］岸巾：謂掀起頭巾，露出前額。形容態度灑脱或衣著簡率不拘。劉肅《大唐新語·極諫》：『中宗愈怒，不及整衣履，岸巾出側門。』楊萬里《和章漢直》詩：『岸巾過我燈前語，贈句清於月底梅。』横笛：指笛子，唐代稱横吹。

［四］『浮醉』句：酒醉後隨著小舟漂浮于湖上。

［五］逢迎：對面相逢。翁元龍《瑞龍吟》詞：『西園猛憶逢迎，翠紈障面，花間笑隱。』

［六］攲緑：荷葉斜靠在緑梗竿上。韓偓《荷花》詩：『紈扇相攲緑，香囊獨立紅。』攲：亦作『攲』，傾斜。白居易《新昌新居書事四十韻，因寄元郎中、張博士》：『簷漏移傾瓦，梁攲换蠹椽。』

［七］倚：憑藉，仗恃，依賴。李白《扶風豪士歌》詩：『作人不倚將軍勢，飲酒豈顧尚書期。』風流：風韻美好動人。花蕊夫人《宫詞》詩之三十：『年初十五最風流，新賜雲鬟使上頭。』

［八］恁：這麽，如此。歐陽修《玉樓春》詞：『已去少年無計奈，且願芳心長恁在。』娉婷：姿態美好貌。辛延年《羽林郎》詩：『不意金吾子，娉婷過我廬。』柳宗元《韋道安》詩：『貨財足非吝，二女皆娉婷。』

［九］凴：靠著。江淹《孫廷尉雜述》詩：『冏冏秋月明，凴軒詠堯老。』畫闌：有畫飾的欄杆。李賀《金銅仙人辭漢歌》詩：『畫欄桂樹懸秋香，三十六宫土花碧。』周邦彦《玲瓏四犯》詞：『歎畫闌玉砌都换，纔始有緣重見。』

［一〇］嫣然：嬌媚的笑態。蘇軾《續麗人行》：『若教回首却嫣然，陽城下蔡俱風靡。』賀鑄《木蘭花》詞：『嫣然何啻千金價，意遠態閒難入畫。』輸笑：送出笑容。

［一一］盈盈：儀態美好貌。牟融《題陳侯竹亭》詩：『漠漠暝陰籠砌月，盈盈寒翠動湘雲。』周邦彦《瑞龍吟》詞：『障風映袖，盈盈笑語。』

［一二］露華勻玉：露珠似玉。露華：露珠。李白《清平調》詞之一：『雲想衣裳花想容，春風拂檻露華濃。』

［一三］酣紅：指荷葉在陽光的照射下，如同酒醉後臉上呈現的紅色。范成大《州宅堂前荷花》詩：『淩波仙子静中

芳，也帶酣紅學醉粧。』

［一四］慵整：嬾得整理。顧敻《虞美人》詞：『宿妝猶在酒初醒，翠翹慵整倚雲屏，轉娉婷。』

［一五］等閒：尋常，平常。賈島《古意》詩：『志士終夜心，良馬白日足。俱爲不等閒，誰是知音目。』

［一六］金井：井欄上有雕飾的井。費昶《行路難》詩之一：『唯聞啞啞城上烏，玉欄金井牽轆轤。』蘇軾《用前韻答西掖諸公見和》：『雙猊蟠礎龍纏棟，金井轆轤鳴曉甕。』秋聲：指秋天裏自然界的聲音，如風聲、落葉聲、蟲鳥聲等。庾信《周譙國公夫人步陸孤氏墓誌銘》：『樹樹秋聲，山山寒色。』劉禹錫《登清暉樓》詩：『潯陽江色潮添滿，彭蠡秋聲雁送來。』

［一七］銷魂：形容極其哀愁。江淹《別賦》：『黯然銷魂者，惟別而已矣。』錢起《別張起居》詩：『有別時留恨，銷魂況在今。』

［一八］風清：謂風輕柔而涼爽。梁元帝蕭繹《鍾山飛流寺碑》：『雲聚峰高，風清鐘徹。』戴叔倫《泊湘口》詩：『露重猿聲絶，風清月色多。』

賞　析

這是一首詠荷花的詞作，兼抒發人生離合之情。

上片先寫未見荷花面，已聞其溢滿西湖的芳香。傍晚時分，醉酒的詞人蕩著一片輕舟，掀起頭巾，吹著横笛，心中不時勾起離别的愁思。就在此刻，他忽然瞥見了傾斜的緑梗上支撑著圓圓的荷葉，荷葉姿態如此美好，仿佛在向自己招手微笑，使自己心中的愁思頓時煙消雲散。

下片寫羈旅愁思。荷葉上滚圓的露珠在陽光的照射下，如同酒醉後臉上呈現的紅色，這讓詞人想起了自己的妻子『晚妝慵整』的情態，不禁勾起了對夫妻間離合之情的追憶，感嘆自己的生活漂泊不定，還不如池中的浮萍。詞人在臨安已經三年，如今又到了金秋時節，深夜的清風、冷月，使詞人陷入極度的愁思之中。

洞仙歌

賦茉莉①[一]

玉肌翠袖[二]，較似酴醾瘦[三]。幾度熏醒夜窗酒[四]。問炎洲何事[五]，得許清涼[六]，塵不到[七]，一段冰壺翦就[八]。　晚來庭户悄，暗數流光[九]，細拾芳英黯回首[一〇]。念日暮江東，偏爲魂銷[一一]，人易老、幽韻清標似舊[一二]。正簟紋如水帳如煙[一三]，更奈向[一四]，月明露濃時候。

校勘記

①黄昇《詞選》、吳本及毛本題下爲『茉莉』，無『賦』字。

注　釋

[一]盧祖皋凡兩首賦茉莉之詞，據其第二首中『自揚州吟罷，踏徧西湖，堪愛處，偏是情高韻遠』可知，此詞當作於詞人居於揚州時期，時間未詳。茉莉：常緑灌木，木犀科。開白花，花期五至八月，茉莉的花極香，爲著名的花茶原

料及重要的香精原料。

［二］玉肌：猶言玉容，指茉莉花花瓣。蘇軾《紅梅》詩之一：『寒心未肯隨春態，酒暈無端上玉肌。』辛棄疾《柳梢青·和范先之席上賦牡丹》詞：『玉肌紅粉溫柔，更染盡，天香未休。』翠袖：茉莉花葉子猶如青緑色的衣袖。

［三］酴醾：見《水龍吟·賦酴醾》注［一］。瘦：細小，不茁壯。孟郊《秋懷》詩：『秋草瘦如髮，貞芳綴疎金。』

［四］熏醒：被茉莉花香弄醒。語本李清照《訴衷情》詞：『夜來沉醉卸妝遲。梅萼插殘枝。酒醒熏破春睡，夢遠不成歸。』范成大《瓶花二首》詩其一：『但驚醉夢醒，不辨香來處。』

［五］炎洲：泛指南方炎熱地區，此處指茉莉花生長之地。李白《野田黄雀行》：『遊莫逐炎洲翠，棲莫近吳宫燕。』何事：爲何，何故。左思《招隱》詩之一：『何事待嘯歌？灌木自悲吟。』劉過《水調歌頭》詞：『湖上新亭好，何事不曾來？』

［六］許：如此，這般。杜甫《野人送朱櫻》詩：『數回細寫愁仍破，萬顆勻圓訝許同。』清涼：涼快。張籍《夏日閒居》詩：『早蟬聲寂寞，新竹氣清涼。』

［七］塵不到：謂茉莉花純潔得一塵不染。白居易《新昌新居書事四十韻，因寄元郎中、張博士》：『市街塵不到，宫樹影相連。』

［八］冰壺：盛冰的玉壺。鮑照《代白頭吟》詩：『直如朱絲繩，清如玉壺冰。』李周翰注：『玉壺冰，取其潔凈也。』翦就：裁剪而成。

［九］流光：如流水般逝去的時光。鮑防《人日陪宣州范中丞傳正與范侍御傳真宴東峰亭》詩：『流光易去懽難得，莫厭頻頻上此臺。』宋祁《浪淘沙·別劉原父》詞：『少年不管，流光如箭，因循不覺韶光換。』

［一〇］芳英：指墜落的茉莉花瓣。黯：心神沮喪貌。范仲淹《蘇幕遮·懷舊》詞：『黯鄉魂，追旅思。夜夜除非，好夢留人睡。』張孝祥《六州歌頭》詞：『征塵暗，霜風勁，悄邊聲。黯銷凝。』

〔一一〕『念日暮』以下兩句：江東日暮時分，最爲讓人憂愁悲傷。江東：長江至蕪湖與南京間因作西南、東北流向，故秦漢以來，泛稱長江此河段的南岸地區爲『江東』。偏：最，特別。劉禹錫《同樂天和微之深春二十首》詩之十三：『迎呼偏熟客，揀選最多花。』魂銷：形容極度悲傷。《舊唐書·鄭畋傳》：『自函、洛構氛，鑾輿避狄，莫不指銅駝而旹裂，望玉壘以魂銷。』冷朝陽《送紅線》詩：『采菱歌怨木蘭舟，送客魂銷百尺樓。』

〔一二〕幽韻：幽深的韻味。孟郊《靜女吟》詩：『此志誰與諒，琴絃幽韻重。』朱熹《懷子厚》詩：『琅然撫枯桐，幽韻泉谷虛。』清標：俊逸。《南齊書·杜棲傳》：『賢子學業清標，後來之秀。』張貢《奉和襲美醉中即席見贈次韻》詩：『清標稱住羊車上，俗韻慚居鶴氅前。』

〔一三〕簟紋如水：竹席細密的紋理像清涼的水一樣，常用以形容夏夜的清涼。簟紋：席紋。梁簡文帝蕭綱《詠内人晝眠》詩：『簟文生玉腕，香汗浸紅紗。』章碣《夏日湖上即事寄晉陵蕭明府》詩：『行來賓客奇茶味，睡起兒童帶簟紋。』蘇軾《南堂》詩之五：『掃地焚香閉閤眠，簟紋如水帳如煙。』

〔一四〕奈向：奈何，如何。晏殊《殢人嬌》詞：『羅巾掩淚，任粉痕霑汙，爭奈向、千留萬留不住？』梅堯臣《汝墳貧女》詩：『拊膺呼蒼天，生死將奈向。』黄庭堅《歸田樂引》詞之一：『前歡算未已，奈向如今愁無計。』

集評

陳廷焯《雲韶集》卷七：『清絕、高絕。仙乎，仙乎，筆墨真似煙雲。』

賞析

這是一首詠茉莉的詞，兼抒發作者的羈旅之思與時光流逝之嘆，約作於詞人旅居揚州時期。

上片描繪茉莉花花瓣猶如玉肌一般，葉子猶如青緑色的衣袖。它的形體比酴醿細小，幾次透過紗窗熏醒了病酒的詞人，在這炎熱的南方地區，突然有如此清涼的幽香，讓人不免詫異。詞人進而想象：純潔得一塵不染的茉莉花，是用玉壺剪取的嗎？

下片抒發詞人的羈旅之思。『暗數流光』，透露出詞人已在外漂泊多年，『黯回首』提示詞人轉入了對往事的追憶。『念日暮江東，偏爲魂銷』，每逢日暮時分，格外會勾起詞人的羈旅之思。『人易老、幽韻清標似舊』，人生易老，而茉莉花幽深、俊逸的韻味從未改變過。『月明露濃』點明夜已很深，此時的詞人卻難以成眠，可見他的愁思是多麼濃厚。

月痕霜暈〔一〕，雪染冰裁翦。車馬塵中甚曾見〔二〕。自揚州吟罷，踏徧西湖，堪愛處〔三〕，偏是情高韻遠。

冷香驚夢破〔四〕，姑射人歸〔五〕，圖畫空遺舊妝面〔六〕。問何事東君〔七〕，先與春心〔八〕，還又是、容易飛花片片。對暮寒修竹哽無言，更畫角層城〔九〕，夜聞吹怨。

注　釋

〔一〕月痕霜暈：花色如月如霜。月痕：月影，月光。陸游《曉寒》詩：『雞唱欲闌聞井汲，月痕漸淺覺窗明。』

〔二〕甚曾見：曾經多次見到。甚：多。《漢書·王莽傳上》：『莽遣長史以下分部曉止公卿及諸生，而上書者愈甚。』

〔三〕堪：能夠，可以。賈思勰《齊民要術·種桑柘》：『三年，間斸去，堪爲渾心扶老杖。』

〔四〕冷香：花、果的清香。薛能《牡丹》詩之四：『濃豔冷香初蓋後，好風乾雨正開時。』梅堯臣《依韻和正仲重臺梅花》詩：『冷香傳去遠，靜豔密還增。』驚夢：驚醒睡夢。劉勰《文心雕龍·神思》：『相如含筆而腐毫，揚雄輟翰而驚夢。』

〔五〕姑射人：美貌女子或仙女，這裏代指所詠的茉莉花。《莊子·逍遙遊》：『藐姑射之山，有神人居焉，肌膚若冰雪，淖約若處子。』後人詩文中常以『姑射』爲仙女或美人的代稱。歸：返回。韓愈《送李六協律歸荊南》詩：『早日羈遊所，春風送客歸。』

〔六〕『圖畫』句：謂茉莉仙子歸去後，空餘下房間中的茉莉圖畫。

〔七〕何事：爲何，何故。左思《招隱》詩之一：『何事待嘯歌？灌木自悲吟。』劉過《水調歌頭》詞：『湖上新亭好，何事不曾來？』東君：司春之神。王初《立春後作》詩：『東君珂佩響珊珊，青馭多時下九關。』辛棄疾《滿江紅·暮春》詞：『可恨東君，把春去春來無迹。』

〔八〕春心：春景所引發的意興或情懷。《楚辭·招魂》：『目極千里兮傷春心，魂兮歸來哀江南。』王逸注：『言湖澤博平，春時草短，望見千里，令人愁思而傷心也。』

〔九〕畫角：古代樂器名，相傳創自黃帝，或曰傳自羌族。形如竹筒，以竹木或皮革製成，外加彩繪，故稱『畫角』。一般在黎明和黃昏之時吹奏，相當於出操和休息的信號，發音哀厲高亢。層城：重城，高城。劉義慶《世說新語·言語》：『遙望層城，丹樓如霞。』杜甫《奉和嚴中丞西城晚眺十韻》詩：『層城臨暇景，絕域望餘春。』

賞析

這首詞作於詞人任職臨安時期，爲詠茉莉之作，兼抒對亡妻的悼念之情。

上片寫茉莉的花色如月如霜，仿佛是用冰雪裁剪而成，詞人在羈旅途中多次睹見茉莉芳姿，最喜歡的是它高遠超逸的情韻。

下片寫茉莉花的幽香把詞人從夢中驚醒，茉莉仙子從夢中歸去，空留下她的圖畫在房間。『姑射人歸』也暗含著對亡故妻子的無限哀思。接下來詞人埋怨春風爲什麽先吹開如此引發意興的花朵，然後又將它片片摧殘。結句寫詞人在寒冷的傍晚，面對永不凋謝的修竹，對茉莉的凋謝更爲感傷。此時，從城樓上又傳來凄凉的畫角聲與帶著哀怨的笛聲，更加重了詞人的羈旅之思。

辛未歲[一]，攻媿舅氏葺石築山於東樓之下[二]，幽深窈窕[三]，與十洲三島相爲勝概[四]。攻媿辭榮念歸而未獲也[五]，賦此壽之。

東樓佳麗[六]，縹緲風煙表[七]。幻得樓山更深窈[八]。有蒼崖喬木[九]，石磴鳴泉[一〇]，塵不到，掩映十洲三島[一一]。

平生丘壑趣[一二]，圭衮何心[一三]，自是清時重元老[一四]。想月下雲根[一五]，鶴唳猿吟，人猶道、作計歸游太早[一六]。待他年功退學商顔[一七]，卻旋種木奴[一八]，緩尋瑤草[一九]。

注　釋

[一]辛未：嘉定四年（一二一一），樓鑰時年七十五歲。

〔二〕輦：載運，運送。東樓：在四明。攻媿：指樓鑰（一一三七—一二一三），字大防，又字啟伯，號攻媿主人，明州鄞縣（今浙江寧波）人。南宋大臣、文學家，樓璩第三子，盧祖皋舅父。

〔三〕窈窕：深遠貌，秘奥貌。

〔四〕十洲三島：道教所指人迹罕至的地方，那裏長滿了可使人不死的仙草靈芝。十洲：瀛洲、玄洲、長洲、流洲、元洲、生洲、祖洲、炎洲、鳳麟洲、聚窟洲。三島：即先秦傳説中的蓬萊、方丈、昆侖。勝概：美景，美好的境界。李白《夏日陪司馬武公與群賢宴姑熟亭序》：『此亭跨姑熟之水，可稱爲姑熟亭焉。嘉名勝概，自我作也。』

〔五〕『攻媿辭榮』句：樓鑰在嘉定四年（一二一一）連上六個劄子乞求致仕，但均未獲批（見《樓鑰集》卷一七）。辭榮：謂辭官退隱。陶潛《感士不遇賦》：『望軒唐而永歎，甘貧賤以辭榮。』

〔六〕佳麗：俊美，秀麗。《楚辭·九章·抽思》：『好姱佳麗兮。』王逸注：『容貌説美，有俊德也。』曹植《贈丁儀王粲》詩：『壯哉帝王居，佳麗殊百城。』

〔七〕『縹緲』句：東樓被飄渺的風煙繚繞。縹緲：高遠隱約貌。《文選·木華〈海賦〉》：『群仙縹緲，餐玉清涯。』李善注：『縹緲，遠視之貌。』杜甫《白帝城最高樓》詩：『城尖徑昃旌旆愁，獨立縹緲之飛樓。』蘇軾《卜算子·黄州定慧院寓居作》詞：『缺月掛疏桐，漏斷人初靜。惟見幽人獨往來，縹緲孤鴻影。』風煙：風與煙。謝脁《和王著作融八公山詩》：『風煙四時犯，霜雨朝夜沐。』吴均《與朱元思書》：『風煙俱浄，天山共色。』

〔八〕幻：變幻。深窈：幽深。蘇軾《與客游道場何山得鳥字》詩：『高堂儼像設，禪室各深窈。』

〔九〕蒼崖：青色山崖。蒼：青色。《詩·秦風·黄鳥》：『彼蒼者天，殲我良人！』韓愈《條山蒼》詩：『條山蒼，河水黄。』喬木：高大的樹木。《詩·周南·漢廣》：『南有喬木，不可休思。』

〔一〇〕石磴：石級，石臺階。蕭統《開善寺法會》詩：『牽蘿下石磴，攀桂陟松梁。』鳴泉：淙淙鳴響的泉水。張鷟《遊仙窟》：『激石鳴泉，疏巖鑿磴。』

〔一一〕掩映：遮映襯托。馮延巳《虞美人》詞：『春山拂拂横秋水，掩映遥相對。』

［一二］丘壑：山陵和溪谷，泛指山水幽美的地方。王安石《九井》詩：『山川在理有崩竭，丘壑自古相盈虛。』

［一三］『圭衮』句：指樓鑰無心於功名利禄。圭衮：圭玉和衮衣，帝王公侯舉行隆重儀式時所持的玉制禮器與所穿的禮服，比喻朝廷的高位。沈遘《上兩府書》其二：『登序圭衮，運平機衡。遂當顧命之憂，克寧宗廟之緒，功施後世，名蓋前人。』圭：圭玉，上朝時大臣所執。衮：衮衣，帝王及上公穿的繪有卷龍的禮服。

［一四］清時：清平之時，太平盛世。《文選・李陵〈答蘇武書〉》：『勤宣令德，策名清時。』張銑注：『清時，謂清平之時。』曹操《清時令》：『今清時，但當盡忠於國，效力王事。』元老：天子的老臣。《詩・小雅・采芑》：『方叔元老，克壯其猶。』毛傳：『元，大也。五官之長，出於諸侯，曰天子之老。』後稱年輩、資望皆高的大臣或政界人物爲元老。《後漢書・章帝紀》：『行太尉事節鄉侯熹，三世在位，爲國元老。』

［一五］雲根：深山雲起之處。杜甫《題忠州龍興寺所居院壁》詩：『忠州三峽内，井邑聚雲根。』仇兆鰲注：『張協詩「雲根臨八極」注：五嶽之雲觸石出者，雲之根也。』

［一六］作計：謀劃，考慮。《玉臺新詠・古詩爲焦仲卿妻作》：『阿兄得聞之，悵然心中煩。舉言謂阿妹，作計何不量。』庾信《楊柳歌》：『定是懷王作計誤，無事翻覆用張儀。』歸遊：歸隱江湖。謝靈運《作離合詩》：『劇哉歸遊客，處子忽相忘。』

［一七］功退：功成隱退，告老還鄉。商颜：即『商山四皓』。颜：通『厓』，山邊。司空圖《漫書五首》詩：『一種老人能算度，皤溪心迹愧商颜。』

［一八］旋：回還，歸來。《詩・小雅・黄鳥》：『言旋言歸，復我邦族。』朱熹集傳：『旋，回。』陶潛《辛醜歲七月赴假還江陵夜行塗口》詩：『投冠旋舊墟，不爲好爵縈。』吴筠《覽古》詩之二：『奈何淳古風，既往不復旋。』木奴：指柑橘。元稹《酬樂天東南行》詩：『緑粽新菱實，金丸小木奴。』

［一九］瑶草：傳說中的仙草。東方朔《與友人書》：『相期拾瑶草，吞日月之光華，共輕舉耳。』李賀《天上謠》：『王子吹笙鵝管長，呼龍耕煙種瑶草。』

賞析

此詞爲賀樓鑰壽而作。

上片寫樓鑰所居的東樓被縹緲的風煙繚繞，使所築的石山變幻莫測，縹緲幽深。『蒼崖喬木』『石磴鳴泉』，把石山遮映、襯托得如同十洲三島的勝景一般。

下片寫舅氏樓鑰平生只追求山陵和溪谷的樂趣，無意於功名利禄，但由於太平盛世，朝廷重視元老重臣，不允許過早歸隱。待大功建成後，再告老還鄉，學種柑橘，訪尋仙草。

上壽[一]

梅窗雪屋[二]，還賦蓬仙壽[三]。聞說今年勝於舊。有芝書催下[四]，竹史頒春[五]。山好處，留待文章太守[六]。　商霖消息近[七]，縹緲閒雲[八]，一笑無心又出岫[九]。縱高臥十年[一〇]，八袠初開[一一]，天未許、閒向人間袖手[一二]。問西州千騎幾時來[一三]，對月鶴霜猿，也教知否。

注釋

[一] 此詞約作於嘉定六年（一二一三），爲壽王柟七十一歲壽辰而作。詳證見盧祖皋年表『嘉定六年』條。上壽：

向人敬酒，祝頌長壽。

［二］梅窗：古時窗子的一種，取整木一段，分中鋸開，以有鋸路者著牆，天然未斫者向内，作爲窗框。用盤曲的枝柯做成梅形的窗格。雪屋：隱者或僧侣的住房。鄭谷《郊園》詩：『煙蓑春釣静，雪屋夜棋深。』梅堯臣《冬日陪胡武平游西余精舍》詩：『遥看松竹深，雪屋藏山衲。』

［三］蓬仙：蓬萊山的仙人，此處指壽主王柟。賈島《鄭尚書新開涪江二首》詩其一：『梓匠防波溢，蓬仙畏水干。』

［四］芝書：用芝泥緘封的詔書，指皇上頒賜的賀壽詔書。古人緘封書劄物件時，先用封泥，上蓋印章。楊億《内當》詩：『芝泥初熟詔書成，紅藥翻階晝景清。』

［五］竹史：即青史，古代以竹簡記事，故稱史籍爲『青史』。頒春：由地方官主持的警示農時、祈禱豐年的一種儀式。

［六］文章太守：贊美地方官既具有治理能力，又具有文學才華。典出歐陽修《朝中措·送劉仲原甫出守維揚》：『文章太守，揮毫萬字，一飲千鐘。』

［七］『商霖』句：指表兄王柟受到朝廷重用之日即將到來。商霖：稱譽大臣之詞。《書·説命上》載，商王武丁任用傅説爲相時，命之曰：『若歲大旱，用汝作霖雨。』

［八］縹緲：見《洞仙歌》（東樓佳麗）注［七］。

［九］出岫：出山，從山中出來。陶潛《歸去來兮辭》：『雲無心以出岫，鳥倦飛而知還。』

［一〇］高卧十年：王柟在嘉定元年（一二〇八）罷秘書少監後，有較長時間賦閑在家。

［一一］八袠初開：指年紀剛剛七十出頭。時俗謂七十歲以上爲開第八秩。八袠：亦作『八秩』，八十歲。

［一二］『天未』以下兩句：朝廷尚未同意王柟告老還鄉。

［一三］西州：本指東晉都城建業，此處指南宋行在臨安。晉宋間建業（今江蘇南京）爲揚州刺史治所，以治所在城西，故稱西州。千騎：形容人馬衆多，爲太守或刺史出行的規制。梁簡文帝蕭綱《採菊篇》詩：『東方千騎從驪駒，更不下山逢故夫。』

賞析

此詞爲賀表兄王枏壽辰而作。上片寫王枏的居住環境不俗，身體比往年更好，皇上還頒賜了賀壽詔書。表兄不日即將做出大功業。

下片寫王枏即使已賦閒多年，年已七十，但朝廷仍會重用，千騎人馬簇擁著出行的日子即將到來。

此詞贊美了王枏雖然年事已高，但仍胸懷大志，即將受到朝廷重用，會建功立業。

壽外舅[一]

扁舟入浙[二]，便有家山意[三]。全勝軺車駕邊地[四]。愛官塵不到[五]，書眼爭明[六]，稱壽處[七]，春傍梅花影裏[八]。　平生丘壑志[九]，未老求閒[一〇]，天亦徘徊就歸計[一一]。想疊嶂雙溪[一二]，千騎弓刀，渾不似[一三]、白石山中勝趣[一四]。怕竹屋梅窗欲成時，又飛詔東山[一五]，謝公催起[一六]。

注釋

［一］此詞約作於嘉定七年（一二一四），錢文子時年六十八歲。詳證見盧祖臯年表『嘉定七年』條。外舅：岳父，指錢文子。詳見《江城子·壽外姑外舅》注［一］。

［二］扁舟入浙：錢文子致仕後返回家鄉樂清。嘉定七年（一二一四），錢文子『轉朝散大夫守寶文閣致仕』。（盧祖臯《錢文子壙志》）。扁舟：小船。

［三］家山：謂故鄉。錢起《送李棲桐道舉擢第還鄉省侍》詩：『蓮舟同宿浦，柳岸向家山。』梅堯臣《讀〈漢書·梅子真傳〉》詩：『舊市越溪陰，家山鏡湖畔。』

［四］全勝：遠遠勝過。盧殷《七夕》詩：『定不嫌秋駛，唯當乞夜遲。全勝客子婦，十載泣生離。』軺車：一馬駕之輕便車。《晉書·輿服志》：『軺車，古之時軍車也。一馬曰軺車，二馬曰軺傳。』軺：市昭切，小車，輕車。邊地：錢文子致仕前任職於淮南地區，是宋金對峙的前線，故稱『邊地』。

［五］官塵不到：沒有官府的公事打擾。

［六］書眼爭明：看書時眼睛更加明亮，指錢文子喜愛看書。孟郊《勸善吟》：『見書眼始開，聞樂耳不聰。』皮日休《鹿門夏日》詩：『書眼若薄霧，酒腸如漏卮。』辛棄疾《送湖南部曲》詩：『觀書老眼明如鏡，論事驚人膽滿軀。』

［七］稱壽：祝人長壽。吳質《答魏太子箋》：『置酒樂飲，賦詩稱壽。』薛奇童《雲中行》：『舉杯稱壽永相保，日夕歌鐘徹清昊。』

［八］春傍：冬末臨近春初，錢文子生於農曆十二月十六日，故云。釋居簡《霜柳》詩：『春傍垂楊困得醒，池塘部曲

頓精明。』

［九］『平生』句：錢文子一向有隱居的志向。丘壑：山峰與河谷。謝靈運《齋中讀書詩》：『昔余游京華，未嘗廢丘壑。』

［一〇］未老求閒：指錢文子在嘉定七年（一二一四）前，曾累求致仕。

［一一］『天亦』句：朝廷答應了錢文子的致仕請求。天：指君王。徘徊：猶彷徨，遊移不定貌。向秀《思舊賦》：『惟古昔以懷今兮，心徘徊以躊躇。』就：造就，使成就。韓愈《送孟秀才序》：『（孟琯）今將去是而隨舉於京師，雖不有請，猶將彊而授之，以就其志，況其請之煩邪！』歸計：回家鄉的打算。陸游《行在春晚有懷故隱》詩：『歸計已栽千箇竹，殘年合掛兩梁冠。』

［一二］疊嶂：重疊的山峰。梁武帝蕭衍《直石頭》詩：『夕池出濠渚，朝雲生疊嶂。』雙溪：水名，在浙江金華縣南，附近風景幽美。李白《送王屋山人魏萬還王屋》詩：『徑出梅花橋，雙溪納歸潮。』王琦注引薛方山《浙江通志》：『雙溪在金華縣南，一曰東港，一曰南港。東港之源出東陽之大盆山，過義烏，合衆流西行入縣境，又合杭慈溪、白溪、東溪、西溪、坦溪、玉泉溪、赤松溪之水，經馬鋪嶺石碕巖，下與南港會。南港之源出縉雲之黃碧山，過永康、武義入縣境，又合松溪、梅溪之水，經屏山西北行，與東港會於城下，故曰雙溪。』李清照《武陵春》詞：『聞說雙溪春尚好，也擬泛輕舟。只恐雙溪舴艋舟，載不動許多愁。』

［一三］渾：全。

［一四］白石山：錢文子的隱居之地。盧祖皋《錢文子壙志》云：『明年十月十七日，葬於所居白石巖北靈山之源。』

［一五］飛詔東山：指謝安年逾四十於會稽東山復出爲桓溫司馬的事。《晉書·謝安傳》載：謝安少年即有名聲，屢次征辟皆不就，隱居會稽東山，年逾四十復出爲桓溫司馬，累遷中書、司徒等要職，晉室賴以轉危爲安。

［一六］『謝公』句：謝公的功勛催人奮起。謝公：指東晉謝安。他曾隱居會稽東山，與王羲之、許詢等遊山玩水，四十多歲時才應徵召擔任大將軍桓溫帳下的司馬。李白《示金陵子》詩：『謝公正要東山妓，攜手林泉處處行。』

賞析

此詞爲祝岳父錢文子壽辰而作。

上片先寫岳父錢文子迫切希望致仕，過隱居生活的愉悦心情。這里『官塵不到』，沒有公務打擾，可以靜心看書，潛心學問，有梅花相伴，環境幽雅。『春傍梅花影裏』也點明錢文子的壽辰在冬末臨近春初之時。下片寫錢文子早有歸隱丘壑的志向，皇上經過反復思考，終於成全他歸隱的願望。但恐怕不日將有飛詔傳來，還會委他以重任。

詞作既贊頌了錢文子歸隱山水、潛心學問的雅好，同時又安慰他朝廷仍有可能對他委以重任，措詞含蓄委婉。

望江南

疏雨過，芳節到戎葵[一]。纏臂細交紋線縷[二]，稱身初試碧綃衣[三]。閒步小亭池[四]。花下意，脈脈有誰知[五]。試把花梢和恨數[六]，因看胡蝶著雙飛[七]。凝扇立多時[八]。

注釋

［一］芳節：指佳節、良時，此處指端午節。劉鑠《代收淚就長路》詩：『徘徊去芳節，依遲從遠軍。』李白《愁陽春賦》：『兼萬情之悲歡，茲一感於芳節。』戎葵：即蜀葵。兩年生草本植物。花瓣五枚，有紅、紫、黄、白等颜色，五、六月開花，供觀賞。

［二］纏臂：舊俗，端午節用五彩絲線纏臂可以長壽。應邵《風俗通義》：『五月五日以五彩絲系臂者，辟鬼及兵，一名長命縷，一名續命縷，一名辟兵繒。』

［三］稱身：合身，謂衣著合體。黄庭堅《薄薄酒》詩之一：『徐行不必駟馬，稱身不必狐裘。』綃：薄的生絲織品，輕紗。

［四］閒步：漫步，散步。曹植《七啟》：『雍容閒步，周旋馳燿。』李嘉祐《白田西憶楚州使君弟》詩：『魚網平鋪荷葉，鷺鷥閒步稻苗。』

［五］脈脈：形容藏在内心的思想感情。杜牧《題桃花夫人廟》詩：『細腰宫裏露桃新，脈脈無言幾度春。』辛棄疾《摸魚兒》詞：『千金縱買相如賦，脈脈此情誰訴？』

［六］和：介詞，連同，同……一起。杜荀鶴《山中寡婦》詩：『時挑野菜和根煮，旋斫生柴帶葉燒。』

［七］胡蝶：亦作『胡蜨』，同『蝴蝶』，昆蟲名。張協《雜詩》之八：『借問此何時，胡蝶飛南園。』著：排列。杜甫《鄭城西原送李判官兄武判官弟赴成都府》詩：『野花隨處發，官柳著行新。』蘇軾《病中聞子由得告不赴商州》詩之一：『病中聞汝免來商，旅雁何時更著行。』

［八］凝：停止，靜止。《楚辭·九歎·憂苦》：『折銳摧矜，凝氾濫兮。』王逸注：『凝，止也。』

賞析

此詞爲閨思詞。

上片寫端午節時，一場疏雨，戎葵已經開放。人們都用五彩絲線纏繞手臂，紛紛試穿鮮麗的紗衣。下片寫女子的愁思。漫步於花下，但藏在内心的情意有誰能知。心中的遺憾就像花梢那樣多，凝視著雙飛的蝴蝶，不禁停下扇子，久久地佇立在那兒。

臨江仙

南館西池迎笑處[一]，輕行不耐冰綃[二]。粉香飛過碧闌橋[三]。芙蕖爭態度[四]，楊柳學飄颻[五]。醉裏鸞飆乘月去[六]，碧雲依舊迢迢[七]。深情誰爲寄嬌嬈[八]。簟紋風外展[九]，香篆過邊銷[一〇]。

注釋

[一] 南館：泛指接待賓客的處所。曹丕《與朝歌令吴質書》：『馳騁北場，旅食南館。』江總《三日侍宴宣猷堂曲

水》詩：『北宮命簫鼓，南館列旌麾。』白居易《樟亭雙櫻樹》詩：『南館西軒兩樹櫻，春條長足夏陰成。』西池：泛指西面的池塘。劉禹錫《秋日書懷寄河南王尹》詩：『公府想無事，西池秋水清。』晏殊《玉堂春》詞：『欲傍西池看，觸處楊花滿袖風。』迎笑：謂以笑臉相迎。蘇軾《送杜介歸揚州》詩：『歸來鄰里應迎笑，新長淮南舊桂叢。』

〔二〕輕行：輕裝疾行。《後漢書・章帝紀》：『皆精騎輕行，無它輜重。』裴羽仙《哭夫二首》詩其二：『良人平昔逐蕃渾，力戰輕行出塞門。』不耐：不能忍受。李煜《浪淘沙》詞：『羅衾不耐五更寒。』向子諲《減字木蘭花》詞：『不耐世間風與日，著意遮圍，莫放春光造次歸。』冰綃：薄而潔白的絲綢。王勃《七夕賦》：『停翠梭兮卷霜縠，引鴛杼兮割冰綃。』張孝祥《雨中花慢》詞：『認得蘭皋瓊珮，水館冰綃。』

〔三〕粉香：脂粉的香氣，代指佳人。碧闌：綠色欄杆。張泌《江城子》：『碧闌干外小中庭，雨初晴，曉鶯聲。』

〔四〕『芙蕖』句：荷花想要與她爭氣勢。芙蕖：荷花的別名。《爾雅・釋草》：『荷，芙蕖。其莖茄，其葉蕸，其本蔤，其華菡萏，其實蓮，其根藕，其中的，的中薏。』郭璞注：『（芙蕖）别名芙蓉，江東呼荷。』曹植《洛神賦》：『遠而望之，皎若太陽升朝霞；迫而察之，灼若芙蕖出渌波。』江淹《蓮花賦》：『若其華實各名，根葉異辭，既號芙蕖，亦曰澤芝。』王安石《招約之職方並示正甫書記》詩：『池塘三四月，菱蔓芙蕖馥。』態度：氣勢，姿態。晏幾道《浣溪沙》詞：『腰自細來多態度，臉因紅處轉風流。』

〔五〕『楊柳』句：楊柳想要學她的輕盈、灑脱。飄飄：形容舉止輕盈、灑脱。柳泌《玉清行》詩：『照徹聖姿嚴，飄飄神步徐。』

〔六〕『醉裏』兩句：醉夢裏，佳人乘鸞疾馳，奔月而去。鸞：傳説中鳳凰一類的鳥。江淹《班婕妤詠扇》詩：『畫作秦王女，乘鸞向煙霧。』飆：亦作『飇』『飈』，迅疾。謝靈運《上留田行》：『舫舟下游飆驅。』杜甫《送顧八分文學適洪吉州》詩：『況兼水賊繁，特戒風飆駛。』

〔七〕碧雲：青雲，碧空中的雲。《文選・江淹〈休上人怨别〉》：『日暮碧雲合，佳人殊未來。』張銑注：『碧雲，青雲也。」戴叔倫《夏日登鶴巖偶成》詩：『願借老僧雙白鶴，碧雲深處共翱翔。』迢迢：高貌。陸機《擬西北有高樓》詩：『高樓一何峻，迢迢峻而安。』司馬光《次韻和宋復古春日》之五：『殘春舉目多愁思，休上迢迢百尺樓。』

〔八〕嬌嬈：柔美嫵媚。韓偓《意緒》詩：『嬌嬈意態不勝羞，願倚郎肩永相著。』

〔九〕簟紋：亦作『簟文』，席紋。梁簡文帝蕭繹《詠内人晝眠》：『簟文生玉腕，香汗浸紅紗。』蘇軾《南堂》詩之五：『掃地焚香閉閤眠，簟紋如水帳如煙。』

〔一〇〕香篆：指焚香時所起的煙縷。因其曲折似篆文，故稱。范成大《社日獨坐》詩：『香篆結雲深院靜，去年今日燕來時。』過邊：那邊。

賞　析

此詞描寫佳人閨思。

上片由女子的笑聲入筆，進而寫她身著輕薄、潔白的絲綢衣服，步態輕盈地走過碧闌橋，脂粉的香氣四處飄散。她柔美的儀態令芙蓉、楊柳爭相效仿，誇張地描繪出她的容姿嬌美、儀態婀娜。

下片寫女子在醉夢裏乘鸞鳳奔月而去，但碧空中的雲卻又高又遠，她一腔的柔情不知該向誰傾訴。她睡起的席紋在風中逐漸舒展，香爐中曲折的煙縷也逐漸消散。暗示在她惆悵之間，時光也在慢慢地流逝。

此詞通過對女子的服裝、神態與身邊器具的描繪，展示了她內心的寂寞與惆悵。

又

韓蘄王之曾孫市船招飲[一]，女樂頗盛[二]。夜深，出一小姬[三]，曰勝勝，年十二歲。獨立吹笙，聲調婉抑[四]，四座歎賞。已而再拜乞詞[五]，爲賦此曲。

洞府堂深花氣滿[六]，娉婷緑展紅圍[七]。箇中年少出瓊姬[八]。雙籠金約腕[九]，獨把玉參差[一〇]。　子晉臺前無鶴馭[一一]，人間空有清詩[一二]。何如嬌小貯簾帷[一三]。仙風知有待[一四]，涼月漸當時[一五]。

注釋

〔一〕韓蘄王：指韓世忠，宋孝宗朝，追封蘄王。市船：購買船隻。招飲：招人飲宴。

〔二〕女樂：歌舞伎。《楚辭・招魂》：『肴羞未通，女樂羅些。』《後漢書・馬融傳》：『常坐高堂，施絳紗帳，前授生徒，後列女樂。』

〔三〕小姬：謂年輕女子。

〔四〕婉抑：婉轉抑揚。

〔五〕已而：旋即，不久。

〔六〕洞府：道教稱神仙居住的地方，此處指韓府。沈約《善館碑》：『或藏形洞府，或棲志靈嶽。』蘇軾《過木櫪觀》詩：『洞府煙霞遠，人間爪髮枯。』

〔七〕娉婷：美人，佳人。喬知之《緑珠篇》：『石家金谷重新聲，明珠十斛買娉婷。』緑展紅圍：形容美女衣服豔麗。

［八］瓊姬：傳説芙蓉城中仙女名，借指美女。劉仙倫《滿江紅》詞：『對尊前、莫惜唤瓊姬，持杯勸。』

［九］『雙籠』句：雙手手腕都戴著金手鐲。籠：纏繞，戴。韓愈《閒遊》詩：『萍蓋汙池淨，藤籠老樹新。』金約腕：金手鐲。蔡伸《愁倚闌》詞：『舊物忍看金約腕，玉搔頭。』

［一〇］『獨把』句：獨自手握玉笙。把：握，執。《戰國策·燕策三》：『臣左手把其袖，右手揕其胸。』杜甫《奉濟驛重送嚴公四韻》詩：『幾時杯重把？昨夜月同行。』玉參差：鑲玉的無底排簫，一説即玉笙。杜牧《望少華三首》詩其三：『好伴羽人深洞去，月前秋聽玉參差。』

［一一］『子晉』句：勝勝吹奏的玉笙雖然美妙，但由於没有子晉所乘的鶴，不能乘鶴而去。子晉：王子喬的字，相傳爲周靈王太子，喜吹笙作鳳凰鳴，被浮丘公引往嵩山修煉，後升仙。詞中指蘄王曾孫。盧眉娘《和卓英英理笙》詩：『他日丹霄驂白鳳，何愁子晉不聞聲。』

［一二］清詩：指後人贊歎王子晉不爲世俗所累，乘鶴升仙的衆多詩篇。傅咸《贈崔伏二郎詩》：『人之好我，贈我清詩。』杜甫《解悶》詩之六：『復憶襄陽孟浩然，清詩句句盡堪傳。』

［一三］『何如』句：樂女勝勝已經累了，該讓她到簾幕中休息了。何如：如何，怎麽樣。嬌小：窈窕，小巧。李白《江夏行》詩：『憶昔嬌小姿，春心亦自持。』

［一四］『仙風』句：清風好像知道人們的期待，應時吹來。仙風：神仙出行所乘之風。《莊子·逍遥遊》載：『夫列子御風而行，泠然善也，旬有五日而後反。』鮑溶《懷仙二首》詩其一：『虞宫禮成後，回駕仙風順。』有待：有所期待。《禮記·儒行》：『愛其死，以有待也；養其身，以有爲也。』孔穎達疏：『愛其死以有待也者，此解不爭也，言愛死以待明時。』杜甫《後游》詩：『江山如有待，花柳更無私。』羊士諤《題枇杷樹》詩：『佳期如有待，芳意常無絶。』

［一五］『涼月』句：天色漸晚，氣溫轉涼，明月高懸，正是休息的好時間。當時：適時。《荀子·解蔽》：『當時則動，物至而應，事起而辨，治亂可否，昭然明矣。』

賞析

此詞爲贊美歌姬勝勝而作。

上片先寫韓蘄王曾孫家宴會的富麗，雖然美女如雲，但只有勝勝格外出眾，她雙手手腕上都戴著金手鐲，獨自手握玉笙，顯示出不凡的氣度。

下片寫勝勝吹奏的玉笙雖然美妙，但由於沒有子晉所乘的鶴，不能乘鶴而去，空留下眾多贊歎子晉升仙的詩篇。天色漸晚，清風應時吹來，氣溫轉涼，明月高懸。樂女勝勝已經累了，該讓她到簾幕中休息了。

此詞描繪出一位氣度不凡的歌姬形象，並表達出對她的憐惜之意。

又[一]

跨鶴雲間猶未久[二]，風流全勝年時[三]。喚回和氣上梅枝[四]。酒邊春市動[五]，琴外畫簾垂[六]。

長是細吟攻媿壽[七]，還歌連桂新詞[八]。早催鳧舄向南飛[九]。一官傳鼎鼐[一〇]，四海看塤篪[一一]。

注釋

［一］此詞爲壽盧祖皋舅氏樓鑰而作。樓鑰因慶元黨禁，自慶元元年（一一九五）至開禧三年（一二〇七），長達十三年在明州老家賦閒。從詞中「跨鶴雲間猶未久，風流全勝年時」等語來看，此詞約作於慶元元年（一一九五）樓鑰賦閒之初。樓鑰時年五十九歲。

［二］跨鶴雲間：指離開官場，歸隱山林，過仙雲野鶴般的生活。跨鶴：乘鶴，騎鶴。道教認爲得道後能騎鶴飛升。趙鼎《水調歌頭》詞：「先生跨鶴何處，窈窕白雲間。」

［三］風流：灑脱放逸，風雅瀟灑。《後漢書·方術傳論》：「漢世之所謂名士者，其風流可知矣。」牟融《送友人》詩：「衣冠重文物，詩酒足風流。」全勝：遠遠勝過。盧殷《七夕》詩：「全勝客子婦，十載泣生離。」蘇軾《滿庭芳》詞之二：「曾親見，全勝宋玉，想象賦高唐。」年時：往年時節。王羲之《雜帖一》：「吾服食久，猶爲劣劣，大都比之年時，爲復可耳。」盧殷《雨霽登北岸寄友人》詩：「憶得年時馮翊部，謝郎相引上樓頭。」

［四］「喚回」句：天地之間的陰陽和氣喚回了梅枝的生機。和氣：古人認爲天地間陰氣與陽氣交合而成之氣，萬物由此「和氣」而生。劉商《金井歌》：「文明化洽天地清，和氣氤氳孕至靈。」王安石《次韻和甫春日金陵登臺》詩之一：「萬物已隨和氣動，一樽聊與故人來。」

［五］「酒邊」句：祝寿宴進行的時候，春市上人流湧動。酒邊：指酒席之前。杜甫《送路六侍御入朝》詩：「劍南春色還無賴，觸忤愁人到酒邊。」琴外：琴聲飄揚到很遠的地方。陳人傑《沁園春》（禁鼓逢逢）詞：「琴外鴻歸，棋自邊鷺靜。」

［六］畫簾：有畫飾的簾子。杜牧《懷鍾陵舊遊》詩之三：「一聲明月採蓮女，四面朱樓卷畫簾。」晏幾道《菩薩

鑾》詞之三：『紅日又平西，畫簾遮燕泥。』

［一七］長是：時常，老是。歐陽修《望江南》詞：『纔伴遊蜂來小院，又隨飛絮過東墻，長是爲花忙。』姜夔《清波引》詞：『新詩漫與，好風景、長是暗度。』攻媿壽：爲攻媿舅（樓鑰）所作的壽詞。攻媿：指樓鑰。詳注見《洞仙歌》（東樓佳麗）注［二］。

［一八］還：表示重復，相當於『再』『又』。鮑照《代東門行》詩：『涕零心斷絶，將去復還訣。』連桂新詞：指樓鑰經常以詩詞教育子弟。語出樓鑰《又示從子澶》詩：『壯縣人歌第一奇，過庭爲有甯馨兒。親旁色養宜加謹，户外分豪勿預知。寓意杯觴須自節，讀書松竹有餘師。它時刮目相期待，連桂家風望一夔。』連桂：意謂子弟都能連續折桂，科舉及第。

［一九］『早催』句：希望舅氏樓鑰能夠早日得到朝廷重用。舄舄：指仙履。《後漢書·方術傳上·王喬》：『王喬者，河東人也。顯宗世，爲葉令。喬有神術，每月朔望，常自縣詣臺朝。帝怪其來數，而不見車騎，密令太史伺望之。言其臨至，輒有雙鳧從東南飛來。於是候鳧至，舉羅張之，但得一隻舄焉。乃詔尚方診視，則四年中所賜尚書官屬履也。』後因以『鳧舄』指仙履。

［一〇］傳：通『專』，主持，掌管。《禮記·檀弓下》：『我喪也斯沾，爾專之，賓爲賓焉，主爲主焉。』鄭玄注：『專，猶司也。』元稹《元玄度墓誌銘》：『君泣曰：「太夫人專門户，不宜乏使令。」』鼎鼐：古代兩種烹飪器具。商湯任用伊尹爲相，伊尹用『以鼎調羹』『調和五味』的烹飪理論來治理天下，天下大治。後以『鼎鼐』喻指宰相等執政大臣。蘇頲《唐紫微侍郎贈黄門監李乂神道碑》：『鼎鼐遞襲，簪纓相望。』

［一一］塤篪：亦作『壎篪』。塤爲陶制的吹奏樂器，篪爲竹制的管樂器，像笛，有八孔，横吹。兩種樂器一起演奏聲音和諧，因以比喻兄弟和睦。禰衡《鸚鵡賦》：『感平生之遊處，若塤篪之相須。』

賞析

此詞爲壽盧祖皋舅氏樓鑰而作，詞約作於慶元元年（一一九五），樓鑰因慶元黨禁賦閒之初。上片寫樓鑰離開官場，歸隱山林不久，比往年更爲灑脱放逸。在冬末春初爲壽翁祝壽，此時梅花焕發生機，壽宴進行之時，春市上人流湧動，琴聲飄揚，畫簾低垂。下片首先表達樓鑰家的子弟皆有出息，接下來含蓄地表達希望舅氏能夠早日得到朝廷重用，在他的輔佐下，四海将會和睦繁榮。

全詞在安慰樓鑰的同時，又給予他很大的希望。

醜奴兒慢[一]

湘筠展夢[二]，還是帶恨攲枕[三]。對千頃、風荷涼豔[四]，水竹清陰[五]。半掩鼉紗[六]，幾回小語月華侵[七]。娉婷何處[八]，回首畫橋[九]，朱户沈沈[一〇]。　聞道近時，題紅傳素[一一]，長是沾襟[一二]。想當日、冰弦彈斷[一三]，總廢清音[一四]。准擬歸來[一五]，扇鸞釵鳳巧相尋[一六]。如今無奈[一七]，七十二峰[一八]，剗地雲深[一九]。

注釋

［一］據詞中的『湘筠展夢』『七十二峰』等語來看，作此詞時，詞人當在荊湖南路的衡州一帶游歷或任職。衡州衡山有七十二座山峰。

［二］湘筠：用湘竹製成的席子。白居易《酬鄭侍御多雨春空過詩三十韻》：『楚柳腰肢嚲，湘筠涕淚滂。』展夢：指睡覺。

［三］攲枕：斜倚枕頭。權德輿《送張周二秀才謁宣州薛侍郎》：『上帆涵浦岸，攲枕傲晴天。』柳永《夢還京》：『夜來匆匆飲散，攲枕背燈睡。』蘇軾《洞仙歌》詞：『人未寢、攲枕釵橫鬢亂。』攲：又作『欹』。斜倚，斜靠。杜甫《重題鄭氏東亭》詩：『崩石攲山樹，清漣曳水衣。』

［四］千頃：百畝爲頃，極言其廣闊。風荷：風中的蓮花或蓮葉。元稹《和李校書新題樂府十二首·上陽白髮人》：『月夜閒聞洛水聲，秋池暗度風荷氣。』司空圖《王官二首》詩其一：『風荷似醉和花舞，沙鳥無情伴客閒。』涼豔：清涼豔麗。

［五］水竹：竹的一種。生於河岸、湖旁、灌叢中或巖石山坡。分佈於我國長江流域以南各地。戎昱《駱家亭子納涼》詩：『生衣宜水竹，小酒入詩篇。』清陰：清涼的樹陰。陶潛《歸鳥》詩：『顧儔相鳴，景庇清陰。』薛能《楊柳枝》詞：『遊人莫道栽無益，桃李清陰卻不如。』

［六］龜紗：紗眼織成六角、其形如龜紋的紗簾。趙長卿《浣溪沙·初夏》詞：『霧透龜紗月映欄，麥秋天氣怯衣單。』

［七］小語：短暫交談。劉義慶《世說新語·文學》：『支語王曰：「君未可去，貧道與君小語。」』陸游《酬妙湛闍

梨見贈妙湛能棋其師璘公蓋嘗與先君遊云》詩：『山店煎茶留小語，寺橋看雨待幽期。』月華侵：月光照射進來。

［八］娉婷：美人，佳人。喬知之《緑珠篇》：『石家金谷重新聲，明珠十斛買娉婷。』

［九］畫橋：雕飾華麗的橋梁。陰鏗《渡岸橋》詩：『畫橋長且曲，傍險復憑流。』賀鑄《減字浣溪沙》詞之八：『杏花零落晝陰陰，畫橋流水半篙深。』

［一〇］沈沈：亦作『沉沉』。宫室深邃貌。魏徵《暮秋言懷》詩：『沈沈蓬萊閣，日夕鄉思多。』

［一一］題紅：紅葉題詩傳情。典出范攄《雲溪友議（卷下）·題紅怨》：『盧渥舍人應舉之歲，偶臨御溝，見一紅葉，命僕搴來。葉上乃有一絕句，置於巾箱，或呈於同志。及宣宗既省宫人，初下詔，許從百官司吏，獨不許貢舉人。渥後亦一任范陽，獲其退宫人，睹紅葉而吁怨久之，曰：「當時偶題隨流，不謂郎君收藏巾篋。」驗其書跡，無不訝焉。詩曰：「水流何太急，深宫盡日閒。慇懃謝紅葉，好去到人間。」』傳素：傳遞書信。典出古樂府《飲馬長城窟行》：『客從遠方來，遺我雙鯉魚。呼兒烹鯉魚，中有尺素書。』

［一二］長是：時常，老是。歐陽修《望江南》詞：『纔伴遊蜂來小院，又隨飛絮過東墻，長是爲花忙。』姜夔《清波引》詞：『新詩漫與，好風景、長是暗度。』沾襟：指傷心落淚而浸濕衣襟。《莊子·應帝王》：『列子入，泣涕沾襟以告壺子。』白居易《慈烏夜啼》詩：『夜夜夜半啼，聞者爲沾襟。』

［一三］冰弦：亦作『冰絃』，琴弦的美稱。傳説中有用冰蠶絲作的琴弦，故稱。蘇軾《減字木蘭花》詞：『玉指冰弦。未動宫商意已傳。』

［一四］清音：清越的聲音，指琴弦的聲音。賈島《題鄭常侍廳前竹》：『疏影紗窗外，清音寶瑟中。』

［一五］准擬：料想，打算，希望。杜荀鶴《春日登樓遇雨》詩：『一心准擬閒登眺，卻被詩情使不閒。』王安石《耿天騭許浪山千葉梅見寄》詩：『聞有名花即謾栽，殷勤准擬故人來。』

［一六］『扇鸞』句：憑藉扇鸞釵鳳等定情物相尋訪。扇鸞：掌扇上繡的鳳凰圖案。鸞，鳳凰一類的鳥。扇：指掌扇，

古時模仿雉尾而製成的長柄扇，用於坐車上，以敝日擋塵。庾信《和樂儀同苦熱詩》：『思爲鸞翼扇，願借明光宮。』釵鳳：是古代婦女的頭飾，因釵頭作鳳形，故而得名。常被用作男女定情信物。相尋：尋訪，找尋。周樸《送梁道士》：『應有同溪客，相尋學煉丹。』朱熹《麗澤堂》詩：『感君懷我意，千里夢相尋。』

［一七］無奈：無可奈何。徐陵《洛陽道》詩之一：『潘郎車欲滿，無奈擲花何？』張元幹《念奴嬌》詞：『笑撚黄花，重題黄葉，無奈歸期促。』

［一八］七十二峰：據《明史·地理志》記載：『衡山，有七十二峰。』

［一九］剗地：亦作『剗的』。依舊，照樣。辛棄疾《新荷葉·再題傳巖叟悠然閣》詞：『歲晚淵明，也吟草盛苗稀。風流剗地，向尊前、采菊題詩。』

賞析

此詞作於詞人在衡州任職或游歷時期。

上片寫男主人公夢中思念佳人的情景：對著千頃清涼的荷葉與水竹，半掩著的龜紋紗簾里，他曾與佳人小聲私語，直到月光照射進房間。佳人現在不知身在何處，望著那曾經攜手遊玩過的雕飾華麗的橋梁，猜想她此刻也許正身處幽深的朱户人家。

下片是詞人回憶分别時的情景，設想歸家後的打算及感嘆眼前的無奈。聽説她近來總是在紅葉上題詩寄託思念，淚水時常沾濕了衣襟。回想分别的那天，佳人把琴弦都彈斷了，分别以後再不彈琴了。男主人公打算回來以後，憑著信物來找尋佳人。只是如今相隔著衡山的七十二座山峰，雲深似海，實在讓人無可奈何。下片寥寥數語，卻展現了多重場景，時空在現在、過去，現在、未來及現在之間頻繁轉換，所表達的情意既纏綿又蘊藉。

木蘭花慢

汀蓮凋晚豔[一]，又蘋末、起秋風[二]。漫搔首徐吟[三]，微雲河漢，疏雨梧桐[四]。飄零倦尋酒琖[五]，記那回、歌管小樓中[六]。玉果蛛絲暗卜[七]，鈿釵蟬鬢輕籠。[八]　吳雲別後重重[九]。涼宴幾時同[一〇]。縱人間信有，犀靈鵲喜[一一]，密意難通[一二]。雙星分攜最苦[一三]，念經年[一四]、猶有一相逢。寂寞橋邊舊月，可堪頻照西東。[一五]

注釋

[一]『汀蓮』句：小洲中的蓮花也已開始凋謝。汀：水邊平地，小洲。張若虛《春江花月夜》詩：『空裏流霜不覺飛，汀上白沙看不見。』陸游《城西晚眺》詩：『靜看船歸浦，遙聞雁落汀。』晚豔：指晚開的花。王建《野菊》詩：『晚豔出荒籬，冷香著秋水。』

[二]『又蘋末』兩句：化用宋玉《風賦》：『夫風生於地，起於青蘋之末，侵淫溪谷，盛怒於土囊之口，緣太山之阿，舞于松柏之下，飄忽淜滂，激颺熛怒。』後人常以『風起青蘋之末』指風開始時形成於青蘋草的末端，最後逐漸變成大風。

[三]漫：隨意，胡亂。杜甫《聞官軍收河南河北》詩：『卻看妻子愁何在，漫捲詩書喜欲狂。』搔首：以手搔頭，指焦急或有所思貌。《詩・邶風・靜女》：『愛而不見，搔首踟躕。』高適《九日酬顔少府》詩：『縱使登高只斷

腸，不如獨坐空搔首。』

［四］『微雲』以下兩句：化用孟浩然《斷句》詩句：『微雲淡河漢，疏雨滴梧桐』。河漢：指銀河。《古詩十九首》（迢迢牽牛星）：『河漢清且淺，相去復幾許。』沈約《夜夜曲》詩之一：『河漢縱且橫，北斗橫復直。』

［五］飄零：飄泊流落。杜甫《衡州送李大夫七丈勉赴廣州》詩：『王孫丈人行，垂老見飄零。』琖：《廣韻》阻限切，小杯子。《禮記·明堂位》：『爵用玉琖仍雕。』孔穎達疏：『琖，夏后氏之爵名也。以玉飾之，故曰玉琖。』詞中指酒杯。吴文英《塞垣春·丙午歲旦》詞：『殢緑窗，細呪浮梅琖。』

［六］歌管：謂唱歌奏樂。鮑照《送别王宣城》詩：『舉爵自惆悵，歌管爲誰清？』李白《自代内贈》詩：『猶有舊歌管，淒清聞四鄰。』蘇軾《春宵》詩：『歌管樓臺聲細細，鞦韆院落夜沉沉。』

［七］『玉果』句：暗自用甘橘、蛛絲占卜。《荊楚歲時記》載：『七夕，婦女結彩縷，穿七孔針，陳瓜果于中庭以乞巧，有蟢子網于瓜上，則以爲得巧。』又王仁裕《開元天寶遺事》卷二載：『帝與貴妃每至七月七日夜，在華清宫遊宴。時宫女輩陳瓜花酒饌，列於庭中，求恩於牽牛、織女星也。又各捉蜘蛛於小合中，至曉開視蛛網稀密，以爲得巧之候。密者言巧多，稀者言巧少。民間亦效之。』玉果：指柑橘。其皮有潤澤，故稱『玉果』。皮日休《早春以橘子寄魯望》詩：『不爲韓嫣金丸重，直是周王玉果圓。』

［八］鈿釵：金花、金釵等婦女首飾。陳克《浣溪沙》詞：『羅襪鈿釵紅粉醉，曲屏深幔緑橙香。』蟬鬢：亦作『蟬髩』。古代婦女的一種髮式，兩鬢薄如蟬翼，故稱。亦借指婦女。崔豹《古今注》卷下《雜注》：『魏文帝宫人絶所寵者，有莫瓊樹、薛夜來、田尚衣、段巧笑，日夕在側，瓊樹乃製蟬鬢。縹眇如蟬翼，故曰蟬鬢。』梁元帝蕭繹《登颜園故閣》詩：『妝成理蟬鬢，笑罷斂蛾眉。』

［九］吴雲：代指盧祖皋曾在吴中的游宦之地。

［一〇］涼宴：在樹蔭等陰涼處舉辦的宴席。司馬光《和利州鮮于轉運公劇八詠·竹軒》詩：『翠陰涼宴坐，疏韻承清歡。』

〔一一〕犀靈：猶靈犀，犀牛角。相傳犀角有種種靈異的作用，如鎮妖、解毒、分水等，故稱。韓偓《八月六日作》詩之四：『威鳳鬼應遮矢射，靈犀天與隔埃塵。』李商隱《無題》詩：『身無彩鳳雙飛翼，心有靈犀一點通。』鵲喜：鵲的鳴叫聲，舊傳以鵲鳴聲兆喜，故稱。宋之問《發端州初入西江》詩：『破顔看鵲喜，拭淚聽猿啼。』

〔一二〕密意：親密的情意。徐陵《洛陽道》詩之二：『相看不得語，密意眼中來。』張先《武陵春》詞：『波上逢郎密意傳，語近隔叢蓮。』

〔一三〕雙星：指牽牛、織女二星。神話中是一對恩愛的夫妻。傳説每年七月七日喜鵲架橋，讓他們渡過銀河相會。杜甫《奉酬薛十二丈判官見贈》詩：『相如才調逸，銀漢會雙星。』分攜：離別。李商隱《飲席戲贈同舍》詩：『洞中屐響省分攜，不是花迷客自迷。』吴文英《風入松》詞：『樓前緑暗分攜路，一絲柳，一寸柔情。』

〔一四〕經年：經過一年或若干年。王維《送平澹然判官》詩：『翰海經年别，交河出塞流。』

〔一五〕可堪：猶言哪堪，怎堪。李商隱《春日寄懷》詩：『縱使有花兼有月，可堪無酒又無人。』

集評

先著、程洪《詞潔輯評》卷五：『三調甚平，然不敗目。』

賞析

從詞中『吴雲别後重重』等語來看，此詞當是詞人離開吴中後對一位佳人的相思之情。

上片先描繪汀蓮凋謝、蘋末秋風及『微雲河漢』『疏雨梧桐』等容易讓人傷感的秋景，以『飄零倦尋酒琖』自然引出初次相逢時『歌管小樓中』的往事。『玉果蛛絲暗卜，鈿釵蟬鬢輕籠』，描繪出了佳人俏皮、可愛的情態。

下片寫别後的相思。『吴雲别後重重』寫出兩人相距之遠。『涼宴幾時同』寫出渴望再次相逢。『犀靈鵲喜，密意難通』，寫出信息難以相通。接下來以羡慕牽牛、織女二星經年仍有一次相逢，反襯自己與佳人相逢無期的苦悶。結句『寂寞橋邊舊月，可堪頻照西東』，『寂寞』的本是人，但在詞人看來，月也是寂寞的。月亮天天東升西落，與佳人相逢卻遥遥無期，讓人如何能夠受得了呢？

賦雪

灑窗聲未定[一]，怪襟袖、峭寒欺[二]。漸色①界空明[三]，山河表裏[四]，玉幻瓊移[五]。天邊占春最早[六]，萬花中、不遺一塵飛[七]。清想吟鞭瘦倚[八]，醉憐歌錦紅圍[九]。誰知。未去心期[一〇]。慵酒更慵詩[一一]。算可人惟有[一二]，光浮茗椀[一三]，香浸梅枝[一四]。長安又驚歲换[一五]，笑吹來、空點鬢②成絲[一六]。一舸滄江浩渺[一七]，幾回歸夢參差[一八]。

校勘記

①色：《全宋詞》作『邑』。

②鬢：《全宋詞》作「髮」。

注釋

〔一〕定：停，止息。辛棄疾《滿江紅・贛州席上呈陳季陵太守》詞：「落日蒼茫，風才定、片帆無力。」

〔二〕峭寒：料峭的寒意，形容微寒。楊無咎《探春令》：「雪梅風柳，弄金勻粉，峭寒猶淺。」

〔三〕色界：佛教語，三界之一。在欲界之上，無色界之下。有精美的物質而無男女貪欲。王縉《東京大敬愛寺大證禪師碑》：「開心地如毛頭，掃意塵於色界。」劉禹錫《酬樂天醉後狂吟十韻》詩：「欲向醉鄉去，猶爲色界牽。」空明：空曠澄澈。韓愈《祭郴州李使君文》：「航北湖之空明，覷鱗介之驚透。」蘇軾《記承天寺夜遊》：「庭下如積水空明，水中藻荇交橫，蓋竹柏影也。」

〔四〕表裏：內外。司馬光《初春登興國寺塔》詩：「爲君作意登高處，試望皇州表裏春。」

〔五〕玉幻瓊移：整個大地白茫茫一片，如白玉一般神奇，掛雪的枝條如瓊枝一般搖曳。幻：神奇，奇妙。瓊：美玉。《詩・衛風・木瓜》：「投我以木瓜，報之以瓊琚。」毛傳：「瓊，玉之美者。」張協《雜詩》之十：「尺燼重尋桂，紅粒貴瑤瓊。」

〔六〕占：據有，佔有。羅隱《蜂》詩：「不論平地與山尖，無限風光盡被占。」蘇軾《占春芳》詞：「紅杏了，夭桃盡，獨自占春芳。」

〔七〕遣：使，讓。

〔八〕吟鞭：詩人的馬鞭，多以形容行吟的詩人。陳亮《七娘子・三衢道中作》詞：「賣花聲斷藍橋暮，記吟鞭醉帽曾經處。」瘦倚：憔悴地依靠或站立著。李咸用《送錢契明尊師歸廬山》詩：「瘦倚青竹杖，爐峰指欲歸。」

［九］歌錦：錦瑟伴奏的美妙歌聲。紅圍：比喻隨侍的美女衆多。史浩《如夢令》詞：『緑繞更紅圍，齊捧瑤巵來勸。』

［一〇］心期：相思。晏幾道《採桑子》詞：『心期昨夜尋思徧，猶負殷勤。』

［一一］『慵酒』句：無心飲酒更懶得賦詩。慵：懶惰，懶散。杜甫《王十七侍御掄許攜酒至草堂奉寄此詩便請邀高三十五使君同到》：『老夫臥穩朝慵起，白屋寒多暖始開。』王禹偁《寒食》詩：『使君慵不出，愁坐讀《離騷》。』

［一二］可人：稱人心意。黄庭堅《次韻師厚食蟹》：『趨蹌雖入笑，風味極可人。』

［一三］光浮：茶水表面反射的光。梁元帝蕭繹《春敕爲詩》：『風入花枝動，日照水光浮。』茗椀：茶碗。孟郊《宿空侄院寄澹公》詩：『雪檐晴滴滴，茗碗華舉舉。』茗：泛指茶。椀：『碗』的古字。

［一四］香浸梅枝：梅花散發出淡淡的清香。

［一五］長安：代指南宋行在臨安。周密《武林舊事・淳熙八年》：『雪卻甚好，但恐長安有貧者。』

［一六］『空點』句：雪花飄落在頭上，使青絲變成了白髮。空：徒然，白白地。點：點綴。陳子昂《綵樹歌》：『狀瑤臺之微月，點巫山之朝雲。』劉克莊《鵲橋仙・戊戌生朝》詞：『玄花生眼，新霜點鬢。』

［一七］『一舸』句：小船遊蕩於浩淼的江水間。滄江：江流，江水。以江水呈蒼色，故稱。陳子昂《群公集畢氏林亭》詩：『子牟戀魏闕，漁父愛滄江。』元稹《酬許五康佐》詩：『白日傷心過，滄江滿眼流。』舸：小船或一般的船。浩渺：水面曠遠。許渾《鄭秀才東歸憑達家書》詩：『愁泛楚江吟浩渺，憶歸吳岫夢嵯峨。』

［一八］『幾回』句：化用杜牧《聞雁》詩句『歸夢當時斷，參差欲到家。』歸夢：歸鄉之夢。參差：差不多，幾乎。周濆《逢鄰女》詩：『莫向秋池照緑水，參差羞殺白芙蓉。』柳永《望海潮》詞：『煙柳畫橋，風簾翠幕，參差十萬人家。』

又

賞析

此詞詠雪，兼抒時光流逝之歎與思鄉之情。

上片描繪下雪及雪後的壯麗景色。『灑窗聲未定，恠襟袖、峭寒欺』，先寫詞人在室内聽到的雪聲及『峭寒』的感覺。接下來五句，描繪天空空曠澄澈、大地白茫茫一片、樹木仿佛一夜開花、天地間無一絲纖塵的雪後奇觀。下面又轉入了詞人的雪中暢想。憔悴的詞人此時來了雅興，想要吟詩作賦，聽錦瑟伴奏的美妙歌聲。

下片承上片的暢想，寫相思之情難以排解，無心飲酒更嬾得賦詩，只能品茶賞梅。『長安又驚歲換，笑吹來、空點鬢成絲』，抒寫詞人對歲月轉換、時光流逝的慨歎。於是又勾起了詞人羈旅之愁，『一舸滄江浩渺，幾回歸夢參差』，他夢到自己乘著一葉小舟，幾次回到了家鄉。

由詠雪而歎時而思鄉，情隨景生，景隨情移，情景變換，過渡自然。

別西湖①兩詩僧[一]

嫩寒催客棹[二]，載酒去、載詩歸。正紅葉漫山，清泉漱石[三]，多少心期[四]。三生溪橋話別[五]，悵薜蘿、猶惹翠雲衣[六]。不似今番醉夢[七]，帝城幾度斜暉[八]。　鴻飛。煙水瀰瀰[九]。回首處，只君知。念吳江鷺憶[一〇]，孤山鶴怨[一一]，依舊東西。高峰夢醒雲起[一二]，是瘦吟、窗底憶君時[一三]。何日還尋後約[一四]，爲余先寄梅枝[一五]。

校勘記

①湖：黄昇《詞選》、吴本及毛本作「河」。

注　釋

[一] 從詞中「帝城幾度斜暉」可知，此詞約作於盧祖皋赴臨安任職以後。所别兩詩僧中當有釋居簡。盧祖皋去世後，釋居簡作《盧直院挽章》（《北磵詩集》卷五）有「蝸緣竺磵題名石，鷺憶吴江載酒篷。」與此詞中的「念吴江鷺憶」正相合。

[二] 「嫩寒」句：微寒的天氣催發了我作客的遊興，於是劃動客船。嫩寒：亦作「嫩寒」，輕寒。王詵《踏青遊》詞：「金勒狨鞍，西城嫩寒春曉。」棹：亦作「櫂」，船槳，借指船。徐陵《爲護軍長史王質移文》：「王師艤櫂，素在中流。群帥爭驅，應時殲蕩。」徐彦伯《採蓮曲》：「春歌弄明月，歸櫂落花前。」

[三] 漱石：亦作「漱石」，沖刷巖石。酈道元《水經注·沁水》：「其水沿波漱石，淵潤八丈，環濤轂轉，西南流入於沁水。」

[四] 心期：心靈契合的歡快之情。王勃《山亭興序》：「百年奇表，開壯志於高明；千里心期，得神交於下走。」

[五] 三生溪橋：杭州北山天竺寺外有三生石，傳爲釋圓觀轉世後與故友李源相會處。三生：佛家語，指前生、今生、

來生。

［六］「悵薜蘿」以下兩句：臨别時，山上的薜荔和女蘿仿佛想要拉住流動的翠雲，更加令人悵恨不已。薜蘿：薜荔和女蘿，兩者皆野生植物，常攀緣於山野林木或屋壁之上。《楚辭·九歌·山鬼》：「若有人兮山之阿，被薜荔兮帶女蘿。」王逸注：「女蘿，兔絲也。言山鬼仿佛若人，見於山之阿，被薜荔之衣，以兔絲爲帶也。」惹：牽扯；羈絆。白居易《柳絮》詩：「憑鶯爲向楊花道，絆惹春風莫放歸。」李珣《酒泉子》詞：「牽愁惹思更無停，燭暗香凝天欲曉。」張先《減字木蘭花》詞：「只恐驚飛，擬倩遊絲惹住伊。」

［七］「不似」句：在行在臨安的生活，都沒有這次的醉夢痛快。今番：這回，此次。張元幹《醉花陰》詞：「春殿聽宣麻，爭喜登庸，何似今番喜。」

［八］帝城：南宋行在臨安。幾度：幾次。白居易《婦人苦》：「幾度曉妝成，君看不言好。」

［九］瀰瀰：水滿貌。《詩·邶風·新臺》：「新臺有泚，河水瀰瀰。」謝靈運《山居賦》：「瀰瀰平湖，泓泓澄淵。」

［一〇］吳江鷺憶：與僧友一起回憶共同游歷吳江時觀看鷗鷺，并希望與鷗鷺爲友歸隱江湖的情景。據釋居簡《盧直院挽章》中「蝸緣竺磵題名石，鷺憶吳江載酒篷」句可知，盧祖皐與釋居簡早年曾一起在吳江地區游歷。吳江：今江蘇蘇州。

［一一］孤山鶴怨：孤山上的鶴期待着詞人的歸隱。孤山：在杭州市西湖中，孤峰獨聳，秀麗清幽。鶴怨：鶴因隱士出山，蕙帳空空而愁怨。典出南朝齊孔稚珪《北山移文》：「蕙帳空兮夜鶴怨，山人去兮曉猿驚。」後世以「鶴怨」指期待著歸隱的人。

［一二］高峰：西湖之西的南高峰、北高峰，峰頂各有塔一座，每逢雲霧低橫之日，自西湖西望，群峰隱晦而塔尖分明，因此得「兩峰插雲」景名。

［一三］「是瘦吟」兩句：窗下回憶起兩位高僧時，便會苦吟作詩。瘦吟：苦吟。

［一四］後約：日後的約會。柳永《夜半樂》詞：「到此因念，繡閣輕拋，浪萍難駐。歎後約丁寧竟何據。」司馬光

《和范景仁疊石溪》詩：『已買漁樵舍，毋令後約差。』

［一五］寄梅枝：贈送梅花，借指對親朋的思念和問候。《太平御覽》卷九七〇引盛弘之《荊州記》：『陸凱與范曄相善，自江南寄梅花一枝詣長安與曄，並贈花詩：「折花逢驛使，寄與隴頭人。江南無所有，聊贈一枝春。」』

集評

先著、程洪《詞潔輯評》：『三調（戴復古《木蘭花慢·鶯啼啼不盡》、盧祖皋《木蘭花慢·嫩寒催客棹》、盧祖皋《木蘭花慢·汀蓮凋晚豔》）甚平，然不敗目。』

賞析

此詞寫與西湖上兩位詩僧朋友的分別，兼抒發詞人隱逸山林的志向。

上片寫對兩位僧友的拜訪與分別。起句『嫩寒催客棹』，從拜訪寫起，不説自己想要去作客，而是説嫩寒催促自己去作客，把嫩寒人格化，既富有情趣，又寫出春天天氣的變化。『載酒去、載詩歸』，暗示出此行與老朋友的投緣，又寫出不虛此行，收獲頗豐。『正紅葉漫山，清泉漱石，多少心期』三句，寫出分别時紅葉爛漫、山泉漱石的山林景色，這樣的景色正是與自己心靈相契合的。『三生溪橋話别，悵薜蘿、猶惹翠雲衣』，僧友將詞人送至具有佛教因緣的三生石處，看到山頂的薜荔和女蘿彷佛想要拉住翠雲的衣服，更勾起了詞人的悵恨之情。紅葉、山泉、薜荔和女蘿，讓人依依不捨，但真正讓詞人不捨的是兩位投緣的僧友。雖然在行在臨安已經度過了一些日子，但從沒有如此開懷暢飲過。上片在分別時刻，表達出對山林及友人的依依不捨。下片寫自己想要與僧友一起歸隱的願望落空。詞人望見在天空中自由飛翔的鴻雁，回首分別處卻已是煙波浩渺。不禁回憶起自己與僧友同遊吴江時曾發誓要與鷗鷺相伴，游孤山時又曾想要與白鶴相伴的誓言，但如今都沒有實現，與僧友依然各居一方。在睡夢中詞人常會夢到西湖上被雲霧環繞的群峰與山頂的塔尖，醒來後會在窗下回憶起兩位詩僧朋友，此時便會苦吟作詩。結句以陸凱、范曄折梅相寄之事作結，期望與友人再度相約。

壽具舍使母夫人[一]

翠陰春晝永，乍簾幕、暖飄香[二]。正玉節來歸[三]，斑衣戲舞[四]，□□熒煌[五]。椿期始開九秩[六]，看芝蘭、奕葉早傳芳[七]。都把一門瑞氣，釀成九醞霞觴[八]。　相將[九]。詔墨趣星郎[一〇]。樂事未渠央[一一]。漸錦封鸞誥[一二]，魚軒象服[一三]，爭賁萱堂[一四]。西池獻桃未熟[一五]，醉西湖、日日想偏長[一六]。紫燕黃鸝院落，牡丹紅藥時光[一七]。

注釋

[一] 具舍使：姓具的舍人。舍人：官名。《周禮·地官·舍人》：『舍人掌平宫中之政，分其財守，以法掌其出入者

也。』本宮内人之意，後世以爲親近左右之官。秦漢有太子舍人，爲太子屬官；魏晉以後有中書通事舍人，掌傳宣詔命；隋唐又置起居舍人，掌修記言之史，置通事舍人，掌朝見引納。宋元以來俗稱顯貴子弟爲舍人。

［二］乍：突然，忽然。柳永《笛家弄》詞：『花發西園，草薰南陌，韶光明媚，乍晴輕暖清明後。』

［三］玉節：玉制的符節。古代天子、王侯的使者持以爲憑。《周禮·地官·掌節》：『守邦國者用玉節，守都鄙者用角節。』亦用來指持節赴任的官員，此處指持節赴任的具舍使回來爲母親祝壽。楊萬里《送吉州趙山父移廣東提刑》詩：『嶺上梅花莫遲發，先遣北枝迎玉節。』

［四］斑衣戲舞：謂身穿彩衣，作嬰兒戲耍以娛父母。《北堂書鈔》卷一二九引《孝子傳》言老萊子年七十，父母尚在，因常服斑衣，爲嬰兒戲以娛父母。斑衣：彩衣，亦指服彩衣。《南史·張裕傳》：『（張嵊）少敦孝行，年三十餘，猶斑衣受稷杖。』

［五］熒煌：輝煌。李白《明堂賦》：『崇牙樹羽，熒煌葳蕤。』

［六］椿期：大椿的生命期限，借指很長的期限。開九秩：時俗謂八十歲以上爲開九秩。

［七］奕葉：累世，代代。蔡邕《琅邪王傅蔡郎碑》：『奕葉載德，常歷宮尹，以建於茲。』傳芳：流傳美名。周曇《三代門·周公》詩：『文武傳芳百代基，幾多賢哲守成規。』

［八］九醞霞觴：亦稱『九霞觴』『九霞巵』，酒杯名，此處借指美酒。

［九］相將：行將。周邦彥《花犯·梅花》詞：『相將見，脆丸薦酒，人正在、空江煙浪裏。』

［一〇］詔墨：詔令上的墨蹟，代指詔書。丘密《謁金門》詞：『應訝人歸猶未速，已頒新詔墨。』趣：通『趨』，赴，前往。《逸周書·大聚》：『工匠役工，以攻其材；商賈趣市，以合其用。』星郎：《後漢書·明帝紀》：『館陶公主爲子求郎，不許，而賜錢千萬。謂群臣曰：「郎官上應列宿，出宰百里，苟非其人，則民受殃，是以難之。」』後因稱郎官爲『星郎』。此處指具舍人。張籍《早朝寄白舍人嚴郎中》詩：『鳳闕星郎離去遠，閤門開日入還齊。』

［一一］渠央：匆遽完結。渠，通『遽』。陶潛《讀〈山海經〉》詩之八：『方與三辰遊，壽考豈渠央？』王安石《送程公辟守洪州》詩：『使君謝吏趣治裝，我行樂矣未渠央。』

［一二］錦封：用綢子密封。楊無咎《青玉案》詞：『群仙應問來何暮。說與榮歸錦封句。』鸞誥：天子封贈之辭。廖行之《鳳棲梧》詞：『鸞誥聯翩雙命婦。華堂千歲長生酒。』

［一三］魚軒：古代貴族婦女所乘的車。用魚皮爲飾。《左傳・閔公二年》：『歸夫人魚軒。』杜預注：『魚軒，夫人車，以魚皮爲飾。』王維《故南陽夫人樊氏挽歌》之一：『錦衣餘翟茀，繡轂罷魚軒。』象服：古代后妃、貴夫人所穿的禮服，上面繪有各種物象作爲裝飾。《詩・鄘風・君子偕老》：『象服是宜。』毛傳：『象服，尊者所以爲飾。』錢起《貞懿皇后挽詞》：『有恩加象服，無日祀高禖。』

［一四］萱：通『奔』，奔走。萱堂：指母親的居室，並藉以指母親。《詩・衛風・伯兮》：『焉得諼草，言樹之背。』毛傳：『諼草令人忘憂；背，北堂也。』陸德明《經典釋文》：『諼，本又作萱。』謂北堂樹萱，可以令人忘憂。古制，北堂爲主婦之居室。後因以『萱堂』指母親的居室。葉夢得《再任後遣模歸按視石林》詩之二：『白髮萱堂上，孩兒更共懷。』

［一五］『西池』句：西王母送來了未完全熟透的新鮮桃子賀壽。從下文的『紫燕黄鸝院落，牡丹紅藥時光』可知，壽主壽辰在五至六月之間，桃子尚未完全成熟。西王母的桃子據說要到七月七日才能成熟。西池：相傳爲西王母所居瑶池的異稱。桃未熟：西王母的蟠桃尚未成熟。據《太平廣記》卷三引《漢武内傳》載：『七月七日，西王母降，以仙桃四顆與帝。帝食輒收其核，王母問帝，帝曰：「欲種之。」王母曰：「此桃三千年一生實，中夏地薄，種之不生。」帝乃止。』張孝祥《水調歌頭・爲時傳之壽》詞：『蟠桃未熟，千歲容與且人間。』

［一六］偏長：指某種思緒漫長，浮想翩翩。閻選《臨江仙》（雨停荷芰逗濃香）詞：『欲憑危檻恨偏長。』

［一七］『牡丹』句：正值牡丹芍藥開放的美好時光。紅藥：芍藥花。謝朓《直中書省》詩：『紅藥當階翻，蒼苔依

砌上。』白居易《傷宅》詩：『繞廊紫藤架，夾砌紅藥欄。』周邦彦《瑞鶴仙》詞：『驚飈動幕，扶殘醉，繞紅葯。』

賞析

此詞爲壽詞，壽主爲具姓舍人的母親。從詞中『醉西湖』等語來看，詞當作於詞人在臨安任職時期。

上片先寫壽主的生辰在春暖花開之時，在外任職的兒子正好趕回來爲母親祝壽，子女們身穿彩衣戲耍著祝賀母親的壽辰。接下來點明壽主已爲八十大壽，即將開九秩，子孫滿堂，滿門瑞氣，都化爲一杯祝壽的美酒。

下片寫朝廷的詔書即將到來，不日具舍人將要升遷，母夫人也要被封爲誥命，一樁樁好事接連而至。院子中有鶯歌燕舞，牡丹芍藥正在開放，面對著美好的西湖春光，壽主不由得整日浮想翩翩。

又

[一] 先君買屋蒲江[二]，半屬葉氏，似之五兄方并得之[三]。因舉六袠之慶[四]，併致賀札。

向蒲江佳處，報新葺、小亭軒[五]。有碧嶂青池[六]，幽花瘦竹，白鷺蒼煙。年華再周甲子[七]，對黄庭、心事只翛然[八]。都占壺天歲月[九]，便成行地神仙[一〇]。　　十年。微禄縈牽[一一]。夢繞浙東船。更吾廬纔喜，藩籬盡剖[一二]，門巷初全。何時歸來拜壽，盡團欒、笑語玉尊前[一三]。吟寄疏梅驛外，思隨飛雁行邊[一四]。

注釋

［一］此詞約作於嘉定元年（一二〇八）。詳證見盧祖皋年表「嘉定元年」條。

［二］先君：古人稱自己的祖先爲先君。案：從五兄盧似之長盧祖皋二十五歲來看，此處「先君」或指盧祖皋之祖父，盧祖皋與五兄似之當爲堂兄弟。李陵《答蘇武書》「令先君之嗣，更成戎狄之族」中之「先君」，即指李陵之祖父李廣。蒲江：今溫州市蒲州河。

［三］似之五兄：指盧似之。與項安世交好，曾同遊夔門，安世作有《舟中懷夔門親舊八絕·盧似之》以示思念。另有《盧似之從道子行》詩云：「昔我爲行客，煩君作好詩。今吾仍是主，送子得無辭。文賦須勤作，經書莫暫離。天資誠美矣，師道可無之。」可知盧似之信奉道教，項安世作此詩委婉告誡。并：兼併。

［四］六袠：六十歲。袠：通「帙」「秩」，十年爲一帙。白居易《思舊》詩：「已開第七秩，飽食仍安眠。」王十朋《顯仁皇后挽詞》之二：「八秩年無憾，三仁謚有輝。」

［五］報：通「赴」，往，去。《玉臺新詠·古詩〈爲焦仲卿妻作〉》：「卿但暫還家，吾今且報府。」葺：修理、修建房屋。皇甫冉《酬權器》詩：「聞君靜坐轉耽書，種樹葺茅還舊居。」

［六］碧嶂：青綠色如屏障的山峰。李白《憶襄陽舊游贈馬少府巨》詩：「開窗碧嶂滿，拂鏡滄江流。」范成大《致爽閣》詩：「碧嶂橫陳似斷鼇，畫闌相對兩雄豪。」

［七］「年華」句：指盧似子的年歲已循環了一個甲子，即六十歲了。甲子：甲，天干的首位；子，地支的首位。古代以天干和地支遞次相配，如甲子、乙丑、丙寅之類，統稱甲子。從甲子起至癸亥止，共六十個紀年，統稱爲六十甲子。

［一八］黄庭：即《黄庭經》，又名《老子黄庭經》，是道教養生修仙專著，作者爲天師道魏華存。翛然：無拘無束貌，超脱貌。《莊子·大宗師》：『翛然而往，侗然而來而已矣。』成玄英疏：『翛然，無係貌也。』韋莊《贈峨嵋李處士》詩：『如今世亂獨翛然，天外鴻飛招不得。』

［一九］壺天：《後漢書·方術傳下·費長房》記載：『費長房者，汝南人也。曾爲市掾。市中有老翁賣藥，懸一壺於肆頭，及市罷，輒跳入壺中。市人莫之見，唯長房於樓上睹之，異焉，因往再拜奉酒脯。翁知長房之意其神也，謂之曰：「子明日可更來。」長房旦日復詣翁，翁乃與俱入壺中。唯見玉堂嚴麗，旨酒甘肴，盈衍其中，共飲畢而出。』後即以『壺天』謂仙境，勝境。張喬《題古觀》詩：『洞水流花早，壺天閉雪春。』王安石《上元戲呈貢父》詩：『別開閶闔壺天外，特起蓬萊陸海中。』

［一〇］行地：行於地上。《淮南子·人間訓》：『今人待冠而飾首，待履而行地。』

［一一］微禄：微薄的俸禄。高適《平臺夜遇李景參有別》詩：『家貧羨爾有微禄，欲往從之何所之？』陸游《秋夜》詩：『生計依微禄，年光墮遠遊。』縈牽：牽掛。黄滔《壺公山》詩：『清吟思卻隱，簪紱奈縈牽。』

［一二］剖：破開。張説《雜詩四首》其二：『剖珠貴分明，琢玉思堅貞。』

［一三］團欒：團聚。孟郊《惜苦》詩：『可惜大雅旨，意此小團欒。』玉尊：亦作『玉樽』『玉罇』。玉制的酒器。亦泛指精美貴重的酒杯。李白《東武吟》詩：『賓友日疏散，玉尊亦已空。』

［一四］行邊：巡視邊疆。曾鞏《太子賓客致仕陳公神道碑銘》：『知州事劉夔劉沆，繼出行邊，公實總州任，内修民事，外奉師費。』

賞析

此詞爲詞人賀五兄盧似之并購祖屋兼賀其六十壽辰而作。

上片先寫新購房屋環境幽雅：『有碧嶂青池，幽花瘦竹，白鷺蒼煙』。『對黄庭、心事只翛然。都占壺天歲月，便成行地神仙』寫出五兄信奉道教，猶如人間神仙。

下片寫自己爲公務所牽，不能親臨宴席致賀并屋之喜及五兄六十壽辰，日後歸來，一定慶賀。此次程上賀劄，但思念之情早已隨著大雁飛了回來。『吟寄疏梅驛外，思隨飛雁行邊』，化用陸凱折梅贈范曄及鴻雁傳書之典，婉轉表達心意，可謂曲盡其妙。

浣溪沙[一]

午睡醒來策瘦笻[二]。幾痕茸緑徑苔封[三]。石榴初□舞裙紅。　中酒情懷滋味薄[四]，肥梅天氣帶衣慵[五]。日長門巷雨餘風[六]。

注釋

[一] 從『策瘦笻』等語來看，詞約作於詞人晚年，時詞人在臨安任職。

[二] 策：拄著，拄著棍杖。陶潛《歸園田居》詩：『悵恨獨策還，崎嶇歷榛曲。』瘦笻：指手杖。笻竹，節高幹細，可作手杖，故稱『瘦笻』。賈島《延壽里精舍寓居》詩：『雙履與誰逐，一尋青瘦笻。』杜光庭《題龍鵠山》詩：『抽得閒身伴瘦笻，亂敲青碧唤蛟龍。』

[三] 徑苔封：小路被苔蘚覆蓋。

〔四〕『中酒』句：病酒後喜歡味淡的食物。中酒：病酒。王建《贈溪翁》詩：『伴僧齋過夏，中酒臥經旬。』張元幹《蘭陵王·春恨》詞：『屏山掩、沉水倦熏，中酒心情怕杯勺。』情懷：心情。袁宏《後漢紀·靈帝紀下》：『老臣得罪，當與新婦俱歸私門，惟受恩累世，今當離宮殿，情懷戀戀。』杜甫《北征》詩：『老夫情懷惡，嘔泄臥數日。』滋味薄：味道淡。朱熹《無題》：『莫謂此中滋味薄，前村還有未炊時。』

〔五〕肥梅：梅子成熟，一般在農曆三月。慵：嬾惰，嬾散。杜甫《王十七侍御掄許攜酒至草堂奉寄此詩便請邀高三十五使君同到》：『老夫臥穩朝慵起，白屋寒多暖始開。』

〔六〕雨餘：雨後。柳永《鳳歸雲》詞：『向深秋，雨餘爽氣肅西郊。』

賞析

此詞約作於詞人晚年時期，寫午睡後醒來所見及心情。

上片寫午睡醒後策杖而行，見到小路被苔蘚覆蓋，紅彤彤的石榴花已經綻放。下片寫自己病酒後的心情不佳，在梅雨天氣裏，心情嬾散，在漫長的午後百無聊賴，只能靜聽著雨後的風聲。『滋味薄』『帶衣慵』『雨餘風』等語，傳遞出詞人病酒後心情的百無聊賴。

卜算子

續續露蛩鳴〔一〕，索索風梧語〔二〕。瘦骨從來不奈秋〔三〕，一夜秋如許。簟冷捲風漪〔四〕，髻滑抛雲縷[五]。展轉無人共此情[六]，畫角吹殘雨[七]。

注釋

[一] 續續：連續不絕。白居易《琵琶行》詩：『低眉信手續續彈，説盡心中無限事。』露蛩：秋天野地裏的蟋蟀。史達祖《齊天樂》詞：『對風鵲殘枝，露蛩荒井。』

[二] 索索：猶瑟瑟。形容細碎之聲。白居易《五弦彈》詩：『第一第二絃索索，秋風拂松疏韻落。』

[三] 瘦骨：瘦弱的身軀。陸龜蒙《記事》詩：『瘦骨倍加寒，徒爲厚繒纊。』奈：通『耐』，禁得起，受得住。司空圖《退居漫題》詩之一：『花缺傷難綴，鶯喧奈細聽。』黄庭堅《和文潛舟中所題》詩：『誰奈離愁得，村醪或可尊。』

[四] 『簟冷』句：天氣轉涼，捲起了竹席。簟：葦席或竹席。《詩·小雅·斯干》：『下莞上簟，乃安斯寢。』鄭玄箋：『竹葦曰簟。』風漪：借指竹席。范成大《謝龔養正送蘄竹杖》詩：『一聲霜曉謾吹愁，八尺風漪不耐秋。』陸游《乙夜納涼》詩：『八尺風漪真美睡，故應高枕到窗明。』

[五] 滑：滑動。白居易《朱藤謠》詩：『泥黏雪滑，足力不堪。』雲縷：柔美的長髮。周紫芝《驀山溪》詞：『如今聞道，誤剪香雲縷，閒系小烏紗，更無心、淺勻深注。』

[六] 展轉：翻身貌。多形容憂思不寐、卧不安席。《楚辭·劉向〈九歎·惜賢〉》：『憂心展轉，愁怫鬱兮。』王逸注：『展轉，不寤貌。』曹丕《雜詩》其一：『輾轉不能寐，披衣起彷徨。』李咸用《山中夜坐寄故里友生》詩：『展轉簷前睡不成，一牀山月竹風清。』

[七] 畫角：古管樂器。發聲哀厲高亢，軍中多用以警昏曉，振士氣，肅軍容。詳見《洞仙歌》（月痕霜暈）注[九]。

賞析

此詞寫佳人秋思。

上片寫野地裏的蟋蟀連續不絕地鳴叫著，梧桐葉在秋風中瑟瑟私語，佳人瘦弱的身軀本就禁受不了秋風，更何況現在已是秋色滿眼了。

下片寫天氣轉涼，佳人捲起了竹席，松開髮髻，拋散雲縷般的黑髮。她翻來覆去難以入眠，細雨中又傳來了一聲聲畫角的悲鳴，更加深了佳人的愁緒。

此詞情景交融，景中含情，生動地刻畫出一位秋日思婦的形象。

雙鬢晚風前，一笛秋雲外[一]。木葉飛時看好山，山亦於人耐[二]。　意到偶題詩，飲少先成醉。笑折花枝步短檐[三]，此意無人會。

注釋

[一]『一笛』句：遠方秋雲外傳來一曲笛聲。

［二］耐：適宜，相稱。高適《廣陵別鄭處士》詩：『溪水堪垂釣，江田耐插秧。』杜甫《洗兵馬》詩：『青春復隨冠冕入，紫禁正耐煙花繞。』

［三］步短檐：漫步在帶有房檐的走廊之下。

賞析

此詞亦寫佳人秋思。

上片寫佳人佇立於晚風中，靜靜地聽著從秋雲邊傳來的笛聲。層林盡染，樹葉紛飛，正是適合觀看山中景色的美好時光。『山亦於人耐』化用辛棄疾『我見青山多嫵媚，料青山見我應如是』筆法，將青山擬人化，寫出青山的嫵媚多姿。

下片寫佳人偶爾在紅葉上題詩，飲酒後折花佩戴，在房檐的走廊下來回踱步，盼望意中人出現，但沒有人能領會她的心意。『笑折花枝步短檐，此意無人會』兩句，極盡佳人的無奈與孤獨。

水仙

佩解洛波遙［一］，弦冷湘江渺［二］。月底盈盈誤不歸［三］，獨立風塵表［四］。　窗綺護幽妍［五］，瓶玉扶輕嫋［六］。別後知誰語素心［七］，寂寞山寒峭［八］。

注釋

［一］『佩解』句：水仙素有淩波仙子之稱，有超塵脱俗的氣格。此句以洛神喻水仙的儀態婀娜。語出曹植《洛神賦》：『餘情悦其淑美兮，心振蕩而不怡。無良媒以接歡兮，託微波而通辭。願誠素之先達兮，解玉佩以要之。』及『淩波微步，羅襪生塵』等句。

［二］弦冷：歌頌水仙的琴曲《水仙操》（又名《搔首問天》《屈子天問》），音調哀怨、幽冷。

［三］『月底』句：水仙猶如一位佇立在滿月之下的佳人，久久不願歸去。

［四］風塵：塵世，紛擾的現實生活境界。郭璞《遊仙詩》：『高蹈風塵外，長揖謝夷齊。』皇甫冉《送朱逸人》詩：『雖在風塵裏，陶潛身自閒。』表：外邊，外面。

［五］窗綺：猶『綺窗』，雕刻或繪飾得很精美的窗户。王周《和程刑部三首》詩其三：『照影翻窗綺，層紋滉額波。』幽妍：幽雅美麗，代指水仙。毛滂《踏莎行》詞：『映竹幽妍，臨池娟靚。』

［六］瓶玉：即玉瓶，瓷瓶的美稱。輕嫋：輕盈搖曳，代指水仙。嫋：亦作『嬝』，搖曳，扭動。白居易《答元八宗簡同遊曲江後明日見贈》詩：『水禽翻白羽，風荷嫋翠莖。』賀鑄《芳洲泊》詞：『露葉棲螢，風枝嫋鵲。』。

［七］『別後』句：與水仙分別後有誰可以傾訴心聲呢？素心：本心，素願。江淹《陶征君潛田居》詩：『但願桑麻成，蠶月得紡績。素心正如此，開徑望三益。』李白《贈從弟南平太守之遥》詩之二：『素心愛美酒，不是顧專城。』

［八］寒峭：寒氣逼人。秦湛《卜算子》詞：『春透水波明，寒峭花枝瘦。』

又

賞析

此詞寫水仙的幽雅高潔與超塵脱俗的品格。

上片寫水仙的儀態婀娜，猶如一位佇立於月下的佳人，久久不願歸去，獨自站立於紛紛擾擾的塵世之外。

下片寫水仙生長於繪飾精美的窗户之下，她幽雅美麗，在玉瓶中輕盈地搖曳。自從與水仙分别以後，可以向誰傾訴心聲呢？惟有峭寒的冷風。『别後知誰語素心，寂寞山寒峭』兩句，既寫出對水仙的憐愛，又含蓄地表明了詞人的孤獨與無奈。

又

憶梅花

寒谷耿春姿[一]，遥夜乘幽興[二]。憶得和香載月歸[三]，醉裏清魂醒[四]。　霜月解隨人，不解將疏影[五]。想見江南萬斛愁[六]，雲臥衣裳冷[七]。

注釋

[一]『寒谷』句：綻放的梅花使寒冷的山谷裏閃耀著春天的氣息。耿：照耀。王安石《示張秘校》詩：『佇子終

不來，青燈耿林罊。』春姿：春天的景色。周邦彦《少年游》詞：『朝雲漠漠散輕絲，樓閣澹春姿。』

［二］乘：趁著，就著。章孝標《長安秋夜》詩：『牛犢乘春放，兒孫候暖耕。』幽興：幽雅的興味。裴迪《木蘭柴》詩：『緣谿路轉深，幽興何時已。』葉適《項君先有幽興堂其子木即以名庵》詩：『更欲添幽興，惟消桂幾枝。』

［三］和香載月歸：帶著梅花的香氣在月色中歸去。

［四］清魂：純潔的魂魄。唐扶《使南海道長沙題道林嶽麓寺》詩：『稍揖皇英頮濃淚，試與屈賈招清魂。』梅堯臣《椹澗晝夢》詩：『人間轉面非，清魂歿猶共。』

［五］『霜月』以下兩句：霜月知道跟隨著人，但不知跟隨梅花的疏影。將：順從，隨從。《莊子·庚桑楚》：『備物以將形。』陸德明釋文：『將，順也。』李商隱《赴職梓潼留别畏之員外同年》詩：『烏鵲失棲常不定，鴛鴦何事自相將？』疏影：梅枝疏朗的影子。林逋《山園小梅》詩：『疏影横斜水清淺，暗香浮動月黄昏。』

［六］萬斛愁：極言愁苦之甚。葉廷珪《海録碎事》卷九下《愁樂門》引庾信《愁賦》：『誰知一寸心，乃有萬斛愁。』周邦彦《南浦》（淺帶一帆風）詞：『羌管怎知情，煙波上，黄昏萬斛愁緒。』

［七］『雲臥』句：化用杜甫《遊龍門奉先寺》詩：『天闕象緯逼，雲臥衣裳冷。』原意是説夜宿奉先寺，如臥雲中，只覺得寒氣透衣。

賞析

此詞詠梅花，兼抒發愁思。

上片寫梅花的幽香。綻放的梅花使寒谷裏閃耀著春天的氣息，漫漫的長夜裏，詞人乘著幽雅的興致，觀賞

又

梅花，帶著梅花的香氣在月色中歸去。讓自己在醉夢中，也保持著純潔的魂魄。

下片抒發愁思。『霜月解隨人，不解將疏影』，月亮只知道跟隨著人，但卻不知道跟隨梅花的疏影，明寫梅花疏影，實爲暗示詞人孤獨。結句寫詞人獨自夜宿，如卧雲中，只覺得寒氣透衣，更加激起他的思鄉之情。

全詞明寫梅花，實寫孤獨寂寞的情懷。

滿庭芳

辛未歲[一]，聞表兄王和叔秘監林屋既成[二]，乃作彩舫[三]，幅巾雪鬢[四]，徜徉湖山間[五]，望之爲蓬瀛仙翁也[六]。因賦此以壽之，俾舟人歌以和漁唱[七]。

盤谷居成[八]，輞川圖就[九]，便從鷗鷺尋盟[一〇]。泛溪窈窕[一一]，游釣寄高情[一二]。尚憶兒童舊地，疏簾外、煙雨新晴。微吟罷，漁歌響答[一三]，欸乃醉中聽[一四]。蓬瀛。歸計早[一五]，下帆坐閱，濤浪堪驚。愛閒身長占[一六]，風澹波平。夜雪何時訪戴[一七]，梅花下、同款柴扃[一八]。還知否，清時未許[一九]，野渡有舟橫[二〇]。

注釋

[一] 辛未歲：宋嘉定四年（一二一一）。

[二] 王和叔：張憲文《盧祖皋事迹考》考證：『王和叔、王永叔實即一人，祖皋所稱表兄秘監，即爲王柟。和叔、永叔應作木叔，乃形近傳抄之誤。』陳騤《南宋館閣續録》卷七《少監》條載：『柟字木叔，溫州永嘉人。乾道二年蕭國梁榜進士及第，治春秋。（嘉定）元年六月除（秘書少監），十一月罷。』案：據葉適《王木叔詩序》

(《水心集》卷一二)、葉適《朝議大夫秘書少監王公墓誌銘》(《水心集》卷二三)及陳騤《南宋館閣續録》記載:王枏,生於紹興十三年(一一四三),卒於嘉定十年(一二一七)五月,年七十五。乾道二年(一一六六)進士,曾官義烏承,於嘉定元年(一二〇八)任秘書少監兼國史院編修官。與盧祖皋爲中表兄弟,於嘉定元年(一二〇八)罷秘書少監後,賦閒在家,嘉定四年(一二一一)六十九歲。秘監:官名,即秘書監。林屋:本指山名,道教十大洞天之一,在江蘇吴縣洞庭西山(古稱包山)。周圍四百里,號稱『元神幽虚之洞天』。這裏指表兄王枏自己建的一處隱居處所。既成:已經完成。《詩·小雅·六月》:『維此六月,既成我服。』

〔三〕彩舫:畫舫,一種彩色的船。權德輿《雜言和常州李員外副使春日戲題十首》詩其六:『彩舫入花津,香車依柳陌。』

〔四〕幅巾:古代男子以全幅細絹裹頭的頭巾。李賀《詠懷二首》詩其二:『頭上無幅巾,苦檗已染衣。』雪鬢:頭髮花白。舒亶《點絳唇·周園分題得湖上聞樂》詞:『閒庭院。夢回春半。雪鬢無人見。』

〔五〕徜徉:猶徘徊。盤旋往返。《淮南子·人間訓》:『翱翔乎忽荒之上,徜徉乎虹蜺之間。』

〔六〕蓬瀛:蓬萊和瀛洲。神山名,相傳爲仙人所居之處。亦泛指仙境。葛洪《抱樸子·對俗》:『或委華駟而轡蛟龍,或棄神州而宅蓬瀛。』許敬宗《遊清都觀尋沈道士得清字》詩:『幽人蹈箕潁,方士訪蓬瀛。』

〔七〕俾:使。《詩·邶風·緑衣》:『我思古人,俾無訧兮。』毛傳:『俾,使。』

〔八〕盤谷居:指表兄王枏自己建的隱居處所。中唐時期,隴西著名隱士李愿曾隱居於盤谷,韓愈曾作《送李愿歸盤谷序》一文,使得盤谷聲名鵲起,成爲隱居處所的代稱。

〔九〕輞川圖:詩人王維繪的名畫。輞川山谷在今陝西省藍田縣西南十餘公里處,王維在宋之問輞川山莊的基礎上營建輞川别業,隱居於此,繪二十勝景於其上,故名。輞川因此成爲隱居處所的代稱。

〔一〇〕鷗鷺尋盟:與鷗鷺訂盟同住水鄉,比喻隱退。

〔一一〕窈窕:亦作『窈窱』,深遠貌。盧照鄰《雙槿樹賦》:『紛廣庭之霍靡,隱重廊之窈窕。』

［一二］高情：高隱超然物外之情。孫綽《游天臺山賦》：『釋域中之常戀，暢超然之高情。』方干《許員外新陽別業》詩：『莫恣高情求逸思，須防急詔用長材。』梅堯臣《過山陽水陸院智洪上人房》詩：『遺墨悲蘇倩，高情想遁林。』

［一三］響答：回應，應答。韓愈《祭裴太常文》：『至乎公卿冠昏，士庶喪祭，疑皆響答，問必實歸。』

［一四］欸乃：棹歌，划船時歌唱之聲。陸游《南定樓遇急雨》詩：『人語朱離逢峒獠，櫂歌欸乃下吴舟。』

［一五］歸計：歸隱的打算。陸游《行在春晚有懷故隱》詩：『歸計已栽千箇竹，殘年合掛兩梁冠。』

［一六］長占：長期占據。占：據有，佔有。王十朋《宿大冶縣》詩：『小渡漁人占，中流縣界分。』以上幾句借『濤浪堪驚』，喻王枏歸隱的時機尚不成熟，要等待『風澹波平』才好歸隱。

［一七］『夜雪』句：意謂何時能與表兄像王徽之那樣，雪夜乘興一同尋訪朋友。典出劉義慶《世説新語·任誕》：『王子猷（王徽之）居山陰，夜大雪，眠覺，開室命酌酒。四望皎然，因起彷徨，詠左思《招隱詩》，忽憶戴安道（戴逵）。時戴在剡，即便夜乘小船就之。經宿方至，造門不前而返。人問其故，王曰：「吾本乘興而行，興盡而返，何必見戴？」』

［一八］款：叩，敲擊。范雲《贈張徐州謖詩》：『還聞稚子説，有客款柴扉。』柴扃：猶柴門，亦以指貧寒的家園。杜牧《憶歸》詩：『新城非故里，終日想柴扃。』吴融《西陵夜居》詩：『寒潮落遠汀，暝色入柴扃。』

［一九］『清時』句：如今恰逢太平盛世，朝廷不許歸隱。清時：清平之時，太平盛世。《文選·李陵〈答蘇武書〉》：『勤宣令德，策名清時。』張銑注：『清時，謂清平之時。』曹操《清時令》：『今清時，但當盡忠於國，效力王事。』岑參《虢中酬陜西甄判官見贈》詩：『微才棄散地，拙宦慚清時。』

［二〇］『野渡』句：化用韋應物《滁州西澗》詩：『野渡無人舟自横。』此句意謂王枏還有機會受朝廷重用，尚不能泛舟江湖。野渡：荒落之處或村野的渡口。吴潛《海棠春·郊行》詞：『雲梢霧末，溪橋野渡，盡是春愁落處。』

賞析

此詞爲壽表兄王和叔而作。

上片寫表兄王和叔的隱居處所已經建成，他與鷗鷺盟誓同住水鄉，泛舟小溪，垂釣江湖。『尚憶兒童舊地』，表兄兒時曾在此度過許多美好時光。如今在煙雨過後，吟詠詩詞，在醉夢中聽漁人的『欸乃』歌聲，彷佛又回到了兒時的時光。上片寫出王和叔超然物外的隱逸之情。

下片寫王和叔的歸隱之計規劃得太早。現在風浪很大，放下船帆，靜坐觀景，波濤與風浪會驚心動魄。等風平浪靜之後，才能長久地觀賞大海景色。借濤浪尚大，暗喻王和叔歸隱的時機尚不成熟。『夜雪何時訪戴，梅花下、同款柴扃』幾句，用王徽之訪戴逵的典故，希望能與表兄像王徽之那樣，乘著雪夜尋訪好友，在梅花下扣響隱居朋友的柴門。但朝廷不會允許他過早辭官歸隱，所以他泛遊江湖的小舟就只能橫在岸邊了。以含蓄的手法，讚揚表兄王和叔尚有光明的仕途，還會被朝委以重任。

夜行船

暖入新梢風又起[一]。鞦韆外、霧縈絲細。鳩侶寒輕[二]，燕泥香重[三]，人在杏花窗裏。十二銀屏山四倚[四]。春醪困[五]、共篝沈水[六]。卻說當時，柳啼花怨，魂夢爲君迢遞[七]。

注釋

〔一〕新梢：新長出的樹梢。杜甫《嚴鄭公宅同詠竹》詩：『緑竹半含籜，新梢纔出牆。』

〔二〕鳩侣寒輕：成對的斑鳩在微寒的天氣裏飛行。

〔三〕燕泥香重：燕子銜著有濃重花香的泥土回去築巢。

〔四〕『十二銀屏』句：畫有巫山十二峰的屏風環繞室内。十二銀屏山：描摹巫山十二峰所繪制的十二扇屏風。許渾《觀章中丞夜按歌舞》詩：『彩檻燭煙光吐日，畫屏香霧暖如春。西樓月在襄王醉，十二山高不見人。』銀屏：鑲銀的屏風。白居易《長恨歌》：『攬衣推枕起徘徊，珠箔銀屏邐迤開。』柳永《引駕行》詞：『消凝，花朝月夕，最苦冷落銀屏。』

〔五〕春醪：春酒。陶潛《擬挽歌辭》之二：『春醪生浮蟻，何時更能嘗？』杜甫《喜聞官軍已臨賊境二十韻》詩：『家家賣釵釧，只待獻春醪。』

〔六〕共篝沈水：一起點燃沉香。共：皆，共同，一起。篝：燃火而以籠罩其上。《史記·陳涉世家》：『又間令吴廣之次所旁叢祠中，夜篝火，狐鳴呼曰：「大楚興，陳勝王。」』沈水：亦作『沉水』，指沉香。晉嵇含《南方草木狀·蜜香沉香》：『此八物同出於一樹也……木心與節堅黑，沉水者爲沉香，與水面平者爲雞骨香。』後因以『沉水』借指沉香。羅隱《香》詩：『沈水良材食柏珍，博山煙煖玉樓春。』李清照《菩薩蠻》詞：『沈水卧時燒，香消酒未消。』

〔七〕迢遞：亦作『迢遰』『迢遆』『迢递』，遙遠貌。嵇康《琴賦》：『指蒼梧之迢遞，臨迴江之威夷。』杜甫《送樊二十三侍御赴漢中判官》詩：『居人莽牢落，遊子方迢遞。』歐陽詹《蜀中將回留辭韓相公》詩：『明晨首鄉路，迢遞孤飛翼。』

賞析

此詞寫閨思。

上片寫初春的景色。溫暖的春風吹出枝頭的嫩芽，樹下有蕩漾的鞦韆，周圍有雲霧繚繞，細絲飄揚。成對的斑鳩在微寒的天氣裏飛行，燕子銜著有濃重花香的泥土回去築巢。結句『人在杏花窗裏』引出下片的閨思。

下片首三句先由回憶入筆：繪有巫山十二峰的屏風環繞在房間里，佳人與郎君酒後犯困，一起點燃沉香。每當想起這些，就不由讓人覺得那飄飛的柳絮是在啼淚，盛開的鮮花也帶著怨恨，佳人的魂夢此時早已追隨著郎君直到很遠的地方。『柳啼花怨，魂夢爲君迢遞』兩句，寫出佳人的思念之深，讓人柔腸寸斷。

瑞鶴仙①

賦芙蓉　坡詩云：『芙蓉城中花冥冥，誰其主者石與丁。中有一人長眉青，炯如微雲淡疏星。』故末章及之。

江南秋欲遍。正蓴際鱸分〔一〕，酒邊螯薦〔二〕。青林雁霜淺〔三〕。問風流何事〔四〕，試華偏晚②〔五〕。深院。綺霞凌波步遠〔六〕。誤池館、薰風笑宴〔七〕。夢回時，細翦荷衣，尚倚半酣妝面〔八〕。低映〔九〕，步障橫陳〔一〇〕，暮天慵倦〔一一〕。無言笑倩〔一二〕。尊前恨〔一三〕，仗誰遣〔一四〕。似重來鶴馭[一五]，錦城依舊[一六]，無復仙風宛轉[一七]。念疏星澹月，長眉甚時再見[一八]。

校勘記

①《全宋詞》據《永樂大典》在《瑞鶴仙》下補詞題『賦芙蓉』三字，補小序：『坡詩云：「芙蓉城中花冥冥，誰其主者石與丁。中有一人長眉青，炯如微雲淡疏星。」故末章及之。』

②《彊村叢書·蒲江詞稿》中『何事』下原空缺四字，《全宋詞》據《永樂大典》卷五四〇『蓉』字韻引盧祖皋集補入『試華偏晚』。

注釋

[一]正蓴際鱸分：正是蓴菜、鱸魚上市的季節。蓴：蓴菜。又名鳧葵，多年生水草，葉片橢圓形，浮水面。莖上和葉的背面有黏液。花暗紅色，嫩葉可做湯菜。儲光羲《采菱詞》：『飯稻以終日，羹蓴將永年。』鱸：鱸魚，生活在近岸淺海，夏秋進入淡水河川後，肉更肥美，尤以松江所産最爲名貴。蘇軾《後赤壁賦》：『今者薄暮，舉網得魚，巨口細鱗，狀似松江之鱸。』

[二]酒邊螯薦：吃蟹飲酒。螯：蟹的代稱。蘇軾《和穆父〈新涼〉》詩：『紫螯應已肥，白酒誰能勸？』薦：佐食。周邦彥《花犯·梅花》詞：『相將見，脆丸薦酒，人正在、空江煙浪裏。』

[三]雁霜：濃霜，嚴霜。韓偓《半醉》詩：『雲護雁霜籠澹月，雨連鶯曉落殘梅。』辛棄疾《瑞鶴仙·賦梅》詞：

『雁霜寒透幕。正護月雲輕，嫩冰猶薄。』

［四］何事：爲何，何故。左思《招隱》詩之一：『何事待嘯歌？灌木自悲吟。』

［五］試華偏晚：芙蓉花每年七至十月開放，故云偏晚。試華：花初次開放。華：同『花』。《易·大過》：『枯楊生華，老婦得其士夫，無咎無譽。』《詩·小雅·皇皇者華》：『皇皇者華，于彼原隰。』

［六］淩波：形容女子步履輕盈。此處指微風吹來，芙蓉花依次鋪展。曹植《洛神賦》：『淩波微步，羅襪生塵。』

［七］『誤池館』以下兩句：意謂芙蓉仙子由於展示自己的淩波微步，而耽誤了開花的時間。池館：池苑館舍。謝朓《遊後園賦》：『惠氣湛兮帷殿肅，清陰起兮池館涼。』韓維《登湖光亭》詩：『雪盡塵消徑露沙，公家池館似山家。』薰風：和暖的風，指初夏時的東南風。《呂氏春秋·有始》：『東南曰薰風。』白居易《首夏南池獨酌》詩：『薰風自南至，吹我池上林。』笑宴：微笑著舉辦盛宴。這裏指芙蓉花盛開後爭相鬭豔的場景。

［八］半酣妝面：指豔麗的芙蓉花上猶如帶著酒後半醉的紅暈。半酣：半醉，酒興正濃。孟浩然《醉後贈馬四》詩：『秦城游俠客，相得半酣時。』

［九］綺霞：美麗的彩霞。何遜《七召》：『綺霞映水，蛾月生天。』唐彥謙《牡丹》詩：『開日綺霞應失色，落時青帝合傷神。』

［一○］步障：亦作『步鄣』，用以遮蔽風塵或視線的一種屏幕。曹植《妾薄命》詩之二：『華燈步障舒光，皎若日出扶桑。』

［一一］慵倦：嬾散困倦。白居易《九日寄微之》詩：『閒遊日久心慵倦，痛飲年深肺損傷。』蘇軾《寄李邦直》詩：『知我久慵倦，起我以新詩。』

［一二］笑倩：笑容。倩：笑靨美好貌。《詩·衛風·碩人》：『巧笑倩兮。』毛傳：『倩，好口輔。』孔穎達疏：『以言巧笑之狀。』

［一三］尊前：在酒樽之前。指酒筵上。詳見《水龍吟·淮西重午》注［一四］。尊：亦作『樽』『罇』。盛酒器。

用作祭祀或宴享的禮器。早期用陶制，後多以青銅澆鑄。

［一四］仗：憑藉，依靠。杜甫《送王十五判官扶侍還黔中》詩：『離別不堪無限意，艱危深仗濟時才。』孫光憲《清平樂》詞：『憑仗東風吹夢，與郎終日東西。』遣：排除，抒發。《晉書·王濬傳》：『吾始懼鄧艾之事，畏禍及，不得無言，亦不能遣諸胸中，是吾褊也。』

［一五］重來：再來。陶潛《雜詩》之一：『盛年不重來，一日難再晨。』秦觀《望海潮·洛陽懷古》詞：『蘭苑未空，行人漸老，重來事事堪嗟。』鶴馭：指仙人。傳説成仙得道者多騎鶴，故名。吳融《和皮博士赴上京觀中修靈齋贈威儀尊師兼見寄》：『鶴馭已從煙際下，鳳膏還向月中焚。』

［一六］錦城：故址在今四川成都南。據《山堂肆考》引《成都記》載：『孟後主（後蜀皇帝孟昶）在成都城上，遍種芙蓉。每至秋，四十里如錦繡，高下相照，因名錦城。』因此成都簡稱錦城，别稱蓉城。

［一七］『無復』句：指王迥與芙蓉仙子相會的美麗故事不可能再次發生。蘇軾有《芙蓉城》詩，詩歌敘寫蘇軾好友王迥與芙蓉仙子周瑶英夢中相會的故事。仙風：神仙的風致。牟融《送羽衣之京》詩：『香浮寶輦仙風潤，花落瑶壇絳雨消。』宛轉：纏綿多情，依依動人。元稹《鶯鶯傳》：『天將曉，紅娘促去，崔氏嬌啼宛轉，紅娘又捧之而去。』

［一八］『念疏星』以下兩句：如今依舊雲澹星疏，但長眉仙子已不可再睹。長眉：指蘇軾《芙蓉城》詩中所提到的『長眉青』仙子。蘇軾《芙蓉城》詩：『中有一人長眉青，炯如微雲淡疏星。』

賞析

此詞詠芙蓉花，兼抒佳人難覓之情。

上片狀芙蓉花。秋風已吹遍江南，正是蓴菜、鱸魚上市，吃蟹飲酒的季節。樹林裏已經起了淺淺的白霜，不知爲了什麽重要事情，芙蓉花卻遲到此時方才開放。微風吹來，芙蓉花依次鋪展，猶如芙蓉仙子邁着凌波微步走向遠方，而耽誤了在東風中開花的時間。當芙蓉仙子從醉夢中醒來後，慢慢地用荷葉裁制衣服，鮮豔的花朵上還帶著酒後半醉的紅暈。

下片懷人。主人公坐在深深的院子裏，望著天邊美麗的彩霞，遮蔽風塵的屏幕橫陳在那兒。傍晚時，他感到慵懶散困倦，默默無言，在酒宴上帶來的相思，有誰能幫助排遣呢？那位意中人，猶如從錦城還來的芙蓉仙子，只是王迥與芙蓉仙子相會的美麗故事已不可能重演。如今依舊雲淡星疏，傳説中的長眉仙子已不可再睹。

此詞化用蘇軾《芙蓉城》詩句，將芙蓉花的芳姿與錦城長眉芙蓉仙子的故事巧妙融合，抒發了美人難覓、佳人難再得的惆悵之情。

菩薩蠻

芙蓉香卸桐陰薄[一]。水窗未雨涼先覺[二]。何處理秋裳。月高砧杵長[三]。

袂羅新恨悄[四]。展轉屏山曉[五]。長是捲簾時[六]。翠禽相對飛[七]。

注釋

[一] 芙蓉香卸：芙蓉花的香氣逐漸消退。卸：凋謝，消退。吳文英《塞翁吟》詞：『歸來共酒，窈窕紋窗，蓮卸新

蓬。』桐陰薄：桐樹的葉子開始飄零，樹蔭變得稀薄。

［二］水窗：亦作『水牕』，臨水的窗户。白居易《舟夜贈内》詩：『莫憑水窗南北望，月明月暗總愁人。』韋莊《更漏子》詞：『煙柳重，春霧薄，燈背水窗高閣。』

［三］砧杵：擣衣石和棒槌。亦指擣衣。鮑令暉《題書後寄行人》詩：『砧杵夜不發，高門晝常關。』韋應物《登樓寄王卿》詩：『數家砧杵秋山下，一郡荊榛寒雨中。』蘇軾《九月二十日微雪懷子由弟》詩之二：『短日送寒砧杵急，冷官無事屋廬深。』

［四］袂羅：絲制的上衣，代指佳人。袂：衣袖，借指上衣。

［五］展轉：翻身貌。詳見《卜算子》（續續露蛩鳴）注［六］。屏山：指繪有山景畫的屏風。溫庭筠《南歌子》詞：『撲蕊添黄子，呵花滿翠鬟，鴛枕映屏山。』歐陽修《蝶戀花》詞：『枕畔屏山圍碧浪，翠被華燈，夜夜空相向。』

［六］長是：時常，老是。歐陽修《望江南》詞：『纔伴遊蜂來小院，又隨飛絮過東墻，長是爲花忙。』姜夔《清波引》詞：『新詩漫與，好風景長是暗度。』

［七］『翠禽』句：一對對翠鳥繞著人飛翔。化用張先《相思令》詞：『寒鷗相對飛。』翠禽：翠鳥。郭璞《客傲》：『夫攀驪龍之髯，撫翠禽之毛，而不得絶霞肆、跨天津者，未之前聞也。』杜牧《朱坡》詩：『侵窗紫桂茂，拂面翠禽棲。』姜夔《疏影》詞：『苔枝綴玉，有翠禽小小，枝上同宿。』

賞析

此詞寫秋日閨思。

上片前兩句由秋色入筆，芙蓉花的香氣已經消退，桐樹的葉子由於飄零也變得稀薄。秋雨雖然還沒有降臨，但從臨水的窗户中吹入的秋風，讓人早已感受到了秋天的涼氣。接下來兩句寫月夜裏，從遠處傳來的砧杵聲，不禁勾起了女子的相思。

下片緊承相思，一陣新愁湧入聽到砧杵聲的佳人心頭，她輾轉反側，直到屏風中已透出曉色。她起床後卷起門簾，總是有成對的翠鳥繞著人飛來飛去。翠鳥的成雙成對，恰反襯出佳人的無奈與孤單。

全詞抓住了『砧杵長』『新恨悄』『展轉』『屏山曉』和成雙成對的翠鳥等極易勾起相思的事物加以渲染描繪。

燭房花幌參差見[一]。疏簾鎮日縈愁眼[二]。巫峽小山屏[三]。夢雲猶未成[四]。帶霜邊雁落。雙字宮羅薄[五]。二十四闌干[六]。夜來相對寒。

注　釋

［一］花幌：窗户上的花布幔。鮑溶《上陽宮月》詩：『受環花幌小開鏡，移燭瑤房皆捲簾。』參差：大約，幾乎。辛棄疾《水龍吟》（老來曾識淵明）詞：『老來曾識淵明，夢中一見參差是。』

［二］疏簾：指稀疏的竹織窗簾。張耒《夏日》詩之一：『落落疏簾邀月影，嘈嘈虛枕納溪聲。』鎮日：整天，從早到

晚。朱熹《邵武道中》詩：『不惜容鬢凋，鎮日長空饑。』縈：圍繞，纏繞。李白《蜀道難》：『青泥何盤盤，百步九折縈巖巒。』愁眼：形容憂慮愁苦的表情。杜甫《遺懷》詩：『愁眼看霜露，寒城菊自花。』

〔三〕『巫峽』句：繪有巫峽的屏風。

〔四〕『夢雲』句：想要做一個楚王與神女在巫峽歡會那樣的夢，好與意中人在夢中相聚，但卻難以入眠，好夢難成。夢雲：指幽會之事。宋玉《高唐賦》：『昔者先王嘗遊高唐，怠而晝寢，夢見一婦人，曰：「妾，巫山之女也，爲高唐之客，聞君遊高唐，願薦枕席。」王因幸之。去而辭曰：「妾在巫山之陽，高丘之阻，旦爲朝雲，暮爲行雨，朝朝暮暮，陽臺之下。」旦朝視之，如言，故爲立廟，號曰朝雲。』後因以『夢雲』指美女，亦指幽會之事。

〔五〕雙字：宋代女子喜歡在羅衣、手帕等衣物上繡製雙心、鴛鴦等字，以示心願。晏幾道《臨江仙》詞：『記得小蘋初見，兩重心字羅衣。』譚宣子《側犯》詞：『人病酒。有鴛鴦雙字倩誰繡。』宫羅：一種質地較薄的絲衣。陳克《漁家傲》詞：『淺色宫羅新染就。晴時後，裁縫細意花枝鬭。』

〔六〕二十四闌干：言闌干之多，庭院之深。

賞析

此詞寫閨思。

上片寫佳人好夢難成。夜深了，佳人的房間裏還燃著蠟燭，窗户上的花布幔在微風中輕輕飄動。稀疏的竹織窗簾從早到晚都縈繞著哀愁。佳人想要做一個楚王與神女在巫峽歡會那樣的夢，好與意中人在夢中相聚，但卻難以入眠，好夢難成。

下片寫佳人夜思。夜深了，從北方飛來的帶著寒霜的大雁已經棲息了，繪有雙心字的薄絲衣，已無法抵御秋夜的寒凉。院子里曲曲折折的欄杆，更增加了絲絲的寒意。

上片描繪容易勾起相思之物的『花幌』『疏簾』『巫峽小山屏』等，映襯出佳人之孤寂。下片以『雁落』反襯佳人之無眠，『雙字宮羅薄』襯托佳人之孤單。結句『二十四闌干，夜來相對寒』，以欄杆之寒，寫佳人内心之寒。

①

翠樓十二闌干曲[一]。雨痕新染蒲桃緑[二]。時節又黄昏。東風深閉門。

窗影梅花月。無語只低眉。閒拈雙荔枝[四]。

玉簫吹未徹[三]。

校勘記

①黄昇《詞選》、吳本及毛本題下有『春思』二字。

注釋

[一] 翠樓：塗飾緑漆的高樓，此指婦女居處。王昌齡《閨怨》詩：『閨中少婦不曾愁，春日凝妝上翠樓。』十二闌

干：曲曲折折的欄杆。十二，言其曲折之多。張先《蝶戀花》詞之一：『樓上東風春不淺，十二闌干，盡日珠簾捲。』

〔二〕蒲桃：亦作『葡萄』『蒲陶』『蒲萄』。《漢書·西域傳上·大宛國》：『漢使采蒲陶、目宿種歸。』李頎《古從軍行》詩：『年年戰骨埋荒外，空見蒲桃入漢家。』

〔三〕玉簫：玉制簫的美稱。周邦彦《一落索》詞：『清潤玉簫閒久，知音稀有。』徹：盡，完。杜甫《江畔獨步尋花》詩之一：『江上被花惱不徹，無處告訴只顛狂。』

〔四〕雙荔枝：併蒂荔枝。暗喻期盼團圓之意。李石《長相思·重午》詞：『艾虎衫裁金縷衣。釵頭雙荔枝。』

賞析

此詞寫閨思。

上片寫佳人的居所，襯托她内心的孤獨。『翠樓十二闌干曲』，寫佳人所居的高樓上有曲曲折折的欄杆。新春的細雨，染緑了院中的葡萄葉子。黄昏時分，庭院的大門在東風中静静地關閉著。

下片寫遠處傳來玉簫聲聲，窗子裏透進如梅花般斑駁的月色。佳人默默不語，只低頭無心地拈著併蒂荔枝，她的内心卻充滿著孤獨寂寞。

全詞通過描述樓之高、欄之曲、門緊閉、玉簫聲、窗中月、雙荔枝等事物，映襯出佳人内心的空虚孤獨。『閒拈』一詞，尤能展現出女子表面上從容平淡，内心實則孤單寂寞。

鵲橋仙

菊

寒叢弄日[一]，寶鈿承露[二]，籬落亭亭相倚[三]。當年彭澤未歸來[四]，料獨抱、幽香一世[五]。疏風冷雨，澹煙殘照，日日重陽天氣。帽檐已是半攲斜[六]，問甕裏、新篘熟未[七]。

注釋

［一］寒叢弄日：菊花的枝條在陽光下舞動。弄：舞弄。沈佺期《芳樹》詩：『啼鳥弄花疏，遊蜂飲香遍。』

［二］寶鈿：以金翠珠玉製成的花朵形婦女首飾，此處以寶鈿喻菊花。戎昱《送零陵妓》詩：『寶鈿香蛾翡翠裙，裝成掩泣欲行雲。』

［三］籬落：即籬笆。柳宗元《田家》詩之二：『籬落隔煙火，農談四鄰夕。』亭亭：直立貌。劉楨《贈從弟》詩之二：『亭亭山上松，瑟瑟谷中風。』

［四］彭澤：指東晉詩人陶潛。陶潛曾爲彭澤令，因以『彭澤』借指陶潛。王勃《滕王閣詩序》：『睢園緑竹，氣淩彭澤之樽；鄴水朱華，光照臨川之筆。』歸來：指棄官回歸田園。陶潛曾作《歸去來辭》，敘述辭官歸隱後的生活情趣和内心感受，表達潔身自好、不同流合污的精神情操。

［五］『料獨抱』以下兩句：若沒有陶潛那樣愛菊者的吟賞，菊花料將空懷一世幽香。

［六］『帽檐』句：帽檐半傾斜首。案：帽檐傾斜，是古人行止瀟灑的一種表現。典出《周書·獨孤信列傳》：『信

在秦州，嘗因獵，日暮，馳馬入城，其帽微側。詰旦，而吏人有戴帽者，咸慕信而側帽焉。』黄庭堅《定風波》詞：『冠帽斜攲辭醉去，邀定，玉人纖手自磨香。』攲斜：歪斜不正。高適《重陽》詩：『豈有白衣來剥啄，一從烏帽自攲斜。』蘇轍《再賦葺居三絶》之三：『南北高堂本富家，百年梁柱半攲斜。』

［七］甕：盛酒漿的壇。《禮記·檀弓上》：『宋襄公葬其夫人，醯醢百甕。』新篘：新漉取的酒。段成式《怯酒贈周繇》詩：『人白東西飛正狂，新篘石凍雜梅香。』蘇軾《和子由〈聞子瞻將如終南太平宫溪堂讀書〉》：『近日秋雨足，公餘試新篘。』

賞析

此詞詠菊花。

上片先寫菊花的寒葉、花蕊，一叢叢的，在竹籬中矗立、相擁。接下來詞人想到了陶淵明與菊的故事，詞人設想當年如果陶淵明沒有辭去彭澤縣令，沒有他那樣愛菊、賞菊的情趣，菊花料將空懷幽香一世。這幾句表面寫菊，實爲感歎人生際遇。

下片寫詞人在重陽節日的感受。『疏風冷雨，澹煙殘照』兩句，寫出重陽節日天氣一直不佳，再加上夕陽西下，自然勾起詞人的時光流逝之歎，但這樣的天氣又偏偏沒完沒了，就更讓人感傷了。詞人也沒有賞菊的心情，無奈之下，他歪戴著帽子，去看看酒甕裏，新釀的酒熟了沒有。結句『帽檐已是半攲斜，問甕裏、新篘熟未』，展現一位淡定從容而又天真純樸的詞人形象，猶如活脱脱的陶淵明再世。

又

壽謝法□

槐陰闋暑[一]，荷風清夢，滿院雙成儔侶[二]。階庭一笑玉蘭新[三]，把酒更、重逢初度[四]。丹書漫啟[五]，青雲垂上[六]，莫忘八篇奇語[七]。功成休駕玉霄雲[八]，且長占、赤城佳處[九]。

注釋

[一] 闋：止息，終盡。《詩·鄘風·載馳》：『視爾不臧，我思不閟。』朱熹集傳：『閟，閉也，止也……雖視爾不以我爲善，然我之所思，終不能自已也。』杜甫《鬬雞》詩：『仙遊終一閟，女樂久無香。』

[二]『滿院』句：言院中美女衆多。雙成：董雙成，神話中西王母侍女名（見《漢武帝内傳》）。此處借指美女。李頎《王母歌》詩：『顧謂侍女董雙成，酒闌可奏雲和笙。』徐鉉《柳枝詞》之九：『新詞欲詠知難詠，説與雙成入管弦。』儔侶：伴侶，朋輩。嵇康《兄秀才公穆入軍贈詩》之一：『徘徊戀儔侶，慷慨高山陂。』白居易《效陶潛體十六首》詩之二：『村深絶賓客，窗晦無儔侶。』

[三] 玉蘭新：玉蘭花新近再次綻放。玉蘭：落葉喬木，一般高三至五米。單葉互生，倒卵形。花大型，呈鐘狀，單生枝頂。花瓣九片，色白，芳香如蘭，故名。花於早春先葉開放，七至九月再開放一次。

[四] 把酒：手執酒杯，謂飲酒。孟浩然《過故人莊》詩：『開筵面場圃，把酒話桑麻。』蘇軾《水調歌頭》詞：『明月幾時有？把酒問青天。』更：再，又。王昌齡《別劉諝》詩：『天地寒更雨，蒼茫楚城陰。』重逢初度：

壽辰又至。初度：謂始生之年時。《楚辭·離騷》：『皇覽揆余初度兮，肇錫餘以嘉名。』後因稱生日爲『初度』。趙蕃《歐陽全真生日》詩：『南見屬初度，杯酒相獻酬。』

［五］丹書：朱筆書寫的詔書。武元衡《奉酬淮南中書相公見寄》詩：『金玉裁王度，丹書奉帝俞。』

［六］青雲垂上：正享受高官顯爵。青雲：喻高官顯爵。揚雄《解嘲》：『當途者升青雲，失路者委溝渠。』司馬光《和任屯田感舊敘懷》：『自致青雲今有幾？化爲異物已居多。』

［七］八篇奇語：《全唐文》卷九二四《司馬承禎·天隱子序》：『天隱子，吾不知其何許人，著書八篇，包括秘妙，殆非人間所能力學。觀夫修煉形氣，養和心虛，歸根契於伯陽，遺照齊於莊叟，長生久視，無出是書。』

［八］休駕：使車馬停歇。杜甫《發同谷縣》詩：『始來茲山中，休駕喜地僻。』周邦彦《慶春宫》詞：『倦途休駕，淡煙裏，微茫見星。』玉霄：天臺山的玉霄峰。陸游《贈倪道士》詩：『歸隱玉霄應不出，他年容我扣巖扉。』

［九］長占：長期居住或據有。占：據有，佔有。詳見《滿庭芳》（盤谷居成）注［一六］。赤城：山名。在浙江省天臺縣北，爲天臺山南門。《文選·孫綽〈游天臺山賦〉》：『赤城霞起而建標，瀑布飛流以界道。』李善注：『《支遁《天臺山銘序》曰：「往天臺，當由赤城山爲道徑。」孔靈符《會稽記》曰：「赤城，山名，色皆赤，狀似雲霞。」』李白《夢遊天姥吟留別》：『天姥連天向天横，勢拔五嶽掩赤城。』

賞析

此詞壽謝姓友人。

上片『槐陰閟暑，荷風清夢』兩句，點明壽辰爲夏季，槐陰止息了暑熱，陣陣荷香帶人進入夢鄉。前來賀壽的人員衆多，庭院中賓朋如雲。庭階邊的玉蘭花剛剛綻放，雖是炎熱的夏季，但清風、荷香、玉蘭爲壽主的生日營造出幽雅的環境。

下片寫朝廷已經頒布了壽主升遷的詔書，祝願壽主在享受高官顯爵的同時，不要忘了修煉身性，等功業修成後，將在天臺山的玉霄峰下休駕，長期居住在赤城山上。下片贊美壽主的前程似錦，且能修煉身性。

[一]

澄江曉碧[二]，君山秋靜[三]，人與江山俱秀。最聲吹下紫泥封[四]，看宣獻、風流依舊[五]。□袍對引[六]，魚軒徐駕[七]，小隊旌旗陪後。萬家指點壽星明[八]，更把菊、登高時候[九]。

注釋

［一］此詞爲祝壽詞，壽主未詳。一說壽主爲樓鑰，非是。案：《沁園春·戊辰歲壽攻媿舅》詞中有『漸日添宮線，功催補衮，春回梅萼』等語，可知樓鑰壽辰在冬至前後，而此詞中『君山秋靜』『更把菊、登高時候』等語，表明壽主壽辰在農曆九月九日前後。故壽主非樓鑰可知。從詞中的『君山秋靜』等語來看，作此詞時，詞人當在荊湖北路嶽州一帶任職。另劉過有《沁園春》詞，詞序云：『盧蒲江席上，時有新第宗室。』詞云：『一劍横空，飛過洞庭，又爲此來。』亦可證詞人曾任職於嶽州一帶。

［二］澄江曉碧：清晨的江水碧緑澄澈。澄江：清澈的江水。謝朓《晚登三山還望京邑》詩：『餘霞散成綺，澄江靜

如練。』柳永《輪臺子》詞：『霧斂澄江，煙消藍光碧。』

［三］君山：山名。在湖南洞庭湖口。北魏酈道元《水經注·湘水》記載：『湖（洞庭湖）中有君山……湘君之所遊處，故曰君山矣。』

［四］『最聲』句：考核政績最佳，朝廷降下詔書表彰。最：古代考核政績或軍功時劃分的等級，以上等爲最。跟『殿』相對。《漢書·宣帝紀》：『丞相御史，課殿最以聞。』顔師古注：『凡言殿最者，殿，後也，課居後也；最，凡要之首也，課居先也。』陸機《文賦》：『考殿最於錙銖，定去留於毫芒。』紫泥：古人以泥封書信，泥上蓋印。皇帝詔書則用紫泥。《後漢書·光武帝紀上》：『奉高皇帝璽綬。』李賢注引蔡邕《獨斷》：『皇帝六璽，皆玉螭虎紐……皆以武都紫泥封之。』後即以指詔書。白居易《代書一百韻寄微之》：『恩隨紫泥降，名向白麻披。』

［五］宣獻：原指宋綬，字公垂，趙州平棘（今河北趙縣）人。曾官居參知政事，謚宣獻。這里用以代指壽翁。

［六］□袍：□疑爲『猩』字。猩袍，指紅袍。杜荀鶴《獻錢塘縣羅著作判官》詩：『猩袍懶著辭公宴，鶴氅閒披訪道流。』對引：宋制，中書省與樞密院兩府的官員出行，有朱衣吏二人引馬。詩詞中常用『雙衣對引』或『朱衣雙引』代指身居顯位。魏泰《東軒筆録》卷二：『舊制：學士以上並有一人朱衣吏引馬……至入兩府，則朱衣二人引馬。』張元幹《滿庭芳·壽》詞：『明年會，雙衣對引，談笑秉鈞衡。』楊無咎《水龍吟》詞：『碧紗對引，朱衣前導，應須此去。』

［七］魚軒：古代貴族婦女所乘的車，用魚皮爲飾。此處用以贊壽主夫人出行之顯貴。《左傳·閔公二年》：『歸夫人魚軒。』杜預注：『魚軒，夫人車，以魚皮爲飾。』王維《故南陽夫人樊氏挽歌》之一：『錦衣餘翟茀，繡轂罷魚軒。』

［八］壽星：十二星次之一。《爾雅·釋天》：『壽星，角亢也。』郭璞注：『數起角亢，列宿之長，故曰壽。』楊炯《渾天賦》：『東宫則析木之津，壽星之野。』

［九］把菊：手持菊花。李頎《寄萬齊融》詩：『搖巾北林夕，把菊東山秋。』錢起《山園秋晚寄杜黄裳少府》詩：『杖藜仍把菊，對卷也看山。』

賞析

此詞爲祝壽詞。

上片由描繪優美的秋景入筆，一方面暗示出壽主的壽辰在秋季，另一方面自然引出『人與江山俱秀』，爲過渡到對人物贊美之辭作好鋪墊。下面續寫由於壽主的考核政績最佳，朝廷降下詔書進行表彰，但壽主卻並沒有以此爲傲。贊揚了壽主的執政功績，又含蓄地點明壽主的高尚品格。

下片主要鋪陳壽主的高官榮耀，受朝廷的禮遇有加，讓衆鄉鄰都很羨慕。又加上正值重陽尊老的節日，登高望遠，暢飲菊酒，更讓壽翁開心不已。

此詞從秋色入筆，自然向壽翁的政聲、人品過渡，將幾方面的内容恰當地融爲一體，得體而無諛美之感。

摸魚兒

九日登姑蘇臺［一］

怪西風、曉來欹帽［二］，年華還是重九。天機衮衮山新瘦［三］，客子情懷誰剖［四］。微雨後。更雁帶邊寒，嫋嫋欺羅袖［五］。慵荷倦柳。悄①不似黄花［六］，田田照眼［七］，風味儘如舊。登臨地，寂寞崇臺最久［八］。闌干幾度搔首［九］。翻雲覆雨無窮事［一〇］，流水斜陽知否？吟未就。但衰草荒煙，商略愁時候[一一]。閒愁浪有[一二]。總輸與淵明，東籬醉舞[一三]，身世付杯酒[一四]。

校勘記

①悄：黄昇《詞選》、吴本及毛本作「誚」。案：「誚」「悄」二字相通，皆有簡直、完全之意。

注　釋

[一]此詞爲詞人重九登臨姑蘇臺有感而作。姑蘇臺：在蘇州城外西南隅的姑蘇山上。始建於吴王闔閭，後經夫差續建，歷時五年乃成。范成大《吴郡志》載：「姑蘇臺在姑蘇山。舊《圖經》云：『在吴縣西三十里。』續《圖經》云：『三十五里。一名姑蘇，一名姑餘。』《史記正義》云：『在吴縣西南三十里，横山西北麓姑蘇山上。』《山水記》云：『闔閭作，春秋游焉。』又云：『夫差作臺，三年不成，積材五年乃成，造九曲路，高見三百里，勾踐欲伐吴，於是作柵楣，以白璧鏤以黄金，狀如龍蛇。獻吴王，吴王大悦，以起此臺。』《越絕書》云：『闔廬造九曲路以游姑胥之臺。』」案：一説此詞作於嘉定八年（一二一五），但考證釋居簡所作的《盧直院挽章》一文，在回顧他與盧祖皋交往時説：「鷗盟在公，雁足枉書。契闊十年，鵷行峻除。復來潤陰，策我故吾。」從其中的「契闊十年」可知，二人其實有十年時間未曾謀面，直到盧祖皋赴臨安任職後，方又重新交往。從二人的酬贈之作中，也可以看出他們在盧祖皋入職臨安後的交往頗爲密切，唱和之作頗多。如釋居簡就作有《酬盧直院新荷》《直院盧蒲江爲余作壽木怪石》《盧蒲江雪夜約同直省中出示采菊、讀書、煎茶、種橘四詩索危秘書諸名勝同賦》

等詩篇。兩人未曾謀面的十年如果從嘉定十一年（一二一八）盧祖皋入臨安任職向前倒推十年是嘉定二年（一二〇九），從此年起至嘉定十一年（一二一八）之間，兩人應當是未曾謀面的。這樣，如果認爲幾人曾於嘉定八年（一二一五）共遊姑蘇臺，并將此詞的創作時間定於此年，就與釋居簡提到的『契闊十年』相牴牾。即便把二人十年後重新交往的時間定於盧祖皋權直學士院的嘉定十六年（一二二三），因爲二人後期的酬贈詩篇大多作於此年，向前倒推十年，則此詞最早作於嘉定七年（一二一四），而不可能是嘉定八年（一二一五）。但如果是作於嘉定八年（一二一五）的話，則必非與釋居簡同遊時所作。如此看來，《摸魚兒・九日登姑蘇臺》的創作時間應有兩種可能，一種可能是與釋居簡同遊時所作，作於慶元五年（一一九九）至開禧三年（一二〇七）期間；另一種可能是詞人在遊宦吳中時，沒有與釋居簡同遊，而釋居簡在遊歷姑蘇臺時知道盧祖皋作有此詞而進行唱和。故作詞的具體時間難以確考。

〔二〕攲帽：斜戴著帽子。帽檐傾側，是古人行止瀟灑的一種表現。詳注見《鵲橋仙・菊》注〔六〕。陸游《漢宮春・初自南鄭來成都作》詞：『花時萬人樂處，攲帽垂鞭。』

〔三〕天機：指造化的奥秘。陸游《醉中草書因戲作此詩》：『稺子問翁新悟處，欲言直恐泄天機。』衮衮：循環不絕。李中《晚招魯從事》詩：『衮衮利名役，常嗟聚會稀。』程大昌《萬年歡》詞：『更願孫枝衮衮，詵詵續續。』山新瘦：山上草木開始枯萎凋謝。

〔四〕『客子』句：誰來幫客子剖析思鄉的複雜情緒。剖：剖析。《文選》張衡《思玄賦》：『通人闇於好惡兮，豈昏惑而能剖。』李善注：『剖，分明也。』

〔五〕『嫋嫋』句：秋風蕭瑟，羅衣生寒。嫋嫋：亦作『嫋嫋』『裊裊』，吹拂貌，此處借指秋風。《楚辭・九歌・湘夫人》：『嫋嫋兮秋風，洞庭波兮木葉下。』劉長卿《石梁湖有寄》詩：『瀟瀟清秋暮，嫋嫋涼風發。』

〔六〕悄：渾，直。呂渭老《蓦山溪》詞：『行客挽長條，悄不似、當初些個。』黄花：指菊花。沈邈《剔銀燈》詞：『候雁初飛，啼螿正苦，又是黄花衰草。』李清照《醉花陰》詞：『莫道不銷魂，簾卷西風，人比黄花瘦。』

［七］田田：花、葉等盛密的樣子。姚合《和李補闕曲江看蓮花》詩：「露荷迎曙發，灼灼復田田。」皮日休《青門閒泛》詩：「醉來欲把田田葉，盡裹當時醒酒鯖。」

［八］崇臺：指高臺層樓。詹迴《吏隱山》詩：「李侯築崇臺，吏隱於其間。」趙師俠《柳梢青》：「崇臺徙倚，心目俱寬。」

［九］搔首：以手搔頭。焦急或有所思貌。《詩·邶風·靜女》：「愛而不見，搔首踟躕。」高適《九日酬顔少府》詩：「縱使登高只斷腸，不如獨坐空搔首。」

［一〇］翻雲覆雨：反復無常。杜甫《貧交行》詩：「翻手作雲覆手雨，紛紛輕薄何須數。」廖行之《賀新郎》詞：「流水高山真難料，休把朱弦浪撫。任輾轉、翻雲覆雨。」

［一一］商略：醖釀。姜夔《點絳脣》詞：「燕雁無心，太湖西畔隨雲去。數峰清苦，商略黄昏雨。」

［一二］浪有：空有。浪：徒然，白白地。寒山《詩》之七七：「終歸不免死，浪自覓長生。」蘇軾《贈月長老》詩：「功名半幅紙，兒女浪苦辛。」

［一三］東籬：陶潛《飲酒》詩之五：「采菊東籬下，悠然見南山。」後因以指種菊之處。楊炯《庭菊賦》：「憑南軒以長嘯，坐東籬而盈把。」柳永《玉蝴蝶·重陽》詞：「西風吹帽，東籬攜酒，共結歡遊。」醉舞：猶狂舞。黄庭堅《水調歌頭·游覽》詞：「醉舞下山去，明月逐人歸。」辛棄疾《滿江紅·題冷泉亭》詞：「醉舞且搖鸞鳳影，浩歌莫遣魚龍泣。」

［一四］身世：一生，終身。韓偓《小隱》詩：「借得茅齋嶽麓西，擬將身世老鋤犂。」王安石《相送行效張籍》詩：「一車南，一車北，身世匆匆俱有役。」杯酒：以杯飲酒。李白《魏郡別蘇明府因北遊》詩：「何時更杯酒，再得論心胸。」劉禹錫《酬樂天揚州初逢席上見贈》詩：「今日聽君歌一曲，暫憑杯酒長精神。」

賞析

此詞抒寫重九登臨姑蘇臺的感受，懷古兼抒發羈旅之思。

上片寫重陽時節氣溫的變化。寒涼的西風吹來，早晨起床需要戴上帽子。造化施展魔法，使山上的草木開始枯萎凋謝。『客子情懷誰剖』一句，道出了客子思鄉的複雜情緒。一場秋雨降臨，大雁帶來了邊地的寒涼。蕭瑟的秋風，讓羅衣也不能耐住天氣的寒涼。枯萎的荷花，泛黄的柳葉，都没有菊花生機勃勃、鮮豔繁茂，它那風流的勁兒一如既往。上片先寫天氣的寒涼，草木的枯萎，自然引出昂然綻放的菊花，形成强烈的色彩反差。

下片寫詞人登臨高臺所見。那高臺層樓年復一年地矗立在那裏，四周悄無人聲。詞人登上樓臺，憑欄遠眺，不知這已是第幾次登臨了，歸鄉的思緒不由得讓他搔起首來。站在這姑蘇臺上，詞人不禁感歎人世間有多少如夫差、勾踐這樣勝負難料、反復無常的世事，但無情的流水與西下的夕陽又怎麽能知道呢？正在詞人吟詠之間，四周冉冉升起了荒煙，它仿佛正與衰草醖釀著如何把哀愁傳遞給人間。當此之際，不知爲何，閒愁頓時縈繞於詞人心頭，但卻不能像陶淵明那樣在酒醉後灑脱地在東籬下起舞，將身世交給杯中的濁酒。下片由登臺而産生羈旅之愁與時光流逝之歎，又感傷自己不能像陶淵明那樣灑脱，可見其羈旅之思是多麽沉重。

夜飛鵲慢①

驕嘶破清曉[一]，分恨臨期[二]。花下恁月明知[三]。餘光是處散離思[四]，最憐香靄霏霏[五]。牽衣搵彈淚②[六]，問淒風愁露，剗地東西[七]。留鞭換佩[八]，怕悤悤、已是遲遲[九]。涼怯幾番羅袂[一〇]，還燕別文梁[一一]，螢點書幃[一二]。一自秋娘迢遞[一三]，黃金對酒，爭忍輕揮[一四]。新來院落，雁難尋、簾幕長垂[一五]。怕凋梧敲徑，驚回舊夢，應也顰眉[一六]。

校勘記

①黃昇《詞選》、吳本、毛本及譚獻《復堂詞録》題下有『別意』二字。

②朱祖謀《蒲江詞稿校記》：『彈淚，原本「淚」下衍「粉」字，據《花庵》本刪。』

注釋

[一] 驕嘶：駿馬嘶鳴。杜甫《驄馬行》詩：『雄姿逸態何崷崒，顧影驕嘶自矜寵。』俞國寶《風入松》詞：『玉驄慣識西湖路，驕嘶過、沽酒壚前。』驕：六尺高的馬。《說文·馬部》：『驕，馬高六尺爲驕。從馬，喬聲。』

[二] 分恨臨期：到了離別的時刻。

[三] 恁：代詞，這。歐陽炯《賀明朝》（憶昔花間相見後）詞：『想韶颜非久，終是爲伊，只恁偷瘦。』

[四] 餘光：充足的光輝。《列子·周穆王》：『東極之北隅有國曰阜落之國，其土氣常燠，日月餘光之照。其土不生嘉苗。』黃裳《宴瓊林》詞：『少年郎、兩兩桃花面，有餘光相借。』是處：到處，處處。《南齊書·虞玩之傳》：『填街溢巷，是處皆然。』柳永《八聲甘州》詞：『是處紅衰翠減，苒苒物華休。』

［五］香靄：雲氣，焚香的煙氣。後蜀毛熙震《浣溪沙》詞：『困迷無語思猶濃，小屏香靄碧山重。』霏霏：泛指濃密盛多。《楚辭·九章·涉江》：『霰雪紛其無垠兮，雲霏霏而承宇。』

［六］『牽衣』句：拉起衣服擦拭眼淚。搵：揩拭。辛棄疾《水龍吟·登建康賞心亭》詞：『倩何人、喚取紅巾翠袖，搵英雄淚？』彈淚：揮淚。馮延巳《憶江南》詞：『別離若向百花時，東風彈淚有誰知。』朱敦儒《浪淘沙》詞：『北客相逢彈淚坐，合恨分愁。』楊萬里《羅溪望夫嶺》詩：『豈有心情管風雨，向人彈淚繞天流。』

［七］剗地：怎的，怎麽。趙長卿《滿江紅》詞：『記得當初低耳畔，是誰先有于飛約。惟到今，剗地誤盟言，還先惡！』

［八］留鞭換佩：停下馬鞭，交換佩物。留：停止，不離去。李咸用《昭君》詩：『千秋青塚骨，留怨在胡琴。』佩：古代系於衣帶的裝飾品，常指珠玉、容刀、帨巾、觿之類。《詩·秦風·渭陽》：『我送舅氏，悠悠我思。何以贈之，瓊瑰玉佩。』

［九］遲遲：晚，延遲。司空圖《僧舍貽友》詩：『舊山歸有阻，不是故遲遲。』

［一〇］『涼怯』句：因寒涼而不得不捨棄單薄的羅衣。怯：捨棄。歐陽修《訴衷情》詞：『初剪菊、欲登高。天氣怯鮫綃。』幾番：幾次。辛棄疾《摸魚兒》（更能消幾番風雨）詞：『更能消幾番風雨？匆匆春又歸去。』羅袂：絲羅的衣袖，此處指羅衣。漢武帝《落葉哀蟬曲》：『羅袂兮無聲，玉墀兮塵生。』曹植《七啟》：『動朱脣，發清商，揚羅袂，振華裳。』李賀《少年樂》詩：『陸郎倚醉牽羅袂，奪得寶釵金翡翠。』

［一一］燕別文梁：燕子飛往南方。文梁：繪有花紋的屋梁。指燕子的築巢之處。吳文英《玉京謠》詞：『香泥九陌，文梁孤壘。』

［一二］『螢點』句：天氣轉涼，螢火蟲的亮光在書房中閃耀。螢點：指螢火蟲的光亮。陸游《露坐》詩：『蛙聲經雨壯，螢點避風稀。』書幃：猶書齋。杜甫《雨》詩之二：『高軒當灩澦，潤色靜書幃。』

［一三］一自：猶言自從。杜甫《復愁》詩之五：『一自風塵起，猶嗟行路難。』秋娘：唐代歌妓女伶的通稱。白居

易《琵琶引》詩：『曲罷曾教善才伏，妝成每被秋娘妒。』元稹《贈呂二校書》詩：『共占花園爭趙辟，競添錢貫定秋娘。』迢遞：遙遠貌。嵇康《琴賦》：『指蒼梧之迢遞，臨迴江之威夷。』

［一四］『黄金』以下兩句：面對著滿眼的菊花，也無心飲下杯中的美酒。黄金：指盛開的菊花。田爲《惜黄花慢》詞：『黄金籬畔白衣人，更誰會、淵明深意。』李呂《水調歌頭·和伯稱》詞：『晚秋丹葉飄墜，籬菊散黄金。』爭忍：怎忍。白居易《華陽觀桃花時招李六拾遺飲》詩：『爭忍開時不同醉？明朝後日即空枝！』陶潛《還舊居》詩：『撥置且莫念，一觴聊可揮。』揮：謂舉杯飲酒。柳永《迎新春》詞：『堪對此景，爭忍獨醒歸去？』范雲《贈張徐州謖》詩：『恨不具雞黍，得與故人揮。』

［一五］雁難尋：難以找到傳書的鴻雁。

［一六］『怕凋梧』以下三句：生怕梧桐葉飄落到小徑上，會驚醒詞人與『秋娘』相會的美夢，秋娘也會不高興地皺起眉頭。顰眉：皺眉。韓偓《春夢偶成十二韻》詩：『格高歸斂笑，歌怨在顰眉。』晏殊《更漏子》詞：『纔送目，又顰眉，此情誰得知。』

賞　析

此詞寫離別與別後相思之情。

上片寫分別的場景。駿馬的嘶鳴聲打破了清晨的寂靜，離別的時刻即將到來。月光仿佛也明白人的心思，明亮的光輝裏也充滿了離別的愁思，紛飛的雲氣好像也要把人留住，離人拉起衣服不斷地擦拭著眼淚。詞人禁不住要問，『淒風愁露』爲什麼要將人平白無故地分開。停下馬鞭，交換佩物，即使匆匆，卻又擔心延誤了行程。上片將詞人與佳人分別時的場景與心理，展現得生動而細微。

下片寫别後的相思。秋天的寒涼讓人不得不捨棄單薄的羅衣，燕子南飛，螢火蟲的亮光也在書房内閃爍。自從與佳人分别以後，籬笆中的菊花已經盎然開放，面對菊花，本該像陶淵明一樣開懷痛飲。但詞人因爲思念佳人，卻怎麼也提不起興致，無法喝下酒杯中的美酒。想從佳人那兒得到一點訊息，但居住的院落裏，新近難以看到能夠傳遞書信的鴻雁，索性將簾幕垂放下來。生怕梧桐葉飄落到小徑上，會驚醒與秋娘相會的美夢，秋娘也會不高興地皺起眉頭。下片注意結合秋景及節氣的變化，細微地展現分别後男女雙方的内心感受。

秋霽

虹雨纔收[一]，正抱葉殘蟬，漸老雲木[二]。銀漢飛星[三]，玉壺零露[四]，萬里素秋如沐[五]。倚聲抱獨，盼嬌曾記郎心目[六]。向《豔歌》偏愛[七]，賦情多處寄衷曲[八]。　凄涼漫有[九]，舊月闌干[一〇]，夜涼無因[一一]，重照頹玉[一二]。扇紈收、鸞孤蠹損[一三]，一番愁緒黯相觸[一四]。回首寒雲空雁足[一五]。露井零亂，已是負了桐陰[一六]，可堪輕誤，滿籬種菊[一七]。

注釋

[一]虹雨：指夏日的陣雨。乍雨乍晴，雨後常見彩虹，故稱。周邦彦《過秦樓》詞：『梅風地溽，虹雨苔滋，一架舞紅都變。』收：結束，停止。李涉《早春霽後發頭陀寺寄院中》詩：『紅樓金刹倚晴岡，雨雪初收望漢陽。』

［二］雲木：高聳入雲的樹木。陳子昂《春臺引》詩：『何雲木之英麗，而池館之崇幽。』蘇軾《雷州八首》詩之二：『層巢俯雲木，信美非吾土。』

［三］銀漢：天河，銀河。鮑照《夜聽妓》詩：『夜來坐幾時，銀漢傾露落。』蘇軾《陽關詞·中秋月》：『暮雲收盡溢清寒，銀漢無聲轉玉盤。』飛星：流星。杜甫《中宵》詩：『飛星過水白，落月動沙虛。』

［四］玉壺：明月。李華《海上生明月（科試）》詩：『影開金鏡滿，輪抱玉壺清。』辛棄疾《青玉案·元夕》詞：『鳳簫聲動，玉壺光轉，一夜魚龍舞。』零露：降落的露水。《詩·鄭風·野有蔓草》：『野有蔓草，零露溥兮。』鄭玄箋：『零，落也。』鮑照《代蒿裏行》詩：『馳波催永夜，零露逼短晨。』

［五］素秋如沐：秋高氣爽，天空明淨。素秋：秋季。古代五行之説，秋屬金，其色白，故稱素秋。劉楨《魯都賦》：『及其素秋二七，天漢指隅，民胥祓禊，國子水嬉。』杜甫《秋興》詩之六：『瞿唐峽口曲江頭，萬里風煙接素秋。』歐陽修《清商怨》詞：『關河愁思望處滿。漸素秋向晚。』

［六］『倚顰』以下兩句：佳人倚欄皺眉凝望遠方的神情，至今仍歷歷在目。倚顰：倚欄皺眉。趙汝鐩《征婦歎》：『倚欄人顰翠，忍淚心暗傷。』抱獨：精神專一。黄庭堅《奉和文潛贈無咎以既見君子云胡不喜爲韻》：『吾友陳師道，抱獨門掃軌。』盼嬌：眉目含情的嬌美女子。王易簡《水龍吟》詞：『抱淒涼、盼嬌無語。』盼：亦作『眄』，眼睛黑白分明貌。《詩·衛風·碩人》：『巧笑倩兮，美目盼兮。』毛傳：『盼，白黑分。』嬌：指年輕女子，美女。心目：泛指記憶，眼前。曹丕《又與吳質書》：『追思昔遊，猶在心目。』康駢《劇談録·白傅乘舟》：『每見居人以葉舟浮泛，就食菰米鱸魚，近來思之，如在心目。』

［七］《豔歌》：古樂府《豔歌行》的省稱。《文選·江淹〈望荊山〉詩》：『一聞《苦寒》奏，更使《豔歌》傷。』張銑注：『《苦寒》《豔歌》皆古歌曲。』

［八］衷曲：難以吐露的情懷。

［九］漫：空，徒然。杜審言《春日京中有懷》詩：『上林苑裏花徒發，細柳營前葉漫新。』

［一〇］闌干：橫斜貌。曹植《善哉行》：『月沒參橫，北斗闌干。』

［一一］無因：無故，無端。鄒陽《獄中上書自明》：『臣聞明月之珠，夜光之璧，以暗投人於道路，衆莫不按劍相眄者，何則？無因而至前也。』

［一二］頹玉：醉倒之態。劉義慶《世說新語・容止》：『山公（山濤）曰：「嵇叔夜（嵇康字）之爲人也，巖巖若孤松之獨立；其醉也，傀俄（巍峨）若玉山之將崩。」』

［一三］『扇紈』以下兩句：天氣轉涼，收起團扇，扇上所繡的鸞鳥日漸遭受蛀蝕而損壞。扇紈：即『紈扇』，細絹製成的團扇。程垓《浣溪沙》詞：『薄日移影午暑空。一杯何事便潮紅。扇紈揮盡卻疏慵。』江淹《雜體詩・效班婕妤〈詠扇〉》詩：『紈扇如團月，出自機中素。』鸞孤：孤鸞。暗喻情人離去後，孤單獨處。李敬方《太和公主還宮》詩：『鳳去樓扃夜，鸞孤匣掩輝。』劉兼《春怨》詩：『錦書雁斷應難記，菱鏡鸞孤貌可憐。』蠹損：蛀蝕損壞。龐元英《談藪》：『譬之猛虎，人不能害，反爲毛間蟲所蠹損。』周邦彥《丁香結》詞：『唯丹青相伴，那更塵昏蠹損。』

［一四］『一番』句：團扇上孤鸞的情形正觸發了我的傷感。

［一五］空雁足：借鴻雁傳書之說，喻情人沒有書信寄來。

［一六］『露井』以下兩句：露井邊落滿了飄零的桐葉，讓人感覺空負了這美好的桐陰。露井：沒有覆蓋的井。陸龜蒙《野井》詩：『朱閣前頭露井多，碧梧桐下美人過。』

［一七］『可堪』以下兩句：如今怎能再輕易地錯過滿籬的菊花，以排遣心中的愁思呢？

賞析

此詞抒寫羈旅之愁。

上片先以『抱葉殘蟬』『漸老雲木』『銀漢飛星』等事物暗示時光流逝、人生易老。『倚鞾抱獨，盼嬌曾記郎心目』兩句，是詞人想象佳人倚欄凝望遠方的神情，仿佛歷歷在目。接下來詞人繼續想象無奈的佳人只好彈奏起《豔歌》古曲，在歌曲中吐露自己的款款心曲。

下片先以凄涼的景物入筆，舊時的欄杆邊，凄涼的月色没有來由地照著詞人的醉倒之態。『扇紈收、鸞孤蠹損』寫出天氣轉涼後，佳人收起了團扇。更爲巧妙的是詞人以扇上所繡的鸞鳥日漸遭受蛀蝕，暗喻佳人的容顔已日漸衰損。憔悴的容顔，讓佳人傷心滿懷。佳人眺望著雲中飛過的鴻雁，卻總是盼不來意中人捎來的書信。院中的露井邊落滿了狼藉的桐葉，詞人頓感空負了夏日裏繁茂的桐陰。如今怎能再輕易地錯過滿籬的菊花，以排遣心中的愁思呢？

詞中的思緒在佳人與詞人之間回環往復，構思巧妙。

虞美人

九月遊虎北[一]

清尊黄菊紅萸佩[二]。兩度雲巖醉。帽檐今日更清狂[三]。冷雨疏風著意、過重陽[四]。　故宫歷歷遺煙樹[五]。往事知何處。漫山秋色好題詩[六]。吟罷闌干、獨自立多時。

注釋

[一] 此詞作於詞人遊宦吳中時期。虎北：在江蘇省蘇州市西北，亦名海湧山。唐時因避諱曾改稱武北或獸北，後復

舊稱。相傳吳王闔閭葬此。其上有虎北塔、雲巖寺、劍池、千人石等名勝古迹。

［二］清尊：亦作『清樽』『清罇』，酒器。借指清酒。《古詩類苑》卷四五引《古歌》：『清樽發朱顏，四坐樂且康。』皇甫冉《曾山送別詩》：『淒淒遊子苦飄蓬，明月清罇祇暫同。』萸佩：即萸囊，盛茱萸的袋子。舊俗重九登高飲酒，人多佩帶萸囊。張說《九日進茱萸山》詩之三：『菊酒攜山客，萸囊繫牧童。』

［三］清狂：放逸不羈。左思《魏都賦》：『僕黨清狂，怵迫閩濮。』韓偓《贈隱逸》詩：『靜景須教靜者尋，清狂何必在山陰。』

［四］『冷雨』句：冷雨和疏風也有意要度過重陽節。著意：有意。曹組《卜算子》詞：『著意聞時不肯香，香在無心處。』疏風：遲緩的風。杜牧《華清宮三十韻》詩：『迸水傾瑤砌，疏風罅玉房。』王以寧《浣溪沙・張國泰生日》詞：『快雨疏風六月涼。貂蟬人著彩衣裳。』

［五］故宮：指春秋時期吳王闔閭在虎北山修建的宮殿。歷歷：零落貌。煙樹：雲煙繚繞的樹木、叢林。鮑照《從登香爐峰》詩：『青冥搖煙樹，穹跨負天石。』孟浩然《閒園懷蘇子》詩：『鳥從煙樹宿，螢傍水軒飛。』

［六］題詩：題寫詩句，抒發感受。高適《人日寄杜二拾遺》詩：『人日題詩寄草堂，遙憐故人思故鄉。』

賞析

此詞抒寫遊虎北時的所見所感。

上片著重寫重陽節日遊山時的天氣情況及詞人的裝束。重陽節這天，詞人帶著紅色的萸囊，對著金黃的菊花舉起酒杯暢飲。這已是詞人第二次在虎北山上醉飲，只是今天的帽檐比往年顯得更爲放逸不羈。『冷雨疏風』句點明今年的重陽天氣不佳。

下片吊古感懷。『故宫歷歷遺煙樹』句，感傷當年吴王闔閭在虎北山修建的輝煌宫殿如今已經零落，只留下雲煙繚繞的樹木、叢林，當年吴王與西施的往事也已遠去。望著滿山的紅葉，詞人詩興大發，想要摘下一葉，在上面題寫詩句，抒發感受。詞人在吟詠完詩詞之後，仍爲歷史往事無限感慨，久久地倚著欄杆，獨自站立在那裏。

漁家傲

小閣騰騰人似醉[一]。鳴階簌簌霜林墜。起向樓頭看雪意。雲猶未[二]。雁聲一片江風起。

官裏從容何日是[三]。偷閒著便尋幽事[四]。見説小橋清淺水。梅欲蕊。吟邊陡覺添風味[五]。

注釋

[一] 騰騰：升騰，猶飛。鮑溶《琴曲歌辭·湘妃列女操》詩：『目眄眄兮意蹉跎，魂騰騰兮驚秋波。』

[二] 雲猶未：天空中的烏雲尚不能醖釀一場大雪。未：不足，還不夠。韓愈《上張僕射書》：『苟如是，雖日受千金之賜，一歲九遷其官，感恩則有之矣；將以稱於天下曰『知己、知己』，則未也。』

[三] 官裏：猶言衙門裏，官府裏。趙令畤《侯鯖録》卷六：『楔言：「獨臣妻有詩一首云：更休落魄貪盃酒，亦莫倡狂愛詠詩。今日捉將官裏去，這回斷送老頭皮。」』從容：悠閒舒緩，不慌不忙。《莊子·秋水》：『儵魚出遊

從容，是魚之樂也。』司馬相如《長門賦》：『下蘭臺而周覽兮，步從容於深宮。』

［四］著便：當機立斷，見機行事。陳師道《寄李學士》詩：『説與杜郎須著便，不應濠上始知魚。』幽事：幽景，勝景。杜甫《秦州雜詩》之九：『叢篁低地碧，高柳半天青。稠疊多幽事，喧呼閲使星。』

［五］吟邊：吟詠中。張孝忠《西江月·即席次王華容韻》詞：『滿路光風轉蕙，吟邊宮柳斜行。』韓淲《謁金門》詞：『不怕醉。記取吟邊滋味。幽草緑陰花絮裏。鶯啼雙燕起。』

賞析

此詞抒寫秋末冬初的景色與詞人忙裏偷閒的心情。

上片繪景。先寫小閣的飛驕之狀與望上去給人造成的眩暈如醉的感覺，可見小閣之高峻。深秋的霜林，枝頭飄下的落葉正簌簌地敲打著臺階。詞人以爲下雪了，但觀看天空中的雲色，覺得尚不足以醖釀一場大雪。天空中飛過的大雁鳴叫著，大風在江上掀起陣陣波浪。

下片寫詞人來此賞遊的因緣。詞人感歎在官府裏公務繁忙，沒有清閒的時刻，只好見機行事尋找一些勝景來觀賞。他聽説小橋邊的水又清又淺，便來此休閒，看到這裏即將吐蕊綻放的梅花，更富生意，在吟詠之餘，更覺這裏富有詩意。

檐玉敲寒聲不定［一］。水仙瓶裏梅相映。半縷篝香雲欲暝［二］。窗几靜［三］。月華時送琅玕

不用五湖尋小艇[五]。吾廬賸有閒風景[六]。薄醉起來行蘚徑[七]。多幽興[八]。悠然影[四]。

一霎風吹醒[九]。

注釋

[一]『檐玉』句：屋檐上的冰柱時不時地滴下水滴，敲擊著地面。檐玉：屋檐上的冰柱。許棐《清平樂》：『檐玉無聲花影瘦。夜淺春濃時候。』

[二]篝香：熏籠中點燃的沉香。陸游《小雨》詩：『塵清添草色，衣潤省篝香。』暝：昏暗。孟浩然《宿業師山房期丁大不至》詩：『夕陽度西嶺，群壑倏已暝。』

[三]几：古人坐時憑依或擱置物件的小桌。《書·顧命》：『相被冕服，憑玉几。』

[四]月華：月光，月色。江淹《雜體詩·效王微〈養疾〉》詩：『清陰往來遠，月華散前墀。』張若虛《春江花月夜》詩：『此時相望不相聞，願逐月華流照君。』琅玕：指竹。梅堯臣《和公儀龍圖新居栽竹二首》詩之二：『聞種琅玕向新第，翠光秋影上屏來。』

[五]五湖：太湖及附近四湖。趙曄《吳越春秋·夫差内傳》：『入五湖之中。』徐天祐注引韋昭曰：『胥湖、蠡湖、洮湖、滆湖，就太湖而五。』

[六]賸：尚，猶。劉禹錫《和僕射牛相公見示長句》：『唯應加築露臺上，賸見終南雲外峰。』

[七]蘚徑：長滿苔蘚的小路。姚合《寄華州李中承》詩：『蘚徑人稀到，松齋藥自生。』李中《寄廬山白大師》詩：『鹿馴眠蘚徑，猿苦叫霜枝。』

[八]幽興：幽雅的興味。裴迪《木蘭柴》詩：『緣谿路轉深，幽興何時已。』葉適《項君先有幽興堂其子木即以名

庵》詩：『更欲添幽興，惟消桂幾枝。』

[九] 一霎：謂時間極短。頃刻之間，一下子。孟郊《春後雨》詩：『昨夜一霎雨，天意蘇群物。』姜夔《慶宮春》詞：『如今安在，唯有闌干，伴人一霎。』

賞析

此詞抒寫冬夜的景色及詞人的悠然閒適之情。

上片寫天色漸暗後的景色，詞人由外及内地進行描繪。屋檐上的冰柱時不時地滴下水滴，敲擊著地面。房間裏繪有水仙的瓷瓶與瓶中的梅花相互輝映。熏籠中點燃的沉香煙霧逐漸暗淡。窗子與書桌明淨整潔，月光不時地將竹子的影子投送進窗内。

下片寫詞人在庭院觀賞景色，抒發他悠然自得的心情。『不用五湖尋小艇，吾廬儘有閒風景』兩句，寫出詞人對庭院中景色的欣賞。詞人乘著微微的醉意，起身到庭院中踱步，他行走在鋪滿松軟苔蘚的小路上，覺得充滿幽雅的興味，一陣微風吹來，把他的醉意已全部吹散。

又

壽白石①[一]

白石山中風景異[二]。先生日日懷歸計[三]。何事黄岡飛雪地[四]。偏著意。畫堂卻爲東坡起[五]。

人説前身坡老是[六]。文章氣節渾相似[七]。只待鼎彝勳業遂[八]。梅花外。歸來長向山中醉。

校勘記

①吳訥本、毛晉本『壽白石』下有『先生』二字。黄昇《詞選》與此本同。

注釋

［一］此詞約作於嘉定三年（一二一〇）。此年，錢文子提點湖北刑獄，創雪堂院於東坡下。與詞中『何事黄岡飛雪地。偏著意。畫堂卻爲東坡起』等語相合。詳證見盧祖皋年表『嘉定三年』條。白石：指詞人岳父錢文子。嘉定年間，退居白石山下，自號白石山人。

［二］白石山：《溫州志》卷二記載：『白石山在（樂清）縣西三十里，下有白石徑。』異：奇特的，不平常的。《詩·邶風·靜女》：『自牧歸荑，洵美且異。』高亨注：『異，出奇。』韓愈《齪齪》詩：『大賢事業異，遠抱非俗觀。』

［三］懷歸：思歸故里。《詩·小雅·小明》：『豈不懷歸，畏此罪罟。』王粲《登樓賦》：『情眷眷而懷歸兮，孰憂思之可任。』戴叔倫《送郎士元》詩：『白髮金陵客，懷歸暫不留。』

［四］『何事』句：指蘇軾在黄岡建雪堂事。黄岡：指黄州，蘇軾於元豐二年（一〇七九）貶於此，任團練副使。寓居臨皋亭，就東坡築雪堂。故址在今湖北省黄岡市東。蘇軾《雪堂記》：『蘇子得廢圃於東坡之脅，築而垣之，作

堂焉，號其正曰「雪堂」。堂以大雪中爲之，因繪雪於四壁之間，無容隙也。起居偃仰，環顧睥睨，無非雪者。』

〔五〕『畫堂』句：嘉定三年（一二一〇），錢文子提點湖北刑獄時，斥資重修雪堂書院。

〔六〕『人説』句：錢文子是蘇東坡轉世，意謂錢文子有蘇東坡的風度文采。

〔七〕渾：皆，都。表示範圍。王建《晚秋病中》詩：『霜下野花渾著地，寒來溪鳥不成群。』王安石《若耶溪歸興》詩：『汀草岸花渾不見，青山無數逐人來。』

〔八〕『只待』句：只等壽翁建立功勛。鼎彝：亦作『鼎彞』。古代祭器，上面多刻著表彰有功人物的文字。許慎《〈説文解字〉敘》：『郡國亦往往於山川得鼎彝，其銘即前代之古文，皆自相似。』王之道《石州慢》詞：『蓋壤聲名，鼎彝勳業。』

賞析

此詞爲壽岳父錢文子而作。敘寫錢文子重建蘇軾雪堂書院的功績，贊頌他有蘇軾的風韻。上片寫岳父白石先生的歸隱之意與生平志趣。他留戀白石山的奇特風景，早有歸隱於此之志。接下來寫嘉定三年（一二一〇）錢文子提點湖北刑獄，對黄岡之下的雪堂斥資重修，建成雪堂書院。下片承上片建雪堂書院之事，稱贊錢文子是蘇東坡再世，文章氣節都十分相似。結三句，贊美壽翁成就圓滿功勛之後，將歸隱白石山下，在此酣飲美酒，欣賞山路景色。

醉梅花

葉行之府判自號從好居士[一]，外舅趙西林先生上足也[二]。文學政事皆不愧師承。宣路雖不逮[三]，而壽過之。結屋姑蘇臺之北[四]，種花弄孫以自適[五]，世念甚輕[六]。今七十有四矣，耳目聰明，髭鬢未白。因其初度[七]，賦《醉梅花》一首壽之[八]。

傳得西林一派清。年華垂過欠官稱[九]。居無多地花常好，客有來時鶴自鳴。分蕊館[一〇]，駐箳星[一一]。齊眉相對眼尤明[一二]。弄孫教子婆娑醉[一三]，歲歲疏梅入壽觥[一四]。

注　釋

[一] 府判：宋代諸府判官的簡稱。葉行之：徐松輯《宋會要》卷二五八《選舉》二〇記載：『葉行之八歲，誦《周易》《尚書》《毛詩》《周禮》《禮記》《春秋》《語》《孟》《孝經》，凡九種。』又清梁章鉅《歷代筆記小説大觀·浪迹叢談》卷二《東甌學派》記載：『（永嘉之學）開山第一人，爲周恭叔行己，再傳三人，爲鄭景元伯英、鄭景望伯熊、薛士龍季宣，三傳四人，爲陳君舉傅良、葉行之幼學、吕伯恭祖謙、葉正則適，可謂明辨晰矣。』則可知葉行之與葉適均爲永嘉學派第四代傳人。

[二] 外舅：岳父。《爾雅·釋親》：『妻之父爲外舅。』趙西林：指趙蕃。據《咸淳臨安志》卷六七記載：『趙蕃，字子固，錢塘人。登乾道八年進士第。嘗奉命使金，金主問《皇帝清問下民賦》非所作乎？歎服其文。學子從遊者甚衆，號西林先生。慶元禁僞學，蕃以祕閣修撰知揚州，入黨籍云。』案：盧祖皋凡兩娶。首娶錢氏，即錢文子女，從釋居簡所撰《吊池陽郡博盧蒲江喪耦與女》一文可知，錢氏卒於祖皋任池州教授時期。錢氏卒後，祖皋

再娶趙氏，即趙西林女。上足：猶高足。對徒弟的美稱。王勃《彭州九隴縣龍懷寺碑》：『孝恭法師、智開法師、宏嚮法師、寶積闍黎四上人者，並禪師之上足，而法門之領袖也。』張端義《貴耳集》卷上：『陸放翁，茶山（茶山居士曾幾）上足。』

［三］宣路：指仕途。宣：指帝王的詔書，命令或旨意。路：比喻仕途，權位。《孟子·公孫醜上》：『夫子當路於齊，管仲、晏子之功，可復許乎？』不逮：比不上，不及。《書·周官》：『今予小子，祇勤於德，夙夜不逮。』孔傳：『雖夙夜匪懈，不能及古人。』

［四］姑蘇臺：詳見《摸魚兒·九日登姑蘇臺》注［一］。

［五］弄孫：逗玩孫兒。《晉書·石季龍載記下》：『但抱子弄孫日爲樂耳。』洪適《鷓鴣天》詞：『從師已是平原客，毛遂懷綳作弄孫。』自適：悠然閒適而自得其樂。薛戎《游爛柯山》詩：『二仙行自適，日月徒遷徙。』張掄《訴衷情》詞：『心自適，體還淳。樂吾真。』

［六］世念：塵世之念，俗念。陸游《泛舟自中堰入湖》詩：『冷落人情見，衰遲世念闌。』魏了翁《浪淘沙》詞：『世念久闌珊。隨寓隨安。』

［七］初度：生日。詳見《鵲橋仙》（槐陰闕暑）注［四］。

［八］《醉梅花》：詞牌名，又名『思佳客』『思越人』『鷓鴣天』『半死梧』『剪朝霞』等。定格爲晏幾道《鷓鴣天》（彩袖殷勤捧玉鐘），雙調五十五字。

［九］垂過：已經超過致仕的七十歲年齡。《朝野類要》云：『士夫七十而致仕，古之通例也。』垂：將近。蘇軾《祭常山神祝文》：『今夏麥垂登，而秋穀將槁。』欠官稱：尚沒有顯赫的官職。

［一〇］分：甘願，滿意。《文選·曹植〈上責躬應詔詩表〉》：『自分黄耇，永無執珪之望。』李善注：『分，謂甘愜也。』戴叔倫《酬贈張衆甫》詩：『野人無本意，散木任天材。分向空山老，何言上苑來。』蕊館：神仙居所，意謂葉行之的居所幽雅安靜。宋祁《和道卿舍人奉祠太一齋宮》詩：『素秋來蕊館，瑞祝達霄晨。』

［一一］駐箄星：葉行之曾爲府判，故乘坐有車幡的車。箄星：亦作『箄篂』『屏星』。以竹席遮塵的車幡。古制别駕之車皆有箄篂，因用爲别駕車名。宋各州的通判，職任似别駕，後世因以别駕爲通判之習稱。《玉篇·竹部》：『箄篂，車幡。』白居易《江州赴忠州至江陵已來舟中示舍弟五十韻》詩：『箄篂州乘送，艛艓驛船迎。』陸游《傅正議墓誌銘》：『公入太學奮由經，蹭蹬晚乃駕箄篂。』

［一二］齊眉：指白首偕老的夫妻。詳注見《水龍吟》（世間誰似蓬仙）注［三］。

［一三］婆娑醉：醉態蹣跚貌。葛洪《抱樸子·酒誡》：『漢高婆娑巨醉，故能斬蛇鞠旅。』范成大《慶充自黄山歸，索其道中詩，書一絕問之》詩：『鳴騶如電馬如雷，知是婆娑醉尉廻。』

［一四］疏梅入壽觥，梅花飄入祝壽的酒杯，含蓄點明壽主壽辰在梅花凋謝的時節。『梅』與『眉』諧音，與『眉壽』雙關，蘊含着長壽的祝福。壽觥：祝壽的酒杯。强至《韓魏公生日》詩：『漳水流無竭，年年伴壽觥。』觥：盛酒或飲酒器。古代用獸角制，後也用木或青銅制。腹橢圓形或方形，底爲圈足或四足。《詩·周南·卷耳》：『我姑酌彼兕觥，維以不永傷。』毛傳：『兕觥，角爵也。』

賞　析

此詞爲壽岳父趙西林學生葉行之而作。

上片寫葉行之承繼了趙西林的學問，即將超過致仕的年齡，卻没有做過高官，但他以花爲鄰，與鶴相伴，性情恬淡。

下片寫壽翁葉行之淡泊的生活。他的居所幽雅安静，乘坐著有車幡的車。他與夫人感情諧和，白首偕老，目光炯炯有神，常常教育子女，逗弄孫子，醉態蹣跚。結句『歲歲疏梅入壽觥』，含蓄點明了壽主壽辰在梅花凋謝的時節。『梅』與『眉』諧音，雙關『眉壽』，蘊含長壽的美好祝福。

賀新郎

彭傳師①於吴江三高堂之前作釣雪亭[一]，蓋擅漁人之窟宅[二]，以供詩境也，趙子野約余賦之[三]。

挽住風前柳。問鴟夷、當日扁舟[四]，近曾來否。月落潮生無限事，零亂茶煙未久[五]。漫留得、蓴鱸依舊[六]。可是從來功名誤②，撫荒祠、誰繼風流後[七]。今古恨，一搔首。　江涵雁影梅花瘦[八]。四無塵、雪飛風起③，夜窗如晝。萬里乾坤清絶處，付與漁翁釣叟。又恰是、題詩時候。猛拍闌干呼鷗鷺，道他年、我亦垂綸手[九]。飛過我，共尊酒。

校勘記

①傳：吴本、毛本及《詞綜》作『傳』，黄昇《詞選》作『傳』。
②從來功名誤：黄昇《詞選》、吴本、毛本及《詞綜》作『功名從來誤』。
③風起：吴本、毛本作『雲起』。《詞綜》作『雲凍』。

注釋

［一］彭傳師：岳珂《桯史》記載：『彭傳師，名法，以恩科得官。』吴江：今江蘇蘇州。三高堂：范蠡、張翰、陸龜蒙

皆吴人，宋時吴江以三人爲三高，設三高祠祠之。姜夔《石湖仙·壽石湖居士》詞：『松江煙浦，是千古三高，遊衍佳處。』釣雪亭：郭琇、屈運隆纂《吴江縣誌》卷四《古迹》載：『釣雪亭，在雪灘。宋嘉泰三年縣尉彭法建。』故知此詞作於嘉泰三年（一二〇三）。

［二］擅：佔有，據有。《莊子·秋水》：『且夫擅一壑之水，而跨跱埳井之樂，此亦至矣。』窟宅：神怪的居處。吴淑《江淮異人録·江處士》：『又嘗有人入山伐木，因爲鬼物所著，自言曰：「樹乃我之所止，汝今見伐，吾將何依？當假汝身爲我窟宅。」』

［三］趙子野：趙汝淳，字子野，號静齋，昆山（今屬江蘇）人。詞人好友。太宗八世孫（《宋史·宗室世系表》二二）。寧宗開禧元年（一二〇五）進士（明嘉靖《昆山縣誌》卷六）。歷知清江縣（明隆慶《臨江府志》卷五），通判臨安府（《咸淳臨安志》卷五〇）。

［四］鴟夷：即鴟夷子皮，范蠡歸隱後的化名。范蠡（公元前五三六年—公元前四四八年）字少伯，華夏族，楚國宛地三户（今南陽淅川縣滔河鄉）人。春秋末期政治家、軍事家、謀略家、經濟學家和道家學者。曾獻策扶助越王勾踐復國，興越滅吴後隱去。

［五］『月落潮生』以下兩句：緬懷唐代文學家陸龜蒙。陸龜蒙平時以筆床茶灶自隨，不染塵氛。時隔三百多年，這位江湖散人當年的茶煙在松江和太湖上，似乎還飄散未久。

［六］『漫留得』以下兩句：蓴菜、鱸魚依舊，可是當年的張翰身在何處呢？典出《晉書·張翰傳》：『翰因見秋風起，乃思吴中菰菜、蓴羹、鱸魚膾。』張翰爲西晉吴郡（今江蘇蘇州）人，在洛陽做官時，因秋風興起，想念故鄉吴中的菰菜、蓴羹和鱸魚膾，毅然棄官還鄉。

［七］『可是』以下三句：世人往往都爲功名利禄所誤，手撫那荒敗的三高祠堂，不知後世還有誰能繼承三高那樣的品性？

［八］『江涵』句：空中飛過一行大雁，雁影倒映在江水中，江邊的梅花剛剛吐蕊。瘦：細小，不茁壯。孟郊《秋懷》

詩：『秋草瘦如髮，貞芳綴疎金。』

［九］垂綸：垂釣。嵇康《兄秀才公穆入軍贈詩》之十五：『流磻平皋，垂綸長川。』

集評

黄昇：『彭傳師於吴江三高堂之前作釣雪亭，蒲江爲之賦詞云：「挽住風前柳。問鴟夷、當日扁舟，近曾來否。月落潮生無限事，零亂茶煙未久。漫留得、蓴鱸依舊。可是功名從來誤，撫荒祠、誰繼風流後。今古恨，一搔首。江涵雁影梅花瘦。四無塵、雪飛風起，夜窗如畫。萬里乾坤清絶處，付與漁翁釣叟。又恰是、題詩時候。猛拍闌干呼鷗鷺，道他年、我亦垂綸手。飛過我，共樽酒。」無一字不佳。每一詠之，所謂如行山陰道中，山水映發，使人應接不暇也。』（魏慶之《詩人玉屑》卷二一引黄昇《中興詞話》《中興詞話補遺》）

楊慎《詞品》卷四：『彭傳師於吴江作釣雪亭，擅漁人之窟宅，以供詩境也，約趙子野、翁靈舒諸人賦之，惟申之擅場。「江寒雁影梅花瘦。四無塵、雪飛風起，夜窗如畫。」其警句也。』

陳廷焯《詞則·放歌集》卷二：『起筆瀟灑，亦突兀。』『「猛拍」，妙。有神境，有悟境。』

陳廷焯《雲韶集》卷七：『起五字有神理，有筆力。直似稼軒。字字有精神。繪聲繪影。「猛拍」二字妙甚，有神境，有悟境。』

賞析

此詞爲賦彭傳師所建釣雪亭而作。詞中吊古傷今，寄託自己的歸隱之志。三高祠堂，建於宋初，供奉著春秋越國范蠡、西晉張翰、唐末陸龜蒙三位高人。釣雪亭是彭傳師所作。作者應友人趙子野的邀請，到此遊玩，在冬天下雪的時候，面對此景，賦了這首詞。

詞的上片著重歌詠『三高』，以抒發追思先賢的幽情。『挽住風前柳。問鴟夷、當日扁舟，近曾來否』表達追懷范蠡之情。相傳范蠡歸隱後，自稱鴟夷子皮，泛舟於太湖之上。接著以『月落潮生無限事，零亂茶煙未久』追憶唐末高士陸龜蒙。陸龜蒙自號天隨子，隱居在松江上的村墟甫里，平時以筆床茶灶自隨，不染塵氛。『漫留得蓴鱸依舊』句，用張翰因秋風起思念故鄉蓴羹、鱸膾的故事，追憶當年張翰棄官歸隱的情景。

下片著重寫釣雪亭邊夜雪的情景，表明自己如前賢一樣有隱居垂釣的心願。『江涵雁影瘦』句，寫時辰已是夜晚了，江面上寒雁低飛，江水裏映現著大雁的清影，亭子邊上開放著清瘦的梅花。江山夜雪，萬里乾坤，霎時成爲瓊瑤世界。可是這清絕人寰的勝景，又有誰來欣賞呢？看來只能『付與漁翁釣叟』了。『猛拍闌干呼鷗鷺，道他年、我亦垂綸手』兩句，表明作者此時内心全爲清景所陶醉，也表達了對『三高』隱逸志趣的嚮往。因此，誓志與鷗鷺結盟爲友，希望不久能歸隱此處，垂釣溪上。

全詞意境清新、優美，語言雋麗，是吊古傷今的上乘之作。黄昇評此詞曰：『如行山陰道中，山水映發，使人應接不暇也。』評得極有道理。此詞確實展現了盧詞在吊古傷今方面爐火純青的藝術功底。

沁園春

雙溪狎鷗[一]

幾葉凋楓，半篙寒日，傍橋繫船。愛洞門深鎖[二]，人間福地，雙溪分占，天上星躔[三]。破帽敧寒[四]，短鞭敲月[五]，此地經行知幾年。空贏得，似沈郎消瘦[六]，還欠詩篇[七]。沙鷗伴我愁眠[八]。向水驛風亭紅蓼邊[九]。有村醪可飲[一〇]，且須同醉[一一]，溪魚堪鱠[一二]，切莫論錢。笠澤波頭[一三]，垂虹橋上[一四]，橙蟹肥時霜滿天[一五]。相隨否，算江南江北，惟有君閒。

注釋

[一] 雙溪：水名，從詞中描繪的『笠澤波頭，垂虹橋上』等景物可知，當在原吳江縣東，爲吳淞江支流。狎鷗：親近鷗鳥，借指隱逸。《列子·黃帝》：『海上之人有好鷗鳥者，每旦之海上，從鷗鳥遊，鷗鳥之至者百住而不止。其父曰：「吾聞鷗鳥皆從汝遊，汝取來，吾玩之。」明日之海上，鷗鳥舞而不下也。』後也以『狎鷗』指隱逸。任昉《別蕭諮議》詩：『儻有關外驛，聊訪狎鷗渚。』王炎《水調歌頭·送魏倅》詞：『早晚掛冠去，江上狎浮鷗。』辛棄疾《水調歌頭》詞：『散盡黃金身世，不管秦樓人怨，歸計狎沙鷗。』

[二] 洞門：洞穴的門口。白居易《太湖石》詩：『風氣通巖穴，苔文護洞門。』

[三] 星躔：日月星辰運行的度次。梁武帝蕭衍《閶闔篇》：『長旗掃月窟，鳳迹輾星躔。』朱敦儒《水調歌頭》詞：『深鎖廣寒宮殿，不許姮娥歌舞，按次守星躔。』

[四] 破帽攲寒：歪戴著破帽佇立在寒風中。攲：傾斜。張鷟《遊仙窟·又贈十娘》詩：『錦障劃然卷，羅帷垂半攲。』蘇舜欽《獨步遊滄浪亭》詩：『花枝低攲草色齊，不可騎入步是宜。』

[五] 短鞭敲月：月光下，傳來短鞭敲打馬背的聲音。敲月：在月光下敲打。高登《好事近》詞：『匹馬翩然歸去，向征鞍敲月。』張孝祥《菩薩蠻》詞：『庭葉翻翻秋向晚。涼砧敲月催金剪。』

[六] 沈郎消瘦：《梁書·沈約傳》載，沈約與徐勉素善，遂以書陳情於勉，言己老病：『百日數旬，革帶常應移孔，以手握臂，率計月小半分。以此推算，豈能支久？』

［七］還欠詩篇：指寫不出沈約那樣的優秀詩篇。沈約以詩名，後人有『沈詩任筆』之説，陸游《親舊書來多問近況以詩答之》：『沈詩任筆俱忘盡，酒户新來卻少僧。』

［八］沙鷗：棲息於沙灘、沙洲上的鷗鳥。孟浩然《夜泊宣城界》詩：『離家復水宿，相伴賴沙鷗。』

［九］水驛：水路驛站。朱慶餘《送韋繇校書赴浙東幕》詩：『水驛近船水，山城候騎塵。』周邦彦《渡江雲》詞：『今宵正對初弦月，傍水驛，深艤蒹葭。』風亭：亭子。朱慶餘《秋宵宴別盧侍御》詩：『風亭弦管絶，玉漏一聲新。』王安石《與微之同賦梅花得香字三首》詩之一：『風亭把盞酬孤豔，雪徑回輿認暗香。』紅蓼：蓼的一種。多生水邊，花呈淡紅色。杜牧《歙州盧中丞見惠名醞》詩：『猶念悲秋更分賜，夾溪紅蓼映風蒲。』

［一〇］村醪：村酒。羅隱《歲除夜》詩：『官歷行將盡，村醪强自傾。』司空圖《柏東》詩：『免教世路人相忌，逢著村醪亦不憎。』陸游《今年立冬後菊方盛開小飲》詩：『野實似丹仍似漆，村醪如蜜復如齏。』醪：本指酒釀，引申爲濁酒。

［一一］同醉：一同暢飲而醉。元稹《同醉》詩：『心源一種閒如水，同醉櫻桃林下春。』向子諲《清平樂·巖桂盛開戲呈韓叔夏司諫》詞：『獨喜愛香韓壽，能來同醉花陰。』

［一二］鱠：同『膾』，把魚、肉切成薄片。《文選·枚乘〈七發〉》：『薄耆之炙，鮮鯉之鱠。』李善注引《毛詩》：『炰鱉鱠鯉。』辛棄疾《水龍吟·登建康賞心亭》詞：『休説鱸魚堪鱠，儘西風，季鷹歸未？』

［一三］笠澤：吴淞江的古稱。陸廣微《吴地記》：『松江，一名松陵，又名笠澤。』又《（弘治）吴江縣志》載：『松江即吴松江，一名笠澤。在縣治之東半里許，《禹貢》三江之一也。後人續加水旁爲淞江。』

［一四］垂虹橋：郭琇等纂修《吴江縣志·橋梁》卷二載：『（吴江縣）東門城外，利往橋，一名垂虹橋，俗呼長橋。宋慶曆八年知縣李問、尉王庭堅以木爲之。治平三年，知縣孫覺重修。』

［一五］橙蟹：用橙子和螃蟹調製的食品，此處指秋天的螃蟹。林洪《山家清供·蟹釀橙》：『橙用黄熟大者，截頂剜去穰，留少液，以蟹膏肉實其内，仍以帶枝頂覆之。入小甑，用酒醋水蒸熟，用醋鹽供食，香而鮮，使人有新酒菊

花、香橙螃蟹之興。因記危巽齋《贊蟹》云：「黄中通理，美在其中，暢於四肢，美之至也。」此本諸《易》，而於蟹得之矣。今於橙蟹又得之矣。』劉克莊《冬景》詩：『葉浮嫩緑酒初熟，橙切香黄蟹正肥。』

集評

陳廷焯《雲韶集》卷七：『字字精煉，誰不首肯。灑落有致。命題既妙，故措語必高，想見先生氣宇。』

賞析

此詞詠鷗兼傷逝，詞當作於詞人早年在吴中任職時期。

上片寫夜泊雙溪時所見晚景。楓葉凋零，夕陽西下，在橋邊泊舟停歇。四周的山洞緊閉，這裏與天上日月星辰運行的度次相應，實爲人間福地。詞人歪戴著帽子佇立在寒風中。月光下，傳來短鞭敲打馬背的聲音。已記不得多少次經行此地，空留下瘦似沈約的美名，卻没有寫出沈約那樣的詩篇。字里行間流露出詞人對時光流逝而功業無成的感慨。

下片先寫沙鷗與詞人相伴入眠，想邀沙鷗與自己共飲同醉。在霜色滿天之時，正是溪魚與螃蟹肥美之時，切莫計較價錢。結句『相隨否，算江南江北，惟有君閒』，表面上在説羨慕沙鷗的清閒，實爲感歎自己的碌碌無爲。

又

戊辰歲壽攻媿舅[一]

台色齊輝[二],一點長庚[三],夜來更明。漸日添宮線[四],功催補衮[五],春回梅蕚[六],香趁調羹[七]。鶴禁班高[八],槐庭恩重[九],八袠騣騣人共榮[一〇]。誰知道,縱身居公輔[一一],心似書生[一二]。　東樓見說初成[一三]。有簾卷江山萬里横[一四]。想高情長羡[一五],碧雲出處[一六],清時未許[一七],緑野經營[一八]。東閣郎君[一九],南宫進士[二〇],管領孫枝扶壽觥[二一]。齊眉醉[二二],笑尊前樂事[二三],真箇全並[二四]。

注釋

[一] 戊辰歲:宋寧宗趙擴嘉定元年(一二〇八)。攻媿:樓鑰(一一三七—一二一三),字大防,又字啟伯,號攻媿主人,明州鄞縣(今浙江寧波)人。南宋大臣、文學家,樓璩第三子,盧祖皋舅父。戊辰歲樓鑰時年七十二歲,韓侂胄於開禧三年(一二〇七)伏誅,樓鑰因與侂胄不和,於此年被重新起用,復官吏部尚書兼實録院修撰(據《南宋館閣續録》卷九)。這與詞中『台色齊輝』『鶴禁班高』『身居公輔』等語相應。又由詞中『漸日添宮線』『春回梅蕚』等語,可知樓鑰的生日當在冬末或春初。

[二] 台:三台,星名。古代用三台來比喻三公。《後漢書·孝安帝紀論》:『遂復計金授官,移民逃寇,推咎台衡,以答天眚。』李賢注:『台謂三台,三公象也。』又《晉書·天文志上》:『三台六星,兩兩而居……在人曰三公,

在天曰三台，主開德宣符也。西近文昌二星曰上台，爲司命，主壽。次二星曰中台，爲司中，主宗室。東二星曰下台，爲司禄，主兵，所以昭德塞違也。」

［三］長庚：亦作「長賡」「長更」。古代指傍晚出現在西方天空的金星。亦名太白星、明星。《詩·小雅·大東》：「東有啓明，西有長庚。」毛傳：「日旦出，謂明星爲啓明。日既入，謂明星爲長庚。」

［四］日添宫線：農曆冬至後，北半球白天漸長，以此暗示樓鑰壽辰在冬至前後。宫線：古代皇宫中用線量日影以計時，稱宫線。朱敦儒《念奴嬌·楊子安侍郎壽》詞：「臘回春近，正日添宫線，香傳梅驛。」

［五］補衮：補救規諫帝王的過失。語本《詩·大雅·烝民》：「衮職有闕，維仲山甫補之。」《文選·阮瑀〈爲曹公作書與孫權〉》：「願仁君及孤，虚心回意，以應詩人補衮之歎，而慎周易牽復之義。」

［六］梅蕚：梅花的蓓蕾。歐陽修《玉樓春·題上林後亭》詞：「池塘隱隱驚雷曉，柳眼未開梅蕚小。」

［七］調羹：《書·説命下》：「若作和羹，爾惟鹽梅。」後因以「調羹」喻治理國家政事。趙善括《醉蓬萊·魏相國生日》詞：「補衮工夫，調羹手段，如今重試。」

［八］鶴禁：太子所居之處。《列仙傳》記載：「王子喬者，周靈王太子晉也。好吹笙，作鳳凰鳴。游伊洛之間，道士浮丘公接以上嵩高山三十餘年。後求之於山上，見柏良曰：「告我家，七月七日待我於緱氏山巔。」至時，果乘白鶴駐山頭，望之不得到。舉手謝時人，數日而去。」後人因稱太子之駕爲鶴駕，太子所居之所爲鶴禁。王勃《九成宫頌》序：「鳳闈宵静，陰靈宣玉闔之華；鶴禁朝趨，離象峻銅樓之景。」班：分等列序，排列。《孟子·萬章下》：「周室班爵禄也，如之何？」趙岐注：「班，列也。問周家班列爵禄，等差謂何？」《舊唐書·穆宗紀》：「太和長公主發赴迴紇，上以半仗御通化門臨送，群臣班於章敬寺前。」蘇軾《書歐陽公黄牛廟詩後》：「（丁寶臣元珍）夢與予同舟泝江，入一廟中，拜謁堂下，予班元珍下，元珍固辭。」

［九］槐庭：宋學士院第三庭庭名。沈括《夢溪筆談》：「學士院第三庭學士閣子當前有一巨槐，素號『槐廳』。舊傳，居此閣者多至入相。」樓鑰於此年起爲翰林侍講、吏部尚書，除端明殿學士，故云。

〔一〇〕八袠：亦作『八帙』『八秩』。指八十歲，時俗謂七十歲以上爲開第八秩。樓鑰此年七十二歲，故曰『八袠駸駸』。《禮記·王制》：『七十不俟朝，八十月告存，九十日有袠。』本指古代帝王對老人的優待，後因稱八十歲爲『八袠』，九十歲爲『九袠』。駸駸：形容事物日趨進步强大。蘇洵《審勢》：『秦自孝公，其勢已駸駸焉，日趨於强大。』

〔一一〕縱：縱令，即使。《詩·鄭風·子衿》：『縱我不往，子寧不嗣音？』杜甫《兵車行》詩：『縱有健婦把鋤犁，禾生隴畝無東西。』公輔：古代三公、四輔，均爲天子之佐。借指宰相一類的大臣。《漢書·孔光傳》：『光凡爲御史大夫、丞相各再，壹爲大司徒、太傅、太師，歷三世，居公輔位前後十七年。』

〔一二〕書生：讀書人。古時多指儒生。李端《度關山》詩：『誰知系虜者，賈誼是書生。』韓愈《與鄂州柳中丞書》：『閤下書生也。《詩》《書》《禮》《樂》是習，仁、義是修、法度是束。』

〔一三〕『東樓』句：聽說東樓剛剛建成。東樓：樓鑰在四明築有東樓。《洞仙歌·序》：『辛未歲，攻媿舅氏肇石築山於東樓之下。』見說：猶聽說。李白《送友人入蜀》詩：『見說蠶叢路，崎嶇不易行。』

〔一四〕簾卷江山萬里横：卷起門簾，眼前横亘著萬里江山。

〔一五〕高情：高隱超然物外之情。孫綽《游天臺山賦》：『釋域中之常戀，暢超然之高情。』方干《許員外新陽别業》詩：『莫恣高情求逸思，須防急詔用長材。』梅堯臣《過山陽水陸院智洪上人房》詩：『遺墨悲蘇倩，高情想遁林。』

〔一六〕碧雲：青雲。江淹《雜體詩·休上人别怨》：『日暮碧雲合，佳人殊未來。』張銑注：『碧雲，青雲也。』戴叔倫《夏日登鶴巖偶成》詩：『願借老僧雙白鶴，碧雲深處共翱翔。』劉克莊《沁園春·送包尉》詞：『悵佳人未來，碧雲冉冉；王孫去後，芳草萋萋。』

〔一七〕清時：清平之時，太平盛世。《文選·李陵〈答蘇武書〉》：『勤宣令德，策名清時。』張銑注：『清時，謂清平之時。』曹操《清時令》：『今清時，但當盡忠於國，效力王事。』岑參《虢中酬陝西甄判官贈》詩：『微才棄散地，拙宦慙清時。』

［一八］綠野經營：指退隱後建造别墅的打算。綠野：唐代裴度的别墅綠野堂。故址在今河南省洛陽市南。裴度爲唐憲宗時宰相，平定藩鎮叛亂有功，晚年以宦官專權，辭官退居洛陽。於午橋建别墅，種花木萬株，築燠館涼臺，名曰綠野堂。裴度野服蕭散，與白居易、劉禹錫等作詩酒之會，窮晝夜相歡，不問人間事。事見《新唐書·裴度傳》。

［一九］東閣：古代稱宰相招致、款待賓客的地方。《漢書·公孫弘傳》：『弘自見爲舉首，起徒步，數年至宰相封侯，於是起客館，開東閣以延賢人。』孟浩然《題長安主人壁》詩：『久廢南山田，叨陪東閣賢。』李商隱《哭遂州蕭侍郎二十四韻》：『早歲思東閣，爲邦屬故園。』蘇軾《九日次韻王鞏》：『聞道郎君閉東閣，且容老子上南樓。』

［二〇］南宫：尚書省的别稱。謂尚書省象列宿之南宫，故稱。《後漢書·鄭弘傳》：『弘前後所陳有補益王政者，皆著之南宫，以爲故事。』韋應物《和張舍人夜直中書寄吏部劉員外》詩：『西垣草詔罷，南宫憶上才。』韓愈《袁州刺史謝上表》：『臣以愚陋無堪，累蒙朝廷奬用，掌誥西掖，司刑南宫。』

［二一］管領：領受。白居易《題小橋前新竹招客》詩：『管領好風煙，輕欺凡草木。』楊恢《祝英臺近·中秋》詞：『不妨彩筆雲箋，翠尊冰醖，自管領、一庭秋色。』孫枝：從樹幹上長出的新枝，自本而生者爲子幹，自子幹而生者爲孫枝。世人常以孫枝喻孫兒。詳見《水龍吟》（世間誰似蓬仙）注［四］。扶壽觥：端著酒杯。壽觥：祝壽的酒杯。觥：古代用獸角制的酒器，後也有用木或銅制的。詳見《醉梅花》（傳得西林一派清）注［一四］。

［二二］齊眉：指白首偕老的夫妻。詳注見《水龍吟》（世閒誰似蓬仙）注［一一］。

［二三］尊前：在酒樽之前。指酒筵上。詳見《水龍吟·淮西重午》注第［一四］。尊：亦作『樽』『罇』。盛酒器。用作祭祀或宴享的禮器。早期用陶制，後多以青銅澆鑄。

又

［二四］真箇：真的，確實。王維《酬黎居士淅川作・曇壁上人院走筆成》詩：『儂家真箇去，公定隨儂否。』楊萬里《多稼亭前兩株梅盛開》詩：『君不見侯門女兒真箇癡，獺髓熬酥滴北枝。』全並：全都具備。

賞析

此詞壽樓鑰。

上片贊美壽翁德望重而不驕矜。由三台星與長庚星在夜空中明亮閃耀入筆，暗喻壽翁身居高位，長壽安康。『漸日添宮線，功催補衮，春回梅萼，香趁調羹』幾句，寫壽翁的壽辰正值白日變長、梅花吐蕾之時，也是壽翁補救時弊、治國理政的好時機。『鶴禁班高，槐庭恩重，八衮騣騣人共榮』幾句，贊頌壽翁雖已步入八帙年齡，但在朝廷依舊德高望重、地位顯赫，他『身居公輔』，但仍具書生意氣。

下片寫壽翁的退隱志向。先寫壽翁的東樓落成，卷起門簾，眼前即横亘著萬里江山。壽翁有超然物外之情，常惦記著隱居於這青雲升起的地方。但現今是太平盛世，朝廷不會批准賢明的大臣像裴度那樣退隱緑野堂。『東閣郎君，南宫進士，管領孫枝扶壽觥』幾句，贊頌樓鑰孫子輩皆大有作爲，如今齊聚一堂，舉杯稱壽。老壽星與夫人開懷暢飲，已微有醉意。在這壽宴上，樂事全都具備了。

賀新郎

姑蘇臺觀雪［一］

十頃涵空碧［二］。畫圖中、崢嶸幻①玉［三］，亂零吹璧［四］。倚徧危闌吟不盡［五］，把酒風前岸幘[六]。記當日、西湖爲客。誰翦吳淞江上水[七]，笑乾坤、奇事成兒劇[八]。還照我，夜窗白。崇臺目斷清無極[九]。引枝笻、瓊瑤步軟[一〇]，印登臨屐[一一]。娃館娉婷知何在[一二]，淚粉愁濃恨積[一三]。故化作、飛花狼籍[一四]。舊事悠悠渾莫問[一五]，有玉蟾、醉裏曾相識[一六]。聊伴我，夜吹笛②。

校勘記

①幻：毛本作『勾』。黄昇《詞選》及吳本作『幻』。案：當作『幻』，宋人詩詞中常用『幻玉』喻雪。如朱淑真《雪二首》詩其二：『分明幻玉迷青嶂，輕薄隨風入畫簷。』

②夜吹笛：吳訥本、毛晉本作『吹羌笛』。毛本注：『或病二尾句相似，應作「吹羌笛」』。

注釋

［一］姑蘇臺：在蘇州城外西南隅的姑蘇山上。詳見《摸魚兒·九日登姑蘇臺》注［一］。

［二］『十頃』句：姑蘇臺南邊遼闊的太湖，水天相映，水色澄碧。十頃：寫太湖水域遼闊。頃：土地面積單位。百畝爲頃，一説十二畝半爲頃。《漢書·楊惲傳》：『田彼南山，蕪穢不治，種一頃豆，落而爲萁。』颜師古注引張晏曰：『一頃百畝，以喻百官。』。《公羊傳·宣公十五年》：『什一者，天下之中正也。』何休注：『凡爲田：一頃十二畝半，八家而九頃，共爲一井，故曰井田。』涵空：指水映天空。溫庭筠《春江花月夜》詩：『千里涵空

照水魂，萬枝破鼻團香雪。」

［三］崢嶸幻玉：姑蘇臺位於靈巖山中，高峻的靈巖山峰，在白雪的覆蓋下猶如奇幻的玉石。崢嶸：高峻貌。《文選·班固〈西都賦〉》：「於是靈草冬榮，神木叢生，巖峻崷崒，金石崢嶸。」李善注引郭璞《方言注》：「崢嶸，高峻也。」劉兼《蜀都道中》詩：「劍關雲棧亂崢嶸，得喪何由險與平。」

［四］亂零吹璧：紛紛揚揚的大雪，猶如從美玉中吹出。

［五］危闌：亦作「危欄」，高處的欄杆。李商隱《北樓》詩：「此樓堪北望，輕命倚危欄。」歐陽修《踏莎行》（候館梅殘）詞：「寸寸柔腸，盈盈粉淚，樓高莫近危闌倚。」辛棄疾《摸魚兒》（更能消幾番風雨）詞：「閒愁最苦，休去倚危欄。」

［六］岸幘：掀起頭巾，露出前額。形容態度灑脱，衣著簡率不拘。孔融《與韋休甫書》：「閒僻疾動，不得復與足下岸幘廣坐，舉杯相於，以爲邑邑。」《世説新語·簡傲二十四》：「（謝奕）在溫坐，岸幘嘯詠，無異常日。」白居易《喜楊六侍御同宿》詩：「岸幘靜言明月夜，匡牀閒臥落花朝。」幘：古代包紮髮髻的巾。蔡邕《獨斷》下：「幘者，古之卑賤執事不冠者之所服也。元帝額有壯髮，不欲使人見，始進幘服之，群臣皆隨焉。然尚無巾，如今半幘而已。王莽無髮，乃施巾，故俚語曰：「王莽禿，幘施屋。」」《隋書·禮儀志六》：「幘，尊卑貴賤皆服之。文者長耳，謂之介幘；武者短耳，謂之平上幘。」

［七］翦：斬斷。《詩·召南·甘棠》：「蔽芾甘棠，勿翦勿伐，召伯所茇。」毛傳：「翦，去。」葛洪《抱樸子·漢過》：「養豺狼而殲騶虞，殖枳棘而翦椒桂。」寒山《詩》之十：「天生百尺樹，翦作長條木。」吳淞江：古稱松江或吳江，亦名松陵江、笠澤江，今稱蘇州河。（弘治）《吳江縣志》載：「松江即吳松江，一名笠澤。在縣治之東半里許，《禹貢》三江之一也。後人續加水旁爲淞江。」杜甫《戲題畫山水圖歌》：「焉得并州快剪刀，剪取吳松半江水。」

［八］乾坤：指天地。《易·説卦》：「乾爲天……坤爲地。」班固《典引》：「至于經緯乾坤，出入三光。」奇事成兒

劇：由於大雪冰封，兒時斬斷吴淞江的戲言現在都已成真。兒劇：猶兒戲。張榘《金縷曲·次韻拙逸劉直孺見寄言志》詞：『任你祖鞭先著了，占鷗天、浩蕩觀浮沒。挈富貴，等兒劇。』

［九］崇臺：高臺，指姑蘇臺。目斷：猶望斷，一直望到看不見。丘爲《登潤州城》詩：『鄉山何處是，目斷廣陵西。』晏殊《訴衷情》詞：『憑高目斷。鴻雁來時，無限思量。』無極：無窮盡，無邊際。《左傳·僖公二十四年》：『女德無極，婦怨無終。』枚乘《七發》：『太子方富於年，意者久耽安樂，日夜無極。』元稹《奉和竇容州》：『自歎風波去無極，不知何日又相逢？』

［一〇］引枝筇：扶著竹杖。引：牽引，拉。《淮南子·脩務訓》：『引之不來，推之不往。』杜甫《新婚別》詩：『兔絲附蓬麻，引蔓故不長。』瓊瑤步軟：行走時腳陷入雪中，腳步發軟。瓊瑤：鋪在大地上的雪猶如美玉。

［一一］印登臨屐：雪地上留下了木屐的印迹。登臨：登山臨水。語出《楚辭·九辯》：『憭慄兮若在遠行，登山臨水兮送將歸。』《史記·衛將軍驃騎列傳》：『禪於姑衍，登臨翰海。』孟浩然《與諸子登峴山》詩：『江山留勝迹，我輩復登臨。』

［一二］『娃館』句：館娃宫裏的美人如今已不知身在何處。娃館：館娃宫，春秋時吴王夫差爲西施建造，吴人呼美女爲娃，故曰館娃宫。范成大《吴郡志》載：『館娃宫。《吴越春秋》《吴地記》皆云：「閶闔城西有山，號硯石山，山在吴縣西三十里。上有館娃宫。」又《方言》曰：「吴有館娃宫，今靈巖寺即其地也。山有琴臺，西施洞、硯池、翫花池。山前有採香徑。皆宫之故迹。」』娉婷：美人，佳人。喬知之《綠珠篇》：『石家金谷重新聲，明珠十斛買娉婷。』

［一三］『淚粉』句：被淚水打濕的紅粉與心中重重的愁緒、遺憾都堆積在一起。淚粉：被淚水打濕的臉上的紅粉。韓偓《嬾起》詩：『枕痕霞黯澹，淚粉玉闌珊。』恨積：各種遺憾堆積在心頭。周邦彦《蘭陵王·柳》詞：『淒惻，恨堆積！漸別浦縈回，津堠岑寂，斜陽冉冉春無極。』恨：遺憾。《史記·商君列傳》：『梁惠王曰：「寡人恨不用公叔座之言也。」』颜之推《颜氏家訓·勉學》：『帝尋疾崩，遺詔恨不見太后山陵之事。』杜甫

《復愁》詩之十一：『每恨陶彭澤，無錢對菊花。』蘇軾《上神宗皇帝書》：『世常謂漢文不用賈生，以爲深根。』

［一四］『故化作』句：各種愁緒、遺憾都化成了散亂堆積的落花。狼籍：多而散亂堆積。陳子昂《上西蕃邊州安危事》：『屯田廣遠，倉蓄狼籍，一虜爲盜，恐成大憂。』元稹《夜坐》詩：『孩提萬里何時見？狼籍家書臥滿牀。』

［一五］悠悠：久長，久遠。《楚辭·九辯》：『去白日之昭昭兮，襲長夜之悠悠。』杜甫《發秦州》詩：『大哉乾坤内，吾道長悠悠。』渾：皆，都，表示範圍。王建《晚秋病中》詩：『霜下野花渾著地，寒來溪鳥不成群。』王安石《若耶溪歸興》詩：『汀草岸花渾不見，青山無數逐人來。』袁去華《點絳唇·登郢州城樓》詞：『樓檻淩風，四邊渾是青山繞。』

［一六］玉蟾：月亮的别名，又稱『玉蟾蜍』，傳説月宫裏有蟾蜍，故名。褚載《月詩》逸句：『星斗離披煙靄收，玉蟾蜍耀海東頭。』方干《中秋月》詩：『涼霄煙靄外，三五玉蟾秋。』

集評

卓人月《古今詞統》卷一六：『（『娃館』四句）余因成虎北雪詩云：「西子眉颦飛玉筯，伍胥髮指變銀絲。」』

潘遊龍《古今詩餘醉》卷一四：『兩煞句太同了。』

賞析

此詞描繪姑蘇臺雪景，在追古惜今中，抒發羈旅之思。

上片寫雪景。起句由姑蘇臺南邊遼闊的太湖入筆，太湖水天相映，水色澄碧。在這圖畫般的美景中，眺望高峻的靈巖山峰，它在白雪的覆蓋下猶如奇幻的玉石。紛紛揚揚的大雪，猶如從這玉石中吹出。前四句起筆不俗，寫出水、天、山、雪交相輝映的奇特景色。詞人倚欄吟詩，興味無窮。興奮之餘，顧不上寒冷，他掀起頭巾，露出前額。回憶起當年在西湖客遊時，曾經戲言誰能把吳淞江水剪斷，可笑的是當時的戲言現在都已成真。

下片賞雪抒懷。站在高高的姑蘇臺上，白茫茫的雪色望不到盡頭。詞人扶著竹杖，踩在松軟的積雪上前行，雪地上留下了長長的木屐印迹。『娃館娉婷知何在，淚粉愁濃恨積。故化作、飛花狼籍』四句，轉入對歷史的追思，姑蘇臺邊館娃宮裏的美人如今已不知身在何處，被淚水打濕的紅粉與心中重重的愁緒堆積在一起，化成了零亂飛舞的雪花。這幾句將館娃宮的遺事與眼前的雪景巧妙聯系起來，想象奇特。接下來詞人的思緒又回到眼前，他不再去思索年代久遠的往事，抬頭看看那輪熟悉的明月，只有它曾無數次在自己醉後相伴，如今依舊是它伴著自己吹奏笛曲。從往事中回到現實的詞人，只有明月相伴，含蓄地表達了他的羈旅之愁。

又

送曹西士宰建昌[一]

萬里岷峨路[二]。笑歸來、野逸蕭閒[三]，舊時風度[四]。玉陛金閨春引處[五]，遲卻京華步武[六]。漫贏得、西湖佳趣[七]。香篆琴絲簾影外[八]，有朝雲、夜月和鷗鷺。都辨我[九]，醉中句。　飛鳧又報匡廬去[一〇]。怕赤霄、班裏依然，有人留取[一一]。頭黑功名渾好在[一二]，漫浪從渠賦予[一三]。但愛我、襟期相遇[一四]。滿把一觴爲君壽[一五]，有風荷、萬頃搖清暑[一六]。聊爲此，釂金縷[一七]。

注釋

［一］曹西士：指曹豳，溫州瑞安人。《宋史》本傳記載：『豳字西士，少從錢文子學，登嘉泰二年進士第，授安吉州教授。』累官浙東提點刑獄、左司諫，有直聲，以寶章閣待制致仕，卒謚文恭，人稱東畎先生。周夢江《〈宋史·曹豳傳〉補正》附《曹豳墓志》記載：『（嘉定）十六年（一二二三）……五月任南康軍建昌縣宰。』故此詞作於嘉定十六年（一二二三）。宰：主宰，治理。《史記·項羽本紀》：『項羽爲天下宰。』張喬《送龍門令劉滄》詩：『去宰龍門縣，應思變化年。』建昌：今江西省南城縣。

［二］『萬里』句：曹豳由重慶司府參軍任上回到行在臨安，要翻越岷山、峨眉山不遠萬里。岷峨：岷山和峨眉山的並稱。江淹《建平王讓右將軍荊州刺史表》：『水交沅澧，山通岷峨，襟帶百縣，縈抱七州。』盧綸《送張郎中還蜀歌》詩：『回首岷峨半天黑，傳觴接膝何由得。』

［三］野逸：純樸閒適。杜甫《寄李十二白二十韻》：『劇談憐野逸，嗜酒見天真。』陸游《跋楊處士村居感興》：『蘇嶠季真家有處士夫妻像，野逸如生，恨不曾傳摹得之。』蕭閒：蕭灑悠閒，寂靜。顧況《山居即事》詩：『下泊降茅仙，蕭閒隱洞天。』林逋《送思齊上人之宣城》詩：『蕭閒水西寺，駐錫莫忘歸。』

［四］風度：風采儀態。《後漢書·竇融傳論》：『嘗獨詳味此子之風度，雖經國之術無足多談，而進退之禮良可言矣。』

［五］玉陛：帝王宮殿的臺階，此處指朝廷。王昌齡《夏月花萼樓酺宴應制》詩：『玉陛分朝列，文章發聖聰。』陸游《十二月二十七日祭風師歸道中作》詩：『束帶敢言趨玉陛，橫戈猶憶戍天山。』金闉：指金馬門。亦代指朝廷。鮑照《侍郎報滿辭閣疏》：『金闉雲路，從茲自遠。』錢振倫注引李善《江淹〈別賦〉》注：『金闉，金馬

門也。』蘇軾《秧馬歌》詩：『錦韉公子朝金闉，笑我一生蹋牛犂，不知自有木駃騠。』春引：春意引逗人。白居易《早春題少室東巖》詩：『月留三夜宿，春引四山行。』引：逗引，誘引，吸引。

［六］遲卻：延遲，推後。范成大《倦繡》詩：『槐陰忽到簾旌上，遲卻尋常一線花。』京華：京城之美稱，此處指南宋行在臨安。因京城是文物、人才彙集之地，故稱。郭璞《遊仙詩》之一：『京華遊俠窟，山林隱遯棲。』張九齡《上封事》：『京華之地，衣冠所聚。』步武：泛指腳步。步：古時兩舉足爲步，周代以八尺爲步，秦代以六尺爲步。武：半步。《國語·周語下》：『夫目之察度也，不過步武尺寸之間。』韋昭注：『六尺爲步，賈君以半步爲武。』泛指足迹、腳步。楊萬里《三辰硯屏歌》詩：『一星雪白大於黍，走近月旁無半武。』陸游《道室雜詠》詩之一：『豈但煙霄隨步武，故應冰雪換形容。』

［七］漫：聊，姑且。唐彥謙《高平九日》詩：『偶逢佳節牽詩興，漫把芳樽遣客愁。』徐鉉《柳枝》詞：『醉裏不知時節改，漫隨兒女打鞦韆。』贏得：博得。步非煙《又答趙象獨坐》：『近來贏得傷春病，柳弱花敧怯曉風。』辛棄疾《破陣子·爲陳同甫賦壯詞以寄之》詞：『了卻君王天下事，贏得生前身後名。』佳趣：美好的趣味。張九齡《題畫山水障》詩：『對翫有佳趣，使我心眇綿。』李白《與從姪杭州刺史良游天竺寺》詩：『詩成傲雲月，佳趣滿吳洲。』王安石《明州錢君倚眾樂亭》詩：『艤船談笑政即成，洗滌山川作佳趣。』

［八］香篆：指焚香時所起的煙縷。因其曲折似篆文，故稱。宋代無名氏《蘇幕遮》詞：『翠屏深，香篆嫋，流水落花，不管劉郎到。』趙令峙《思越人》詞：『深院落，小樓臺，玉盤香篆看徘徊。』辛棄疾《山花子》詞：『心似風吹香篆過，也無灰。』琴絲：琴弦。亦指琴聲。楊億《初秋屬疾》詩：『密雪才高閒賦筆，流波意遠托琴絲。』姜夔《齊天樂》詞：『寫入琴絲，一聲聲更苦。』

［九］辨：明瞭，詳悉。范仲淹《上張右丞書》：『至於稼穡之難，獄訟之情，政教之繁簡，貨殖之利病，雖不能辨，亦嘗有聞焉。』

［一〇］『飛鳧』句：以野鴨等候鳥冬季南遷廬山，喻曹豳即將赴江西建昌赴任。鳧：野鴨。狀如家鴨而略小，肉味甚

美。《詩·鄭風·女曰雞鳴》：『將翱將翔，弋鳧與鴈。』朱熹集傳：『鳧，水鳥，如鴨，青色，背上有文。』杜甫《西閣三度期大昌嚴明府同宿不到》詩：『早鳧江檻底，雙影漫飄颻。』報：通『赴』，往，去。《玉臺新詠·〈古詩爲焦仲卿妻作〉》：『卿但暫還家，吾今且報府。』匡盧：指江西的廬山。相傳殷周之際有匡俗兄弟七人結廬於此，故稱。《後漢書·郡國志四·廬江郡》『尋陽南有九江，東合爲大江。』劉昭注引慧遠《廬山記略》：『有匡俗先生者，出殷周之際，隱遯潛居其下，受道於仙人而共嶺，時謂所止爲仙人之廬而命焉。』白居易《草堂記》：『匡廬奇秀，甲天下山。』

［一一］『怕赤霄』以下三句：只怕朝廷依然可能改變詔令，會讓曹豳留在行在臨安。赤霄：指帝王所居的京城。杜甫《送覃二判官》詩：『肺肝若稍愈，亦上赤霄行。』班：特指朝班。王讜《唐語林·雅量》：『文宗時入閣，郎官有誤竄者。上覺之，班退，語宰相。』。

［一二］頭黑功名：頭髮還是黑的，便已位列三公。指人年少有爲。語本《晉書·諸葛恢列傳》：『恢弱冠知名，試守即丘長，轉臨沂令，爲政和平。值天下大亂，避地江左，名亞王導、庾亮。導嘗謂曰：「明府當爲黑頭公。」及導拜司空，恢在坐，導指冠謂曰：「君當復著此。」』渾：還，仍舊。杜甫《十六夜翫月》詩：『巴童渾不寐，半夜有行舟。』好在：依舊，如故。常建《落第長安》詩：『家園好在尚留秦，恥作明時失路人。』陸游《湖上》詩：『猶憐不負湖山處，好在平生舊釣磯。』

［一三］漫浪：放縱而不受世俗拘束。《新唐書·元結傳》：『又漫浪於人間，得非聱牙乎？』歐陽修《自敘》詩：『餘本漫浪者，兹亦漫爲官。』從渠：任由他。謝枋得《贈宋相士》詩：『時乎一杯酒，此外盡從渠。』賦予：給與，交給。陸游《午枕》詩：『老夫享此七十年，每愧天公賦予偏。』

［一四］『但愛我』以下二句：只喜歡那些與我志趣相投的事物。襟期：襟懷、志趣。高澄《與侯景書》：『繾綣襟期，綢繆素分。』吴融《秋興》詩：『襟期漸蕭灑，精爽欲飛揚。』相遇：相合。白居易《讀謝靈運詩》詩：『謝公才廓落，與世不相遇。』司馬光《石昌言哀辭》：『自始得見至於永訣，其間迭有進退窮通，相遇如

一日。』

［一五］滿把一觴：端起一滿杯酒。把：握，執。《戰國策·燕策三》：『臣左手把其袖，右手揕其胸。』杜甫《奉濟驛重送嚴公四韻》：『幾時杯重把，昨夜月同行。』觴：盛滿酒的杯。亦泛指酒器。《禮記·投壺》：『命酌，曰：「請行觴。」』葛洪《抱樸子·酒誡》：『舉萬壽之觴，誦溫克之義。』

［一六］風荷：風中的蓮花或蓮葉。元稹《和李校書新題樂府十二首·上陽白髮人》：『月夜閒聞洛水聲，秋池暗度風荷氣。』白居易《南塘暝興》詩：『風荷搖破扇，波月動連珠。』李群玉《池塘晚景》詩：『風荷珠露傾，驚起睡鵁鶄。』萬頃：形容面積廣闊。任昉《齊竟陵文宣王行狀》：『淵然萬頃，直上千仞。』楊萬里《過金沙洋望小海》詩：『須臾滿眼賈胡船，萬頃一碧波黏天。』清暑：消除暑熱，避暑。《文選》張衡《西京賦》：『其遠則九嵕甘泉，涸陰沍寒，日北至而含凍，此焉清暑。』薛綜注：『帝或避暑於甘泉宮，故云清暑。』盧綸《天長久詞》：『天子方清暑，宮娃起夜妝。』

［一七］釂金縷：滿飲金縷杯中的美酒。釂：飲盡杯中酒。《禮記·曲禮上》：『長者舉，未釂，少者不敢飲。』鄭玄注：『盡爵曰釂。』歐陽修《浣溪沙》詞：『雙手舞餘拖翠袖，一聲歌已釂金觴。』金縷：裝飾有金絲的酒杯、茶杯等器具。蘇軾《惜花》詩：『就中一叢何所似，馬瑙盤盛金縷杯。』管鑒《浣溪沙》詞：『茶甌金縷鷓鴣斑。三壽作朋須共醉，一杯留客未應慳。』

賞析

此詞爲送別曹豳赴江西建昌任而作，兼爲其祝壽。

上片寫曹豳回到臨安城，并描繪臨安城的美好春色，爲下片的挽留做好鋪墊。曹豳由重慶司府參軍任上翻越岷山、峨眉山，不遠萬里回到臨安。他依舊笑容滿面，純樸閒適，瀟灑悠閒。臨安城的春色正濃，不禁讓曹豳放慢了腳步，故且欣賞這西湖的佳境幽趣。沉香的煙縷、美妙的琴聲與簾幕的疏影外那些朝雲、夜月和鷗鷺，都熟識曹豳醉中的吟詠之句。

下片寫惜别即將赴任的朋友，並向他祝壽。起句『飛鳧又報匡廬去』，以野鴨等候鳥冬季南遷廬山，喻曹豳即將赴江西建昌，『怕赤霄、班裏依然，有人留取』三句，婉轉地説出只怕朝廷依然可能改變詔令，會讓曹豳留在行在臨安。接下來是對朋友的勸慰，『頭黑功名渾好在，漫浪從渠賦予。但愛我、襟期相遇』幾句，是説像諸葛恢那樣，年紀輕輕便已位列三公的人雖然依舊存在，但那畢竟不可强求。故且還是放浪形骸，任由上天安排，要隨性而適，做與志趣相投的事。『滿把一觴爲君壽，有風荷、萬頃摇清暑』幾句，點明宴會的目的，不僅在於餞别，而且有賀壽之意。萬頃荷葉，仿佛也能解人之意，送來清風，吹走暑意，衆人舉起金縷酒杯，一飲而盡。下片既有對友人的依依不捨，又有諄諄勸慰之意。

太常引

趨省聞桂偶成[一]

夢回金井卸梧桐[二]。嘶馬帶疏鐘[三]。草面露痕濃。漸薄袖、清寒暗通。　天低絳闕[四]，雲浮碧海，殘月尚朦朧。吹面桂花風。悄不似①、紅塵道中[五]。

校勘記

①悄不似：《全宋詞》作『峭不似』。案：前《摸魚兒·九日登姑蘇臺》詞中有『悄不似黄花，田田照眼，風味儘如舊』

句，另呂渭老《蓦山溪》（元宵燈火）詞中有『行客挽長條，悄不似、當初些個』句，宋人詞中多有『悄不似』，而無『峭不似』之説，故當作『悄不似』。

注釋

［一］趨省：去宫禁的路上。趨：奔赴，投身。《韓非子·難一》：『皆憂天下之害，趨一國之患，不避卑辱，故謂之仁義。』《新唐書·魏元忠傳》：『今捨必禽之弱，而趨難敵之彊，非計也。』省：宫禁之中。蔡邕《獨斷》：『禁中者，門户有禁，非侍御者不得入，故曰禁中。孝元皇后父大司馬陽平侯名禁，當時避之，故曰省中。』《漢書·昭帝紀》：『帝姊鄂邑公主，益湯沐邑，爲長公主，共養省中。』陸游《題閤郎中溧水東皋園亭》詩：『省中地禁清晝長，侍史深注薰籠香。』

［二］夢回：從夢中醒來。李璟《攤破浣溪沙》詞之二：『細雨夢回雞塞遠，小樓吹徹玉笙寒。』辛棄疾《破陣子·爲陳同甫賦壯詞以寄之》詞：『醉裏挑燈看劍，夢回吹角連營。』金井：井欄上有雕飾的井。一般用以指宫庭園林裏的井。費昶《行路難》詩之一：『唯聞啞啞城上烏，玉欄金井牽轆轤。』蘇軾《用前韻答西掖諸公見和》詩：『雙猊蟠礎龍纏棟，金井轆轤鳴曉甕。』卸梧桐：梧桐葉凋謝。卸：凋謝。吴文英《塞翁吟》詞：『歸來共酒，窈窕紋窗，蓮卸新蓬。』

［三］帶：攜帶，夾帶。王昌齡《長信怨》詩：『玉顔不及寒鴉色，猶帶昭陽日影來。』疏鐘：稀疏的鈴聲。包佶《奉和常閣老晚秋集賢院即事，寄贈徐、薛二侍郎》詩：『疏鐘文馬駐，繁葉彩禽棲。』

［四］絳闕：宫殿寺觀前的朱色門闕。亦借指朝廷、寺廟、仙宫等。陸機《五等論》：『鉦鼙震於閫宇，鋒鏑流乎絳闕。』獨孤及《送陳兼應辟兼寄高適、賈至》詩：『相逢絳闕下，應道軒車遲。』蘇軾《水龍吟》詞：『古來雲

海茫茫，道山絳闕知何處。』

［五］悄：渾，直。詳見《摸魚兒・九日登姑蘇臺》注［六］。紅塵：車馬揚起的飛塵。班固《西都賦》：『紅塵四合，煙雲相連。』杜牧《過華清宮》詩之一：『一騎紅塵妃子笑，無人知是荔枝來。』

賞　析

此詞寫詞人去宮禁路上的見聞感受。

上片寫秋日清晨的景色及寒涼的感受。詞人從夢中醒來時，井欄傍已落滿了凋謝的梧桐葉子。駿馬嘶鳴的聲音中伴隨著叮當作響的鈴聲。青草上布滿了濃重的露珠，漸漸感到單薄的衣袖中侵入了清涼的寒氣。

下片前三句『天低絳闕，雲浮碧海，殘月尚朦朧』，寫詞人遠望之景，目光由低到高，視野開闊。經過反復鋪墊，結句引出主題對象桂花，詞人感到帶有桂花氣息的秋風吹在臉上，沒有羈旅路上的那麼尖利。寫出了桂風帶給人的獨特感覺。

小闌干

種桂戲成

露華深釀古香濃［一］。一樹出①雲②叢［二］。窗間試與，閒培秋事［三］，聊寄幽悰［四］。

鉤簾靜對西風晚［五］，塵外小房櫳［六］。輕陰澹日［七］，淺寒清月［八］，想見山中［九］。

校勘記

①出：朱祖謀《蒲江詞稿》原空缺，據《全芳備祖》卷十三補。朱彝尊《詞綜》卷三十五亦爲『出』。

②朱祖謀《蒲江詞稿校記》：『「雲」，原本作「仙雲」，「仙」字誤。』

注釋

［一］露華：露水。李白《清平調詞》之一：『雲想衣裳花想容，春風拂檻露華濃。』杜甫《十七夜對月》：『茅齋依橘柚，清切露華新。』深釀：充分釀造。深：充分，多。韋莊《菩薩蠻》詞：『珍重主人心，酒深情亦深。』古香：圖書、藏畫、法帖等發出的氣味。陸游《小室》詩：『窗几窮幽致，圖書發古香。』

［二］『一樹』句：一棵桂樹伸入雲叢。

［三］培：於植物根部或牆堤等的根基部分堆土。《禮記・中庸》：『故栽者培之，傾者覆之。』黄庭堅《洪州分寧縣藏書閣銘》：『世得材用，我培其根。』秋事：秋日農事。《管子・幼官》：『十二，期風至，戒秋事。』

［四］幽悰：隱藏在内心的快樂情感。

［五］鉤簾：捲簾。杜甫《舟月對驛近寺》詩：『皓首江湖客，鉤簾獨未眠。』袁去華《訴衷情》詞：『鉤簾坐期素月，相對理朱弦。』

［六］塵外：猶言世外。張衡《思玄賦》：『遊塵外而瞥天兮，據冥翳而哀鳴。』孟浩然《武陵泛舟》詩：『坐聽閒猿嘯，彌清塵外心。』房櫳：泛指房屋。《文選・張協〈雜詩〉之一》：『房櫳無行迹，庭草萋以緑。』李善注：

『《説文》曰：「櫳，房室之疏也。」』王維《桃源行》：『月明松下房櫳靜，日出雲中鷄犬喧。』

［七］輕陰：淡雲，薄雲。劉禹錫《秋江早發》詩：『輕陰迎曉日，霞霽秋江明。』

［八］淺寒：微寒。沈蔚《傾杯樂》詞：『尚淺寒、臘雪消未盡。』朱淑真《梅蒸滋甚因懷湖上二首》詩其一：『東風作雨淺寒生，梅子傳黄未肯晴。』

［九］想見：推想而知。《史記·孔子世家論》：『余讀孔氏書，想見其爲人。』蘇軾《書韓幹牧馬圖》詩：『南山之下，汧渭之間，想見開元、天寶年。』

賞析

此詞詠桂樹，寄託悠閒的情思。

上片先寫桂樹濃鬱的香氣與高聳的枝杆。接著寫詞人對桂樹的培植、呵護與寄託情感的心曲。下片寫桂樹幽雅靜謐的生長環境，讓人覺得恍如山中的感覺。

倚闌令

惜春心①。步花陰。怕春深。風颺游絲吹落絮［一］，滿園林。　日長簾幕沈沈［二］。朱闌畔、斜彈瓊簪［三］。笑摘梨花閒照水，貼眉心。

校勘記

①心：朱祖謀《蒲江詞稿》原空缺。據明陳耀文輯《花草粹編》卷二補。

注釋

［一］颺：風吹起。王嵎《夜行船》詞：『風颺游絲，日烘晴晝，人共海棠俱醉。』

［二］沈沈：形容寂靜無聲或聲音悠遠隱約。柳宗元《游黄溪記》：『（溪水）黛蓄膏渟，來若白虹，沈沈無聲，有魚數百尾，方來會石下。』高適《同郭十題楊主簿新廳》詩：『華館曙沉沉，惟良正在今。』

［三］彈：下垂。詳見《畫堂春》（柳黄移上袂羅單）注［二］。瓊簪：玉簪。《南齊書·崔祖思傳》：『瓊簪玉筯，碎以爲塵；珍裘繡服，焚之如草。』劉得仁《題從伯舍人道正里南園》詩：『掩關裁鳳詔，開鏡理瓊簪。』

賞析

此詞寫佳人惜春的情態。

上片寫佳人生怕春光流逝，來到花陰下賞花，看到園林中到處飄蕩著游絲、柳絮。

下片爲佳人因爲在家中感到時光漫長，故出門賞花。她站在朱色欄杆邊，玉簪斜垂。伸手摘下一枝盛開的梨花，貼在眉心，還對著清澈的溪水照了照自己的樣子，不覺自己也笑了起來。

這首詞爲我們刻畫出了一位不甘孤寂、俏皮可愛的佳人形象。

滿江紅

齊雲月酌[一]

樓倚晴空，炎雲淨、晚來風力[二]。滄海外、等閒吹上[三]，滿輪寒璧[四]。河漢低垂天欲近[五]，乾坤浩蕩秋無極[六]。憑闌干、衣袂拂青冥[七]，知何夕。　登眺地，追疇昔[八]。吳越事[九]，皆陳迹[一〇]。對清光祇有[一一]，醉吟消得[一二]。萬古悠悠惟月在[一三]，浮生衮衮空頭白[一四]。自騎鯨、仙去有誰知[一五]，遥相憶。

注　釋

［一］從詞中『吳越事，皆陳迹』等語可知，此詞作於詞人早年在吳中爲官時期。齊雲：古樓名，言其高與雲齊。故址在今江蘇省蘇州市城内言橋南。《吳縣誌》卷二〇引《吳地記》云：『曹恭王所建。白公（白居易）有詩，改名齊雲樓。』朱長文《吳郡圖經續記》卷上《州宅上》：『齊雲樓者，蓋今之飛雲閣也。』

［二］炎雲：紅色的雲。江淹《四時賦》：『炎雲峰起，芳樹未移。』沈佺期《夜泊越州逢北使》詩：『憩泊在兹夜，炎雲逐鬭樞。』獨孤及《太行苦熱行》詩：『炎雲如煙火，溪谷將恐竭。』風力：風的力量。杜甫《風雨看舟前落花戲爲新句》詩：『吹花困癲傍舟楫，水光風力俱相怯。』梅堯臣《雪詠》詩：『密勢因風力，輕姿任

物形。』

［三］滄海：大海。曹操《步出夏門行》詩：『東臨碣石，以觀滄海。』蘇軾《清都謝道士真贊》：『一江春水東流，滔滔直入滄海。』等閒：輕易，隨便。詳見《江城子・壽外姑外舅》注［八］。

［四］寒璧：以清涼皎潔的璧玉喻明月。陸游《大醉梅花下走筆賦此》詩：『酒闌江月上，珠樹掛寒璧。』

［五］河漢：指銀河。《古詩十九首》（迢迢牽牛星）：『河漢清且淺，相去復幾許。』沈約《夜夜曲》詩之一：『河漢縱且横，北斗横復直。』

［六］乾坤：天地。《易・說卦》：『乾爲天……坤爲地。』班固《典引》：『經緯乾坤，出入三光。』浩蕩：廣大曠遠。《楚辭・九歌・河伯》：『登崑崙兮四望，心飛揚兮浩蕩。』杜甫《贈虞十五司馬》詩：『淒涼憐筆勢，浩蕩問詞源。』仇兆鼇注：『浩蕩，曠遠也。』

［七］青冥：指青天。《楚辭・九章・悲回風》：『據青冥而攄虹兮，遂儵忽而捫天。』王逸注：『上至玄冥，舒光耀也；所至高眇，不可逮也。』

［八］疇昔：往日，從前。《禮記・檀弓上》：『予疇昔之夜，夢坐奠於兩楹之間。』李白《贈從弟南平太守之遥》詩之一：『一朝謝病游江海，疇昔相知幾人在？』

［九］吳越事：春秋時期吳越爭霸之事。

［一〇］陳迹：舊迹，遺迹。《莊子・天運》：『夫《六經》，先王之陳迹也。豈其所以迹哉。』郎士元《關羽祠送高員外還荊州》詩：『去去勿復言，銜悲向陳迹。』蘇軾《送芝上人遊廬山》詩：『團團如磨牛，步步踏陳迹。』

［一一］清光：清亮的光輝。多指月光。謝朓《侍宴華光殿曲水》詩：『歡飫終日，清光欲暮。』崔備《奉陪武相公西亭夜宴陸郎中》詩：『剪燭清光發，添香煖氣來。』祇：只，僅。柳永《迷仙引》詞：『常祇恐、容易蕣華偷換，光陰虛度。』

［一二］消得：享受，享用。趙長卿《念奴嬌・席上即事》詞：『高唐雲雨，甚人有分消得？』

〔一三〕悠悠：久長，久遠。《楚辭·九辯》：「去白日之昭昭兮，襲長夜之悠悠。」杜甫《發秦州》詩：「大哉乾坤內，吾道長悠悠。」白居易《長恨歌》：「悠悠生死別經年，魂魄不曾來入夢。」

〔一四〕浮生衮衮：人生如江水急速流逝。浮生：語本《莊子·刻意》：「其生若浮，其死若休。」以人生在世，虛浮不定，因稱人生爲「浮生」。鮑照《答客》詩：「浮生急馳電，物道險絃絲。」衮衮：急速流逝。韓㬊《高陽臺·除夜》詞：「年華衮衮驚心。」

〔一五〕自：雖，即使。《莊子·列御寇》：「自是有德者以不知也，而況有道者乎？」《漢書·高祖紀下》：「高祖不修文學，而性明達，好謀能聽，自監門戍卒，見之如舊。」杜甫《日暮》詩：「風月自清夜，江山非故園。」騎鯨：亦作「騎京魚」。《文選》揚雄《羽獵賦》：「乘巨鱗，騎京魚。」李善注：「京魚，大魚也，字或爲鯨。鯨亦大魚也。」後因以比喻隱遁或遊仙。晁補之《少年游·次季良韻》詞：「它日騎鯨，尚憐迷路，與問衆仙真。」仙去：成仙而去。干寶《搜神記》卷一：「至蠶時，有神女夜至，助客養蠶……繅訖，女與客俱仙去，莫知所如。」葛洪《抱樸子·極言》：「又彭祖之弟子，青衣烏公、黑穴公、秀眉公、白兔公子、離婁公、太足君、高丘子、不肯來七八人，皆歷數百歲，在殷而各仙去。」

賞析

此詞寫秋日在月光下的齊雲樓酌酒時的見聞感受。

上片寫月光下的齊雲樓及其四周的景色。傍晚時，只見齊雲樓矗立在晴空中，天上鋪滿紅霞，晚風徐徐吹來，把一輪圓月從大海中慢慢吹上天空。銀河仿佛垂下人間，就在樓的頂端，浩蕩的秋色無邊無際。詞人依靠著欄杆，衣袖仿佛能拂著青天。

下片吊古傷懷。詞人站在樓頭眺望遠方，這裏曾是吳越古地，如今都已化爲古迹。詞人從歷史的追憶中又回到現實，望著皎潔月光，覺得只有痛飲才適合這樣的美好夜色。『萬古悠悠惟月在，浮生袞袞空頭白』兩句，包含了無限的歷史慨歎與人生無奈。哀傷之餘，詞人覺得不如乘巨鯨遊仙而去。這反映了詞人在當時的失意與不得志，因而産生了逃避人生與現實的念頭。

壽王永叔祕監表兄[一]

擬問扁舟[二]，歸來趁、蓬萊壽席[三]。還又向、月城迢遞[四]，歲寒爲客[五]。多竹襟期居已就[六]，一川圖畫□堪覓。想玉笙、霜鶴擁蹁躚[七]，真仙伯[八]。　身早退[九]，頭翻黑[一〇]。心最嬾[一一]，閒偏適[一二]。更新來膝下，始看袍色[一三]。安石正多人望在[一四]，子公何用緘書力[一五]。但年年、把酒爲梅花，尋消息[一六]。

注釋

[一]王永叔：張憲文《盧祖皋事迹考》考證：『王和叔、王永叔實即一人，祖皋所稱表兄秘監，即爲王柟。和叔、永叔應作木叔，乃形近傳抄之誤。』陳騤《南宋館閣續録》卷七《少監》條載：『柟字木叔，溫州永嘉人。乾道二年蕭國梁榜進士及第，治春秋。（嘉定）元年六月除，十一月罷。』案：據葉適《王木叔詩序》（《水心集》卷十二）、葉適《朝議大夫秘書少監王公墓誌銘》（《水心集》卷二三）及陳騤《南宋館閣續録》記載：王柟，生

於紹興十三年（一一四三），卒於嘉定十年（一二一七）五月，年七十五。乾道二年（一一六六）進士，曾官義烏承，於嘉定元年（一二〇八）任秘書少監兼國史院編修官。與盧祖皋爲中表兄弟。此詞當作於王永（木）叔罷秘書少監的嘉定元年（一二〇八），王柟時年六十六歲。

［二］擬：打算，準備。《北齊書·神武帝紀下》：『遣領軍將軍婁昭……并州刺史高隆之擬兵五萬，以討荊州。』柳永《鳳棲梧》詞：『擬把疏狂圖一醉，對酒當歌，强樂還無味。』扁舟：小船。《史記·貨殖列傳》：『范蠡既雪會稽之恥，乃喟然而歎曰：「計然之策七，越用其五而得意。既已施於國，吾欲用之家。」乃乘扁舟浮於江湖，變名易姓，適齊爲鴟夷子皮。』王昌齡《盧溪主人》詩：『武陵溪口駐扁舟，溪水隨君向北流。』

［三］蓬萊：蓬萊山。古代傳説中的神山名，亦常泛指仙境。《史記·封禪書》：『自威、宣、燕昭使人入海求蓬萊、方丈、瀛洲。此三神山者，其傳在勃海中，去人不遠。』陳師道《晁無咎張文潛見過》詩：『功名付公等，歸路在蓬萊。』

［四］月城：即甕城。城外所築的半圓形的小城，作掩護城門，加强防御之用。《新唐書·李光弼傳》：『賊憚光弼，未敢犯宫闕，頓白馬祠，治壍溝，築月城以守。』陸游《廬帥田侯生祠記》：『於是增陴浚濠，大設樓櫓。又有月城，亦得地利，而卑不可恃。』迢遞：遙遠貌。嵇康《琴賦》：『指蒼梧之迢遞，臨迴江之威夷。』杜甫《送樊二十三侍御赴漢中判官》詩：『居人莽牢落，遊子方迢遞。』

［五］歲寒：一年的嚴寒時節。《論語·子罕》：『歲寒，然後知松柏之後彫也。』虞世南《賦得臨池竹應制》詩：『欲識淩冬性，唯有歲寒知。』

［六］襟期：襟懷、志趣。高澄《與侯景書》：『繾綣襟期，綢繆素分。』《北史·李諧傳》：『庶弟蔚，少清秀，有襟期倫理，涉觀史傳，兼屬文詞。』牟融《寄永平友人》詩：『何日歸來話疇昔，一樽重敘舊襟期。』

［七］玉笙：指笙的吹奏聲。辛棄疾《臨江仙》詞：『翠袖盈盈渾力薄，玉笙嫋嫋愁新。』陸游《狂吟》詩：『秋風湘浦紉蘭佩，夜月緱山聽玉笙。』霜鶴：白鶴。杜牧《朱坡》詩：『迴野翹霜鶴，澄潭舞錦雞。』陸龜蒙《華頂

杖》詩：『瘦於霜鶴脛，奇似黑龍鬚。』擁：簇擁，環圍。李白《贈宣城趙太守悅》詩：『三千堂上客，出入擁平原。』蹁躚：旋轉的舞姿。元稹《代曲江老人百韻》詩：『掉蕩雲門發，蹁躚鷺羽振。』

［八］仙伯：仙人之長。亦泛稱仙人。《太平廣記》卷七引《神仙傳》：『（淮南王）安，未得上天，遇諸仙伯。安少習尊貴，稀爲卑下之禮，坐起不恭，語聲高亮，或誤稱寡人。於是，仙伯主者，奏安云不敬。』范成大《題金牛洞》詩：『自從仙伯弭芝蓋，鳳舞鸞歌開洞天。』

［九］早退：提前隱退。白居易《九年十一月二十一日感事而作・其日獨遊香山寺》詩：『禍福茫茫不可期，大都早退似先知。』蘇軾《和劉長安題薛周逸老亭周善飲酒未七十而致仕》詩：『近聞薛公子，早退驚常流。』

［一〇］翻：反而。庾信《臥疾窮愁》詩：『有菊翻無酒，無弦則有琴。』江總《并州羊腸阪》詩：『本畏車輪折，翻嗟馬骨傷。』吳曾《能改齋漫録・事始二》：『今日是朕生日，世俗皆爲歡樂，在朕翻成感傷。』

［一一］嬾：嬾惰，懈怠。韓偓《生查子》詞：『嬾卸鳳凰釵，羞入鴛鴦被。』

［一二］偏：最，很，特別。《莊子・庚桑楚》：『老聃之役，有庚桑楚者，偏得老聃之道。』成玄英疏：庚桑楚最勝，故稱偏得也。』《水經注・沔水》：『沔水又東，偏淺，冬月可涉渡。』劉禹錫《同樂天和微之深春二十首》詩之十三：『迎呼偏熟客，揀選最多花。』

［一三］『更新來』以下兩句：表兄王永叔秘監賦閒以後，有子孫新近剛做了朝廷命官。膝下：指父母的身邊。沈約《爲文惠太子禮佛願疏》：『元良之位，長守膝下之懽。』《新唐書・高宗紀》：『太宗嘗命皇太子游歡習射，太子辭以非所好，願得奉至尊，居膝下。』袍色：唐宋時代，官員三品以上穿紫袍，五品以上穿紅袍，六品以下穿綠袍。袍：本爲閒居之服，漢以後亦用作朝服。《急就篇》卷二：『袍襦表裏曲領裙。』颜師古注：『長衣曰袍，下至足跗。』

［一四］『安石』句：謝安、謝石曾爲聲望太高而憂慮。謝安、謝石在淝水之戰中均立顯赫之功，但戰後均遭孝武帝猜忌。

［一五］『子公』句：謂表兄王永叔頗有威望，不需借助請托之力，不久即可得到朝廷重用。子公：指陳湯，字子公，漢成帝時湯爲車騎將軍王音所信用。南陽郡守陳咸多次向陳湯行賄、致書，謀求遷升朝官，信中說：『即蒙子公力，得入帝城，死不恨。』後來被征爲少府。事見《漢書・陳咸傳》。後世因用此事作爲請託人情謀求升遷的典故。黄庭堅《静居寺上方南入一徑有釣臺氣象甚古而俗傳謬妄意嘗有隱君子漁釣其上感之作詩》詩：『獨吟嘉橘頌，不遺子公書。』

［一六］尋消息：探訪梅花是否開放。意謂在家安心等待升遷的好消息即可。尋：考索，探求。韓愈《嘲鼾睡》詩之六：『賦形苦不同，無路尋根本。』

賞析

此詞爲壽表兄王永叔而作。

上片寫自己本欲乘舟去給表兄祝壽，無奈路途遥遠。『歲寒爲客』句，既抒發自己客居他鄉的無奈，也含蓄點明表兄的壽辰在嚴寒的冬季。接下來的幾句叙寫表兄的性情雅趣，他宅院中竹子衆多，常與玉笙、仙鶴相伴，是真正的仙人。

下片祝表兄尚有美好的前程。表兄早早退隱，頭髮尚黑，身心閒適。『安石正多人望在』用東晉謝安、謝石曾爲聲望太多而憂慮的典故，『子公何用緘書力』用西漢南陽郡守陳咸多次向權臣陳湯（字子公）致書謀求遷升的典故，勸慰表兄不需要像陳咸那樣謀求請托，應像謝安、謝石一樣，安心在家賞梅飲酒，不久升遷的好消息即將到來。

燭影搖紅

十月十四日壽藏春孟侍郎[一]

千載風雲，慶符良月先呈瑞[二]。舊家陰郭帝恩濃[三]，圭衮公侯地[四]。不道蟬聯鼎貴[五]。對秋燈、依然風味[六]。紫囊歸去[七]，緑野閒來[八]，青氈都未[九]。琴鶴相隨[一〇]，小山花竹便幽意[一一]。滿襟和氣是藏春[一二]，日覺詩名起。已動金甌姓字[一三]。早梅□，□□□□。□□□□，□□□□。□□□□。

注釋

[一] 藏春孟侍郎：葉適《故運副龍圖侍郎孟公墓誌銘》（《水心文集》卷二一）記載：『良甫名猷，姓孟氏，元祐皇后侄曾孫，信安郡王（孟忠厚）孫。』據葉適《故運副龍圖侍郎孟公墓誌銘》、孫衣言撰《甌海軼聞》卷二八及李峰主編《蘇州通史·人物卷（上）》記載可知：孟猷，字良甫，爲宋哲宗元祐皇后侄曾孫，信安郡王孟忠厚孫。其先爲宋洺州（今河北永年）人，南渡後寄籍平江府長洲縣（今蘇州市），居於蘇州閶丘坊巷藏春園，世人以藏春相稱。曾師事葉適，歷籍田令、知信州，由都官郎中至刑部侍郎，出知婺州，以直龍圖閣爲江東轉運副使。卒於嘉定九年（一二一六）十二月七日，卒年六十一歲。『（孟猷）平居嚴己恕物，不立岸限，後進晚學，幽人野士，有善意者，日滿其門。』（葉適《故運副龍圖侍郎孟公墓誌銘》）張端義《貴耳集·自傳》條載：『愛作詩賦小詞，盧蒲江取「碧雲千里暮，紅葉十分秋」之句，周晉仙取「怨春紅豔冷」之句，孟藏春取蝶詩「不因花退盡，

必是夢殘時」之句。』知其與時人張端義、周文璞（字晉仙）、盧祖皋（號蒲江）交好，相互唱和。據《蘇州通史·人物卷（上）》記載：『嘉定二年，（孟猷）除太府卿兼刑部侍郎。』故知此詞作於嘉定二年（一二〇九），孟猷時年五十四歲。

［二］慶符：祥瑞的徵兆。曹勳《宴清都》詞：『宮雲麗曉，人日應鐘，慶符闈範。』慶：祥瑞。《西京雜記》卷五：『雲則五色而爲慶，三色而成矞。』趙令時《侯鯖録》卷一：『太平之世……雲則五色而爲慶，雨則三日而成膏。』符：徵兆。《史記·蔡澤列傳》：『豈道德之符而聖人所謂吉祥善事者與？』《淮南子·本經訓》：『是故明於性者，大地不能脅也；審於符者，怪物不能惑也。』良月：十月的代稱。古人以盈數爲吉，數至十則小盈，故以十月爲良月。陶潛《和郭主簿》之二：『檢素不獲展，厭厭竟良月。』趙彥端《瑞鶴仙》詞：『良辰值良月。看景星朝睹，洗空霜潔。』呈瑞：猶呈祥。韓愈《春雪映早梅》詩：『芳意饒呈瑞，寒光助照人。』柳永《醉蓬萊》詞：『南極星中，有老人呈瑞。』

［三］『舊家』句：孟侍郎與宋哲宗孟皇后爲同族，孟皇后爲南宋王朝的開創立下大功，所以孟侍郎家族享受了浩蕩的皇恩。舊家：猶世家。指上代有勳勞和社會地位的家族。李商隱《爲同州侍御上崔相國啟》：『此皆相公推孔李之素分，念國高之舊家。』陰郭：東漢陰皇后和郭皇后的並稱，暗示孟侍郎系孟皇后的族人。《後漢書·皇后紀上·明德馬皇后》：『昔竇太后欲封王皇后之兄，丞相條侯言受高祖約，無軍功，非劉氏不侯。馬氏無功於國，豈得與陰郭中興之後等邪？』

［四］『圭衮』句：孟侍郎家爲上公及王侯所居之地。圭衮：圭玉和衮衣，帝王公侯舉行隆重儀式時所持的玉制禮器與所穿的禮服，借指帝王或上公。李群玉《將之京國贈薛員外》詩：『圭衮照崇閱，文儒嗣箕裘。』沈遘《上兩府書二》：『登序圭衮，運平機衡。遂當顧命之憂，克寧宗廟之緒，功施後世，名蓋前人。』圭：圭玉，上朝時大臣所執。衮：衮衣，帝王及上公穿的繪有卷龍的禮服。公侯：泛指有爵位的貴族和官高位顯的人。《後漢書·朱景王杜馬劉傅堅等傳論》：『自兹以降，迄於孝武，宰輔五世，莫非公侯。』李賢注：『自高祖至於孝武凡五代

也，其中宰輔皆以公侯勳貴爲之。』白居易《歌舞》詩：『秦中歲云暮，大雪滿皇州。雪中退朝者，朱紫盡公侯。』

［五］不道：不説。《後漢書·列女傳·曹世叔妻》：『擇辭而説，不道惡語。』蘇轍《龍川別志》卷上：『丁謂既逐李公於衡州，遣中使齎詔賜之，不道所以。』蟬聯：連續相承。司馬貞《〈史記·陳杞世家〉索隱述贊》：『句踐勃興，田和吞噬。蟬聯血食，豈其苗裔？』鼎貴：顯赫尊貴之人。《文選》左思《吴都賦》：『其居則高門鼎貴，魁岸豪傑。』張銑注：『鼎貴，鼎食者。』

［六］風味：風度，風采。《宋書·自序傳》：『（伯玉）溫雅有風味，和而能辨，與人共事，皆爲深交。』韓愈《答渝州李使君書》：『乖隔年多，不獲數附書，慕仰風味，未嘗敢忘。』

［七］紫囊歸去：象徵貴族少年習氣的紫羅香囊都已丢棄。紫囊：一種佩飾，用紫羅縫製的香囊。語出《晉書·謝玄傳》：『玄少好佩紫羅香囊，安患之，而不欲傷其意，因戲賭取，即焚之，於此遂止。』。

［八］緑野閒來：在緑野堂裏悠閒地往來。緑野：指緑野堂，裴度的別墅名。詳見《沁園春·戊辰歲壽攻媿舅》注［一八］。

［九］青氈都未：家中傳世之物毫無保留。青氈：『青氈故物』的簡稱，泛指仕宦人家的傳世之物或舊業。《太平御覽》卷七〇八引晉裴啟《語林》：『王子敬在齋中臥，偷人取物，一室之内略盡。子敬臥而不動，偷遂登榻，欲有所覓。子敬因呼曰：「石染青氈是我家舊物，可特置否？」於是群偷置物驚走。』《晉書·王獻之傳》亦載此事。

［一〇］琴鶴：琴與鶴。古人常以琴鶴相隨，表示清高、廉潔。鄭谷《贈富平李宰》詩：『夫君清且貧，琴鶴最相親。』齊己《寄鏡湖方干處士》詩：『聞君與琴鶴，終日在漁船。』

［一一］便：就是。酈道元《水經注·洞過水》：『洞過水又西與原過水合，近北便水源也。』幽意：幽閒的情趣。方干《詹碏山居》詩：『無人會幽意，來往在煙霞。』

［一二］滿襟：胸中充滿。皎然《送颜處士還長沙覲省》詩：『服彩將侍膳，擷芳思滿襟。』和氣：溫和的氣度。《禮記·祭義》：『有和氣者必有愉色。』施德操《北窗炙輠録》卷上：『伯淳既見，和氣藹然見眉宇間。』藏春：將春色藏於胸中，與孟藏春之號雙關。

［一三］『已動』句：朝廷已有起用孟侍郎爲相之意。金甌：古代用爲命相時的工具，引申指命相。典出《新唐書·崔義玄列傳（附崔琳傳）》（卷一〇九）：『初，玄宗每命相，皆先書其名，一日書琳等名，覆以金甌，會太子入，帝謂曰：「此宰相名，若自意之，誰乎？即中，且賜酒。」太子曰：「非崔琳、盧從願乎？」帝曰：「然。」賜太子酒。時兩人有宰相望，帝欲相之數矣，以族大，恐附離者衆，卒不用。』

賞析

此詞爲壽刑部侍郎孟猷而作。

上片寫孟侍郎雖蒙受帝恩，但沒有貴族子弟驕矜之習。孟府有吉祥的徵兆，承受著帝室的厚恩，是上公及王侯所居之地。他雖爲顯赫尊貴之人，但依然有瀟灑的風度。『紫囊歸去，緑野閒來，青氈都未』三句分別用謝玄、裴度和王獻之的典故，意謂孟侍郎把象徵貴族子弟的紫羅香囊都已丟棄，在緑野堂裏悠閒地往來，家中傳世之物毫無保留，是一位瀟灑不羈的風流人物。

下片寫孟侍郎不俗的生活情趣。他常以琴鶴爲伴，院中的小山、花、竹等處處有幽雅的情趣，胸中更充滿著溫和的氣度，正如其號『藏春』，能將春色藏於胸中。接下來以唐玄宗命相時常以金甌覆姓字的典故，暗示朝廷已有起用孟侍郎爲相之意。

月城春①

壽無爲趙祕書[一]

五雲騰曉[二]。望凝香畫戟[三]，恍然蓬島[四]（《解連環》）。玉露冰壺[五]，照神仙風表[六]（《解連環》）。詩書坐嘯[七]。喚淮楚、滿城春好[八]（《雪獅兒》）。雨穀催耕[九]，風帘戲鼓[一〇]，家家歡笑（《醉蓬萊》）。南湖細吟未了[一一]。看金蓮夜直[一二]，丹鳳飛詔[一三]（《解連環》）。鬢影青青[一四]，辦功名多少[一五]（《醉蓬萊》）。持杯滿醑[一六]。聽千里、載歌難老[一七]（《雪獅兒》）。試問尊前[一八]，蟠桃次第[一九]，紅芳猶小[二〇]（《醉蓬萊》）。

校勘記

①朱祖謀《蒲江詞稿校記》：『按：是調與前《錦園春》正同，蓋又一名也。』

注釋

[一] 此詞約作於盧祖皋遊歷淮西路時期。無爲：縣名。位於安徽省蕪湖市西，三國時期屬吳國廬江郡濡須。曹操攻孫權，築城於此，師老無功，因稱無爲城。宋置無爲縣。祕書：祕書監的簡稱，是我國封建社會中央政府設置的

專掌國家藏書與編校工作的機構和官名。

［二］五雲：五色瑞雲。多作吉祥的徵兆。駱賓王《爲齊州父老請陪封禪表》：『瑞開三脊，祥洽五雲。』李舒《讓皇帝廟樂章·送神》詩：『龍駕帝服，上騰五雲。』騰曉：呈現曙色。孔武仲《早食鐵佛寺》詩：『白日初騰曉，涼蟬已喚秋。』

［三］畫戟：舊時常作爲儀飾之用。杜牧《酬許十三秀才兼依來韻》詩：『憑君把卷侵寒燭，麗句時傳畫戟門。』蘇軾《次韻詔守狄大夫見贈》詩之二：『森森畫戟擁朱輪，坐詠梁公覺有神。』

［四］恍然：仿佛。孟郊《感興》詩：『獨有失意人，恍然無力行。』韓駒《題畫太一真人》詩：『恍然坐我水仙府，蒼煙萬頃波粼粼。』蓬島：即蓬萊山。李白《古風》詩之四八：『但求蓬島藥，豈思農鳫春？』孟郊《浮石亭》詩：『況逢蓬島仙，會合良在兹。』

［五］玉露：指秋露。謝朓《泛水曲》詩：『玉露沾翠葉，金風鳴素枝。』杜甫《秋興》詩之一：『玉露凋傷楓樹林，巫山巫峽氣蕭森。』冰壺：借指月亮或月光。元稹《獻滎陽公》詩：『冰壺通皓雪，綺樹眇晴煙。』楊萬里《中秋前二夕釣雪舟中靜坐》詩：『人間何處冰壺是，身在冰壺卻道非。』

［六］神仙風表：指壽主趙秘書神仙一般的風度儀態。風表：風度儀態。晉葛洪《抱樸子·行品》：『士有顏貌修麗，風表閒雅，望之溢目，接之適意。』高觀國《東風第一枝》詞：『溪橋獨步，看瀟落、仙人風表。』

［七］坐嘯：亦作『坐歗』。閒坐吟嘯，指爲官清閒或不理政事。典出《後漢書·黨錮列傳》：『汝南太守宗資任功曹范滂（字孟博），南陽太守成瑨亦委功曹岑晊（字公孝），二郡又爲謠曰：「汝南太守范孟博，南陽宗資主畫諾。南陽太守岑公孝，弘農成瑨但坐嘯。」』後因以『坐嘯』指爲官清閒或不理政事。謝朓《在郡臥病呈沈尚書》詩：『坐嘯徒可積，爲邦歲已朞。』劉知幾《史通·辨識》：『但今之從政者則不然。凡居斯職者，必恩幸貴臣，凡庸賤品，飽食安步，坐嘯畫諾，若斯而已矣！』

［八］淮楚：淮河流域的楚地，南宋時無爲屬淮西路。柳永《過澗歇近》詞：『淮楚。曠望極，千里火雲燒空，盡日西

郊無雨。」

［九］雨穀：即穀雨，二十四節氣中第六個節氣。穀雨是『雨生百穀』的意思，此時降水明顯增加，田中的秧苗初插、作物新種，最需要雨水的滋潤。

［一〇］風帘戲鼓：家家的風帘飄舞，雜戲的鼓聲歡騰。風帘：指遮蔽門窗的帘子。謝朓《和王主簿季哲怨情》詩：『花叢亂數蝶，風帘入雙燕。』范成大《愛雪歌》詩：『須臾未遽妨性命，呼童盡捲風帘鉤。』戲鼓：宋代民間流行的鼓吹雜戲。周邦彦《驀山溪》（樓前疏柳）詞：『十載卻歸來，倦追尋、酒旗戲鼓。』陸游《書村落間事》詩：『東巷西巷新月明，南村北村戲鼓聲。』

［一一］南湖：在今無爲市南。細吟：輕聲吟詠。張祜《題陸墉金沙洞居》詩：『細吟搔短髮，深話笑長裾。』

［一二］金蓮：金飾蓮花形燈炬。《新唐書・令狐綯傳》：『（綯）夜對禁中，燭盡，帝以乘輿、金蓮華炬送還，院吏望見，以爲天子來。』後用以形容天子對臣子的特殊禮遇。亦作『金蓮花炬』。夜直：官吏夜間值班。劉禹錫《和楊師皋給事傷小姬英英》詩：『鸞臺夜直衣衾冷，雲雨無因入禁城。』蘇易簡《續翰林志》上：『至皇朝，今揆相李公，獨直禁林，奉旨令每雙日夜直，隻日下直，可以永爲通式也。』

［一三］丹鳳飛詔：使者飛速地傳達詔書。丹鳳：喻下達詔書的使者。黄滔《賀清源僕射新命》詩：『二天在頂家家詠，丹鳳銜書歲歲來。』飛詔：飛傳詔書。李冗《獨異志》卷上：『陶弘景隱居茆山，梁武帝每有大事，飛詔與之參決。時人謂隱居爲「山中宰相」。』

［一四］鬢影青青：雙鬢濃黑，形容年紀輕。青青：濃黑貌。何長瑜《嘲府僚詩》：『陸展染鬢髮，欲以媚側室。青青不解久，星星行復出。』辛棄疾《臨江仙》詞：『青青頭上髮，還作柳絲長。』

［一五］『辦功名』句：指趙秘書年紀尚輕已經成就很多功名。辦：成，成功。《管子・形勢》：『父母不易其則，故家事辦焉。』《左傳・哀公三年》：『無備而官辦者，猶拾瀋也。』杜預注：『言不備而責成，不可得。』颜之推《颜氏家訓・涉務》：『治官則不了，營家則不辦，皆優閒之過也。』

［一六］持杯滿釂：端起酒杯一飲而盡。釂：飲盡杯中酒。詳見《賀新郎·送曹西士宰建昌》注［一七］。

［一七］載歌：猶歌唱。《尚書大傳·虞夏》：『舜將禪禹，於是俊乂百工，相和而歌《卿雲》。帝倡之，八伯咸稽首而和。帝乃載歌。』難老：猶長壽。多用作祝壽之辭。《詩·魯頌·泮水》：『既飲旨酒，永錫難老。』鄭玄箋：『已飲美酒，而長賜其難使老；難使老者，最壽考也。』蘇軾《賜正議大夫守門下侍郎孫固生日詔》：『難老之祥，神人攸相。』

［一八］尊前：酒樽之前，指酒筵上。詳見《水龍吟·淮西重午》注［一四］。尊：亦作『樽』『罇』，盛酒器。用作祭祀或宴享的禮器。早期用陶制，後多以青銅澆鑄。

［一九］蟠桃次第：蟠桃的光景。蟠桃：桃的一種。果形扁圓，味甘美，汁不多。毛滂《清平樂》詞：『欲助我公壽骨，蟠桃等見開花。』次第：光景。李清照《聲聲慢》（尋尋覓覓）詞：『這次第，怎一個愁字了得？』

［二〇］紅芳猶小：紅色的桃花尚小。紅芳：指紅花。陳子昂《感遇詩》：『但恨紅芳歇，凋傷感所思。』韋莊《訴衷情》詞：『碧沼紅芳煙雨淨，倚蘭橈。』

賞析

此詞爲壽無爲趙秘監而作。

上片寫趙秘書具有不同凡響的氣度。『五雲騰曉。望凝香畫戟，恍然蓬島』幾句，寫趙秘書的居所不俗，還有莊嚴的儀仗。『玉露冰壺，照神仙風表』兩句，寫趙秘書的儀表不俗。『詩書坐嘯。喚淮楚、滿城春好』幾句，寫趙秘書的興趣不俗。『雨穀催耕，風帘戲鼓，家家歡笑』幾句，以風調雨順，民眾安樂，襯托出趙秘書的壽辰熱鬧喜慶。

下片寫趙秘書受朝廷重用，功名顯赫。他在南湖正吟詠詩詞，皇帝派遣的使者已傳來詔書，他年紀尚輕已成就了不少功業。『持杯滿醑。聽千里、載歌難老』幾句，點明由於趙秘書的功業，他深受民衆愛戴，百姓都載歌載舞，祝他長壽。結句『試問尊前，蟠桃次第，紅芳猶小』，以此時桃花盛開，蟠桃尚小，來襯托酒宴的氛圍，又暗示了壽主的壽辰。

臨江仙

六鶴飛來松帳曉[一]，菊遲梅早年光[二]。西池移宴到萱堂[三]。笙簫清弄玉[四]，環佩暖回香[五]。
未問誥花金五色[六]，新來樂事難量[七]。雙添雛鳳趁稱觴[八]。爭書八十字[九]，分抱彩衣旁[一〇]。

注釋

[一] 六鶴：張彥遠《歷代名畫記》載：唐人薛稷畫六鶴於屏風，六鶴的姿態爲警露、啄苔、理毛、振羽、唳天、翹足等。後以六鶴代指不同姿態的鶴。松帳：如帳幕的松林。松鶴延年，蘊含長壽之意。《宋書·始平孝敬王子鸞傳》：『面縞舘之酸素，造松帳之葱青。』江淹《齊太祖高皇帝誄》：『惻松門之黯黯，泣松帳之茫茫。』

[二] 菊遲梅早：菊花已經凋謝，梅花開放尚早。年光：年華，歲月。徐陵《答李顒之書》：『年光遒盡，觸目崩心，扶心含毫，諸不申具。』

［三］西池：相傳爲西王母所居瑤池的異稱。向滈《滿庭芳》詞：『又何須、西池高宴仙宫。』萱堂：母親的居室。古制，北堂爲主婦之居室。後因以『萱堂』指母親的居室，並藉以指母親。《詩·衛風·伯兮》：『焉得諼草，言樹之背。』毛傳：『諼草令人忘憂；背，北堂也。』陸德明釋文：『諼，本又作萱。』謂北堂樹萱，可以令人忘憂。葉夢得《再任後遺模歸按視石林》詩之二：『白髮萱堂上，孩兒更共懷。』

［四］『笙簫』句：笙簫吹奏的樂聲猶如撥弄玉器那般清越。笙簫：笙和簫。泛指管樂器。曹唐《小遊仙詩》：『忽聞下界笙簫曲，斜倚紅鸞笑不休。』張先《清平樂》詞：『曲池斜度鸞橋，西園一片笙簫。』清：清越。潘岳《射雉賦》：『候扇舉而清叫，野聞聲而應媒。』錢起《宴郁林觀張道士房》詩：『竹壇秋月冷，山殿夜鐘清。』弄：撥弄、吹奏樂器。《史記·司馬相如列傳》：『及飲卓氏，弄琴，文君竊從户窺之。』王涯《秋夜曲》：『銀筝夜久殷勤弄，心怯空房不忍歸。』賀鑄《秦淮夜泊》詩：『隔岸開朱箔，臨風弄紫簫。』

［五］『環佩』句：溫潤的玉佩發出清香。環佩：《禮記·經解》：『行步則有環佩之聲，升車則有鸞和之音。』鄭玄注：『環佩，佩環、佩玉也。』《史記·孔子世家》：『夫人自帷中再拜，環佩玉聲璆然。』韓愈《華山女》詩：『抽釵脱釧解環佩，堆金疊玉光青熒。』

［六］誥花金五色：即五花官誥、金花誥。古代帝王封贈的詔書，因以五色金花綾紙製成，故稱。亦有專指婦人誥。胡繼宗《書言故事大全·命婦類》：『婦人誥，謂金花誥。』洪諮夔《章升伯妻孺人挽詩》：『誥花紛五色，光動九原頭。』楊萬里《郭漢卿母挽詩》：『未拜金花誥，空悲玉樹郎。』

［七］『新來』句：近來的樂事多得難以計量。新來：近來。李清照《鳳凰臺上憶吹簫》詞：『新來瘦，非干病酒，不是悲秋。』

［八］『雙添』句：壽主家裏最近又添兩口人丁。雙添：增加兩個。雛鳳：幼鳳，比喻有才華的子弟。李商隱《韓冬郎即席爲詩相送一座盡驚他日余方追吟連宵侍坐裴回久之句有老成之風因成二絕寄酬兼呈畏之員外》詩之一：『桐花萬里丹山路，雛鳳清於老鳳聲。』稱觴：即稱觴上壽，舉杯飲酒，表示祝壽。《陳書·侯安都傳》：『明日，安都坐

於御坐，賓客居群臣位，稱觴上壽。』宋之問《龍門應制》詩：『鳥來花落紛無已，稱觴獻壽煙霞裏。』

［九］『爭書』句：指新生孩子眉宇間的漂亮皺紋。劉克莊《錦孫》詩：『眉間八十字，願汝過翁年。』

［一〇］彩衣：指爲祝壽而製作的華麗衣著。廖行之《洞仙歌》詞：『待一品官高見玄孫，算八十綵衣，更饒遐福。』張孝祥《水調歌頭·爲時傳之壽》詞：『綵衣新，魚服麗，更朱顔。蟠桃未熟，千歲容與且人間。』

賞析

這是一篇壽詞，壽主是一位誥命夫。詞人先對壽星的家庭榮耀進行誇讚，字裏行間透露出作者對壽星主人的敬意。詞的上片主要寫壽星的生辰在秋末冬初，『西池移宴到萱堂』一句，寫出壽宴的場面高雅、宏大，『笙簫清弄玉，環佩暖回香』兩句，寫壽宴的歡樂氛圍及壽主的尊寵華貴。

詞的下片寫壽星家最近樂事不斷，新近有兩個孩童出生，『爭書八十字，分抱彩衣旁』兩句，描繪出了他們的可愛樣子，壽主對他們倍加憐愛。

洞仙歌①

溶溶洩洩［一］，似飄揚愁緒。不是因風等閒度［二］。道無心因甚，卻又情多，行未駐，還作高唐暮雨［三］。襄王情尚淺［四］，會少離多，空自朝朝又暮暮。腸斷曉光中［五］，一縷歸時，銷散後、不知何處。試密鎖、瓊樓洞房深，與遮斷江皋，楚臺歸路［六］。

校勘記

①曾慥《樂府雅詞・拾遺》卷上收此詞於北宋王安禮《瀟湘憶故人慢》（薰風微動）之下，趙抃《點絳唇》（秋風微涼）之上，此詞無署撰者姓名。《樂府雅詞》大體依撰者時代先後進行編次，則撰者爲王安禮的可能性較大，或爲北宋某詞人之作。故《全宋詞》收此詞於盧祖皋存目詞中。

注釋

［一］溶溶：明淨潔白貌。許渾《冬日宣城開元寺贈元孚上人》詩：『林疏霜摵摵，波靜月溶溶。』洩洩：和樂貌。《左傳・隱公元年》：『公入而賦：「大隧之中，其樂也融融。」姜出而賦：「大隧之外，其樂也洩洩。」』杜預注：『洩洩，舒散也。』楊伯峻注：『洩本作泄，今作洩者，蓋仍《唐石經》避唐太宗李世民諱改。《金澤文庫》本作泄。』《文選》張衡《思玄賦》：『聆廣樂之九奏兮，展洩洩以彤彤。』李善注：『洩洩彤彤，皆樂貌。』

［二］等閒：尋常，平常。詳見《江城子・壽外姑外舅》注［八］。

［三］『還作』句：傍晚時又下起了細雨。高唐暮雨：化用楚襄王與神女夢中相會之典。宋玉《高唐賦》述楚王與神女夢中歡會之事，神女臨別曰：『妾在巫山之陽，高丘之阻，旦爲朝雲，暮爲行雨。朝朝暮暮，陽臺之下。』後因以『高唐暮雨』代指男女歡會之事。高唐：戰國時楚國臺觀名。在雲夢澤中。傳說楚襄王游高唐，夢見巫山神女，幸之而去。李涉《遇湖州妓宋態宜二首》詩之一：『當時驚覺高唐夢，唯有如今宋玉知。』張先《雙燕兒》詞：『東山別後，高唐夢短，猶喜相逢。』

［四］襄王：指楚頃襄王，芈姓，熊氏，名横，楚懷王之子，戰國時期楚國國君。公元前二九八年至公元前二六三年在位。

［五］腸斷：形容極度悲痛。干寶《搜神記》卷二〇：『臨川東興，有人入山，得猿子，便將歸。猿母自後逐至家。此人縛猿子於庭中樹上，以示之。其母便搏頰向人，欲乞哀狀，直謂口不能言耳。此人既不能放，竟擊殺之。猿母悲唤，自擲而死。此人破腸視之，寸寸斷裂。』白居易《長恨歌》詩：『行宫見月傷心色，夜雨聞鈴腸斷聲。』曉光：清晨的日光。梁簡文帝蕭綱《侍游新亭應令》詩：『曉光浮野映，朝煙承日迴。』杜荀鶴《秋日寄吟友》詩：『蟬樹生寒色，漁潭落曉光。』

［六］『試密鎖』以下四句：指大雪封鎖了樓宇、江河、道路。瓊樓：指被白雪籠罩的樓閣。劉禹錫《答裴令公雪中訝白二十二與諸公不相訪之什》詩：『玉樹瓊樓滿眼新，的知開閣待諸賓。』皮日休《臘後送内大德從勗遊天臺》詩：『夢入瓊樓寒有月，行過石樹凍無煙。』江皋：亦作『江皐』，江岸，江邊地。《楚辭·九歌·湘夫人》：『朝馳余馬兮江皋，夕濟兮西澨。』錢起《送唐别駕赴郢州》詩：『遥愛下車日，江皋春草生。』楚臺：指楚王夢遇神女之陽臺，後多指男女相會之處。崔櫓《惜蓮花》詩：『魂斷舊溪憔悴態，冷煙殘粉楚臺東。』周紫芝《鷓鴣天·和劉長孺有贈》詞：『舊家十二峰前住，偶爲襄王下楚臺。』

賞析

本詞寫雪中及雪後之景。

上片寫下雪時的景色。『溶溶洩洩，似飄揚愁緒。不是因風等閒度』三句，寫出了大雪飄飄灑灑、紛紛揚揚之狀。『行未駐，還作高唐暮雨』兩句，寫大雪不停地飄落，傍晚時又化作暮雨。

下片寫雪後景色。『襄王情尚淺，會少離多，空自朝朝又暮暮』三句，巧用楚襄王夢中與神女歡會之典，寫出大雪斷絕交通，路上行人絕迹，連楚襄王也不來與神女幽會，讓神女空自朝朝暮暮的等待。語言幽默，含蓄雋永。『腸斷曉光中，一縷歸時，銷散後、不知何處』幾句，寫清晨時，一縷陽光曾突然出現，但不久即又消散，不知隱藏於何處。『試密鎖、瓊樓洞房深，與遮斷江皋，楚臺歸路』幾句，寫雪後大雪籠罩著樓宇房舍，封鎖了大江、道路，連與神女幽會的楚王也找不到歸路。

此詞巧在能將楚襄王夢中與神女歡會的典故融入雪景的描繪之中，繪景生動，景中傳情，在繪聲繪色的景物描寫之中平添了不少幽默情趣。

補遺兩首

賀新郎①　送太守

春色元無主[一]。荷東君、著意看承[二]，等閒分付[三]。多少無情風與浪，又那更、蝶欺蜂妒[四]。算燕雀、眼前無數。縱便簾櫳能愛護[五]，到如今、已是成遲暮[六]。芳草碧，遮歸路。　看看做到難言處。怕宣郎②、輕轉旌旗[七]，易歌襦袴[八]。月滿西樓弦索靜[九]，雲蔽昆城閬府[一〇]。便恁地、一帆輕舉[一一]。獨倚闌干愁拍碎[一二]，慘玉容、淚眼如紅雨[一三]。去與住，兩難訴。

校勘記

①此詞不見於《蒲江詞稿》，據周遵道《豹隱紀談》載：『嘉定間平江妓送太守詞曰……或云是蒲江盧申之作。』陳耀文《花草粹編》注此首撰者爲『平江妓』，題下有『送太守』三字。《全宋詞》收此詞於盧祖皋名下。

②宣郎：陳耀文《花草粹編》『宣郎』作『仙槎』。

注釋

［一］元：本來，向來，原來。嵇康《琴賦》序：『推其所由，似元不解音聲。』王魯復《詣李侍郎》詩：『文字元無底，功夫轉到難。』無主：沒有主人。《呂氏春秋·異用》：『周文王使人抇池，得死人之骸，吏以聞於文王。文王曰：「更葬之。」吏曰：「此無主矣。」』許棠《成紀書事》詩之一：『滿野多成無主塚，防邊半是異鄉人。』

［二］荷東君：承蒙春神的眷顧。荷：承受，承蒙。《左傳·昭公三年》：『伯石之汰也，一爲禮於晉，猶荷其祿，況以禮終始乎！』曹操《請爵荀彧表》：『而臣前後獨荷異寵，心所不安。』韓愈《元日酬蔡州馬十二尚書去年蔡州元日見寄之什》詩：『元日新詩已去年，蔡州遥寄荷相憐。』東君：司春之神。王初《立春後作》詩：『東君珂佩響珊珊，青馭多時下九關。』辛棄疾《滿江紅·暮春》詞：『可恨東君，把春去春來無迹。』著意：集中注意力；用心。《楚辭·九辯》：『罔流涕以聊慮兮，惟著意而得之。』朱熹集注：『著意，猶言著乎心，言存於心而不釋也。』看承：護持；照顧。韓琦《和袁陟節推龍興寺芍藥》詩：『問得龍興好事僧，每歲看承不敢暇。』

［三］等閒：輕易，隨便。詳見《江城子・壽外姑外舅》注［八］。分付：處置，發落。石孝友《卜算子》詞：『去也如何去？住也如何住？住也應難去也難，此際難分付。』劉克莊《賀新郎》詞：『北望神州路，試平章、這場公事，怎生分付？』

［四］『多少』以下兩句：春色原本沒有主人的愛惜，有無情風雨的摧殘，更加上蝴蝶與蜜蜂對春色的欺淩與忌妒。

［五］縱使：縱使，即使。楊巨源《美人春怨》詩：『縱使朦朧覺，魂猶逐楚王。』簾櫳：亦作『簾籠』，窗簾和窗牖，也泛指門窗的簾子。江淹《雜體詩・效張華〈離情〉》：『秋月映簾籠，懸光入丹墀。』史達祖《惜黃花・定興道中》詞：『獨自捲簾櫳，誰爲開尊俎！恨不得、御風歸去。』愛護：愛惜，保護。白居易《讀道德經》詩：『只有一身宜愛護，少教冰炭逼心神。』洪巽《暘穀漫銀》：『京都中下之户，不重生男，每生女，則愛護如捧璧擎珠。』

［六］遲暮：比喻晚年。《楚辭・離騷》：『惟草木之零落兮，恐美人之遲暮。』一本作『遲暮』。王逸注：『遲，晚也……而君不建立道德，舉賢用能，則年老耄晚暮，而功不成事不遂也。』《北齊書・李元忠傳》：『年漸遲暮，志力已衰，久忝名官，以妨賢路。』陸游《夜出偏門還三山》詩：『稺子猶讀書，一笑慰遲暮。』

［七］宣郎：指太守。

［八］襦袴：指襦袴歌，亦省作『襦袴』。東漢廉范爲蜀郡太守，政治清明，百姓富庶，時人作歌頌揚之：『廉叔度，來何暮？不禁火，民安作。平生無襦今五袴。』後遂用『襦袴歌』作爲對官吏惠民德政的稱頌。張玄晏《授李思敬武軍李繼颜保大軍節度使制》：『不乏循良之稱，亟彰持重之名，繼成襦袴之歌，顯著山河之誓。』白居易《醉後狂言酬贈蕭殷二協律》詩：『賓客不見綈袍惠，黎庶未霑襦袴恩。』司馬光《送峽州陳廉秘丞三首》詩之二：『襦袴嗟來暮，簪紳惜外遷。』

［九］月滿西樓：月光皎潔，灑滿西邊的亭樓。弦索：弦樂器上的弦，指弦樂器。元稹《連昌宫詞》詩：『夜半月高弦索鳴，賀老琵琶定場屋。』顧雲《池陽醉歌贈匡廬處士姚巖傑》詩：『弦索緊快管聲脆，急曲碎拍聲相連。』

［一〇］昆城閬府：昆侖山上的閬苑，仙人的居處。

［一一］恁地：如此，這樣。柳永《晝夜樂·憶別》詞：『早知恁地難拚，悔不當初留住。』晁端禮《金盞子》詞：『及至恁地單棲，卻千般追悔。』輕舉：輕輕飄動。毛文錫《應天長》詞：『蘭棹今宵何處？羅袂從風輕舉，愁殺採蓮女。』柳永《引駕行》詞：『背都門，動消黯，西風片帆輕舉。』

［一二］愁拍碎：即拍碎愁之倒文。

［一三］玉容：指女子的容貌美好。陸機《擬西北有高樓》詩：『玉容誰得顧，傾城在一彈。』王建《調笑令》詞：『玉容顦顇三年，誰復商量管弦。』紅雨：比喻女子眼淚。周邦彥《虞美人》詞：『燈前欲去仍留戀。腸斷朱扉遠。未須紅雨洗香腮。待得薔薇花謝、便歸來。』

賞　析

此詞爲送別之作。

上片寫女子的不幸遭遇。『春色元無主。荷東君、著意看承，等閒分付』幾句，寫太守對佳人的愛護。『多少無情風與浪，又那更、蝶欺蜂妒。算燕雀、眼前無數』幾句，道出了女子飽受欺凌的辛酸。

下片寫女子對太守離去的依依不捨與重重憂慮。『怕宣郎、輕轉旌旗，易歌襦袴』寫出生怕太守此去，就會有新的太守，可能不會如原太守這樣愛護百姓。『獨倚闌干愁拍碎，慘玉容、淚眼如紅雨』幾句，蘊含著女子的擔憂、傷感，無數離別情緒盡在其中。

好事近①

秋飲

雁外雨絲絲[一]，將恨和愁都織。玉骨西風添瘦[二]，減尊前歌力[三]。袖香曾枕醉紅腮，依約唾痕碧[四]。花下凌波入夢[五]，引春雛雙鵠[六]。

校勘記

①朱祖謀《蒲江詞稿》中未收此詞，見於吳訥輯《蒲江居士詞》與毛晉輯《蒲江詞》中。黄昇《中興以來絶妙詞選》，注此詞作者爲吳文英。

注釋

[一]雁外：大雁飛向遥遠的天邊。馮去非《喜遷鶯》詞：『雁外漁燈，蛩邊蟹舍，絳葉滿秋來路。』

[二]玉骨：形容女子的體態清瘦秀麗。李商隱《偶成轉韻七十二句贈四同舍》詩：『天官補吏府中趨，玉骨瘦來無一把。』向子諲《醜奴兒·宣和辛醜》詞：『無雙亭下瓊花樹，玉骨雲腴。傾國稱姝。除卻揚州是無處。』

[三]尊前：在酒樽之前。指酒筵上。詳見《水龍吟·淮西重午》注[一四]。尊：亦作『樽』『罇』。盛酒器。用作祭祀或宴享的禮器。早期用陶制，後多以青銅澆鑄。

〔四〕依約：仿佛，隱約。劉兼《登郡樓書懷》詩：『天際寂寥無雁下，雲端依約有僧行。』晏殊《少年游》詞：『風流妙舞，櫻桃清唱，依約駐行雲。』

〔五〕淩波：形容女子步履輕盈。詳見《瑞鶴仙·賦芙蓉》注〔六〕。

〔六〕雛：泛指幼禽或幼獸。《禮記·内則》：『鲂鱮烝，雛燒。』孔穎達疏：『雛是鳥之小者。』《淮南子·時則訓》：『天子以雛嘗黍。』高誘注：『雛，新雞也。』白居易《晚燕》詩：『百鳥乳雛畢，秋燕獨蹉跎。』鸂：即『鸂鶒』，亦作『鸂鶆』。水鳥名。形大於鴛鴦，而多紫色，好並遊。俗稱紫鴛鴦。溫庭筠《開成五年秋以抱疾郊野一百韻》詩：『溟渚藏鸂鶒，幽屏臥鵾鵠。』王貞白《獨芙蓉》詩：『芳意羡何物，雙雙鸂鶒遊。』

賞析

這是一首悲秋懷人之作。

上片先寫飲宴上見到佳人的情景。『雁外雨絲絲，將恨和愁都織』兩句，寫大雁南飛，空中飄著絲絲秋雨。細雨中仿佛交織著傷痕與憂愁。『玉骨西風添瘦，減尊前歌力』兩句，寫出蕭瑟的秋風令佳人本已清瘦的身軀更加消瘦不堪，連在酒宴上歌舞吟唱都顯得力不從心。

下片寫别後的相思之情。『袖香曾枕醉紅腮，依約唾痕碧』兩句，回憶起酒宴上，佳人醉酒了，紅紅的腮頰曾枕在自己的衣袖上入眠，至今依稀還留有她吐酒的唾痕。『唾』字用白描手法，生動傳神地刻畫了歌女的醉酒神態。『花下淩波入夢，引春雛雙鸂』兩句，寫詞人不知不覺漸已入夢，看到佳人邁著輕盈的步履從花叢中走來，後面還跟著春雛與彩色鴛鴦。

詞的上片極寫飲宴上的離愁別緒，下片轉寫別後相憶、夢中相見之樂。夢中的快樂，襯托出現實中的相思之苦，虛實交融，情景相生。

附録

一、盧祖皋年表

淳熙元年（一一七四），盧祖皋一歲。

【案】 淩迪知《萬姓統譜》卷一一載：『盧祖皋……嘉定中，以軍器少監與建人徐鳳並直北門，屬時慶澤孔殷，綸言遝布，祖皋抒思泉湧，號爲稱職，當揆方將處以不次，俄卒於官。』盧祖皋《宋史》無傳，卒年無確切記載，《萬姓統譜》云其卒於嘉定中。徐松輯大典本《宋會要》卷二六一《選舉》二三載，盧祖皋於嘉定十六年正月二十五日尚以將作少監權直學士院的身份點檢試卷。另據周夢江《〈宋史・曹豳傳〉補正》附《曹豳墓志》記載：『（嘉定）十六年……五月（曹豳）任南康軍建昌縣宰。』此年，盧祖皋作有《送曹西士宰建昌》一詞，詞中有『有風荷、萬頃搖清暑』之景，説明此詞作於夏季。而戴栩《盧直院挽詞》中有『五十一回春夢中』之句，可知其卒於春天，故可斷定盧祖皋當不卒於嘉定十六年。張端義《貴耳集》上：『哲廟紹聖四年，進八寶，改元符元年。至三年，泰陵上仙。嘉定十七年，得「皇帝恭膺天命之寶」，盧祖皋在玉堂，草詔用元符典故，太學前廊茅匯征與盧言「詔不當用元符事」，盧始驚。茅不願推寶賞。改寶慶元年。』由此可證，嘉定十七年（一二二四），盧祖皋尚在翰林院草詔用元符典故，故其卒年有可能在嘉定十七年（一二二四）或之後。但尚沒有發現《宋會要》及其他史料中對盧祖皋嘉定十七年以後事跡的記載，故將其卒年定爲嘉定十七年（一二二四）較爲合理。又案：戴栩《盧直院挽詞》中有『五十一回春夢中，兄悲子哭怨東風』的記載，可知其享年五十一歲。由嘉定十七年（一二二四）上推五十一年，盧祖皋的生年約在淳熙元年（一一七四）。

盧祖皋五兄盧似之二十六歲。

【案】《木蘭花慢》（向蒲江佳處）詞序中云：『因舉六衮之慶』，可知詞爲賀盧似之六十壽辰而作。詞中有『十年。微禄縈牽』句，可知盧祖皋已外出宦游十年。孫應時《盧申之〈蒲江詩稿〉序》云：『東嘉盧申之，妙年取進士第，辭藻逸發，如水湧山出。見予於吴中，不鄙定交。』現存資料記載盧祖皋外出宦游的最早時間爲慶元五年（一一九九），即進士及第後在吴中游歷，并與孫應時定交。從此年起後的第十年，當在嘉定元年（一二〇八），故知《木蘭花慢》詞當作於嘉定元年（一二〇八）。盧似之時年六十，上推六十年，知盧似之生於紹興十九年（一一四九），至淳熙元年（一一七四），盧似之當爲二十六歲。

祖皋岳父錢文子二十八歲。

【案】《樂清錢氏文獻叢編·錢文子壙志》載：『公（錢文子）生於紹興十七年十二月十六日……嘉定十三年十月二十七日終。享年七十有三。娶吴氏，封宜人。子釋之將受公遺澤。女嫁宣教郎盧祖皋。』故知錢文子爲祖皋岳父，是年二十八歲。

祖皋舅父樓鑰三十八歲。

【案】樓鑰爲盧祖皋舅父，從樓鑰所撰《池州教官廳壁記》一文可見，文中云：『吾甥永嘉盧申之祖皋，力學繼世科，爲郡博士。』又《宋史·樓鑰傳》載：『（樓鑰）嘉定六年薨，年七十七』，知樓鑰卒於嘉定六年（一二一三），生於紹興七年（一一三七）。故知是年樓鑰三十八歲。

祖皋表兄王柟（字木叔，誤作永叔、和叔）三十二歲。

【案】葉適《水心集》卷二三《朝議大夫秘書少監王公墓志銘》載：『嘉定十年五月戊戌卒，年七十五。』由此倒推七十五年，王柟生於紹興十三年（一一四三），淳熙元年（一一七四），王柟三十二歲。

曹豳（字西士）五歲。

【案】周夢江《〈宋史·曹豳傳〉補正》附曹豳子曹怡老所撰《曹豳墓志》載：『先公（曹豳）生於乾道六年六月甲子。』

釋居簡十一歲。

【案】釋明河撰《補續高僧傳》卷二四《北磵簡師傳》記載：『居簡，字敬叟，潼川王氏子。……淳祐丙午春三月二十八日索紙書偈，於紙尾復曰：「四月一日珍重六字。」呼諸徒誡之曰：「時不待人，以吾自勵。吾世緣兩日耳。」至期昧爽，索浴，浴罷假寐，然視之已逝矣，壽八十三。』由此知釋居簡卒年爲宋理宗淳祐丙午年三月二十八日，即淳祐六年（一二四六）三月二十八日。釋居簡享壽八十三歲，則知其生於宋孝宗隆興二年（一一六四）。

慶元元年（一一九五），盧祖皋二十二歲。

作《**臨江仙**》（**跨鶴雲間猶未久**）

【案】樓鑰因慶元黨禁，自慶元元年（一一九五）至開禧三年（一二〇七），長達十三年在明州老家賦閒。從詞中『跨鶴雲間猶未久，風流全勝年時』等語來看，此詞約作於慶元元年（一一九五）樓鑰賦閒之初。樓鑰時年五十九歲。

慶元五年（一一九九），盧祖皋二十六歲，進士及第。

【案】陳騤《南宋館閣續録》卷九（《正字》條）：『慶元五年（一一九九），曾從龍榜進士出身，治書。』

與孫應時定交。

【案】孫應時《盧申之〈蒲江詩稿〉序》：『東嘉盧申之，妙年取進士第，辭藻逸發，如水湧山出。見予於吴中，不鄙定交。』案：張憲文《盧祖皋事蹟考》考證：『孫應時自慶元二年四月到五年六月任常熟知縣。』許浩然《黄寬重〈孫應時的學宦生涯〉》一文中亦考證：『慶元二年至五年孫應時任常熟知縣。』序中申明二人定交事在盧祖皋中進士之後。故可推定二人於此年定交。

慶元六年（一二〇〇），盧祖皋二十七歲。

作《**清平樂·庚申中吴對雪**》

【案】詞題爲《庚申中吴對雪》，庚申年即慶元六年（一二〇〇）。

嘉泰元年（一二〇一），盧祖皋二十八歲。

請孫應時爲《蒲江詩稿》作序。

【案】孫應時《燭湖集》卷一〇《盧申之〈蒲江詩稿〉序》記載：『東嘉盧申之，妙年取進士第，辭藻逸發，如水湧山出。見予於吳中，不鄙定交。申之喜爲樂府，予曰：「不如詩之愈也。」申之即大肆其力於詩。居三年，寄《蒲江詩稿》一編。』盧祖皋於慶元五年（一一九九）中進士，與孫應時在吳中定交，至嘉泰元年爲三年。孫應時已於慶元五年（一一九九）離任常熟，故云『寄』。

嘉泰三年（一二〇三），盧祖皋三十歲。

作《賀新郎》（挽住風前柳）。

【案】郭琇修，屈運隆纂《吳江縣誌》卷四《古迹》載：『釣雪亭，在雪灘。宋嘉泰三年縣尉彭法建。』故知此詞約作於嘉泰三年（一二〇三）。

嘉定元年（一二〇八），盧祖皋三十五歲。

作《沁園春·戊辰歲壽攻媿舅》，樓鑰時年七十二歲。

【案】戊辰歲即嘉定元年（一二〇八）。樓鑰時年七十二歲，韓侂胄於開禧三年（一二〇七）伏誅，樓鑰因與侂胄不和，於此年被重新起用，官復吏部尚書兼實録院修撰。（據陳騤《南宋館閣續録》卷九《實録院修撰》條）

作《水龍吟·賦芍藥》

【案】據詞中『十年一覺』等語可知，詞當作於詞人入仕途後的十年左右，詞人入仕大致在慶元五年（一一九九）進士及第後，故此詞大致作於嘉定元年（一二〇八）。詞中有『十年一覺，揚州春夢』之句。杜牧於會昌四年（八四四）至會昌六年（八六六）期間，在池州任職。杜牧仕途坎坷，他的遭遇很容易讓盧祖皋想到自己。盧祖皋以他的詩句抒發自己虛度光陰、功業難成的感慨較爲自然。故此詞作於盧祖皋池州教授任上的可能性很大，時間約在嘉定元年（一二〇八）。

釋居簡《吊池陽郡博盧蒲江喪耦與女》一文約作於此年。

【案】前文據《水龍吟·賦芍藥》一詞已證盧祖皋於嘉定元年任池州教授，另據《宋史·五行志》水部記載：『嘉定元年夏，淮甸大疫。……淮民流江南者饑與暑并，多疫死。』另《五行志》土部記載：『嘉定元年，淮民大饑，食草木，流於江、浙者百萬人。……殍死者十三四。』由此可知，嘉定元年，江淮一帶曾發生大瘟疫與饑荒，盧祖皋妻、女極有可能是被瘟疫與饑荒奪走了生命。釋居簡《北磵詩集》中有《九華山》一詩，詩中云：『九華宜帶雪，故故仲冬來。』九華山爲池州名山，可知，釋居簡可能於嘉定元年十一月左右在池州一帶游歷，得知盧祖皋喪妻、女後，作此文以示哀悼。

作《木蘭花慢》（向蒲江深處）賀五兄方似之六十壽辰。

【案】詞序中云：『因舉六袠之慶』，可知詞爲賀盧似之六十壽辰而作。詞中有『十年。微禄縈牽』句，可知盧祖皋已外出宦游十年。孫應時《盧申之〈蒲江詩稿〉序》云：『東嘉盧申之，妙年取進士第，辭藻逸發，如水湧山出。見予於吳中，不鄙定交。』現存資料記載盧祖皋外出宦游的最早時間爲慶元五年（一一九九），即進士及第後在吳中游歷，并與孫應時定交。從此年起後的第十年，當在嘉定元年（一二〇八），故知詞當作於此年，盧祖皋可能在池州教授任上。

六月，王枘除秘書少監。十一月，王枘罷秘書少監，時年六十六歲。《滿江紅·壽王永叔祕監表兄》作於此年，向表兄祝壽兼安慰。

【案】陳騤《南宋館閣續録》少監條載：『枘字木叔，溫州永嘉人。乾道二年蕭國梁榜進士及第，治春秋。（嘉定）元年六月除，十一月罷。』

另詞中有『身早退，頭翻黑。心最嬾，閒偏適』等語，可知王永（木）叔此時罷秘書少監，祖皋向表兄安慰之意十分明顯。

嘉定三年（一二一〇），盧祖皋三十七歲。

作《漁家傲·壽白石》，壽錢文子六十四歲。

【案】《樂清錢氏文獻叢編》考證：此年，錢文子提點湖北刑獄，創雪堂院於東坡下。（見《樂清錢氏文獻叢編》第六十四頁）與詞中『何事黄岡飛雪地。偏著意。畫堂卻爲東坡起』等語相合。又楊翩撰《佩玉齋類稿》收《雪堂思賢記》載：

『齊安浮屠之定居惠院，爲舊宋元豐中蘇文忠公子瞻謫是邦嘗居焉，僧顒師因辟嘯軒以延之，公去益久，竟用丘墟。嘉定三年吏部郎中錢文子始創雪堂院於東坡下，命學佛者文可守之。』故此詞約作於嘉定三年（一二一〇）。

嘉定四年（一二一一），盧祖皋三十八歲。

作《滿庭芳》（盤谷居成），賀表兄王柟『林屋既成』，王柟時年六十九歲。

【案】《滿庭芳》詞小序：『辛未歲，聞表兄王和叔秘監林屋既成，乃作彩舫，幅巾雪鬢，徜徉湖山間，望之爲蓬瀛仙翁也。因賦此以壽之，俾舟人歌以和漁唱。』序中『辛未歲』爲寧宗嘉定四年（一二一一）。

作《洞仙歌》（東樓佳麗）。

【案】詞中小序云：『辛未歲，攻媿舅氏葺石築山於東樓之下。』辛未歲：即嘉定四年（一二一一），樓鑰時年七十五歲。

嘉定五年（一二一二），盧祖皋三十九歲。

作《水龍吟》（世間誰似蓬仙）賀表兄王柟七十壽辰。

【案】此詞對壽主『蓬仙』的稱呼與寫給王柟另兩首詞的稱呼一致。此詞開篇句爲『世間誰似蓬仙』，《滿庭芳》（盤谷居成）小序中云：『徜徉湖山間，望之爲蓬瀛仙翁也』，《滿江紅·壽王永叔祕監表兄》中有『歸來趁、蓬萊壽席』的句子，幾種說法雖略有不同，但均含有『蓬仙』之意。其次，此詞中的『鶴舞修庭』與壽詞《滿江紅》中的『霜鶴蹁躚』相照應，說明表兄喜養仙鶴。再次，此詞篇末的『悵今年又是，題牋寄遠』之句，與嘉定四年（一二一一）寫給表兄的壽詞《滿庭芳》（盤谷居成）相呼應，說明前後兩年均沒能到場祝壽。另從詞中的『坐問八袠齊眉壽』可知，此詞應爲壽王柟七十壽辰而作。

嘉定六年（一二一三），盧祖皋四十歲。

盧祖皋舅父樓鑰去世，享年七十七歲。

【案】《宋史》樓鑰傳載：『（樓鑰）嘉定六年薨，年七十七。』

作《江城子·外舅作梅坡因壽日作此》，壽錢文子，錢文子時年六十七歲。

【案】《錢文子壙志》記載：『乞補外，除直顯謨閣知太平州，尋改淮南路轉運副使兼提點刑獄、提舉常平茶鹽鐵冶。』又張淏撰《雲谷雜記·張右史特薦狀（卷末）》記載：『前守楊楫、漕臣錢文子皆器遇之，稍加識拔，必有可觀。……嘉定六年正月日奏狀。』《張右史特薦狀》中所稱的的漕官，與壙志中的淮南路轉運副使相合，可知嘉定六年，錢文子在淮南任轉運副使。與詞中『喚得長淮春意滿』相合，故知此詞當作於錢文子任淮南轉運副使時期的嘉定六年（一二一三）。

作《洞仙歌·上壽》

【案】從詞中『還賦蓬仙壽』等語來看，以前在詞中曾稱壽主爲『蓬仙』，在壽主明確爲盧祖皋表兄王柟的壽詞《滿庭芳》（盤谷居成）中，詞人稱表兄爲『蓬瀛仙翁』，另一首壽詞《滿江紅·壽王永叔祕監表兄》中有『歸來趁、蓬萊壽席』等語，在注明壽主的寫給樓鑰與錢文子等人的祝壽詞中，則無此稱呼。另詞中的『天未許、閒向人間袖手。問西州千騎幾時來』等語，也與王柟在嘉定元年（一二〇八）罷秘書少監後『知袁州未行』『知贛州』的經歷相合（見《水心集》卷二三），這與詞中『留待文章太守』『問西州千騎幾時來』等語所暗示的壽主身份也相稱。雖然樓鑰因慶元黨禁，自慶元元年（一一九五）至開禧三年（一二〇七），長達十三年在明州老家賦閒。但王柟在嘉定元年（一二〇八）罷秘書少監後，也曾長時間賦閒在家。從詞中『八袠初開』等語來看，詞約作於王柟七十一歲壽辰之時，當在嘉定六年（一二一三）。

嘉定七年（一二一四），盧祖皋四十一歲。

作《洞仙歌·壽外舅》賀錢文子六十八歲壽。

【案】詞中『愛官塵不到，書眼爭明』『平生丘壑志，未老求閒』『想疊嶂雙溪，千騎弓刀，渾不似、白石山中勝趣』等語，均是寫錢文子致仕後的閒居生活，『怕竹屋梅窗欲成時，又飛詔東山，謝公催起』乃是對錢文子致仕後的安慰之辭。錢文子的學生陳元粹曾爲錢文子的《補漢兵志》作序，序中云：『先生乃老矣，方力疾丐休，築室深山中，徜徉物外，以書史泉石自娛，將終身焉。』序末落款時間爲『嘉定甲戌』，即嘉定七年（一二一四），故可推斷錢文子致仕於嘉定七年（一二一四），此詞亦當作於此年。

嘉定十年（一二一七），盧祖皋四十四歲。

五月，王柟卒，時年七十五歲。

【案】葉適《水心集》卷二三《朝議大夫秘書少監王公墓志銘》載：『嘉定十年五月戊戌卒，年七十五。』

嘉定十一年（一二一八），盧祖皋四十五歲。

主管刑工部架閣文字。二月二十五日，以主管刑工部架閣文字身份，參與組織選舉考試。

【案】徐松輯大典本《宋會要》卷二六一《選舉》二三記載：『（嘉定十一年）二月二十五日……主管刑工部架閣文字盧祖皋考校。』

嘉定十二年（一二一九），盧祖皋四十六歲。

正月，除秘書省正字。

【案】〔宋〕陳騤《南宋館閣續録》卷九（《正字》條）：『（嘉定）十二年（一二一九）正月除（秘書省正字）。』

八月十五日，參與點檢選舉試卷。

【案】徐松輯大典本《宋會要》卷二六一《選舉》二三記載：『（嘉定十二年）八月十五日……秘書省正字盧祖皋……點檢試卷。』

嘉定十三年，盧祖皋四十七歲。

正月，奉敕爲太師會稽郡王楊次山撰輓祭文。

【案】〔宋〕陳騤《南宋館閣續録》卷五（《輓祭文》條）：『（嘉定）十三年（一二二〇）正月，太師會稽郡王楊次山（正字盧祖皋撰）。』

三月除校書郎。

【案】〔宋〕陳騤《南宋館閣續録》卷八（《校書郎》條）：『（嘉定）十三年三月除（校書郎）。』

六月進恭和御制詩。

【案】〔宋〕陳騤《南宋館閣續録》卷五（《進詩》條）：『（嘉定）十三年六月，恭和御制賜劉渭以下詩（秘書丞張攀，著作郎陳德豫，秘書郎徐鳳、楊祖堯，著作佐郎黄浧，校書郎盧祖臯各一首。）』

十二月爲秘書郎。

【案】〔宋〕陳騤《南宋館閣續録》卷八（《校書郎》條）：『十二月爲秘書郎。』又見於同書卷八（《秘書郎》條）：『（嘉定）十三年十二月除（秘書郎）。』

作《渡江雲・賦荷花》。

【案】從詞中『還暗驚、人間離合，羞對池萍。三年一覺西湖夢』等語可見，詞人此時已定居臨安三年，盧祖臯於嘉定十一年（一二一八）入臨安任刑工部架閣文字，至此年正好三年，故詞中云『三年一覺西湖夢』。

盧祖臯岳父錢文子卒，享年七十三歲。

【案】《樂清錢氏文獻叢編・錢文子年表》載《錢文子壙志》：『（錢文子）嘉定十三年十月二十七日終。享年七十有三。』故知錢文子卒於是年。

嘉定十四年（一二二一），盧祖臯四十八歲。

正月爲著作佐郎。

【案】陳騤《南宋館閣續録》卷八（《校書郎》條）。又見於同書卷八（《著作佐郎》條）：『（嘉定十四年）正月，除（著作佐郎）。』

十月爲著作郎兼權司封郎官。

【案】陳騤《南宋館閣續録》卷八（《著作佐郎》條）：『（嘉定）十四年十月爲著作郎兼權司封郎官。』又載：『盧祖臯十四年十月除』

嘉定十五年（一二二二）　盧祖皋四十九歲。

九月，任將作少監。

【案】陳騤《南宋館閣續録》卷八（《著作郎》條）：『盧祖皋。十四年十月除（著作郎），十五年九月爲將作少監。』

嘉定十六年（一二二三），盧祖皋五十歲。

任將作少監權直學士院。

【案】徐松輯大典本《宋會要》卷二六一《選舉》二三記載：『（嘉定十六年）正月二十五日……將作少監權直學士院盧祖皋……點檢試卷。』

作《**送曹西士宰建昌**》。**曹豳五十四歲，任南康軍建昌縣宰。**

【案】周夢江《〈宋史·曹豳傳〉補正》附《曹豳墓志》記載：『（嘉定）十六年……五月任南康軍建昌縣宰。』

嘉定十七年（一二二四），盧祖皋五十一歲。

作《**江城子**》（**畫樓簾幕捲新晴**）

【案】詞中有『暗數十年湖上路』，知詞人已在臨安游歷與任職十年。盧祖皋於嘉定十一年（一二一八）入監安任職，至嘉定十七年去世共七年，他早年應該還有三年游歷西湖的經歷。

在翰林院草詔用元符典故。

【案】〔宋〕張端義《貴耳集》上：『哲廟紹聖四年，進八寶，改元符元年。至三年，泰陵上仙。嘉定十七年，得「皇帝恭膺天命之寶」，盧祖皋在玉堂草詔，用元符典故。太學前廊茅匯征與盧言，詔不當用元符事。盧始驚。茅不願推寶賞。改寶慶元年，至三年，茂陵上仙。其亦偶然相符如此。』

盧祖皋卒於軍器少監任上。卒年五十一歲。

【案】考證詳見『淳熙元年（一一七四），盧祖皋一歲』條。

二、生平事迹記載

〔宋〕 **樓鑰《池州教官廳壁記》（樓鑰《攻媿集先生文》卷五五）**

秋浦爲江左名郡，齊山、九華之勝，人物秀發，又有李太白、杜牧之遺風，庠校之興有且久矣。吾甥永嘉盧申之祖皋力學繼世科，爲郡博士，其行也，求贈以言。申之俊而好文，進學不待勸勉，特以其少孤而自立，將爲人師，慮鮮琢之名益，大書『無有師保，如臨父母』以遺之。之官未幾，則聞教育有序，衿佩向風，以書來求壁記。告之曰：余嘗客授子之鄉矣。學無止法，學然後知不足，教然後知困。古人之言，其旨深矣！非真知其教，自以爲足；非篤於教人者，亦不能知困。惟斆學半傳説之説，未以勉其人。而《學記》以爲教學相長，此又一説也。今之教者亦待問而傳説，又所從事推學子業，雖皆非古之道，然勵志於學，當自知其不足。用力於教，當自知其困。不足與困，子當自知之，非餘所能告也。試書諸壁以銘坐右，且特以告於來者！

盧祖皋撰《錢文子壙志》（載於《樂清錢氏文獻叢編·錢文子年表》）

公姓錢，諱文子，字文季。其先居晉陵，後徙錢塘，五世祖端州司理參軍，自錢塘徙溫之樂清。曾祖潔，祖忠卿，皆不仕；考朝彦，累贈至朝散大夫；妣孫氏，贈宜人。公生於紹興十七年十二月十六日。淳熙十四年補太學生，紹熙二年上舍釋褐兩優，授文林郎吉州判官。任滿，改宣教郎知潭州醴陵縣。入朝，爲太學博士。出知台州，改常州，罷歸，主管台州崇道觀。除潼州路提點刑獄，未上。改成都府路轉運判官，遷湖北路提點刑獄。被召吏部郎，官遷宗正少卿。乞補外，除直顯謨閣知太平州，尋改淮南路轉運副使兼提點刑獄、提舉常平茶鹽鐵冶。升直寶文閣，復知太平；累乞致仕，不允，遂乞待闕州郡，改知寧國。及期，又力辭，主管成都府玉局觀、亳州明道宫。有旨，轉朝散大夫守寶文閣致仕。嘉定十三年終，享年七十有三。娶吳氏，封宜人。子釋之，將受公遺澤。女嫁宣教郎盧祖皋。孫男巖，女一人。明年十月十七日葬於所居白石巖北靈山之源，是爲銘，以納諸壙。祖皋謹識。

〔宋〕**釋居簡**《**吊池陽郡博盧蒲江喪耦與女**》（《**北磵文集**》卷一〇）

池陽郡博蒲江盧申之室人與女之喪也，或以韓愈用『魚子、細腰、鴟梟、蝮蛇』已，孟東野失子之戚而已。蒲江之悲韓愈之說行，吾怨赤子不得養於其父母矣。雖然，能不悲乎？悲而不知止，非中也，要歸其中而已。作而吊之曰：『謂生可一兮，生則萬殊；謂其萬殊兮，死同一趨。胡壽夭之不齊兮？夫人所以吁天長號而疾呼：彭不貸殤，鶴不續梟。吁其來也久矣，將安悲乎？』

〔宋〕**陳騤**《**南宋館閣續録**》**卷八、卷九**

（祖皋）字申之，溫州永嘉縣人。慶元五年（一一九九），曾從龍榜進士出身治書。（嘉定）十三年（一二二〇）正月，除（秘書省正字）。（以上見卷九《正字》條）（嘉定）十三年（一二二〇）三月除（校書郎），十二月爲秘書郎。（以上見卷八《校書郎》條）（嘉定）十三年（一二二〇）十二月除（秘書郎），十四年正月爲著作佐郎。（以上見卷八《秘書郎》條）（嘉定）十四年（一二二一）正月，除（著作佐郎），十月爲著作郎兼權司封郎官（以上見卷八《著作佐郎》條）。

〔宋〕**張端義**《**貴耳集**》上

哲廟紹聖四年，進八寶，改元符元年。至三年，泰陵上仙。嘉定十七年，得『皇帝恭膺天命之寶』，盧祖皋在玉堂草詔，用元符典故。太學前廊茅匯征與盧言，詔不當用元符事。盧始驚。茅不願推寶賞。改寶慶元年，至三年，茂陵上仙。其亦偶然相符如此。

〔明〕**淩迪知**《**萬姓統譜**》卷一一

盧祖皋，字申之，永嘉人。登慶元第，歷館閣。嘉定中，以軍器少監與建人徐鳳並直北門，屬時慶澤孔殷，綸言遝布，祖皋抒思泉湧，號爲稱職，當揆方將處以不次，俄卒於官。工樂府，意度清遠，江浙間多歌之，有《蒲江集》。

〔宋〕**戴栩**《**盧直院挽詞**》

五十一回春夢中，兄悲子哭怨東風。別司制敕歸天上，不共塵凡住域中。幌拂幽弦琴自語，奩遺殘粒藥無功。松飈九里淒歌薤，依舊西湖不負公。

〔宋〕**戴栩**《**鄉祭盧直院文**》

嗚呼！辟清華之軌路，挾駿駃而上馳。才與命以胥偶，闊際逢之一時。公收勳於藝籍，蚤挺拔而芳腴。綴明月以爲佩，建舒虹以爲旗。遍窺蓬山之户，分儤鼇禁之扉。紛詞頭之夜下，或慶律而戎機。蓋十擅其六七，何輒出而愈奇。兼戕奏於南宫，湧泉思而沛餘。緊餘鄉之前哲，掌帝制其寔稀。儼先陳而後蔡，粲紫橐之相輝。縱窘步而少卻，胡奄忽以至斯。每觀公之韞立，信才宏而具宜。事前迎而卻拒，理透深而摘微。既燭瞭以鑒裁，亦藪藏而煦濡。杼逸思於篇什，寄余襟於酒棋。謂此樂之終竟，罄交朋而來期。倏五十以嬗化，悼賀監之莫追。嗚呼哀哉！乞郡委羽之境，築室太玉之坻。使左餐右粥，豐及物之德，而精筆妙墨，富閒居之詞。靡二者之一，遂懟穹蒼而孔悲。想營魂之留衲，陳薄奠以來思。

〔宋〕**戴栩**《**定海寒食西湖憶盧玉堂葬西湖之上，近傳有僧請大仙降者是其筆**》

寒食無朝謁，閒攜載酒車。燧青宫蠟火，雨白野棠花。舊友頻游處，荒阡一酹賒。傳聞有仙筆，麗句落僧家。

〔宋〕**釋居簡**《**北磵詩集**》**卷四**《**九日姑蘇臺酬盧蒲江、趙靜齋、錢竹巖諸名勝**》

歲晚登臨似仲宣，可勝來此拍闌干。水圜緑野日將夕，露浥紫萸秋未寒。欲雨天痕雲氣濕，不風庭樹子聲乾。悠然吊古無窮恨，付與西風一永歎。

〔宋〕**釋居簡**《**北磵詩集**》**卷五**《**盧直院挽章**》

玉堂雲氣鎖空蒙，回首泠然跨閬風。紙貴又騰身後賈，蚤亡舊策眼前功。蝸緣竺磵題名石，鷺憶吴江載酒篷。零落九華三四帖，幢幢猶在破囊中。

〔宋〕**釋居簡**《**北磵詩集**》**卷四**《**盧直院大監挽辭**》

客葬柰貧何，無山無薜蘿。近分南宕小，遠勝北邙多。不與貂蟬老，空將琬琰磨。丁寧燕許手，遺事細蒐羅。

〔宋〕**釋居簡**《**北磵文集**》**卷十**《**盧直院挽章**》

噫！蒲江公，早蜚雋譽。頡頏雲霄，粤與仲俱。翻水文詞，九河倒輸。拍肩《過秦》，長揖《子虚》。駿騰渥洼，翠峙碧梧。訪孤山春，濯西子湖。起我摧頹，偕尋物初。一笑分攜，九華絳幄。仲則先之，鈞天帝居。鷗盟在公，雁足枉書。契闊十年，鵷行峻除。復來澗陰，策我故吾。蓬萊道山，夜嚴漏徐。種橘賦詩，雪枝模糊。黎明繡鞍，入承明廬。潤色誥盤，章明典謨。繽雅簡潔，命騷有餘。用不及大，澤不及敷。志不及行，藴不及攄。百身莫贖，嗚呼天乎！

〔宋〕**趙汝回《吊盧玉堂》（《全宋詩》卷五七）**

金鑾坡上文星落，收入遺文有幾函。草制空教生白髮，蓋棺只是著青衫。吟魂夜訪林逋塚，破屋寒拋謝客巖。自有舊家椽筆在，豐碑豎起壓松杉。

〔清〕**厲鶚《宋詩紀事》**

祖臯字申之，又字次夔，號蒲江，永嘉人。樓鑰之甥。慶元五年進士，嘉定中爲軍器少監、權直學士院，有《蒲江集》。

《弘治溫州府志·藝文》卷一〇

盧祖臯字申之，永嘉人。登慶元第，歷館閣。嘉定中以軍器少監與建人徐鳳并直北門。屬時慶澤孔殷，綸言遝布，祖臯抒思泉湧，號爲稱職。當揆方將處以不次，俄卒於官。工樂府，意度清遠，江浙間多歌之。有《蒲江集》。

（光緒）《永嘉縣誌》卷一七《文苑傳》

盧祖臯，字申之，一字次夔，號蒲江。登慶元五年（一一九九）進士，嘉定中（一二〇八—一二二四）爲軍器少監，權直學士院，與閩人徐鳳並直北門。時慶澤孔殷，綸言遝布，祖臯抒思泉湧，號爲稱職。工樂府，詞意清遠，字字可入律呂，江浙間多歌之。祖臯爲樓鑰之甥，學有淵源，嘗與永嘉四靈以次相倡和，有《蒲江詞》一卷。

三、歷代叙跋

〔宋〕**孫應時《燭湖集》卷一〇《盧申之〈蒲江詩稿〉序》**

東嘉盧申之，妙年取進士第，辭藻逸發，如水湧山出。見予於吳中，不鄙定交。申之喜爲樂府，予曰：『不如詩之愈也。』

申之即大肆其力於詩。居三年，寄《蒲江詩稿》一編。讀之鬱然其春，若時禽之高下而衆芳之雜襲也；灑然其秋，若風露之清高而山川之寥朗也；澹兮如幽人處士，自足於塵埃之外；儼兮如王孫公子，相命於禮樂之間也；窈兮其思之深，悠兮其味之長也。蓋申之天分自高，而用心尤苦，洞視古今作者，神交而力角之，不慊其意不止，非餘子碌碌、新有詩聲者比也。申之猶以質於予，予固未嘗工詩，而何以進申之於此哉。雖然，詩至於是，可以止矣。作詩正如飲酒，酒所以養人，勿以病人；詩所以足性，勿以害性；老坡所謂可寓意、不可留意者也。或曰：『子曩力進申之於詩，今之言不疑於相戾乎？』曰：『惟申之知予可言而言，子勿慮。』

〔明〕毛晉《〈宋六十名家詞·蒲江詞〉跋》

祖皋字申之，自號蒲江居士，永嘉人，樓大防之甥也。一時，永嘉詩人爭學晚唐體。徐照，字道暉；徐璣，字文淵；翁卷，字靈舒；趙師秀，字紫芝，稱爲四靈。與申之唱和，莫能伯仲。惜其詩集不傳。黄叔暘謂其樂府甚工，字字可入律吕，浙人皆唱之，《中興集》中幾盡採録。或病其偶句太多，未足驚目。余喜其『柳色津頭泫緑，桃花渡口啼紅』，較之秦七『鶯嘴啄花紅溜，燕尾點波緑皺』，不更鮮秀耶？又『玉簫吹未徹，窗影梅花月。無語只低眉，閒拈雙荔枝』，直可步趨南唐『孤枕夢回雞塞遠，小樓吹徹玉笙寒』矣。至如『江涵雁影梅花瘦，花片無聲簾外語』云云，蓋古府佳句也。惜乎《蒲江詞》一卷，僅僅二十有五闋耳。古虞毛晉識。

〔清〕《四庫全書總目提要·蒲江詞提要》

《蒲江詞》一卷。宋盧祖皋撰，祖皋字申之，又字次夔，號蒲江，永嘉人。登慶元五年進士，嘉定中爲軍器少監，權直學士院。祖皋爲樓鑰之甥，學有淵源。嘗與永嘉四靈以詩相唱和，然詩集不傳。惟《貴耳集》載其《玉堂有感》《松江別友》二絶句，『舟中獨酌』一聯。《梅澗詩話》載其《廟山道中》一絶句。《全芳備祖》載其《酴醾》一絶句。僧《北磵集》附載其《讀書》《種橘》二絶句。《東甌詩集》載其《雨後得月小飲懷趙天樂》五言一律而已。《貴耳集》又稱其小詞纖雅，曰《蒲江集》，然不言卷數，陳振孫《書録解題》著録一卷。其篇數多寡，亦不可考。此本爲毛晉所刻，凡二十五闋。今以黄昇《花庵詞選》相校，則前二十四闋悉《詞選》之所録，惟最後《好事近》一闋，爲晉所增入。疑原集散佚，晉特抄撮黄昇所録，以備一家耳。其中字句與《詞選》頗有異同。如開卷《賀新郎》「荒詞誰繼風流後」句，詞選作「荒祠」；《水龍吟》「帶酒離恨」句，「帶酒」，《詞選》作「帶將」；《烏夜啼》第三首後闋「昨日幾秋風」句「昨日」，《詞選》作「昨夜」，並應以《詞選》爲長。晉蓋未及詳校。惟《賀新郎》序首「沈傳師」字，晉注《詞選》作「傳師」，然今《詞選》實作「傳師」，則不知晉所據者何本矣。至《鷓鴣天》後闋「丁寧須滿玉西東」句，據文應作「玉東西」，而此詞實用東韻，則由祖皋偶然誤用。如黄庭堅之押「秦西巴」爲「巴西」，非校者之誤也。

朱孝臧《彊村叢書〈蒲江詞稿〉跋》

右《蒲江詞稿》一卷，南昌彭氏知聖道齋藏明钞南詞本。比毛氏汲古刻多七十一闋，疑即黄叔暘所謂有《蒲江詞稿》行於世者。毛刻與《花庵中興絕妙詞選》略同，而增《好事近》「雁外雨絲絲」一闋，《中興詞選》載之，標爲「吳君特詞」。今考彭本亦無是闋，殆非申之作也。癸丑仲夏校訖並記，歸安朱孝臧。

冒廣生《〈蒲江詞〉跋》

右《蒲江詞》一卷，凡二十五首，餘從他處補得十首。申之少孤，見其舅樓攻媿所撰《池州教官廳壁記》。《貴耳集》稱其「貌字修整，作小詞纖雅。曾爲《玉堂有感》詩：「兩山風雨故留寒，九陌香泥苦未幹。開到海棠春爛漫，擔頭時得數枝看。」」又《舟中獨酌》詩：「山川似舊客懷老，天地何言春事深。」《松江別》詩：「明月垂虹幾度秋，短篷長是系人愁。暮煙疏雨分攜地，更上松江百尺樓。」」《梅澗詩話》亦載其「《廟山道中》詩云：「粉黄蛺蝶繞疏籬，山崦人家掛酒旗。細雨嫩寒衫袖薄，客中知是菊花時。」語意清新，頗能模寫村居景趣。」申之在翰林日，與胡衛草明堂赦文，有「江淮盡掃於胡塵」云云。太學諸生嘲之曰：「胡塵已被江淮掃，卻道江淮盡掃於。」又曰：「傳語胡、盧兩學士，不如依樣畫胡蘆。」事載《鶴林玉露》。此殊足以資談噱者也。乙卯四月三日，冒廣生記。

又案，《齊東野語》云：「「恭膺天命之寶」，真宗初即位所制，其後每朝效之，易世則藏去。靖康之變，金人取玉寶十有四以去，此寶居其二焉。其一則哲宗元符三年所制，其一則欽宗靖康元年所制也。及金人内亂南遷，寶玉多爲蒙古所取。當時識者，謂此物不宜鋪張。是以參政鄭昭先有可吊不可賀之論。時學士院權直盧祖皋草詔，乃徑用元符故事，殊不知哲宗以元符元年進寶，至三年崩，識者憂之。」云云。《貴耳集》亦載此事云：『哲廟紹聖四年，進八寶，改元符元年。至三年，泰陵上仙。嘉定十七年，得「皇帝恭膺天命之寶」，盧祖皋在玉堂草詔，用元符典故。太學前廊茅匯征與盧言，詔不當用元符事。盧始驚。茅不願推寶賞，改寶慶元年。至三年，茂陵上仙。其亦偶然相符如此。』此亦申之遺聞軼事，志傳所不載者。廣生再記。

四、歷代總評

〔宋〕**樓鑰《又謝申之示詩卷》（《攻媿先生文集》卷七）**

不見賢甥十一年，新詩示我百餘篇。古風已喜能行意，近體尤欣細屬聯。宅相真成珠在側，冷官休歎坐無氈。作詩勿謂今餘事，更下工夫繼玉川。

〔宋〕**張端義《貴耳集》卷下**

蒲江盧申之祖皋，貌宇修整，作小詞纖雅，曰《蒲江集》。曾爲《玉堂有感》詩：『兩山風雨故留寒，九陌香泥苦未幹。開到海棠春爛漫，抬頭時得數枝看。』有《舟中獨酌》詩：『山川似舊客懷老，天地何言春事深。』《松江别》詩：『明月垂虹幾度秋，短篷長是系人愁。暮煙疏雨分攜地，更上松江百尺樓。』餘領先生詞外之旨。

〔宋〕**黄昇《中興以來絶妙詞選》卷八**

盧申之，名祖皋，號蒲江，樓攻媿先生之甥。趙紫芝、翁靈舒諸賢之詩友。樂章甚工，字字可入律呂，浙人皆唱之。有《蒲江詞稿》行於世。

〔明〕**楊慎《詞品》卷三**

盧申之，名祖皋，邛州人。有《蒲江詞》一卷，樂章甚工，字字可入律呂。彭傳師於吴江作釣雪亭，擅漁人之窟宅，以供詩境也。約趙子野、翁靈舒諸人賦之，惟申之擅場。『江寒雁影梅花瘦。四無塵，雪飛風起，夜窗如畫。』其警句也。

〔清〕周濟《**介存齋論詞雜著**》

蒲江小令，時有佳趣；長篇則枯寂無味，此小才也。

〔清〕周濟《**宋四家詞選目録序論**》

竹屋、蒲江，並存盛名。蒲江窘促，等諸自鄶；竹屋硜硜，亦凡響耳。

〔清〕陳廷焯撰，孫克强等點校《〈**雲韶集**〉**緝評之一·卷七**》

蒲江詞，如白雲在空。舒卷有致。

馮煦《**蒿庵論詞**》

陳造序高賓王詞，謂竹屋、梅溪，要是不經人道語。玉田亦以兩家與白石、夢窗並稱。由觀國與達祖疊相唱和，故援與相比。平心論之，竹屋精實有餘，超逸不足；以梅溪較之，究未能旗鼓相當。今若求其同調，則惟盧蒲江差足肩隨耳。

汪東《**唐宋詞選評語**》

朱刻《蒲江詞》九十六首，最爲完善。若毛刻僅二十五首，則殘本也。其詞大都工整明蒨，然思力較弱，有如剪彩爲花，終少生氣。

五、參考書目

（一）校勘引用書目及版本

《新唐書》，〔宋〕欧陽修等撰，中華書局本

《樂府雅詞》，〔宋〕曾慥輯，四庫全書本

《絕妙好詞箋》，〔宋〕周密輯，查爲仁箋，上海古籍出版社本

《陽春白雪》，〔宋〕趙聞禮編，上海古籍出版社本
《全芳備祖》，〔宋〕陳景沂輯，浙江古籍出版社本
《中興以來絕妙詞選》，〔宋〕黄昇編，明萬曆二年刊本
《豹隱紀談》，〔宋〕周遵道撰，商務印書館本
《詞品》，〔明〕楊慎撰，明刻本
《唐宋名賢百家詞》，〔明〕吳訥輯，天津市古籍書店本
《宋六十名家詞》，〔明〕毛晉輯，上海古籍出版社本
《事物紀原》，〔宋〕高承撰，中華書局本
《花草粹編》，〔明〕陳耀文編，萬曆十一年刻本
《御選歷代詩餘》，〔清〕沈辰垣、王奕清奉敕編，四庫全書本
《詞綜》，〔清〕朱彝尊編，上海古籍出版社本
《復堂詞録》，〔清〕譚獻纂，浙江古籍出版社本
《彊村叢書》，朱祖謀輯校，廣陵書社二〇〇五年影印一九二二年刊本
《宋詞三百首》，朱祖謀編，浙江古籍出版社本
《增訂注釋全宋詞》，朱德才主編，文化藝術出版社本
《全宋詞評註》，周篤文、馬興榮主編，學苑出版社本

（二）注釋引用書目

《十三經注疏》，〔清〕阮元校刻，中華書局本
《春秋左傳注》，楊伯峻注，中華書局本
《韓詩外傳》，〔漢〕韓嬰撰，崇文書局本

《逸周書》，〔晉〕孔晁注，商務印書館本
《吳越春秋》，〔漢〕趙曄撰，〔元〕徐天祜音注，江蘇古籍出版社本
《戰國策》，〔宋〕鮑彪注，四庫全書本
《國語》，〔春秋〕左丘明著，〔吳〕韋昭注，上海古籍出版社本
《史記》，〔漢〕司馬遷撰，中華書局本
《漢書》，〔漢〕班固撰，中華書局本
《後漢書》，〔南朝宋〕范曄撰，中華書局本
《後漢紀》，〔晉〕袁宏撰，上海商務印書館本
《三國志》，〔晉〕陳壽撰，中華書局本
《晉書》，〔唐〕房玄齡等撰，中華書局本
《南史》，〔唐〕李延寿撰，中華書局本
《北史》，〔唐〕李延壽撰，中華書局本
《北齊書》，〔唐〕李百藥撰，中華書局本
《隋書》，〔唐〕魏徵等撰，中華書局本
《宋書》，〔南朝梁〕沈約撰，中華書局本
《南齊書》，〔南朝梁〕蕭子顯撰，中國社會科學出版社本
《梁書》，〔唐〕姚思廉撰，中華書局本
《陳書》，〔唐〕姚思廉撰，中華書局本
《周書》，〔唐〕令狐德棻等撰，中華書局本
《南齊書》，〔南朝梁〕蕭子顯撰，中華書局本

《十六國春秋》,〔北魏〕崔鴻撰,〔清〕湯球輯補,中華書局本

《吳地記》,〔唐〕陸廣微撰,江蘇書局本

《史通》,〔唐〕劉知幾撰,上海商務印書館本

《舊唐書》,〔後晉〕劉昫撰,中華書局本

《新唐書》,〔宋〕歐陽修等撰,中華書局本

《宋史》,〔元〕脱脱等撰,中華書局本

《吳郡圖經續記》,〔宋〕朱長文撰,上海商務印書館本

《南宋館閣續録》,〔宋〕陳騤,中華書局本

《咸淳臨安志》,〔宋〕潛説友纂修,〔清〕同治六年刻本

《寶祐重修琴川志》,〔宋〕孫應時纂,〔宋〕鮑廉增補,〔清〕乾隆五十四年本

《吳郡志》,〔宋〕范成大撰,〔明〕汲古閣刻本

《萬姓統譜》,〔明〕淩迪知,上海古籍出版社本

《嘉靖昆山縣誌》,廣陵書社本

《(弘治)吳江志》,〔明〕莫旦修撰,國家圖書館藏本

《吳縣誌》,曹允源等纂修,一九三三年本

《臨江府志》,上海古籍書店本

《樂清錢氏文獻叢編》,錢志熙著,綫裝書局本

《輯蔡邕月令章句》,〔漢〕蔡邕撰,葉德輝輯,葉氏刻本

《獨斷》,〔漢〕蔡邕撰,中華書局本

《莊子注疏》,〔晉〕郭象注,〔唐〕成玄英疏,曹礎基等點校,中華書局本

《列子》，〔周〕列御寇撰，上海商務印書館本
《經典釋文》，〔唐〕陸德明撰，崇文書局本
《荀子集解》，王先謙著，世界書局本
《韓非子集解》，〔戰國〕韓非著，〔清〕王先慎集解，中華書局本
《管子》，〔唐〕房玄齡注，〔明〕劉績補注，劉曉藝校點，上海古籍出版社本
《呂氏春秋》，〔戰國〕呂不韋編纂，崇文書局本
《春秋繁露》，〔漢〕董仲舒著，中國書店本
《淮南子集釋》，〔漢〕劉安著，何寧集釋，中華書局本
《論衡校釋》，〔漢〕王充著，黄暉校釋，商務印書館本
《荊楚歲時記》，〔南朝梁〕宗懍撰，宋金龍校注，山西人民出版社本
《抱樸子》，〔晉〕葛洪撰，崇文書局本
《齊民要術》，〔北魏〕賈思勰，中華書局本
《颜氏家訓》，〔北齊〕颜之推著，〔宋〕趙敬夫注，颜敏翔校點，上海古籍出版社本
《古今注》，〔晉〕崔豹撰，中華書局本
《雲溪友議》，〔唐〕范攄著，中華書局本
《歷代名畫記》，〔唐〕張彦遠撰，中州古籍出版社本
《老學庵筆記》，〔宋〕陸游撰，中華書局本
《海録碎事》，〔宋〕葉廷珪撰，中華書局本
《能改齋漫録》，〔宋〕吳曾撰，上海古籍出版社本
《暘穀漫録》，〔宋〕洪巽撰，北京商務印書館本

《雞肋編》，〔宋〕莊綽撰，國家圖書館出版社本

《東軒筆録》，〔宋〕魏泰撰，李裕民點校，中華書局本

《朝野類要》，〔宋〕趙升撰，中華書局本

《貴耳集》，〔宋〕張端義撰，中華書局本

《雲谷雜記》，〔宋〕張淏撰，國家圖書館藏清抄本

《書言故事大全》，〔宋〕胡繼宗撰，鳳凰出版社本

《宋會要》，徐松輯大典本，國家圖書館藏本

《楚辭補注》，〔宋〕洪興祖撰，中華書局本

《佩玉齋類稿》，〔元〕楊翮撰，中國書店本

《先秦漢魏晉南北朝詩》，逯欽立輯校，中華書局本

《全上古三代秦漢三國六朝文》，〔清〕嚴可均輯，中華書局本

《全漢賦》，費振剛等編撰，北京大學出版社本

《文選李善注》，〔南朝梁〕蕭統編，〔唐〕李善注，中華書局本

《六臣注文選》，〔南朝梁〕蕭統編，〔唐〕李善等注，四部叢刊初編本

《玉臺新詠》，〔南朝陳〕徐陵編，吳兆宜注，商務印書館本

《文心雕龍》，〔南朝梁〕劉勰撰，人民文學出版社本

《詩品箋注》，〔南朝梁〕鍾嶸撰，曹旭箋注，人民文學出版社本

《全唐詩》，〔清〕彭定求編，延邊人民出版社本

《全唐文新編》，周紹良主編，吉林文史出版社本

《李太白全集》〔唐〕李白著，〔清〕王琦輯注，中華書局本

《鮑參軍集注》，〔南朝宋〕鮑照著，錢振倫、黄節校注，錢仲聯增補集説校，上海古籍出版社本
《杜詩詳注》，〔清〕仇兆鰲注，中華書局
《北磵文集》，〔宋〕釋居簡撰，〔清〕陸心源校並録，國家圖書館藏本
《全宋詞》，唐圭璋輯，中華書局本
《全宋詩》，傅璇琮等主編，北京大學出版社本
《全宋文》，曾棗莊、劉琳等編輯，上海辭書出版社本
《樂府詩集》，〔宋〕郭茂倩編撰，聶世美、倉陽卿校點，上海古籍出版社本
《詞集考》，饒宗頤著，中華書局本
《弘治溫州府志》，〔明〕王瓚、蔡芳編，胡珠生校注，上海社會科學院出版社本
《敦煌變文集》，周紹良批校，國家圖書館出版社本
《敦煌曲子詞集》，王重民輯，商務印書館本
《睡虎地秦簡文字集釋》，夏利亞著，上海交通大學出版社本
《世説新語校箋》，〔南朝宋〕劉義慶撰，徐震堮校箋，中華書局本
《大唐新語》，〔唐〕劉肅撰，中華書局本
《夢溪筆談》，〔宋〕沈括撰，中華書局本
《水經注》，〔北魏〕酈道元注，王國維校，上海人民出版社本
《陶淵明集》，〔晉〕陶潛著，逯欽立校注，中華書局本
《王右丞集箋注》，〔唐〕王維撰，〔清〕趙殿成箋注，上海古籍出版社本
《白氏長慶集》，〔唐〕白居易著，四部叢刊本
《建安七子集》，俞紹初輯校，中華書局本

《花間集注》，華連圃注，商務印書館本
《謝康樂集》，〔南朝宋〕謝靈運著，沈啟原輯，明萬歷十一年刊本
《樓鑰集》，〔宋〕樓鑰撰，顧大朋點校，浙江古籍出版社本
《嘉祐集》，〔宋〕蘇洵撰，中華書局本
《于湖先生長短句》，〔宋〕張孝祥著，國家圖書館藏清抄本
《葉適集》，〔宋〕葉適著，中華書局本
《攻媿先生文集》，〔宋〕樓鑰撰，清抄本
《燭湖集》，〔宋〕孫應時撰，四庫全書本
《雲麓漫鈔》，〔宋〕趙彦衛撰，商務印書館本
《震川先生集》，〔明〕歸有光著，上海古籍出版社本
《甌海軼聞》，〔清〕孫依言撰，張如元校，上海社會科學院出版社本
《説文解字注》，〔漢〕許慎撰，〔清〕段玉裁注，上海古籍出版社本
《玉篇》，〔南朝梁〕顧野王撰，〔唐〕孫強增補，中華書局本
《埤雅》，〔宋〕陸佃撰，明嘉靖元年刊本
《明清俗語辭書集成》，〔日〕長澤規矩也主編，上海古籍出版社本
《海棠譜》，〔宋〕陳思撰，四庫全書本
《朱子語類》，〔宋〕黎靖德編，楊繩其、周嫻君校點，嶽麓書社本
《列仙傳》，〔漢〕劉向撰，明毛氏汲古閣刻本
《漢武帝内傳》，〔漢〕班固撰，上海商務印書館本
《趙飛燕外傳》，〔漢〕伶玄撰，涵芬樓影印本

《西京雜記》，〔漢〕劉歆撰，上海商務印書館本
《風俗通義》，〔漢〕應邵撰，中華書局本
《搜神記》，〔晉〕干寶撰，中華書局本
《南方草木狀》，〔晉〕嵇含撰，四庫全書本
《北堂書鈔》，〔唐〕虞世南撰，天津古籍出版社本
《玄怪録》，〔唐〕牛僧孺撰，上海古籍出版社本
《劇談録》，〔唐〕康駢撰，中華書局本
《開元天寶遺事》，〔五代〕王仁裕撰，宛委山堂本
《江淮異人録》，〔宋〕吴淑撰，中華書局本
《楊太真外傳》，〔宋〕樂史撰，〔清〕吴氏古歡堂抄本
《桯史》，〔宋〕岳珂撰，北京圖書館出版社本
《武林舊事》，〔宋〕周密著，中華書局本
《入蜀記》，〔宋〕陸游著，中華書局本
《中吴紀聞》，〔宋〕龔明之撰，中華書局本
《唐語林》，〔宋〕王讜撰，上海古籍出版社本
《侯鯖録》，〔宋〕趙令時撰，中華書局本
《北窗炙輠録》，〔宋〕施德操撰，四庫全書本
《唐宋傳奇集》，魯迅輯，上海古籍出版社本
《山家清供》，〔宋〕林洪撰，中華書局本
《太平御覽》，〔宋〕李昉等撰，中華書局本

《太平廣記》，〔宋〕李昉等撰，中華書局本

《古詩類苑》，〔明〕張之象輯，〔明〕俞顯卿補訂，齊魯書社本

《山堂肆考》，〔明〕彭大翼撰，上海古籍出版社本

《補續高僧傳》，〔明〕釋明河撰，商務印書館本

《嘉靖溫州府志》，（明）張孚敬等撰，上海古籍書店影印本

（三）集評引用書目

《貴耳集》，〔宋〕張端義撰，中華書局本

《中興以來絕妙詞選》，〔宋〕黄昇編，明萬歷二年刊本

《詩人玉屑》，〔宋〕魏慶之撰，上海古籍出版社本

《詞品》，〔明〕楊慎撰，上海古籍出版社本

《古今詞統》，〔明〕卓人月匯選，徐士俊參評，谷輝之校點，遼寧教育出版社本

《精選古今詩餘醉》，〔明〕潘游龍著，〔明〕胡正言十竹齋刻本

《詞潔》，〔清〕先著、程洪著，河北大學出版社本

《詞則》，〔清〕陳廷焯撰，上海古籍出版社本

《蕙風詞話》，況周頤撰，上海古籍出版社本

《藝衡館詞選》，梁令嫻編，劉逸生校點，廣東人民出版社本

《詞話叢編》，唐圭璋編，中華書局本

《近現代詞話叢編》，沈澤棠等著，劉夢芙編校，黄山書社本

《唐宋詞匯評》，吳熊和主編，浙江教育出版社本

後記

在南宋中晚期的詞壇上，盧祖皋是一位較有影響的詞人。黄昇在《中興以來絶妙詞選》中評其詞曰：『樂章甚工，字字可入律呂，浙人皆唱之。』可見其詞在江浙一帶的影響之大。後人對盧祖皋詞也給出了較高的評價，如陳廷焯在評其《烏夜啼》（段段寒沙淺水）時云：『字字淒惻，耆卿流亞。』認爲其詞在下字運意方面，已接近了柳永的水平。但對其詞作的校注方面，僅有入選朱祖謀編《宋詞三百首》及周密編《絶妙好詞》中的十數首較爲詳細，其餘的八十餘首詞作，雖然也有學者進行注釋，但卻較爲粗疏，對於盧詞的研究及閲讀，仍會造成不少困難與障礙。

我對《蒲江詞稿》的校注工作，始於二〇一九年春，選取的底本爲朱祖謀校刊的《蒲江詞稿》，收詞凡九十六首。其中《洞仙歌》（溶溶洩洩）一詞的撰者頗有爭議，曾慥《樂府雅詞・拾遺》卷上收此詞於北宋王安禮《瀟湘憶故人慢》（薰風微動）之下，北宋趙抃《點絳脣》（秋風微涼）之上，此詞無署撰者姓名。《樂府雅詞》大體依撰者時代先後進行編次，則其撰者爲王安禮的可能性較大，抑或爲北宋某詞人之作。故《全宋詞》收此詞於盧祖皋存目詞中。因《蒲江詞稿》收録此詞，故仍之。另收補遺詞兩首，其一爲《賀新郎》（春色元無主），其二爲《好事近・秋飲》，撰者均有爭議。《賀新郎》（春色元無主）的補遺系據周遵道《豹隱紀談》的記載，其云：『嘉定間平江妓送太守詞曰……或云是蒲江盧申之作。』據此，《全宋詞》收此詞於盧祖皋名下。《好事近・秋飲》的補遺系據吴訥輯《蒲江居士詞》與毛晉輯《蒲江詞》，二本均收此詞於盧祖皋名下。但黄昇《中興以來絶妙詞選》卻收此詞於吴文英名下，《全宋詞》收此詞於盧祖皋存目詞中。

立足於文本進行校釋，不輕易附合他説，是本著作的最高追求。一些詞語，本來已有廣爲流傳的解釋，如《沁園春・雙溪狎鷗》中的『雙溪』，有學者將其解釋爲『浙江金華有雙溪』，但據詞中『笠澤波頭，垂虹橋上』等景語，可知此雙溪當在吴江縣，爲吴淞江支流。另《烏夜啼》（段段寒沙淺水）一詞中有『香羅不共征衫遠』一句，有學者將其解釋爲『指不能帶著戀人一塊遠行』，將句中的『香羅』解釋爲『戀人』。但翻閲各種文獻，對『香羅』的這種解釋卻極爲鮮見。『香羅』是綾羅的美稱，古人男女皆可著，如杜甫《端午日賜衣》詩云：『宫衣亦有名，端午被恩榮。細葛含風軟，香羅疊雪輕。自天題處濕，當暑著來清。意内稱長短，終身荷聖情。』再從詞中『砧杵客愁中』一句來分析，此句是在感嘆遠行時沒有攜帶輕薄的羅紗衣服，如今天氣熱了，卻無輕薄的衣服可穿。另如《木蘭花慢》（向蒲江佳處）一詞的小序中云：『先君買屋蒲江，半屬葉氏，似之五兄方并得之。』句中的『先君』一詞對於理解盧祖皋與五兄盧似之的關係十分重要。不少學者將『先君』解釋爲父親。但從詞中的『因舉六衮之慶』知道此詞兼賀盧似之六十大壽，又從『十年。微禄縈牽』等語可知此年是盧祖皋科舉及第後十年左右，即三十五歲，兩人年齡相差二十五歲。查閱古文，先君可指已故的父、祖輩以上的祖先。從兩人年齡相差較大來看，此處『先君』或指盧祖皋之祖父或更高輩的祖先，盧祖皋與五兄似之或爲堂兄弟。如李陵《答蘇武書》中有：『令先君之嗣，更成戎狄之族。』其中之『先君』，即指李陵之祖父、漢代名將李廣。此外，樓鑰給盧祖皋寫了不少的酬贈詩文，卻沒有給盧似之寫過一篇，而從盧似之與項安世的交往中，可以確定他也是能寫詩的。這樣以來，基本可以確定『先君』在此處指的是祖先，而非父親。由此可知，盧祖皋與盧似之并非爲親兄弟。

在對詞進行校訂考釋的同時，筆者在盧祖皋詞作的編年方面也多有創獲。對詞作的編年，主要是依據盧祖皋詞作中的小序及詞作内容對時間的提示，盧祖皋親友的詩、詞、文中也有不少涉及盧祖皋遊歷的時間，如釋居簡的《吊池陽郡博盧蒲江喪耦與女》、樓鑰《池州教官廳壁記》、戴栩《盧直院挽詞》等。一些史料中也有對盧祖皋仕宦經歷的零星記載，如《南宋館閣續録》等。此外，盧祖皋撰寫的《錢文子壙志》，對其詞作的編年考證也提供了一定的線索。依此方法，筆者共確定出十數首詞作創作的大致時間，編成《盧祖皋年表》。如在斷定《賀新郎·送曹西士宰建昌》一詞的創作時間時，主要依據周夢江《〈宋史·曹豳傳〉補正》附《曹豳墓志》的記載：『（嘉定）十六年……五月任南康軍建昌縣宰。』故可斷定此詞作於嘉定十六年（一二二三）。《曹豳墓志》中還記載：『先公（曹豳）生於乾道六年六月甲子。』故知曹豳任南昌縣宰時五十四歲。

對於《摸魚兒·九日登姑蘇臺》一詞，有學者斷定此詞作於嘉定八年（一二一五）。但筆者認爲若把此詞的創作時間定爲嘉定八年（一二一五），就會與釋居簡《盧直院挽章》中提到的『契闊十年』相牴牾。故此詞的創作時間應在盧祖皋任池州教授以前，即在慶元五年（一一九九）至開禧三年（一二〇七）期間。（詳證見《摸魚兒·九日登姑蘇臺》注釋［一一］）

另如《江城子》（小山初築自天成）一詞，一些學者定此詞作於開禧元年（一二〇五），依據是《（嘉定）赤城縣志》卷五記載：錢文子於嘉泰四年（一二〇四）十二月至開禧元年（一二〇五）四月曾任台州知府，并在「赤城奇觀前」建有梅臺。但這卻與詞中的「喚得長淮春意滿」相牴牾，臺州并非屬於「長淮」地區。考《錢文子壙志》、張淏撰《張右史特薦狀》等記載可知：嘉定六年，錢文子在淮南任轉運副使，這與詞中「喚得長淮春意滿」也相吻合，故知此詞當作於嘉定六年（一二一三）錢文子任淮南轉運副使時期。

盧祖皋詞作中的賀壽詞有二十首之多，不少詞作的壽主并不明確。考證這些壽主的身份，對於盧祖皋的生平事迹具有重要價值。依據這些壽詞中的具體內容、詞作的小序及相關史料的記載，大致可以確定一些壽主身份不明的賀壽詞的壽主。如《燭影搖紅·十月十四日壽藏春孟侍郎》一詞，題目雖指明壽主爲孟侍郎，但孟侍郎具體指誰仍有待考證。筆者據葉適《故運副龍圖侍郎孟公墓誌銘》的記載，最終考證出孟侍郎爲孟猷，系元祐皇后侄曾孫。這與詞作中頌揚壽主顯貴身份的「舊家陰郭帝恩濃，圭衮公侯地」的內容是一致的。另據《蘇州通史·人物卷（上）》的記載，可推斷此詞作於嘉定二年（一二〇九），孟猷時年五十四歲，除太府卿兼刑部侍郎。《洞仙歌·壽外舅》一詞，雖指明壽主爲盧祖皋外舅，但因盧祖皋的外舅除錢文子外，另有趙西林，所以壽主的身份仍待考證。據詞中「白石山中勝趣」等語來看，此外舅當指錢文子無疑。但關於此詞的創作年代，卻頗多爭議。一些學者認爲此詞作於錢文子出知台州時期的嘉泰四年（一二〇四）。但從詞中「愛官塵不到，書眼爭明」「平生丘壑志，未老求閒」「想疊嶂雙溪，千騎弓刀，渾不似、白石山中勝趣」等語來看，均是描述錢文子致仕後的閒居生活，「怕竹屋梅窗欲成時，又飛詔東山，謝公催起」幾句，乃是對錢文子致仕的安慰之辭。錢文子的學生陳元粹曾爲錢文子的《補漢兵志》作序，序中云：「先生乃老矣，方力疾丐休，築室深山中，徜徉物外，以書史泉石自娱，將終身焉。」序末落款時間爲「嘉定甲戌」，即嘉定七年（一二一四），可推斷出錢文子致仕時間大致在嘉定七年，故知此詞作於嘉定七年的可能性很大。此外，依據盧祖皋在《滿庭芳·盤谷居成》一詞中稱王柟爲「蓬瀛仙翁」，在《滿江紅·壽王永叔祕監表兄》中有「歸來趁、蓬萊壽席」等語，基本可以斷定《水龍吟》（世間誰似蓬仙）、《洞仙歌·上壽》的壽主亦爲王柟。這是因爲詞人寫給樓鑰與錢文子等人的祝壽詞中，從無蓬仙、蓬萊等用語。

在校注的過程中，從歷代詞人的詞學論著中搜集到二十餘條論盧詞的評論，附於相關詞後。另有數條關于盧詞的總評詞論，收於附録之中。爲了方便讀者對盧詞的理解，每首詞後均附有簡短的賞析，以期對讀者有所助益。

在校注過程中，多次向河南大學的王宏林老師求教，王老師提出了不少寶貴的指導與建議。本書最終入選河南省教育廳高校哲學社會科學優秀著作資助項目，備感榮幸。在出版過程中，得到鄭州大學出版社的孫保營社長和成振珂等編辑老師的熱情幫助，在此一併致以真誠的謝意。

由於自己才力所限，校注過程中，難免出現諸多疏漏與失誤，在此誠懇地期待學界同仁，提出寶貴的批評與建議。

二〇二二年四月梁保建記